文庫

新装版

雪　虫

刑事・鳴沢了

堂場瞬一

中央公論新社

目次

雪虫

刑事・鳴沢了

第一章　迷宮の町

全《すべ》ての風景が海に溶け込む場所がある。

何度も走っている場所なのに、私は未《いま》だに慣れることができない。お粗末なガードレールを突き破り、白い波濤《はとう》がざわめく日本海にダイブする自分の姿を、つい想像してしまうのだ。

単調なエンジン音を体に刻み込みながら、私は国道四〇二号線、通称シーサイドラインをオートバイで走っていた。獅子《しし》ケ鼻《がはな》に差しかかる辺《あた》りで姿を現す右カーブが、問題の場所である。角度がきついせいか、延々と続く右側の崖が、ふっと視界から消える。海の上を走っているわけはない。頭ではそう分かっているのだが、このカーブにさしかかる度《たび》に、私はいつもアクセルを緩め、ブレーキを思いきり握ってしまう。

空は湿り気を帯びた濃い灰色の雲で覆われ、夏用の薄いグローブをはめただけの私の両手は、半ば感覚を失っていた。ヘルメットの隙間《すきま》から忍び込む風が、顎《あご》と首を強張《こわば》らせる。愛車のSRに乗るのはほぼ一月《ひとつき》ぶりで、しかもこれが今年最後のツーリングになりそうだった。新潟の市街地から西へ向かい、刈り取られた水田の光景がどこか痛々しい田園地帯を抜けて、大河津《おおこうづ》分水まで走る。分水沿いに北へ走れば、ほどなく日本海だ。そこからシーサイドラインに入って新潟市内へ戻る、三時間ほどのツーリングコースである。シーサイドラインの一部がちょっとしたワインディングになっている以外は、平坦な道をだらだらと走る、刺激の少ないルートだ。しかし私は、見慣れた退屈な光景を、未だ見ぬイギリスのワインディングロードに重ねてみることがある。

いい加減、手が痺《しび》れてきた。SRは、基本的に四半世紀も前から設計が変わっていない、古臭いマシンなのだ。たった一個のピストンが上下する原始的なエンジンの鼓動は、遠慮なしに乗り手を揺さぶる。最初は尻。次は腕から手首。最後は、ステップに乗せた足までが痺れて来る。

その震動に邪魔されて、携帯電話が鳴っているのに、しばらく気づかなかった。腰にむず痒《がゆ》いような感覚が広がってきたので電話だと分かり、慌《あわ》てて路肩にSRを停める。左足をアスファルトの上に下ろした時には、電話は既《すで》に切れていた。かけてきた相手を確認する。

県警本部捜査一課の番号が、液晶画面に浮かんでいる。一瞬、悪態をついた。休日に呼び出し。捜査本部級の事件に違いない。唯一の趣味であるツーリングを邪魔されるのは気にくわなかったが、後は新潟に戻るだけなのだと思い直して、すぐに電話を入れた。

「鳴沢《なるさわ》です」

「おう、了《りょう》か。悪いな」先輩の刑事、新谷寛英《しんたにひろひで》が電話に出た。「おめさん、今日は非番だったよな」

「カンエイさんか。休みは休みですけどね。何ですか？」

私は先を促した。仲間内で「カンエイ」と呼ばれる新谷は、肝心の話に入るまでの前置きが長い。放っておくと、本題に入る前に、この冬の降雪予想、県警内部の人事の噂《うわさ》、昨日のプロ野球全試合の解説まで、延々と喋《しゃべ》り続ける。しかし今日は、いきなり本題に切り込んで来た。

「殺しだ」

「どこです？」

「湯沢。十分前に連絡が入った」

「被害者は」

「八十近くの婆さんだそうだ。一人暮らしらしいよ」

私は反射的に、腕時計に目を落とした。就職祝いにと祖父から譲ってもらった古いオメガの針は、午後二時半を指している。

「顔が見えないと思って近所の人が様子を見に行ったら、婆さんが玄関先で死んでて、腰を抜かしたそうだ。で、悪いけど、今から現場に行ってもらえるかな。先発隊はもう出てるんだ」

「いいですよ」殺しは数か月ぶりだ。私は、寒さとも武者震いとも分からない震えが、腹の底から湧き上がって来るのを感じた。「本部事件になりますね」

「たぶん、ね。とりあえず、手がかりは何もないみたいだから。まあ、詳しくは現場でな。それでおめさん、今どこにいるんだ？」

「シーサイドライン」

「ああ、バイクかね」新谷の口調に、「いい年して」と言いたそうなニュアンスが混じった。しかしすぐに、真面目な口調に戻って続ける。

「どれぐらいでこっちに戻れる？」

「三十分かな」

「じゃあ、本部に寄れよ。俺と一緒に行こうぜ」

「いいですよ」

「ワルはまだ冬眠してないみたいだな」

「まだ秋じゃないですか」

新潟では、冬場は犯罪が減る。少なくとも、私たち捜査一課が出て行くような事件は、滅多に起こらない。街のゴミ捨て場を根雪が白く覆い尽くすように、犯罪者も冷たい空気の蒲団の下に隠れてしまうのだ。

しかし、そういう季節はもう少し先だ。雪国の短い秋が駆け足で退場するまでには、まだ幾ばくかの時間がある。


ペースを上げる。四〇二号線をひた走って新潟の市街地に入り、電話を受けてから二十五分後、県警本部のすぐ近くにある自宅に戻った。二分で着替えを済ませ、五分で荷物をまとめる。念のため、クローゼットの奥から中綿入りの分厚いコートを取り出した。今日の空模様だと、湯沢辺りは新潟よりもずっと寒いだろう。

出がけに、玄関の姿見に全身を映した。今朝、肌が赤くなるまで剃刀《かみそり》を使ったので、顔はまだつるつるだ。髪が少し伸び始めている以外は、問題なし。捜査一課に来て二年、不規則な生活で二キロばかり太ってしまったが、体力にはまだまだ自信がある。顔を両手で叩《たた》き、柔らかい笑顔を作った。一目で刑事と見抜かれるような厳しい顔をしていたら、かえって相手に警戒されてしまうから。

部屋を出て、駐車場の隅に置いたSRに謝ってから、カバーをかけてやる。悪いな、本格的に雪が降り出す前にはガレージに預けてやるからな。ぶつぶつとつぶやいてしまった後で、私は自分の言葉に苦笑した。こいつはただの鉄の塊だ。友人でも恋人でも、ペットでもない。

県警本部まで、早足で歩いて五分。二階にある捜査一課に顔を出すと、既に出発の準備を整えた新谷が、私を待っていた。

「よし、行こうか」

新谷の言葉に、私は黙って頷《うなず》いた。新谷が、所々《ところどころ》ひびが入った黒い革のバッグを肩に担ぎ、先に一課の大部屋を出る。後を追って廊下に出てから、彼に声をかけた。

「偉いさんたちは？」

「係長は真っ先に飛び出したよ。久しぶりの殺しだからね、えらく張り切ってた。課長は管区の会議だ」

「俺、出遅れましたかね」

「そんなこと、ないよ」新谷が、私の方を振り返りもせずに言った。「おめさん、今日は休みだったんだから。まあ、ちょっと飛ばせば追いつくさ」

新谷が車のハンドルを握った。湯沢まで一時間半。そのうち三十分は、新潟市内の渋滞をパスするために必要な時間である。新潟は、地方都市には似つかわしくない立派な道路を誇る街だ。なのにいつも渋滞している。その理由は、私には未だに分からない。

それでも今日は、車の流れはいつもよりスムーズだった。市街地を抜け、新潟中央インターチェンジから高速に乗った頃、ギャランの暖房がようやく効き始める。

「おめさん、湯沢は詳しいかね？」

新谷が、音をたててガムを嚙《か》みながら訊ねた。私が捜査一課に来てから二年になるが、彼はずっと「禁煙のためだ」と言ってガムを嚙み続けている。確かに禁煙には成功しているようだが、代わりにガム中毒になってしまったのではないかと思えるほど、いつも忙しく顎を動かしている。

「湯沢ねえ……行ったこともないですよ。カンエイさんは？」

新谷が勢い良く頷く。

「任せておけ。俺は、初めて刑事になったのが魚沼署にいた時だから。三十の時だったよ。せっかく憧れの刑事になったと思ったら、あの雪の中で二年も我慢させられたんだぜ。正直、参ったよ」

「でも、あの辺には詳しいわけだ」

「まあ、飲み屋のことなら任せておけって感じかね。何しろ、事件なんかほとんどなか

った し……」新谷が、右手を口に持っていって、包み紙にガムを吐《は》き出す。体をよじって、薄いコートのポケットに落とし込んだ。「でも、厄介な町だね」

「厄介って、何が?」

「クソ田舎《いなか》だってことだよ。聞き込みを始めれば分かる、すぐにね」新谷はそれ以上説明しようとせず、急に話題を変えた。「それより、おめさんの親父《おやじ》さん、魚沼の署長だったよな?」

「ああ」

私は言葉を飲み込んだ。嫌なことを思い出させてくれる。新谷が厄介だと言うのとは別の意味で、私も厄介なことになりそうだ、と思った。

魚沼署のある六日町《むいかまち》は、地平線のない町だ。高速道路を降りた途端に出迎えてくれるのは、延々と広がる田園風景だが、視線はすぐに山々にぶつかって断ち切られる。東に八海山《はっかいさん》、南に三国山《みくにやま》。西は十日町《とおかまち》との境界に寝そべる当間山《あてまやま》、北には猿倉山《さるくらやま》が立ちはだかっている。海に向かって広がる新潟市に比べれば、空が半分しかない感じだ。

先発隊は、既に現場周辺の聞き込みに入っていた。私と新谷は、最初に魚沼署に立ち寄り、遺体と対面することにした。

遺体は、駐車場の一角にある物置のような小屋に安置されていた。コンクリートの床は底冷えを誘い、靴底を通して、晩秋の寒さが体を這《は》い上がってくる。私たちは手を合わせてから、遺体と対面した。

確かに婆さんだ。無数の太い皺《しわ》の中に、顔が埋まっている。そのため、表情が曖昧《あいまい》になっているように見えた。苦しんで死んだのか、気づく間もなく死んだのか。薄い唇は、一切の会話を拒否するように、一文字に固く結ばれている。解剖しても、この遺体は何も喋ってくれないのではないか、と私は思った。ほとんど白くなった髪は、ひっつめて後頭部で縛ってある。微《かす》かな死臭が鼻の周りを漂った。新しい死体ではない。が、臭いがきつくなるほど放置されていたわけではないだろう。死後二十四時間以内といったところだ。傷は鳩尾《みぞおち》の辺りに二か所。既に血は乾いており、大きな痣《あざ》があるようにしか見えない。傷口は縦に細長く、少しばかり歪《ゆが》んでいる。真っ直ぐ刺さったのではない。新谷も私と同じ感想を漏《も》らした。

「素人《しろうと》じゃないみたいだな」

「刺し慣れてる感じがしますね」

新谷が頷き、自分の掌《てのひら》を上に向け、胃の辺りから胸に向けて、突き上げるような仕草をしてみせた。

「ここから入って心臓をぐさり、かな。しかも、念を入れて二回だ。確実にとどめを刺そうとしてる」

「そんな感じですね」

一瞬顔を歪めた新谷が、もう一度遺体に向かって手を合わせた。私はポケットに手を突っ込んだまま、自分の吐く白い息を見ていた。遺体に敬意を払うのは一回でいい。一度遺体を見れば、犯人に対する怒りは、頭の奥深くにはっきりと焼きつけられる。後はその怒りが、私を犯人の元へ連れて行ってくれるはずだ。

「この婆さん、昔は美人だったんじゃないかな」新谷がつぶやく。

「そうですか？」

「そりゃあ、今は皺だらけだけど、整った顔をしてるよ。そう思わないか？」

私はむしろ、どこか近寄りがたい雰囲気《ふんいき》を持った女性だったのではないか、と思った。死体になってさえ、人に触れられるのを拒否するような気配を漂わせている。

突然、激しく吐く音が聞こえてきた。駐車場の隅で若い男が体を折り曲げ、内臓まで吐き出しそうな勢いで嘔吐《おうと》している。年配の男が傍《かたわ》らに立ち、しょうがねえなとでも言いたそうに目を細め、首を振っていた。若い男がようやく吐き終えて体を伸ばし、私たちの方を盗み見る。視線が虚《うつ》ろに上下した。頰《ほお》を膨《ふく》らませて上半身を前方に投げ出すと、今度はしゃがみこみ、一層激しく吐き始める。

「何だい、あのふざけた野郎は」新谷が顔をしかめた。

「若い刑事じゃないですか。失礼な奴ですね」

「一発気合入れてやるか」新谷が両手を組み合わせ、指の関節をばきばきと鳴らした。

あの若い刑事は、まだ死体を見たことがなかったのだろう。だとしても、これは許されるものではない。一昔前なら、それこそ新谷のような刑事が鉄拳を飛ばして死者への敬意を教えていただろう。だが今は時代が違う。私はゆっくり首を振って、「放っておきましょう」と言った。刑事だとは限らない。たまたまこの場所に迷いこんでしまった会計の職員かもしれないではないか。

「じゃ、偉いさんたちにご挨拶《あいさつ》してから現場に行くか」

「仕切りは係長ですよね」

「当たり前じゃねえか」

「このまま現場に行った方がいいんじゃないですか」

信じられないといった目つきで、新谷が私を見る。目を細めて首を振り、「おめさん、親父さんと仲が悪いっていう噂は本当なんかね」と訊ねた。私は「ノーコメント」と言う代わりに、肩をすくめた。

「いやいや」新谷が首を振りながら駐車場に出る。そのまま大股に庁舎に向かおうとしたが、私の方を振り返ると、もう一度立ち止まった。「警察官も、三代も続けばいろいろあるかもしれんけど、俺は、面倒事はごめんだからね。相手は署長さんなんだぜ？今は、あんたの親父という立場じゃないんだ。普通の捜査本部事件と同じだよ。最初に挨拶だけして、筋は通そうや。後は、別に話すこともないだろう。署長なんて、捜査本部では名前だけなんだから」

捜査本部ができると、普通は所轄の署長が本部長になるが、新谷の言う通りで、実際に捜査の指揮を取るわけではない。署長の主な仕事は、捜査員の食事と寝る場所の手配である。

「カンエイさん一人で行くわけにはいきませんかね」

「駄目」新谷が、ごつい拳《こぶし》を固めて、私の胸を軽く突いた。十五年前は柔道の有望選手だった新谷に、当時の面影はほとんど残っていない。ベルトの上には太鼓腹がせり出し始めている。しかし、ころころとしたその体型に目を取られると、本当の力を見誤ることになる。実際私は、突かれた拍子に少しだけよろめいた。

「さ、馬鹿言ってねえで、さっさと行くぞ。何も俺は、感動的な親子の抱擁を見たいわけじゃねえんだ。普通にしてくれ、普通に。子どもじゃないんだから、それぐらいできるだろう？」

その普通が難しいのだ、と私は口に出しかけた。しかし、結局何も言わなかった。人にはそれぞれ、事情がある。そういうことは他人に説明しても分かってもらえないし、分かって欲しくもなかった。

例によって道場——魚沼署の場合は三階だった——が、捜査本部に充てられていた。ストーブが二台持ち込まれているが、靴を脱いで畳の上に足を乗せた途端、私は突き刺すような冷たさを感じた。道場の奥には折り畳み式のテーブル。背後の黒板には、誰かが書き殴《なぐ》った文字が並んでいる。

数人の男たちが、臨時の捜査指揮本部に陣取っている。捜査一課の係長、五嶋穣《ごしまみのる》が電話にかじりつき、喧嘩《けんか》しているのか指示を出しているのか分からないような怒鳴り声で喋っていた。私には、馴染《なじ》みの光景である。

「だから、おめさん、もうちょっとはっきりしろて。そいつを引っ張る意味があるのかねえのか、おめさんが言ってることだけじゃ、こっちも判断できねんさね。ああ？　何年刑事やってるんだ？　もう一回固めてから電話してくれねえかな」

電話を叩き切るのと一緒に、「阿呆」と吐き捨ててから、五嶋が顔を上げて私たちを認めた。夕方まではまだ間があるのに、顎には、早くも薄《うっす》らと髭《ひげ》が浮いている。吐く息が白く見える道場の中で、ワイシャツの袖《そで》を二の腕辺りまでまくり上げていた。脂ぎった額には、汗さえ浮かんでいる。

「おう、来たか」

「おす」新谷が一歩先に出た。私は、彼の背中に隠れるようにしながら、五嶋の前に立った。五嶋の横に座っている背広姿の男が魚沼署の捜査課長だろう、と見当をつける。

それ以上視線を横に動かさないよう、意識して顎を引き締めた。デスクの一番右端に座っている制服姿の男。魚沼署長。父。その姿に、私は微かな違和感を感じた。制服と父の組み合わせが、頭の中でうまく合致しない。私は中学を卒業すると同時に新潟を出てしまったが、その頃、父はまだ中堅どころの刑事だったはずである。私の頭の中にある父の姿というのは、常に少しばかりくたびれた背広姿だった。叩き上げの刑事である父にとって、目立たないグレイの背広こそが仕事着のはずだった。それが今は、制服に無理矢理体を押し込んでいるようにしか見えない。

新谷が、五嶋と何か言葉を交わすのは聞こえた。しかし、内容は頭に入って来ない。私はただ、父と目が合わないようにと、窓の外に意識を集中させていた。六日町と塩沢町の境、国道一七号線の脇にぽつんと立つ庁舎の周囲には、すっかり茶色くなった涸《か》れ田が広がっているだけである。こんな光景を見ていても、一分以上は時間を潰せない。

「捜査一課、新谷寛英です」新谷が挨拶した。ちらりと横目で眺めていると、父が深く頭を下げるのが見えた。

「ご苦労様です」昔と変わらない、深みのある声。しかし、人に頭を下げる姿は初めて見た。刑事という職業柄、聞き込みで頭を下げることはあっただろう。しかし、管理職として、部下をねぎらうために頭を下げる父の姿に、私は戸惑った。

ぼんやりと立っていると、新谷が私のスーツの袖を引っ張った。はっと気づいて、喉《のど》のすぐ下で爆発しそうに脈打っている心臓の鼓動をはっきりと感じながら、ようやく一歩を踏み出す。足が震えた。胃がきりきり痛み、凍りつきそうな寒さにもかかわらず、背中を冷や汗が流れているように感じる。

「鳴沢了です」

「ご苦労様です」父は、新谷にかけたのと寸分変わらない台詞《せりふ》、口調で言った。一瞬だけ、目が合う。細い、冷たい目。その目からは、父が何を考えているのか、読み取ることはできない。ガキの頃にもっと話をしていれば、とも思った。いつも私が起きる前に家を出て、帰って来るのは私が寝た後という父と、まともに話した記憶はほとんどない。だからかもしれない、今こうやって正面から向き合っていても、父の考えが読めないのは。

あるいは、父に対する怒りを、まだ忘れていないせいかもしれない。

挨拶を終えて道場を出た時、私の体全体は、長時間正座した後の足のように痺れていた。靴を履く前に、膝《ひざ》の屈伸を二回、三回と繰り返す。

「どうした？」新谷が振り返り、不審そうな顔つきで訊ねる。

「出撃前のセレモニーですよ」私は言い、さらに二回、膝の曲げ伸ばしを繰り返した。

新谷が、片方の眉《まゆ》だけを器用に持ち上げる。

「いつもそんなこと、してたか？」

私は背筋を真っ直ぐ伸ばすと、正面から新谷と向き合った。

「今日から始めることにしたんです」

「阿呆」新谷の表情が崩れた。「緊張してたんならしてたって、素直にそう言えばいいじゃねえか」そう言うと、拳を固めて私の腹にぶちこむ仕草をする。私は慌てて掌を広げ、彼の拳を受け止めた。

「カンエイさん、そんなことしてると、そのうち人を殺しちまいますよ」

「相手が人殺しだったら、殺すかもしれんな。世の中には、絶対に更生できないワルもいるんだから」

言い捨てると、新谷は階段へ向かった。私は彼の背中を追いかけながら、ふと半年ほど前の出来事を思い出していた。新潟では珍しい暴力団同士の抗争事件で、私たちは捜査二課の応援に駆り出された。鉄砲玉の若いチンピラの逮捕に向かったのだが、往生際の悪い男で、古町《ふるまち》の繁華街で大立ち回りが始まった。その時新谷は、得意の裸絞めでチンピラの首を絞め上げたのだが、相手をすぐに落とそうとしなかった。落とすことは簡単だったはずなのに。相手の首が嫌な音をたてる直前まで絞めつけ、ひねり、背広の袖がそいつの唾液で汚れるのも構わず——間違いなく首を折ろうとした。最後は三人がかりで、新谷を引きはがさなければならなかった。

この抗争事件では、チンピラの撃った弾《たま》が、たまたま近くを歩いていた子どもの脚に当たった。そういう事情があったことは、私も知っている。しかし、あの時新谷が見せた表情は、刑事のものではなかった。

あの時新谷は、その場にいなかった無辜《むこ》の被害者の声を聞いていたのだろうか。そして、自分の手で自分なりの決着をつけようとしたのだろうか。

現場に向かう途中、私は電話と無線を使って情報をかき集めた。何の事情も知らず、将棋《しょうぎ》の駒のように動かされるのは気に食わない。新谷は、そういうことは気にならないようだが、私は違う。特に出遅れた時は。

被害者は、本間あさ、七十八歳。湯沢の町中《まちなか》の一軒家で一人暮らしをしている。身寄りはないようだ。

発見者は、隣に住む四十五歳の主婦である。毎朝必ず見かけるあさを、その日に限って見なかったので、心配して隣家を訪ねた、という。玄関の鍵はかかっておらず、しかもドアは五センチほど開いていた。不審に思い、隙間から家の中を覗《のぞ》いてみると、玄関先であさがうつぶせに倒れていた。体の陰になって血溜まりが見えなかったので、発見者は、あさが脳か心臓の病気で、玄関先に倒れ込んだのではないかと思い込んだらしい。ばあちゃん、大丈夫かと声をかけたが、反応はなかった。肩に手をかけて揺さぶった時に初めて、玄関のコンクリートの上に血が流れているのが見えた。長い悲鳴、近所の人たちが慌てて駆けつけてくる、消防と警察が呼ばれる——そこまで十五分かかった。

あさは長い間、一人暮らしをしていたようである。年金と、時々祈禱師《きとうし》のようなことをして得る謝礼が、収入の全てだったらしい。祈禱師と言っても、もちろん気休めのようなものだ。近所の人たちも、それは分かっていて、時々顔を出していたようである。八十近くになって、身寄りのない年寄りを助けてやろうというつもりもあったのだろう。そう、田舎では良くある話だ。変わり者であっても、最低限助け合う。陰口を叩くことはあっても、見殺しにはしない。

強盗の線はなさそうだった。室内は割に整頓されており、誰かが荒らした形跡もなかった。強盗ではないとすると、怨恨《えんこん》の線も考えられる。犯人は、被害者と面識のある人間なのか、流しなのか。当面はこれが捜査の焦点になるはずだ。

被害者の家を訪ねる前に、私は湯沢の雰囲気を頭に叩き込んだ。

上越新幹線の越後湯沢駅を中心に広がる湯沢の市街地は、全体にぼんやりと汚れた感じがする。まず、駅が汚い。雪のせいだろう、元々薄い上品な茶色だったらしい駅舎は、あちこちに太く黒い汚れの筋が走り、廃棄直前の食肉加工場といった趣である。メインストリートは駅の西側にある温泉通りで、小さな温泉旅館、民宿、冬場だけで一年分の生活費を稼いでしまう飲食店や土産物屋が、狭い道路の両側に重なり合うように建っていた。大きなホテルや旅館、それにバブルの時期に集中的に建てられたリゾートマンションは、高台の上から温泉通りを見下ろしている。

温泉通りを歩いている限り、生活の匂いはまったく感じられないが、横道に入ると、車も走れないような狭い路地に、互いを支え合うように民家が並んでいる。観光と生活がごちゃごちゃに混じり合い、ひどく猥雑《わいざつ》な雰囲気だ。ただし、人気《ひとけ》は少ない。湯沢は、冬のスキー客と、夏のスポーツ合宿で賑《にぎ》わう町であり、今はシーズンの狭間《はざま》なのだ。

私たちは、温泉通りにギャランを乗り捨てた。目の前には黄色い非常線。野次馬の姿はなかった。事件が発覚してから、もう三時間近くになる。雪が降り出してもおかしくないような寒さの中、動きのない現場を、我慢しながら眺め続けることのできる野次馬は、それほど多くないはずだ。

制服の若い警官が二人、非常線の前で警備についていた。私たちが近づくと敬礼したが、その動きは緩慢だった。立ちっ放しがずっと続いて、うんざりしている様子が、はっきりとうかがえる。私たちが非常線をくぐろうとすると、新聞記者の一団が飴《あめ》に群がる蟻《あり》のように、わらわらと近寄って来た。私は表情を固めて小走りに非常線をくぐったが、新谷は馬鹿にするような薄笑いを浮かべ、ことさらゆっくりと現場に向かった。

新聞記者という人種は、どうにも苦手だ。現場では、私たちにぶら下がって何か情報を引き出そうとする。そういう時の連中は、卑屈なほど腰が低い。なのに、暇な時に一課の大部屋に入って来ると、課長と古い顔馴染みでもあるかのように、大きな態度でソファにふんぞり返る。そういう行動パターンが、私にはどうしても理解できない。どうせ、こっちが垂れ流してやる情報を元に記事を書くだけの連中なのだ。どうでもいい。そうやって割り切ろうとしても、彼らが近くにいると、どうにも居心地が悪くなる。

五、六人いた記者たちは、私たちを追いきれず、非常線の外側で一斉に立ち止まった。

ちらりと後ろを振り向く。物欲しそうな顔。手をこすり合わせ、寒さをこらえる顔。様々な表情が並んでいる。が、私にはどれも同じ顔に見えた。

高台にあるホテルに通じる狭い坂を、私たちは上った。美容院、スナック、居酒屋、民宿に混じって、建築会社の事務所もある。道路の中央には、埋め込まれた消雪パイプ。どこかで水が流れる音が聞こえた。雪の降る季節になったら温泉も悪くないな、とふと思った。私の心を見透かしたように、横を歩く新谷が、ぽつりと言う。

「後で温泉でも行くか」

「そんな暇、ないでしょう」

新谷が肩をすくめる。

「五百円や千円で入れる温泉がいくらでもあるんだ。こっちにいた時には、仕事をサボって良く行ったよ」

「へえ」

「けしからんと思ってるだろう？」

「もちろん。だけど、先輩にそんなこと、言えませんよ」

新谷がまた肩をすくめる。マジに考えるなよ、とでも言いたげだった。

現場ではまだ鑑識の連中が作業中だった。茶色と灰色、黒ばかりが目立つ民家の中で、抜けるように青い鑑識の作業服は、一際目立つ。現場を覗き込もうとする人間はいなかった。しかし、隣近所では、住民たちが玄関先で息を殺してこちらの様子をうかがっているであろうことは、容易に想像できる。確かにやりにくそうだ。新潟という日本海側最大の都会に生まれ、十六歳から東京で暮らした私にとって、湯沢のような田舎は、ある種大きな謎《なぞ》である。おそらく、べったりとした人間関係に悩まされることになるだろう、と思った。

溜息《ためいき》を一つついて、玄関を覗き込んだ。血痕が、くっきりと玄関の床に残っている。本部から急行してきた鑑識課員の池田浩《いけだひろし》が、私に気づいて顔を上げた。百八十センチ、本人によれば九十キロ——たぶん、十キロは軽く申告しているに違いない——の巨体が、ほとんど玄関を塞《ふさ》いでしまっている。

「よ」短く言って、池田が一瞬だけ表情を緩めた。私とは警察学校の同期なのだ。私と同じで刑事希望だったのだが、願いは叶《かな》わず、鑑識に回された。それが、毎年二キロずつ増え続ける彼の体重と何か関係があるのではないかと、私は睨《にら》んでいる。

「指紋とか、出てないんだろうね」

池田が不機嫌な表情で頷く。

「少なくとも、この辺りをべたべた触った奴はいないみたいだ」

「足も……ないか」固まってしまった血痕を見た。かなり広範囲に広がっているが、靴底の模様は見つからない。犯人は、血糊の上に倒れたあさの体を踏みつけて逃げたのだろうか。

「入っても大丈夫かな」

「いや、まだ駄目だ」池田が無愛想に言って、家の奥に向けて顎をしゃくった。「中はだいたい終わってるけど、玄関をもう少しやらなくちゃいけない。ああ、そこの所、踏むなよ」

「分かってる」私は、ビニールのオーバーシューズを履いた池田の足元を見つめた。池田が、ますます無愛想な口調で言った。

「悪いけど、家に入るなら、裏口からにしてくれねえかな」

「そうするよ」

私は踵《きびす》を返し、裏へ回りましょう、と新谷に言った。

「裏って言ったって、お前」新谷が、小さな民家が互いに支え合うように連なる町並を、ぐるりと見回した。「この家の裏にどうやって回るんだよ」

「隣の家の中を通り抜けて行けばいいじゃないですか」

「阿呆」

結局私たちは、五分ほど道に迷った末、あさの家の裏口にたどり着いた。

「ありゃりゃ」新谷が周囲を見回し、気の抜けた声を上げた。「これじゃ、どこへでも逃げられるじゃないか」

その通りだ、と私も思った。あれほど立て込んでいた住宅街は、巨人が斧《おの》を振り下ろしたように、あさの家の裏手で消えてなくなっている。傾いた緑色のフェンス一枚を隔てて、ホテルの広大な駐車場が広がっていた。平日の午後という時間帯のせいか、三分の一も埋まっていない。

「駐車場のアスファルトに血痕が点々……というのはどうかね」新谷が、薄いコートのポケットに手を突っ込み、寒そうに肩をすくめながら言った。

「そんなものがあれば、苦労しませんよ」

「まあ、な」

周囲をぐるりと見回す。鑑識課員たちが、駐車場の片隅にある溝の周囲に固まっているのが見えた。

「凶器でも出たかな」新谷がぽつりとつぶやいた。ずり落ちた腕章を引っ張り上げると、小太りの体に似つかわしくない素早い動きでフェンスに手をかけ、身軽に飛び越える。

鑑識の連中と二言三言、言葉を交わして戻って来た。

「出刃が見つかった」

「凶器ですかね」

「たぶん、な。こんなところに包丁を捨てる奴は、犯人しかいないだろう」

「出刃包丁、ですか」

新谷が、右手と左手の間を二十センチほど開けて見せた。

「刃渡りはこれぐらいだった」

「指紋は？」

「これから署に持って行くらしいが、あまり期待しない方がいいだろうね。見つかったのは溝の中だし、水が流れてる」新谷が、溝の方に向かって顎をしゃくる。先程聞いた水音は、これだったのだ。雪国では、冬場の消雪のために、あちこちに水路が張り巡らされている。「まあ、犯人がどんな奴かは知らないけど、そもそも指紋を拭《ぬぐ》うぐらいの智恵はあるんじゃないか？　手袋をしてたかもしれないし」

「犯人にまともな頭があれば、そもそもこんな場所に凶器を捨てないでしょう」

「だけど、血糊のついた出刃を持って、駐車場をうろつくわけにもいかんだろうよ」新谷がフェンスの上に両腕を乗せ、そこに顎を預けた。新しいガムを口に放り込み、盛大に音をたてて嚙み始める。

二人連れが、鑑識の輪から離れて、こちらに向かってきた。新谷が気づき、挨拶代わりに軽く手を上げる。フェンスを挟んで私たちと向かい合った二人は、少しばかりおどおどして、それ以上に緊張している様子がはっきりとうかがえた。私は新谷と顔を見合わせた。一人は——そう、先ほど遺体を見て吐いていた若い男である。

「おう、若田君」新谷が、もう一人の方に声をかける。

若田と呼ばれた刑事が、私に向かって目礼した。三十代半ば、コートを着ていても、首から肩にかけてなだらかに筋肉が盛り上がっているのが分かる。短く刈り上げた髪から微かに汗の臭いが漂った。細い目で射すくめられたら、誰でも自分が嘘をついているような気分にさせられるだろう。スーツは地味なグレイ。全身から「刑事です」という主張を振りまいている。

「久しぶりだな」新谷が若田に気さくに声をかける。私を見て「昔、所轄で一緒だったんだ」と説明した。

「ご無沙汰してます」改めて若田が新谷に頭を下げる。顔を上げると「こっちが大西《おおにし》です」と紹介した。

「大西海《かい》です」かすれた声で名乗った大西が顔をこわばらせたまま、私たちに頭を下げる。吐いたせいだろう、目が赤くなり、まだ涙が滲《にじ》んでいるようだった。私は、彼の顔から視線を逸《そ》らしてつぶやいた。

「魚沼署は、いつから未成年を雇うようになったんだ？」

「了」新谷がたしなめたが、私は構わず続けた。

「遺体を見て吐くような失礼な奴が、刑事をやってるとはね」

大西が耳まで真っ赤になった。爆発しないように自分を押さえつけているつもりなのか、硬く唇を引き結ぶ。

髭の目立たないつるつるとした顔。固く太そうな髪は、天辺《てっぺん》から後頭部にかけて派手な寝癖がついていた。細かいチェックが入ったスーツのズボンからは、折り目がすっかり消えている。ネクタイは芯の部分がくたびれており、細かい皺が寄っていた。靴は、革靴に見せかけた黒いウォーキングシューズ。ズボンの裾から覗いている靴下は、明るい空色だった。修復不可能なコーディネイトである。

「今朝は卵を食ったのか？」

「え？」大西の緊張が、困惑の表情に変わった。

「ネクタイに卵がついてる」

大西が、慌ててネクタイを持ち上げて、まじまじと見た。

「何もついてませんよ」

「たまにはネクタイも見た方がいいよ。そいつはもう限界だ。クリーニングに出した方がいい」

「ネクタイなんかどうでもいいじゃないですか」大西が、むっとして言い返した。本人は怒っているつもりだろうが、子どもがすねて唇を捻《ね》じ曲げているようにしか見えない。肩をすくめてやった。

「俺たちは、言ってみれば客商売なんだぜ。格好だけ見て人柄を判断する人もいるんだから、まともな格好は基本中の基本だよ」

「まあまあ」新谷が割って入った。「礼儀の講釈は夜にしろよ。とにかく、あんたは大西君と組んで回ってくれ。俺は若田君と回るから」

新谷が一つ咳払いをしてから続けた。

「家の裏口から逃げたとしたら、この駐車場を横切って、ホテルに入ったんじゃないかな。了、お前はホテルの方を当たってくれ。目撃者がいるかもしれない」

「死亡推定時刻が分からないと、聞きようがないですね。ホテルだから、人の出入りも激しいはずだ」

新谷が腕時計に目を落とした。

「夕べの夜。とりあえずそういうことにしておこうか」

「ずいぶん大雑把ですね」

「仕方ないだろう、解剖がまだなんだから。ただ、死体の状況から見て、それぐらいと考えるのが妥当じゃないかな。他の連中も、その線で聞き込みを進めているそうだ。解剖して死亡推定時刻をもう少し絞り込めたら、またその線に沿って聞き込みをやり直せばいい。俺は、被害者の家の周辺を回る」

「了解」

私は、大西にちらりと一瞥《いちべつ》をくれた。怒りは消え、怯《おび》えたような表情が顔に浮かんでいた。

「じゃ、大西君、行こうか」

「はい」大西が感情を押し殺したような声で言い、同時にもう一度ネクタイを見下ろした。卵の染みはないんだよ。そう言ってやろうかとも思ったが、彼は既に、自分のネクタイが皺くちゃだということを十分意識したようだ。明日まで待とう。明日、また同じようなネクタイをしてきたら、今度は私が卵をぶつけてやる。

「死体を見たのは初めてか」私はいきなり、核心をつく質問をぶつけた。大西が一瞬歩みを止める。

「どんな死体でも、吐いたら失礼だということは分かってるよな」

大西がうなだれた。自分の足元を見つめながらのろのろと歩いている。立ち止まり、振り返って大西を睨みつけた。

「俺が最初に死体を見たのは、交番勤務の時だった。水死体でね。海釣りしていた人が、行方《ゆくえ》不明になってから二か月経っていた。二倍に膨れ上がって、顔を魚に食い荒らされてたよ。その臭いがいつまで経っても鼻から消えなくてな」

大西の顔から血の気が引く。今にも吐きそうに、口を手に持っていった。

「何とか言ったらどうだ」

「すいません」消え入りそうな声で言って、大西が頭を下げる。

「吐きそうになっても我慢しろ。吐いたらそのまま呑《の》みこめ。死体は手がかりでもあるし、死んだ人の悔しさを考えたら、吐いてなんかいられないはずだぞ」

大西が力なくうなずく。私は手綱を緩め、声を柔らかくして質問を変えた。

「君の名前、どういう字を書くんだ？」

「日本海の『海』です。海の一字で『かい』と読みます」ようやく自分にも答えられる質問が来たと思ったのか、大西が勢い込んで言った。

「珍しい名前だな」

「親父が佐渡《さど》で漁船に乗ってまして」弁解するように大西が言う。「自分は漁師の息子なんで、ま、そういうことです」

「なるほどね」

大西の案内で、私たちは駐車場側の出入口からホテルに入った。耳がちぎれそうな寒さから、暖房の効いた屋内に急に入ったせいで、頭がぼうっとする。ふと、数時間前までは海辺をSRで走っていたのだ、と思い出す。あの時は、寒さが気にならなかった。今、寒さははっきりとした敵である。私をへこませ、集中力を削《そ》ごうと容赦なく襲いかかってくる。

大西は、フロントの人間を知っている様子だった。地元に詳しい彼に事情聴取を任せ、私は広いロビーの中を見回した。どこの温泉地にもある、巨大ホテル。分厚い茶色の絨毯《じゅうたん》が一面に敷き詰めてあり、豪華と悪趣味の境界線に位置する巨大な照明が数か所からぶら下がっている。正面の入口を入って左側がフロント、右手がラウンジだ。低いソファとテーブル。テーブルの上にはたぶん、コーヒー七百円とか書かれた、小さなメニューが乗っているはずだ。三十四インチのテレビでは、ニュースが流れている。湯沢の事件のことではないようだった。流す価値がないということなのか、湯沢あたりのニュースはまだ東京まで届いていないということなのか。

「昨夜《ゆうべ》の夜勤の人を教えてもらえませんか？」と大西。

「昨夜の夜勤者は、今日は勤務明けになっておりまして」フロントの男が、パソコンのモニターと大西の顔を交互に眺めながら、表情を崩さずに言った。「出てくるのは明日になりますね」

「ああ、明日ですか」

大西がのんびりとした口調のまま引き下がってしまいそうだったので、私は慌てて割り込んだ。

「昨日の夜勤者の住所を」

「は？」フロントの男が、不快そうな表情を作って顔を上げた。

「昨日の夜勤者全員の住所を教えてもらえませんか。従業員の名簿があるでしょう」

「いや、それは……」フロントの男が、困ったように眼鏡を押し上げた。

「事件はこのホテルの裏で起こってるんですよ。何も見ませんでした、知りませんでしたでいいんですか？　客商売でしょうが。客に、目配りをしないホテルだと思われたら、どうします？」

「分かりましたよ」フロントの男は、渋々キーボードに手を伸ばし、近くのプリンターから名簿を出力した。嫌そうに顔を歪め、カウンターの上に紙を滑らせる。滑り落ちそうになった紙を、私は腰を屈《かが》めて空中で受け止めた。にっこりと笑ってやる。

「ご協力、ありがとうございました」

もちろん、笑顔は返って来なかった。

「ずいぶん強引ですね、鳴沢さん」大西が、どこか不満そうな口調で言った。私たちは、ラウンジの一角のソファに向かい合って腰を下ろし、名簿を確認していた。

「一秒だって惜しい」私は、彼の顔の前で紙を振ってやった。「これは、絶対必要な情報なんだ。こいつを早く潰さないと、犯人が逃げちまう」

「だけど、従業員が何か見たという保証はないんですよ」

私は、名簿から顔を上げ、大西の顔を正面から見た。大西は、一瞬だけ私と睨み合ったが、すぐに顔をそむけてしまった。刑事は、最後は度胸だ。この男は、一瞬の睨み合いの中でそれを学んだだろうか。

「お前さん、刑事になってどれぐらいになる？」

「半年です」半年もやったんだ、という自負が、言葉の隙間から滲み出ていた。そんな小さな自負は、鼻息で吹き飛ばしてやっても良かったが、私は小さな溜息をつくだけにした。そういう仕草の方が、相手にダメージを与えることもある。

大西には効果がないようだった。

「わざわざ相手に悪いイメージを与えることはないじゃないですか」

「必要なら、いくらでも相手に圧力を加えるよ、俺は。相手から情報を引き出すためには、何だってやる」

「だけど……」

「いいか」私は、彼の鼻先に、プリントアウトされた紙をつきつけた。「俺たちは何のために警察官をやってるんだ。愛想を振りまくためじゃないんだぞ。何のために、法律で保証された権力を行使してるんだと思う。ワルを捕まえるためだろうが。いいか、俺たちはもう出遅れてるんだ。被害者が殺されたのは、たぶん昨日の夜だ。犯人に、相当の猶予を与えちまってるんだよ。こうやってお前に説教してる間にも、犯人はどんどん遠くへ逃げているかもしれない」

私は立ち上がって、大西を見下ろした。鼻が膨らみ、握り締めた拳は震えている。私はもう一度鼻を鳴らした。今度は効いた。大西が慌てて立ち上がる。

「さ、さっさと回るぞ。時間がないんだ、時間が」

私が名簿を奪取してきたホテルは、全国にチェーン展開をしている。湯沢では冬が、海辺にあるホテルでは夏が忙しくなる。従業員の多くは、季節ごとに海と山を行ったり来たりする必要があるから、そのための従業員寮も完備されているはずだ、と私は予想した。想像した通り、ホテルのすぐ近くにアパートを借り上げた寮があり、昨夜の夜勤者のうち四人がそこに住んでいる。アパートを見上げながら、私は小さく溜息をついた。

仕事場まで近いのは、問題ない。私も、わざわざ県警本部に近い場所に家を探したぐらいだ。しかし、毎日同じアパートで同僚と顔をつき合わせて暮らすのは、窮屈な気分だろう。私も駆け出しの頃は、署の独身寮に住み込んでいたが、どうにも居心地が悪かった。たぶん、高校生の頃からずっと一人暮らしをしていたせいだろう。警察という組織に対する文句はいろいろあるが、集団生活のルールが一番不満だった。起きた時から寝る時まで、絶えず誰かに監視されているような気になる。それが上司でなく、同期の人間だったりするから、ますます嫌な気分になるのだ。

名簿で部屋番号を調べ、一階の住人から当たることにした。一〇二号室、早瀬光男《はやせみつお》。

「海君《うみ》、君が当たれ」

「海《うみ》？」大西が顔をしかめる。私はそれを無視した。

「自分ですか？」

「ここは君の町だからね。お手並み拝見と行こうじゃないか」

私は大西の背中を押した。大西は振り返って、一瞬だけ嫌そうな顔をしたが、すぐにインタフォンを鳴らした。

一分。反応がない。

「ドアを蹴破らないといけませんかね」大西が皮肉っぽく言った。

「もう一度インタフォンを鳴らせ」私は感情を込めずに言った。

大西が肩をすくめて、ことさらゆっくりとインタフォンのボタンを押した。

「はい」の声が、くぐもった「あーい」に聞こえた。すぐにドアが開く。若い男だ。二十代半ばぐらい。右目をぎゅっと閉じて、欠伸《あくび》を嚙み殺す。細い顎が震えた。毛玉のできたグレイのセーターに、下はスウェットパンツという格好だった。

「お休みのところ申し訳ありません」大西が馬鹿丁寧に頭を下げ、名乗った。早瀬の寝ぼけた顔が、さっと緊張する。

「事件のことですか?」

「そうです。ご存知でした?」

「今、ニュースで見たから」緊張が解け、今度は迷惑そうな表情が浮かんだ。

「早瀬さん、昨夜、夜勤でしたよね?」大西が手帳を取り出す。「夜中に、何か不審な物音を聞いたり、怪しい人を見たりしませんでしたか?」

「昨夜ですか?」早瀬が、髭の浮き出た顎に手を当て、大西の頭の上辺りを睨んだ。「いやあ、どうでしょう。昨夜は結構ばたばたしてましてね。お客さんが急病になって、救急車を呼んだりして、大変だったんですよ。盲腸だったみたいですけどね」

「それ、何時頃ですか?」と大西。

早瀬が腕時計に目を落とす。

「ちょうど十二時ぐらいでしたかね。それ以外には、特に変わったこともなかったけど……」

「駐車場」私は、わざと小さな声で言った。早瀬の視線がこちらを向く。

「駐車場が何か?」

「ずいぶんでかい駐車場ですね」

「ええ、まあ。冬になるとスキー客が多くなるから」

「今の時期は、それほど客はいないわけですね」

「中途半端な時期なんですよ」弁解するように早瀬が言った。話が途切れると、居心地悪いと感じるタイプなのだろう。放っておいても、私たちが玄関先にいる限り、喋り続けるはずだ。勝手に喋らせることにした。「何と言っても、かき入れ時は冬場だから」

「あの駐車場から、直接表通りに出られますかね」私は、ホテルの周囲の様子を頭の中で再現しながら訊ねた。できないことは分かっている。駐車場の周囲には高いフェンスが張り巡らしてあるし、上には控え目だが鉄条網が付いているのだ。犯人があさの家の裏口から逃げ出したとしたら、駐車場からホテルを通って行くしかない。

早瀬が首を傾《かし》げた。

「無理じゃないかな。フェンスを乗り越えるのは大変ですよ」

「鉄条網がついてるんですね。ずいぶん警戒が厳重だ」

「あの駐車場、車上狙《ねら》いが多いんですよ」一瞬目を細め、早瀬が私を睨むようにした。言いたいことは分かっている。「警察がしっかりしないから自衛措置を取るしかないだろう」だ。

「じゃ、いずれにせよ、ホテルを通り抜けないと、駐車場から表通りに出るのは難しいんですね？」

「そういうことです」

「犯人は、被害者の家の裏口から出て、駐車場を通り抜けて逃走した可能性がある。返り血を浴びているかもしれない。そういう人間がホテルの中を歩いていたら、かなり目立つはずですけどね」

「返り血、ですか」頭から氷水を浴びせられたように、早瀬の顔が一瞬で蒼褪《あおざ》めた。

私はことさらゆっくり頷き、その言葉が彼の頭に染み込むのを待った。

「もしかしたら、お客さんの中で見ていた人がいるかもしれませんね」

「すいません、私は何も聞いてないんですよ。お客様が騒いだら、私どもの耳にも必ず入るはずですが」

「言い忘れてるのかもしれませんね」喋りながら、私はうんざりし始めていた。そう、もしも犯人がホテルの中を通過していたとすれば、客が目撃していた可能性はある。昨夜は何人ぐらいの客が泊まっていたのだろう。昨夜ホテルにいた全ての人間から証言を取ることは、まず不可能だ。この町には、全国から観光客がやって来る。下手《へた》をすると、四十七都道府県の県警全てに、捜査協力を依頼しなければならない。あの夜、ホテルで何か見なかったか、という話を聴くためだけに。

「何か思い出したら連絡していただけませんかね」私は言い、早瀬に名刺を渡した。大西にも名刺を出すように促す。

「彼の電話番号の方に連絡して下さい。地元の人間ですから」

「分かりました」ご苦労様、とは言わなかったが、早瀬は最初に会った時の露骨に不機嫌な様子に比べれば、ずいぶん素直になっていた。

次の部屋を訪ねる前に、大西がまた不満そうに頬の内側を噛んだ。

「ちょっと脅かし過ぎじゃないですか」

「何が」

「奴《やっこ》さん、蒼くなってましたよ」

「あれで目が覚めたはずだ」

「それにしても、やっぱりやり過ぎじゃないですかね。俺は、あんな風にやれとは教わっていない」

「海君よ」名前で呼ばれて、大西は顔を歪めた。私は彼の不満を無視して続けた。「状況次第なんだ。百人の証人がいれば、百通りの反応があって、百通りの答えがあるだろう？　だからこっちは、相手に合わせるんだよ。最初から協力してくれる人には丁寧に話を聞く。こっちを甘く見ている奴にはがつんと言ってやる。俺たちの仕事は、人から話を聞きだすことなんだからさ、目の前でドアを閉められるよりは、相手を怒らせてもびびらせても、何か喋らせればそれでいいんだ」

「そんな証言に信憑性《しんぴょうせい》がありますか？」

「そんなことは、起訴する時に検察官が判断すればいいんだ。なあ、海君よ、お前さん、希望して刑事になったんだろう？」

「そりゃあ、そうです」

「運もあるけど、希望して、真面目にやっていれば、刑事になることはできるよ。だけど、それで満足しちゃ駄目だ。犯人を挙げられるかどうか、俺たちに求められているのはそれだけなんだから。そして、犯人を挙げられないのは、悪い刑事なんだ。あんたは良い刑事になりたいか？」

「当たり前じゃないですか」

「だったら、頭を使え。体も使え。相手の顔色を読め。その顔色の下に、どんな本音が隠れているのか引き出せ。そういうことが分かるようになるまでは、いろいろ試して失敗してみることだな。最初に教えられたマニュアルにばかりこだわってると、応用が利かなくなるぞ。自分の経験や勘の方が大事だし、あてになる」

「分かりました」

素直な言葉とは裏腹に、大西の顔は不満で一杯だった。自分とさほど年も変わらない人間にこんな説教をされたらたまらない、とでも思っているのだろう。

私も、これ以上彼に説教をする気にはなれなかった。こうやって無駄話をしているうちにも、犯人は遠くへ逃げてしまう。

寮に住んでいる従業員の聞き込みを終えたが、役にたちそうな証言は一つもなかった。

夜勤の人間は、どうやら全員が、昨夜の救急車騒ぎに関わっていたようである。おかげで私は、病院に運ばれた男について、兄弟のように詳しく知ることになった。よりによって、沖縄からの客で、今日手術を受けているはずだ、ということも。何千キロも離れたクソ田舎に紅葉を見に来て、そのまま一週間も病院のベッドに縛りつけられる気分はどんなものだろう。せめて彼が紅葉見物を終えていればいいが、と私は思った。

寮に住んでいない従業員にまで事情聴取を広げようと思った時、携帯電話で呼び出された。一旦署に上がれ、という命令である。捜査員同士が顔を合わせ、現在の状況を把握しておくための会議が開かれるのだ。

陽はすっかり傾き、温泉通りには、夕暮れの分厚いベールが落ちようとしていた。相変わらず人通りは少ない。たぶん、スキーの季節になれば風景も変わるのだろうが、今はただの寂れた温泉街だ。土産物屋は店を開けているが、煌々《こうこう》とした店先の照明が、人気のない通りの光景を、かえって侘《わび》しく浮かび上がらせる。

「もっと賑やかな場所かと思ってたよ」

私が言うと、大西がにやっと笑った。仕事の話でなければ、気軽に話せるようだ。

「めりはりのある町ですからね」

「めりはり、ね」

「冬なんか凄《すご》いですよ。関越も国道一七号線もスキー客でびっしり埋まって。東京並みの渋滞になります」

「君も東京にいたことがあるのか？」

大西が顔を赤らめる。

「いや、自分はないですけど……テレビなんかで見てると凄いじゃないですか」

「まあ、ね」

「鳴沢さんは、大学は東京ですか」

「高校からずっと東京だよ」

「地元の高校じゃないんですか？」

「そうだけど、それが何か？」

大西が、さらに顔を赤くして下を向いた。顔を上げた時には、赤みはいくらか引いていた。

「とにかく、今は暇な時期なんですよ。こんなものです」

「それで、冬になると、東京の馬鹿どもがRV車でやって来るわけだ。阿呆だな。わざわざ雪の中に突っ込みたがる奴の気がしれないよ」

「RV車の方が安心なんでしょう。普段雪に慣れてないから」

「新潟で交通事故を起こす県外の車は、普通車よりもRV車の方が多いって、知ってたか?」

「そうなんですか?」

「そうだ。もっと勉強しろよ」私が言うと、大西は黙ってしまった。また説教が始まった、と思っているのだろう。まあ、いい。どうして説教されるのか、自分の頭で考えることも大事なのだから。

「被害者、本間あさ、七十八歳」係長の五嶋が、ドラ声を張り上げて説明を始めた。いつも風邪を引いたような声だが、このしわがれた声が、不思議と良く通る。

道場には、現場に投入された所轄の捜査員と一課の刑事、それに魚沼署の幹部が全て顔を揃えていた。もちろん父もいる。私はそちらを見ないようにと、自分の手帳に視線を落とした。白紙。この程度の話だったら、メモする必要もない。しかし、他に目のやり場もなかった。

「死因は、胸部を刺されたことによる失血死。傷口は二か所で、いずれも肺に達していた。解剖の結果待ちだが、死亡推定時刻は、昨夜の十一時から一時の間と推定される。玄関は施錠されていなかった。裏の勝手口のドアも開いたままだった」言ってから、五嶋は自分の言葉が捜査員の頭に染み込むのを待つように、数秒間、口を閉ざした。「被害者は一人暮らしで親戚もいない。湯沢には、もう三十年近く住んでいるが、近所付き合いもあまりなかったようだ。年金頼りの生活だが、それほど金に困っていた様子もない。銀行預金は五百万円ほどあった。物色された様子もない」

おそらく、強盗ではないのだ。騒がれたので、何も取らずに刺し殺して逃げたという可能性もあるが、私は即座に、頭の中でその可能性に線を引いて消した。あさが騒げば、絶対に隣近所に聞こえているはずだ。何しろ、隣家とはほとんど壁がくっついているのだから。

「年金の貯金でしょうか」魚沼署の若い刑事が質問した。五嶋は若い刑事を睨みつけるように黙らせ、「質問は後から」と決めつけた。刑事は耳を赤くしてうつむいてしまったが、五嶋は、今度は一転してフォローするように、優しい声を出した。と言っても、やはり迫力のあるしわがれ声で、だが。

「年金なんて、たかが知れてるよ。それよりも、被害者が祈禱師のようなことをしていた方が問題だ。要するに、体の具合が悪い老人や、子どもが言うことを聞かない母親なんかを相手に、お祓《はら》いをしていたそうだ。それで、幾らか収入はあったらしいが……おい、澤田」

「はい」捜査一課の澤田克弘《さわだかつひろ》が立ち上がった。手帳を繰って報告を始める。

「そのお祓いの件なんですが、もちろん、それで病気が治るわけはないんで、一種の気休めだったようですね」一瞬、道場の中に苦笑が広がった。しかしすぐに、潮が引くように静かになる。「ただ、本気にしている人もいたようで、お祓いを受けた後に、『治らない』とねじ込んでいた人間も何人かいたようです」

今度は、あちこちで息を吞む音が、束になって聞こえて来た。流しの犯行ではない。どうやら、まずは怨恨の方向で探りを入れるべきだ、という暗黙の了解ができ上がりつつある。

澤田が続ける。

「トラブルというほどではないんですが、被害者がやっていたお祓いに関して、そのような事実があったのは確かです。クレームをつけていた人間のうち何人かは、名前も住所も割れています。全員、魚沼地区の人間ですね。年齢、性別、職業ともばらばらで、名前を見た限りでは、共通点はないようです」

一礼して、澤田がパイプ椅子《いす》に座った。五嶋が道場の中をぐるりと見回す。

「まずは、この線だと思う。明日の朝から当たってくれ。担当は、最後に指名する。それと、現場付近の証人集めも続行だ。温泉街だからな、夜中でも出歩いている人間はいたはずだ。目撃者を、必ず探し出せ」

もしもこれが、あさのお祓いに関連した恨みが動機の犯行なら、澤田が見つけ出してきた人間を揺さぶった方が、解決は早いだろう。しかし今の段階では、事件を特定の枠にはめ込む必要はない、と私は思った。仮に顔見知りの犯行であっても、被害者のお祓いを受けた人間が犯人だとは限らない。近所の人が知らないだけで、地元以外の人間との付き合いもあったかもしれないのだから。

まずは、目撃者を探す。その方針は十分理解できているつもりだったが、人っ子一人いない町の様子を思い浮かべると、エンジンもオールもないボートに乗せられて、太平洋の真ん中に放置されてしまったような、頼りない気持ちになる。

「――では、署長から」

五嶋の声に、私は我に返った。父が、立ち上がって深々と頭を下げる。相変わらず、制服姿には違和感があった。

「署長の鳴沢です。ご苦労様」ぼそぼそとした声で、微かに疲れが滲み出ていた。そうか、署長ともなると変わるものなのか。父は、捜査一課畑を二十五年近く歩き、事件には慣れているはずなのに、所轄を預かる立場になると、ずいぶん勝手が違うものらしい。新潟県警最強の刑事。捜一の鬼。何を根拠にしてかは知らないが、私が聞いていた評判とはずいぶん違う。今は少しだけ疲れ、少しだけ不安そうで、少しだけ迷いも見えた。

　型通りの父の挨拶は、私の耳には入ってこなかった。父と同じ空気を吸っていると、呼吸が苦しくなってくる。

　私たちの不仲は、密《ひそ》かに流れる噂話が原因である。父は、私が新潟県警の採用試験を受けた時に、裏で手を回して落とそうとした。刑事になる時も、妨害工作をした、という噂だ。その頃父は、一課を離れて人事にいたから、そういうことも可能だった、という解説までくっついている。もちろん、本人に直接確かめたことはない。ただ、噂は根強く流れている。刑事失格かもしれないが、事実を確かめる気になれず、私はただ、父を避け続けてきた。ここ何年も、まともな会話を交わしていない。

　自分のことでなかったら、とうに調べ上げていただろう。あんたは本当にそんなことをやったのかと、襟首を摑《つか》んで揺さぶっていただろう。しかし私は、正面からぶつかるのを避けた。面と向かって父を追い詰め、どうして私を刑事にさせたくなかったのだ、と訊ねるのが恐《こわ》かったから。

　もしかしたら私は、壊れかけている父との関係を修復したいと願っているのかもしれない。心の底では。そのためには、話し合わなければいけない。しかし、核心を突いた話をしたら、それこそ親子の縁が完全に切れてしまいそうな気もしていた。

第二章　教祖

私は両手で頬《ほお》を強く張った。事件発生から既に三日。細い谷間の底に横たわる湯沢では、日に日に、あるいは一時間ごとに冬の色合いが濃くなっている。そして、気温が一度下がるごとに、自分の動きまで鈍くなるように、私は感じていた。

聞き込みのために軒《のき》から軒へ歩き回る時間、ふと空白になった心の中に、疑念が入り込む。誤った方向に進んでいるのではないか、何かを滑らせているのではないか、と。自分がやっていることは、完全な無駄かもしれない。そういう考えが頭に浮かぶ理由は、分かっている。狭い町で起きた事件なのに、未だに具体的な手がかりが一つもないせいだ。

最初に捜査本部がターゲットにしたのは、本間あさにお祓いを受けた人間たちである。あさに、「治らない」とねじ込んだ人間への事情聴取はほとんど終わっていたが、結局は、あさがどうやってお祓いをやっていたかが明らかになっただけだった。

あさは、お祓いを受けに来た人間を、決まって一時間近く待たせた。相手がじれ始める頃、巫女《みこ》のような白い装束に、額に黄色——金色と言う人もいた——の星形をペイントした格好で現れる。家の中で一番広い八畳の部屋が、お祓い専用に使われていた。その中央に、角材を組み上げた小さなヤグラを据え、中に置いた火鉢で火を燃やす。何を調合しているのか、煙はほとんど上がらず、妙に甘ったるい香りがした、という。あさは火を挟んで相手と向かい合い、まず相手の悩みを聞いた。それからおもむろに太い数《じゅ》珠《ず》を取り出し、はっきりと聞き取れない低い声で、お祓いの文句をつぶやき始める。あさの家を訪れた人間は一様に、炎の熱さと妙な臭いで頭がくらくらした、と証言している。

お祓いは往々にして一時間も続き、これに対してあさはかなり高額の料金を請求した。下は二十万円から、百万円を払ったという人もいた。「妙な臭い」という証言を元に、あさが何かドラッグの類《たぐい》を使っていたのではないかと、家宅捜索が繰り返し行われたが、何も見つからなかった。

お祓いの直後にはぼうっとしていた人間も、やがてはその馬鹿馬鹿しさに気づく。中にはうまいタイミングで母親の病気が治ったり、家出していた一人息子が帰ってきたりした人間もいたらしいが、捜査本部が事情聴取した証人の多くは、あさをあからさまに罵《ののし》った。彼女が殺されたことに対して、「ざまあみろ」とまで言う人間もいた。動機は十分。だが、少なくとも犯行時刻には、全員のアリバイが成立した。

この線には、どうしても埋めきれない部分がある。あさは、帳簿の類を残していなかったから、いつ誰が訪ねて来たのか、これまでに何人の人間にお祓いをしたのか、完全には分からないのだ。当然、網に引っかかって来ない人間もいるはずである。

正しい筋は、別のところにあるのかもしれない。そう考え始めると、寒さに震えながら町を歩き回っているのが、無駄足に思えて来る。

もう一つ、個人的に、どうにも居心地の悪い思いが消えない。ここは父の町なのだ。この町にいる限り、どこにいても、何をやっていても、父の存在を強く意識してしまう。自由になれない。思い通りに動けない。いつものように聞き込みを続けていても、父に見張られているような気になって、集中できないのだ。

私は、こんなことを気にする人間ではないはずだ。

このもやもやとした気分を晴らす方法は一つしかない。何度も、思い切って父と話そうかと思った。あんたは、どうして俺の邪魔をしたんだ、と。もしかしたら、冷戦を終結させるには良いタイミングなのかもしれない。いつも祖父が言っているように。

駄目だ。

父は、決して本音を明かさないだろう。実質的に祖父に育てられた私にとって、父はずっと大きな謎《なぞ》だったし、それは今も変わっていない。向こうも、私を避けている節がある。子どもの頃感じた冷たい視線は、何だったのだろう。まるで、私が邪魔者であるかのような、凍りついた目つきは。

聞けない。聞いている暇もない。

一日に何度も同じことを考え、斜線を引いて打ち消し、また書き直す。答えは出てこない。得られるはずのない答えを求めるのは時間の無駄である。そう自分に思い込ませ、頭の中から疑問を追い出すのに成功するのは、いつも夜になってからだった。

私はずっと、ホテル周辺での目撃者探しを続けていたが、芳《かんば》しい結果は得られなかった。解剖の結果、死亡推定時刻は、遺体発見前日の午後十一時半からの一時間に絞られたが、この時間、湯沢で店を開けているのは飲み屋だけである。しかも湯沢にとって暇な季節である今、飲み屋はどこも開店休業の状態なのだ。無駄かもしれない、という雰《ふん》囲気《いき》が、捜査本部の中でも広がった。何日か続けて行われた定時通行調査でも、役にたちそうな目撃情報は出てこなかった。

大西は、自分に割り当てられた仕事が無意味ではないかという疑問と不満を、隠そうともしなかった。

私はラーメン屋で大西と夕食を食べながら、彼の愚痴《ぐち》を聞くともなく聞いていた。彼は次第に図々しくなり、私に向かって「疲れた」などという台詞を吐《は》くようになっていた。その場で殴《なぐ》り倒してやっても良かった。被害者はもう、「疲れた」と言うこともできないのだから。しかし、彼が毎日ネクタイを替えるようになっていたので、取りあえず本間あさに代わっての制裁は見送ることにした。

「何か、手探りで霧の中を歩いているような気分ですよ」

「君は、文学少年だったのか？」

「え？」レンゲを口に運ぶ途中で止め、大西が眉《まゆ》をひそめて私を見た。

「俺たちには、そういう詩的な表現は必要ないんだよ。報告書にそんな台詞が紛れ込んでいたら、上だって迷惑するだろう」

「そんなつもりじゃないですよ」

「だったら、さっさと食え」私は、いつまでもずるずるとスープをすすっている大西を睨みつけて、箸を置いた。

「もう行きますか？」大西が、空になった丼《どんぶり》の中にレンゲを転がし、私の丼に目を移した。「スープ、飲まないんですか」

「成人病を気にする年じゃないけど、体に悪いことはしたくないんでね」

大西が不思議そうな顔で、立ち上がった私を見上げた。

「窮屈じゃないですか？」

「何が？」

「鳴沢さん、ずいぶん自分を締めつけてるみたいだから」

「締めつけるって言わないんだよ、こういうのは。俺は、コンディションを整えてるだけなんだ。ジジイになるまで刑事でいたいんでね。それに、現場で犯人を追いかけ回す段になって、息が切れました、なんて言い訳はできないだろう。だから、煙草も吸わない」

「そんなものですかね」

「制服を着て偉くなりたいんだったら、そんなことを気にする必要はないけどね」

「だけど、署長だって、『捜一の鬼』って言われたのに、出世してるじゃないですか」

「親父《おやじ》は関係ない」私はわざと冷たく言い放って、カウンターに千円札を置いた。頭にタオルを巻いた店主の、「まいど」という疲れた声が追いかけてくる。訛《なま》りがまったくない。そう、湯沢に来てから私は、微かな違和感を感じることがある。この町では、新潟訛りを聞くことが少ないのだ。

「ここのオヤジ、地元の人かい？」店を出てから、私は、「金龍」という赤い暖簾《のれん》を振り返りながら大西に訊ねた。

「いや、知りませんけど」大西が首を傾げる。「それが何か？」

「聞き込みをしてても、新潟弁をあまり聞かないんだよな。爺《じい》さん婆さんは別だけど。要するに湯沢って、外の人間が多いんだろう？」

「ああ、そういうことですか」

「外から観光地に働きに来る人は、町に愛着も湧かないんだろうな」

「そうかもしれませんね」

「金を稼ぎに来るだけだから」

私は背中を丸め、歩き始めた。首筋を、秋の最後の風が撫《な》でて行く。吐く息が白い。この町に拒絶されているような気分になってきた。所詮《しょせん》、お前もよそ者ではないか、と。

長々と続いた夜の捜査会議も終わり、私たちは短い休息に入った。ほとんどの捜査員は、臨時の仮眠室になっている会議室の床に蒲団を並べ、早くも寝息をたてている。私はまだ眠る気になれず、ぶらぶらと階下に下りていった。刑事部屋のドアの隙間《すきま》から灯《あか》りが漏《も》れ、誰かが電話に向かってなだめるように喋っているのが聞こえる。一瞬、会話の内容を盗み聞きしようかと思ったが、その代わりに、熱い茶を頭に思い浮かべた。

足音を立てないように階段を下りる。一階には確か、飲み物の自動販売機があったはずだ。

一階には、交通課、地域課など、警察の表の顔が集まっている。柔らかい光が溢《あふ》れ、既に暖房も入っているので温かい。当直の署員が四人。遠くでサイレンの音が聞こえた。おおかた、交通事故だろう。今夜も平穏なようだった。ふと、自分の所轄時代を思い出す。定期的に回ってくる泊り勤務は、私にとっては時間の無駄でしかなかった。その時間は、自分の脚で好きなように歩き回ることができなくなるのだから。

警察学校を出た後、私は西新潟署に配属された。五十万都市の郊外をカバーする、比較的暇な署である。管内のほとんどが住宅地で、夏場の海水浴場以外には、人が集まる場所もない。新潟大学があるという理由で、警備の連中だけは忙しそうにしていたが、それが私にはどうにも理解できなかった。学生だから思想犯に注意というのは、もう何十年も前に無効になっているはずのマニュアルである。それを、いつまでもお題目のように唱え続けている警備の連中が、正真正銘の阿呆に思えた。

西新潟署で、私は泥棒を捕まえ続けた。中国人もいた。台湾人もいた。もちろん、日本人もいた。地味で、つまらない捜査である。しかし、どんなに小さな事件でも、じわじわと包囲網を縮め、犯人を追い詰める快感は、どんな事にも勝った。祖父が話していた通りだ、と思う。正当な理由と権力を持って、人が人を狩ることの快感は、他のどんな行為によっても得られない。

温かく、安全な部屋の中を見回した。もしも自分が年をとって、魚沼署のような小さな警察署で、地域課の係長でもやることになったら、どうだろう。もう事件を追いかけることもなく、ひたすら泊まりの時間が過ぎるのを待つだけの勤務。

冗談じゃない。

私に、二十年先はないのだ。五年先だってない。未来を見通そうとすることは、必然的に、一瞬現在を忘れることにつながる。私に必要なのは現在だけなのだ。

今夜の当直主任は、交通課長だった。この何日かで顔見知りになっているので、互いに軽く会釈する。自動販売機でお茶を買い、プルタブを引き上げる。口をつけようとした途端に、背中から声をかけられた。夜の寂しさ、うまく行かない捜査の苛立《いらだ》ちを慰めてくれる声ではなかった。

「なじらね？」

振り返り、思いきり顔を歪めてやった。想像した通り、知った顔だった。東日新聞の長瀬《ながせ》龍一郎《りゅういちろう》。今年入社したばかりのサツ回りである。記者クラブに加盟している各社の記者の名簿は私たちの所にも回ってきているし、彼は毎日同じ時刻に捜査一課に顔を出すので、何となく顔も名前も声も覚えてしまった。この男は他社の記者と違って妙に礼儀正しく、課長席の前のソファでも姿勢を崩そうとしないので、かえって印象に残っている。

「慣れない新潟弁は使わないほうがいいよ。『なじらね』なんて言わないで、『元気ですか』でも『こんばんは』でも何でもいいんだから。だいたい、今の若い連中は『なじらね』なんて言わない」

「そうですかね」長瀬が、色白のハンサムな顔に小さな笑顔を浮かべた。ひょろりとした長身。身につけているものは全て上等だ。今夜も、濃いグレイのピンストライプのスーツに青いクレリックシャツ、それに足首まであるブーツという格好である。曲げた肘《ひじ》には、布地にオイルを塗り込めたらしい緑色のコートをぶら下げていた。

「あんたが地元の人間じゃないことは、みんな知ってるんだから。あんたはお客さんなんですよ。お客さんが新潟弁なんか使ってると、かえって白ける」

「そうですか」

「そうだよ」私は周囲を見回した。警務課のデスクについている初老の署員が、書類を眺めるふりをして聞き耳を立てている。これでいい。新聞記者と二人きりで話していることがばれたら、お小言ぐらいでは済まない。挨拶《あいさつ》をして、雑談を交わしただけ。すぐ近くにいる署員が、そのように証言してくれるだろう。それにしても、早く追い払ってしまいたかった。

「こんな時間に、こんなところでぶらぶらしてていいのか」

「へえ」長瀬が面白そうに言った。

「へえって、何だよ」

「そういう台詞は、二課の専売特許だと思ってましたよ。新聞記者を追い払いたい時の決め台詞でね」

「俺は二課の人間じゃないよ」相手にペースを握られているのではないかと思い、私は彼との間にある壁を高く持ち上げた。「こんな時間にこんな場所にいたって、何も出てこないでしょう。もう、帰って寝たら？」

「手ぶらで帰るわけにはいかないんですよ。事件は、どうなってるんですか」

「そんなこと、俺の口から言えるわけないだろう。課長にでも聞いてよ」

「課長は今、新潟でしょう」長瀬は、ワイシャツの胸ポケットからキャメルを取り出し、一本引き抜いた。私にも一本勧めたが、私は首を振った。

「こっちは体力勝負なんでね。煙草なんか吸ってたら肺が駄目になる」

長瀬が小さく肩をすくめる。

「まあ、刑事さんは大変だ」

馬鹿にするような言い方に、私は少しむっとした。が、もしかしたらこれも相手の作戦かもしれないと思い、睨みつける代わりに薄ら笑いを浮かべてやった。怒らせると相手は本音を言う、と思い込んでいる記者は少なくない。

「刑事に煙草なんか差し出しちゃいけないよ。賄賂《わいろ》だと思われるから。ねえ?」私は、書類に目を落としていた初老の署員に声をかけた。顔を上げて私を見やり、にやりと笑う。金歯が光った。やはり、聞かないふりをして聞いていたのだ。間の抜けた声で言う。

「そうだよ、記者さん。警察官を買収しちゃいけないな」

「そうそう、そういうことで」

無表情なまま、長瀬が頷く。

「情報なんか、金を払って手にいれるものじゃないでしょう。買った情報は、払った金の分の値打ちしかないんだから」

眠そうな顔で煙草を吸っている長瀬を残して、私は署の前にある駐車場に出た。妙な奴だ。若いサツ回りに共通した、ぎらぎらと脂ぎった態度がまったくないのだ。煙たがられるのを覚悟してまで、後を追いかけては来ないだろう、と私は思った。

庁舎の壁に背中を預け、ゆっくりと茶をすする。寒さはいよいよ本格的になり、足元から遠慮なく這《は》い上がってきた。缶の小さな口から、細い湯気が立ち昇る。

携帯電話が鳴った。缶を右手に持ち替え、左手で電話に出る。

「了か？　なじらね？」

私は苦笑しながら、缶をアスファルトの上に置いた。祖父の浩次《こうじ》だ。「なじらね」という年季の入った新潟弁も、さすがにすんなりと耳に入ってくる。

「どうしたんですか、こんな時間に」私は、庁舎の窓から漏れてくる灯りで、腕時計を見た。十二時近い。普段なら、祖父はとっくに寝ているはずだ。何しろ、もう七十九歳なのだから。

「今、魚沼か？」

「そうです」

「何回か電話したんだがな」

「何か用事でもあったんですか？」

「いや、そういうわけでもないんだが」祖父の声は、いつもと違って歯切れが悪かった。

「どうしてるかな、と思ってな」

「元気ですよ」

「なら、いいんだ。この前、誕生日だっただろう。お前、もう三十になったのか？」

「まだ二十九ですよ。もしかしたら、ボケて来たんですか？」そう言いながら、来年は三十になるのだと思い知らされ、私は少しばかり愕然《がくぜん》とした。

「馬鹿言うな。まあ、三十前だったら、まだまだこれからだな。ひよっこだ」

「はいはい」私は苦笑しながら、祖父に気取《けど》られないよう、そっと溜息を吐き出した。祖父にかかると、いつまで経ってもガキ扱いである。

「それと」祖父が言いかけ、言葉を飲み込む。何が言いたいのかは想像がついた。私は頬の内側を噛《か》み、次の言葉を待った。

「そっちで宗治《むねはる》には会ったか？」

「一度挨拶しましたよ」

「それだけか？」

「署長と平の刑事ですよ。しかも本部事件の最中なんだから、喋ることなんかないでしょう」

「まあ、そうだが、あまりかりかりしないようにな」

「俺はしてないよ」

「意地を張るなて」電話の向こうで、祖父が苦笑する様子が目に浮かぶ。私と父の一種の冷戦を、祖父は苦笑しながら見ているのだ。「いい加減、普通に話をしたらどうなんだね。こういう機会なんだから、お前の方から話しかけてみればいいじゃないか。三人しかいない家族なんだから」

「それと仕事とは関係ないでしょう」

「そうは言っても、いつまでも口をきかないわけにはいかんだろう。そのうち、上司と部下の関係になるかもしれないし。そうなったら、毎日顔を合わせることになるんだぞ」

「親父が刑事部長にでもなるって言うんですか？」

「その可能性、ないとは言えないな」

確かに、父の年齢、キャリアを考えると、最終ポストとして刑事部長の椅子《いす》も見えてくる。

「刑事部長と平の刑事が話をすることなんて、ないですよ。だから、ご心配なく」

電話の向こうで苦笑が聞こえた。

「いい加減にしろて」祖父の声はまだ笑っている。だが、おそらく永遠の繰り返しになるであろうこの話題は、私にとって苦痛以外の何物でもなかった。

「とにかく、まだ仕事中ですから」

「ああ、邪魔したな。ま、片づいたらまた、魚でも食いに来いて」

「そうですね」

「たまには顔を出せよ」

「分かりました」

電話を切って、私は溜息をついた。祖父にとって、私と父の不仲は、喉元《のどもと》に引っかかった魚の小骨のようなものなのだろう。致命傷ではないが、顔をしかめる程度の不愉快さでは済まない話に違いない。

だけど、不愉快なのは俺も同じなんだ。私は少しだけ、祖父に向かって毒づいた。

父は、捜査一課を離れた今でも、「捜一の鬼」と呼ばれている。祖父は「仏の鳴沢」と呼ばれたそうだ。いや、現役を離れて四半世紀も経つのに、今でもそう呼ぶ人がいる。古参の捜査員の中には、一種畏敬《いけい》の念を持って私を見る者がいるほどである。捜査能力は遺伝しないはずなのに。

祖父は終戦後、警察組織がまだ国家警察と自治体警察に分離していた時代に、新潟市警に入った。戦争から帰ってきてすぐに父が生まれ、仕事もなく、知り合いの伝《つて》を頼って、仕方なく警察に籍を置いたらしい。しかし結局、刑事は祖父の天職になった。現行の警察制度に切り替わった昭和二十九年に刑事になり、以来、退職するまで二十年以上、捜査一課一筋。最後は、県内でも最大の署の一つである新潟中署長を務めて、警察官としては文句のつけようがないキャリアを終えた。

一線の刑事としても優秀だったらしいが、その能力が最大限に発揮されたのは、捜査一課長時代だった、というのが大方の評価である。ただ機械のように的確な命令を下すだけではなく、人柄も含めて部下から尊敬され、慕われていたようだ。実際、退職後も、かつての部下たちが祖父を慕って、しょっちゅう家に集まって来たものである。そんな時、彼らはなお残る忠誠心を冗談のタネにした。「一課長が信濃川に飛び込めって命令したら、『どの橋からにしますか』って聞きますよ」と。

祖父の人心掌握術は、平の刑事時代に培われたものだった、と思う。何よりも得意にしていたのが、取り調べなのだ。どんな相手でも落とす。しかも、落とした相手に恨まれることは一度もなかったというのが、祖父の自慢だ。それが「仏の鳴沢」の由来でもあるらしい。本人が仏のように慈悲心を見せたという意味もあるだろうが、むしろ、取り調べた相手が全員、全てを白状して成仏した、ということらしい。そのような取り調べのやり方を通じて、人の心をがっしりとつかむ術《すべ》を身につけたのだろう。

祖父の取り調べは、相手に対する徹底した下調べが基本になっていた。犯行そのものについては口を閉ざす犯人も、それ以外の雑談や世間話については、案外気軽に応じるものである。だから祖父は、徹底して犯人の人となりを調べた。子どもの頃の趣味、家族関係、犯人が会社に勤めているなら、勤務態度や職場の人間関係までが対象になった。そういう材料を小出しにしながら、犯人との信頼関係を築く。そうやって相手が気軽に話せるような環境を作ってから、おもむろに本筋に突っ込むのだ。

一課で、今でも伝説になっている事件がある。昭和三十三年の夏、新潟市内で行商人の一家三人が殺された事件があった。犯人は同じ行商人仲間で、事件から十日後に逮捕されたが、頑として口を割らなかった。というより、名前と住所を述べた後は、完全に黙秘した。祖父は、最初の勾留期限が切れるまでは手を替え品を替え相手を落とそうとしたが、勾留延長が認められた後、取り調べを中断して、犯人の故郷である秋田へ飛んだ。そこで、犯人の妹に会い、何日も通いつめて、予想もしていなかった事実を引き出した。妹が犯人の家に遊びに行って、留守番をしている時に、たまたま訪れた被害者の行商人が、彼女を強姦したのだ。二か月後に結婚を控えていた彼女を。縁談は壊れたが、その理由は表沙汰にならなかった。

勾留期限切れぎりぎりに新潟へ戻ると、祖父は取り調べを再開した。目に涙を浮かべ、認めてくれ、と懇願しながら。夕方、時間切れ寸前になって、祖父はやっと犯人の妹の話を持ち出した。固く、高い壁は崩壊し、犯人は一気に自供した。その時祖父は言ったそうだ。刑事だから、お前を罪に問わざるを得ない。だが人間としては、お前を責めることはできない、と。

今考えるとずいぶん悠長なやり方だと思うし、犯人に感情移入した祖父の気持ちは、私には理解できない。人間としては責めることができない？　冗談じゃない。私たちは、人間である前に刑事なのだ。人殺しは結局、人殺しである。

このような話は全て、私自身が警察官になってから、新潟県警に伝わる伝説として聞いた話だ。私自身が知る祖父は、明るく豪快な一方で、まめな男である。

一時、私たちの家には男三人しかいなかった。どうやら鳴沢家は、妻を早く亡くす運命にあるらしい。祖父も父も早くに結婚したが、二人とも早いうちに妻を亡くしている。私がまだ結婚に踏み切れないのは――相手がいるわけでもないが――そういう過去を密《ひそ》かに恐れているからに他ならない。祖父は二十七歳で、私の祖母を病気で亡くした。父は三十二の時である。交通事故だった。だから私は、祖母の顔はまったく知らないし、母の顔もはっきりとは覚えていない。私の脳裏に残っている母の笑顔は、実物よりも、写真から得たイメージである。

男三人の暮らしは、私が八歳の時から七年間続いた。最初の三年間は、食事や洗濯の面倒を見てくれる女性が来ていた記憶がある。父が捜査一課に入った直後で、祖父は中署長を最後に退職したばかりだった。

やがて祖父は、自ら家を切り盛りするようになった。毎日、家の中を隅から隅まで磨き上げ、自ら包丁を握る。暇な時間は魚釣りに費やし、自分で釣ってきた魚を晩の食卓に乗せた。どうも祖父は、何かに熱中すると、とことんまで行ってしまわないと納得できない性質《たち》のようである。そういうわけで、子ども時代、私は何かに不自由した記憶がほとんどない。寂しかった、という嫌な想い出もなかった。祖父の元に、昔の部下たちが度々集まってきて、いつも賑《にぎ》やかだったせいもある。そんな時に祖父は手料理でもてなし、かつて厳しく指導した部下たちの驚く顔を見ては、にやにやしていた。どうだ、俺にはお前たちの知らない一面もあるのだ、とでも言いたげに。

後から聞いた話だと、祖父は、部下の面倒を徹底的に見る反面、厳しい一面も持っていたようである。ぐずぐず言う刑事に向かって、灰皿が飛ぶこともしばしばだったらしい。結局、祖父が抜群のリーダーシップを誇ったのは、相手によって態度を変えることがなかったからではないだろうか。誰にでも厳しく、誰にでも優しく。こういう一貫性さえあれば、少なくとも部下は上司を理解し、信用するようになるはずだ。好き嫌いはともかくとして。

当時の祖父は、最後の肩書きである「署長」と呼ばれるのを嫌がって、昔の部下には

「鳴沢さん」と名前で呼ばせた。しかし、「課長」と呼ばれると、「よせよ」と言いながらも嬉しそうな顔をしていたのを思い出す。酒が進むにつれ、「課長」と呼ばれると返事をするようになった。やはり、屈強な部下を率いて新潟県内のワルどもを震え上がらせていた一課長時代が、祖父にとっても一番思い出深い時期だったに違いない。

そして私は、祖父や、彼の仲間たちから事件の話を聞いて大きくなった。

無理に聞かされたわけではない。刑事たちが、あるいは元刑事たちが集まれば、話題は自然と事件の話になる。ほんのわずかな手がかり——現場に残された足跡から割り出した靴とか、被害者の体内に残った包丁の欠片《かけら》とか——から物《ブツ》を辿《たど》り、犯人に行き着き、手を替え品を替えして、取り調べで落として行く。そういう、彼らにとっての日常は、私には未知の世界だった。人が人を追い詰めること。人が人を裁くこと。その意味は分からなくても、実態については、子ども心にも、おぼろげながら分かるようになった。

しかし、私が事件の話を喜んで聞いている時、祖父は渋い顔をしていたような記憶がある。彼のかつての部下たちは、私が良く分からないまま質問をぶつけても、喜んで答えてくれた。小学生が寝る時間になっても、私は彼らの話が聞きたくて、いつまでも寝ようとしなかったが、いつもはうるさいことを言わない祖父が、そういう時に限って「子どもは早く寝ろ」と説教したものである。

今でも時折、何の前触れもなく脳裏に浮かぶ光景がある。確か、十歳の頃だったと思うが、場所は思い出せない。が、膝《ひざ》まである深い雪の中を、祖父に手を引かれて歩いていたのは間違いない。吐く息が雪の結晶のように凍りつく夜で、私はぐずぐずと鼻を鳴らしていた。祖父は、私を雪溜まりの中から引っ張り上げるようにしながら、一歩一歩を踏みしめながら歩いた。祖父が吸っていた煙草のきつい臭いも覚えている。街灯の灯りが街を煌々《こうこう》と照らし出し、積もった雪がその灯りを反射して、昼間のように明るかった。雪混じりの海風に叩《たた》かれ、ひりひりと痺れるように頬が痛んだ。

「了は、刑事になりたいのか?」祖父が唐突に訊ねた。私は、首が折れそうなほど激しく頷いた。

「なりたい」

「何で」

「格好いいから」

「そんなことないんだぞ。危ないこともあるし、お前が考えているより、ずっと厳しい仕事なんだ。うんと頑張っても、いつも上手《うま》く行くとは限らないしな。だけど、失敗は許されない。犯人を捕まえないと、世間は許してくれないんだよ」

「でも、やっぱり格好いいよ」

「そうかね」祖父が、急に立ち止まった。勢い良く一歩一歩を踏み出しながら歩いていた私は、バランスを崩して、背中から雪の中に倒れ込んだ。笑いながら、祖父が引っ張り起こしてくれた。

「ジイちゃんは、格好いいか？」

「うん」

祖父は顔をほころばせたが、次の瞬間には、厳しく表情を引き締めた。

「世の中には、刑事だけじゃなくていろいろな仕事があるぞ」

「だけど、うちはみんな刑事になるんでしょう？」

祖父の顔に、苦笑というより困惑に近い表情が浮かんだ。

「まあ、そうだな。でも、いろいろ考えてみてもいいんじゃないか。お前はまず、中学を出たら東京へ行くんだ」

「ジイちゃんも一緒？」

「お前一人だよ。宗治も、高校から一人で東京へ行った。鳴沢の家の男は、早く独立するんだ」

「一人かあ……」その時私は、目の端に涙を溜めたかもしれない。祖父に家を追い出される、と思ったのだ。中学の卒業まであと五年。五年後には家を出て、一人で暮らすということが想像もできなかった。「ジイちゃんも一緒に来ればいいのに」

「一人で頑張らないと駄目なんだよ」私の頭に大きな手を乗せ、祖父が言った。「一人で頑張って、それでいろいろ考えてみればいい。世の中にはたくさん、仕事がある。その中で、お前に一番合った仕事を見つければいいんだよ。でも、今はまだそんなことは考えなくていいんだぞ。お前が自分で仕事を始めるまで、まだ十年以上あるんだからな。十年だ。たっぷり考えるといいよ」

祖父は大股で歩き出した。私は大きな手に引っ張られながら、飛び跳ねるようにして歩いた。長靴の中に雪が入り込み、靴下を濡《ぬ》らす。帰ったらストーブで乾かそう、と思った。足が熱く、火傷《やけど》しそうになるまで。そう、冬の想い出はいつも、雪の湿った冷たさとストーブの熱さだ。そして、煙草臭い祖父の体臭だ。

大西は、憮然《ぶぜん》とした表情を隠そうともしない。私は、不愉快な気分を辛うじて仮面の下に抑え込んでいた。

相手は、土産物店の店主だった。背中越しに覗《のぞ》き込んだ大西の手帳には、「星拓一《ほしたくいち》、四十七歳」と書いてある。湯沢在住。ついでにもう一つ、極めて非協力的な態度という項目を書き加えろ、と私は心の中でつぶやいた。

「あのね、お巡りさん」星が苛々《いらいら》した調子を隠そうともせず言った。口と一緒に手を動かし、漬物の入ったビニール袋を並べ替えている。先程から、私たちの方を見ようともしない。漬物の並べ替えに全神経を集中することで、私たちを無視しようとしているようだ。「本当に、これで何回目かね？　別の人が来ても、いつも同じことばかり聞いて。近所の連中も、みんな困ってるよ」

私は相手に気取られないように顔をしかめた。やはり、湯沢は田舎町なのだ。警察の動きは、伝言ゲイムのように人の口から口へ伝わってしまう。

「こういうの、困るんだよね。商売の邪魔になるんだよ、正直言って。あれからずいぶん経つけど、犯人の見当、まだついてないの？」

「一生懸命捜査してますよ」大西が、むっとした口調を隠そうともせずに言った。

「そうかねえ。犯人、もう、遠くへ逃げちゃったんじゃないの？」

「まだこの町にいるかもしれませんよ」大西が言った。

「何だい、おたく、犯人がこの町の人間だって言うのか？」星がむっとした口調で大西に迫った。

「どんな町にも悪い奴はいます」言い訳するように、大西が小声で言い返した。

「湯沢に限ってそんなことはないね」

「湯沢だけが例外ということはないんですよ」

「だったら、湯沢の人間が犯人だっていう証拠でもあるんかね」

星が顔を上げ、大西の顔をぐっと睨みつけた。大西が一歩踏み出す。私は彼の肩を押さえて、特大の笑顔を浮かべてやった。星が戸惑ったような表情の中で、口を開きかける。私は、彼の攻撃的な物言いを封じ込めるために、わざとのんびりした口調で言った。

「そうですねえ、どっちにしろ、犯人はもう、逃げちまってるかもしれませんね」

「何だい、ずいぶん呑気《のんき》な言い方だな。警察がそんなことでいいのかい？」

「でも、犯人っていうのは現場から逃げるのが仕事みたいなものですからね。しかも今回は人殺しだ。でかい顔をして、この町に居座っているわけがないでしょう」

「ああ、前に来た人も同じようなことを言ってたね」星が皮肉を込めて言った。「だけど、どうして何度も同じことを聞いていくのかね。お互いに連絡を取り合ってないんじゃないの？」

「まあ、警察もいろいろありましてね。それより、何度も同じ質問を繰り返すのは、みなさんが何か忘れているかもしれないからですよ」

「何だい、それ」

「違う顔を見れば、それがきっかけになって、何か思い出すかもしれないでしょう？

だから、何度も顔を出すんですよ」

「俺は何も思い出さないよ。最初から同じだ。怪しい人間も見ていないし、妙な物音も聞かなかった」

「結構ですよ」私は大西の腕を押さえ、手帳を閉じさせた。「何か思い出したら、是非連絡して下さい」

「今になって何かを思い出すとは思えないけどね」

「もしかしたら、顔見知りの犯行かもしれません」

「そうなのか？」星の顔から、つっけんどんな表情が少しだけはがれ落ち、好奇心がちらりとのぞいた。「あんたも町の者だと思うのかね？」

「さあ、どうでしょう。町の人かどうかは分からない。でも、これだけ聞き込みをしているのに、誰も怪しい人間を見ていないし、言い争うような声も聞いていないというのは、どういうことなんですかね。犯人は、被害者の顔見知りだった可能性が高いんじゃないかな」

「そうかねえ、町の者かね」星が腕組みをした。私が言った可能性を、真剣に検討しているようである。「いや、それはかなわねえな。評判ががた落ちだ」

「そうと決まったわけじゃありませんけどね。でも、こんな近くにいて、何もなかったとなると……最近、急に引っ越していった人とか、知りませんか？」

「いや、俺の知る限りじゃ、いねえな」

「となると、やっぱり町の人じゃないかもしれないな」

「どっちなんだよ」星が、苛々した口調に、微かな嘲《あざけ》りの色を混ぜ込ませて訊ねた。

「それは、我々にも分かりません。どっちにしろ、みなさんのご協力が……」

「ああ、分かったよ。何か思い出したら連絡しますよ」

少しだけ好奇心を満たされたのか、星は別れ際には微かに友好的な態度さえ見せるようになっていた。

大西には、それが不満だったようだ。

「どうしてあんなオッサンのご機嫌を取るんですか。それに、捜査の秘密を漏らすのは、まずいんじゃないですか？」

「どこが捜査の秘密だ？　俺が今言ったことなんか、全部新聞に書いてあるよ」

「これも、相手によって態度を変えるということなんですか？」

「そういうこと。それにしても、この町はやっぱり厄介だな」

「そうですか？」

私は小さく頷いた。

「去年の夏、松代《まつだい》で傷害致死事件があったんだが、あの時は町の人がみんな探偵になったような感じだったよ。噂《うわさ》を抑えるので大変だった。新聞に変なことを書かれたらたまらないからな……とにかく、こんな田舎町で殺人事件が起こって、犯人が町の人間だったら、今頃はもう、俺たちは犯人にたどり着いているよ」

「観光地は、どこも二重構造なんですよ。表面は愛想がいいけど、基本的には田舎の人たちだから。外の人間には口が固いんです。それに、警察だって、よそ者みたいなものですからね。俺たちの目が届かない所では、いろいろと噂が飛び交っているかもしれないけど」

「だったら海君、そういう噂を掘り返すのは君の仕事だぜ。何しろ、地元に詳しいのは俺じゃなくて君なんだから」

大西が頬を膨《ふく》らませたが、文句は言わなかった。結構だ。彼は少しずつ、不平を言わなくなってきている。

「少し、質問を変えてみるか」私は、聞こえるか聞こえないかぐらいの声で言った。

「何ですか?」案の定、大西が食いついてくる。

「俺たち、被害者のことをあまり知らないんだよな。被害者の人となりとか、もう少し調べてみてもいいと思う。そうすれば、別の筋を見つけることができるかもしれない」

「そう……ですね」

大西の頼りない返事に私は舌打ちをした。

「お前さん、この事件は怨恨《えんこん》だと思うか」

「家を荒らされた跡がないんだから、強盗や物盗りじゃないでしょうね」

「普通はそう考えるよな」

「違うんですか？」マニュアルで教えられた以外の疑問が出てきたと思ったのか、大西が体を固くした。

「分からんよ。だって、俺たちは何も材料を持っていないんだから。材料がない今の時点で、あれこれ想像しても仕方ないだろう？　家が荒らされた跡がないから強盗じゃないとか、そういう先入観に縛られていたら、本当のところが見えなくなるぜ」

「本当のところって？」

「もしかしたら、犯人はサイコ野郎かもしれないじゃないか。ただ人を殺すことが楽しい奴は、間違いなくいるんだよ。それで、顔見知りがやったように偽装工作したとかさ……ああ、そうだ、その辺に座り込んでいる不満だらけのガキを締め上げたら、白状するかもしれないな」

私は、セブン・イレブンの前の路上に座り込んでいる数人の少年たちをちらりと見やった。気づいているはずなのに、こちらを見ようともしない。体の線を隠す、だぼっとした服に身を包み、時折馬鹿笑いを上げながら、歩道のアスファルトに印を付けようとするように、煙草を押しつけている。

「確かに少年犯罪は増えてますけど、何でもかんでも子どものせいにするのは良くないですよ」大西が顔をしかめながら、とがめるように言った。

「そうかね」私はセブン・イレブンの方に向かって歩き出した。「子どもだって年寄りだって人は殺す。サイコ野郎に年齢は関係ないよ」

「あの、鳴沢さん？」

「おーい、煙草をめぐんでくれないか？」私は、大西を無視し、しゃがみ込んだ子どもたちに向かって両手でメガフォンを作った。高校生――いや、中学生だろうか。全員、顔はつるつるだ。見事に私を無視している。

「聞こえなかったのか？　煙草をめぐんでくれって言ってるんだよ」

　私は、彼らが手にした煙草のパッケージを見た。キャスター・マイルド。マイルドセブン・エクストラライト。まったく。軟弱この上ない。私は刑事になった時に完全に禁煙したが、吸っている頃はショートホープ一辺倒だった。きついし、臭い煙草だが、どうせ吸うならそれぐらいの刺激がなければ意味がない。

「何だよ、オッサン」一番体の大きな奴が、下から私を睨むようにした。「うるせえんだよ。あっち、行けよ」

「まあ、そう言わないでさ。煙草の一本ぐらいめぐんでくれてもいいじゃないか」

「放っとけって」苛ついた声。「オッサン、ふざけてんのか」

「ああ、そうだな。そう思うか？」私は腕組みをして、彼らを見下ろした。「だけど俺は、ふざけてるわけじゃない」

「うるせえな。じゃあ、何なんだよ」

「警察だ」

　薄ら笑いが凍りつく。私はにっこり笑って、続けた。

「安心しろ。俺は防犯の人間じゃない。お前らが煙草を吸おうが、覚醒剤をやろうが、知ったこっちゃない。ただ、その結果誰かを傷つけたりしたら、間違いなくお前らをパクる。狭くて寒い留置場にぶち込んでやるよ。ま、その時にでも会おうぜ。たぶん、お前らとはそういう場所で会うような気がするな。いや、間違いない。何だったら、今のうちに約束しておくか？　誰かに捕まった時、俺の名前を出したら、担当の刑事が少しは可愛がってくれるかもしれないよ」

　白けたような、怯《おび》えるような目線が、私の体を上から下へと這い回った。私は表情を消し、踵を返して温泉通りを歩き出した。

セブン・イレブンの灯りが背中の後ろで見えなくなる頃、大西が追いついてきて声をかけた。

「何で普通に注意しなかったんですか？」

「話し相手が欲しかっただけだよ」

「冗談はやめて下さい。相手はガキですよ？　びびってたじゃないですか。普通に『煙草をやめろ』って言えばいいのに」

私は立ち止まり、首を振った。大西が、不思議そうな顔で私を見ている。

「あのな、駄目な奴はどこまで行っても駄目なんだよ。今ワルの芽が出てれば、十年後には、そいつは大きな幹になる。悪いガキは、間違いなく悪い大人になるんだよ。矯正なんか、できないんだ。だから、俺たちが無駄な努力をする必要はないんだよ」

「まさか。それは極端過ぎるんじゃないですか。俺だって、高校生の頃、煙草ぐらい吸ってましたよ」

「あんたは可愛い高校生だったんじゃないか？　もしも今あそこに座ってるのが、高校生の頃のあんただったら、俺は何も言わないよ。あんたはワルになるはずがなかったから。今の奴らは違う」

「放っておけばいいじゃないですか」

「目障りだったんだよ。何で最近のガキはあんなに暇なのかね。俺には分からん」本音だった。高校から大学とラグビー一色の生活を送った私には、少なくともセブン・イレブンの前で仲間とたむろしながら時間を潰した経験はない。

歩き出したが、大西に腕をつかまれた。ひ弱な外見からは想像できないような力強さだった。

「鳴沢さん、何考えてるんですか？」

「阿呆か、お前は」私は彼の手を振り払った。「俺が何を考えてるかだって？　ワルを捕まえることだけだよ。ガキどもを矯正するのは、別の人間の仕事だ。俺は、あいつらが人を殺したり、盗みをやったりすれば捕まえる。それ以外には関係ない」

訳が分からないといった表情を浮かべて、大西が首を振る。

私にも訳が分からなかった。たぶん私は、不愉快だったのだ。どうにもうまく行かない捜査に腹が立ち、自分に腹が立ち、そのはけ口をガキどもにぶつけたに過ぎない。

お前こそ、矯正できない阿呆ではないか、と私は声に出さずにつぶやいた。

「あささんかね」私たちは聞き込みを再開した。温泉通りから一本入ったところにある、あさの家と同じような作りの小さな平屋建ての家。老女は、背中を丸めて玄関先に座り込み、私たちを値踏みするようにじろじろと眺めた。大西の手帳には、「羽鳥《はとり》たか、八十一歳」と書き込んである。夕飯の準備中だったのか、家の中から、醬油と出汁《だし》の匂いが濃く漂い出て来た。

「ご存知ですか？」と大西。

「まあ、ご近所だすけ。知らんことはないわな」

「どんな人だったんでしょう？」私は、大西が質問を重ねるのに任せていた。

「どんな人って……」たかが首を傾げる。「ちょっと変わった人でしたね」

「変わった人、ですか。お祓いなんかしてたから？」

たかが顔をしかめる。皺《しわ》の中に表情が消えた。

「あんたら、あんなもの、信じてるのかね？　あんなもので体が良くなったら、医者なんかいらんでしょう」

「まあ、信じる人もいるし、信じない人もいるでしょうね」大西が、笑顔を浮かべながら食い下がった。

「あの人、昔はごうぎな人だったすけ」

「どんな風に？」

「今はあんげお祓いみたいなことしてるけど、昔は教祖様だったからね。私らとは、ちっとばかし違う感じだね」

「教祖様？」

教祖という言葉が、私の耳にこびりついた。何だ？　宗教団体か？　私は、自分の勘をある程度信じていた。しかし、突然閃《ひらめ》いた勘は、後になって考えると、具体的な証拠に、論理的な推測の積み重ねの結果、必然的に導かれたものであることが多い。今回のように、何の予備知識もない状態で、一つの単語をきっかけに筋道が通ることなど、ほとんどないのだ。だったら何なのだ、この感じは。私は頬の内側を嚙みながら、突然頭に滑り込んできた「教祖」という言葉の意味を考え続けた。

「新興宗教か何かですか？」私は、大西に代わって訊ねた。何の根拠もなかったが、これが手がかりになるのではないか、という淡い期待も浮かぶ。

「さあてね。何だったか……あささんは、昔のことをあまり喋らんかったから。私らも、直接聞いたことはないしねえ。何か、聞いちゃいけないみたいな感じがして」

「その宗教団体の名前はご存知ですか？」

「あれは……何だったかね。一時は結構流行《はや》っていたみたいだけど」

「思い出しませんか？」

たかが顔をしかめた。答えは出てこないだろうと思ったが、その予想はあっさりと裏切られた。

「『天啓会《てんけいかい》』。そうそう、『天啓会』だった。あんたらみたいに若い人、知ってるろっか？」

「いや、私は知りません。詳しいこと、ご存知ですか？」

たかが目を瞑《つむ》る。老人は、十分前のことよりも五十年前のことを、良く覚えているという。私は彼女の記憶力に期待した。裏切られなかった。

「ああ、まあ、ね」

「いつ頃の話ですか？」大西がボールペンを構えた。

「ちとばか古いよ。もう五十年も前の話になるすけ、あたしらも、そんなにはっきり覚えてるわけじゃない。あの人、元々ここの生まれじゃないから……新潟の方から来た人なんですて」

「五十年前ね」言って、大西が顎《あご》を撫でた。彼にとっては、教科書の中の世界だろう。無論私にとっても同じである。「ずいぶん古い話ですね」

「知らんかね？」

「聞いたこともありませんよ」大西が首を振る。

「あんたらも、爺《じい》さんにでも聞いてみな。もしかしたら覚えてるかもしれないよ」

「そんなに有名な宗教団体だったんですか？」と私。

たかが、皺だらけの顔に皮肉っぽい笑いを浮かべた。

「どうかね。あの頃ってのは、いろんな神様がいっぺいたみたいだから。戦争が終わった頃っていうのは、みんな誰かにすがりたくなったもんさね。『天啓会』っていうのは、そん中の一つだよ」

「あさんは、『天啓会』のことをあまり話さなかったんですね？」私は念を押した。

「そう。今言っている話は噂だよ、噂。あまり良い想い出じゃなかったんだろうね。あささんは、自分の口からそんなことは言わんかった。この辺も、新しい人が多いから、昔のことは知らないしね。私ら年寄りだけだよ、こんな古い話を知ってるのは」

ほんの少しだが、光が見えて来た、と思った。

私たちはたかの家を辞去し、捜査本部に戻ることにした。駅前にある町営の駐車場で、若田と一緒の新谷と出くわした。

「おう」新谷がにやにやと笑いながら手を上げる。自分のギャランに乗るようにと、顎をしゃくった。

新谷が運転席に座り、エンジンをかけて車内を温めた。私は助手席。リアシートに座った魚沼署の二人は、一言も口をきかず、姿勢も崩さなかった。新谷がガムを噛む音だけが聞こえて来る。

「何だか久しぶりですね」と私は言った。新谷が、目の前の薄汚れた駅舎をまっすぐ見据えたまま、答えた。

「そうだな……おい、何か分かったか？」

「海君が、面白い話を聞きだして来ましたよ」

「おう、そいつはお手柄だったな」

新谷が首をぐるりと巡らして、大西の顔を見た。顔を強張らせたまま、大西が小さく首を振る。

「自分じゃないですよ」

「じゃあ、何だよ」と新谷。

「鳴沢さんが――」

「自分の手柄は手放すなよ」私は素早く口を挟んだ。「そうじゃないと誰かが持って行っちまうぞ。もっとも、今回の話が手柄になると決まったわけじゃないが」

「どうも、前置きが長いな」自分の癖を棚に上げて、新谷が愚痴を零《こぼ》した。「で、話は何なんだ」

「被害者が新興宗教の教祖だった、という話」と私。

「それって、もしかしたら『天啓会』のことか？」新谷が目を細める。

「カンエイさんも同じ話を聞いてきたんですか？」

「ああ、今日はずっと、年寄り連中に話を聞いてみたんだが、何人かが同じことを言っていた。被害者から直《じか》に聞いたわけじゃないが、年寄り連中の間では常識だったらしいよ。五十年も前の話だろう？　別に関係ないとは思うけど、何か、妙に気にかかるんだよ。あんたもそうじゃないのか？」

「この線、今まで出てませんよね？」

「うん」新谷が顔をしかめ、顎を撫でた。「見逃していたのかもしれないな」

「カンエイさん、『天啓会』ってどういう宗教団体だったか、知ってます？」

「いや、どこかで聞いたことがあるような気がするんだが、何だったかな」

「本間あさが祈禱師みたいなことをやって生活していたということと、何となく結びつきませんか？　昔取った杵柄《きねづか》って奴かもしれませんよ」

「そいつは何か、変な言い方だぞ」新谷が真顔で言い、忙しくガムを嚙んだ。「だけど、この『天啓会』については、俺たちは何も知らないからな。何とも言えん」

「五十年も前の話だから」私は腹の上で手を組み、シートに背中を預けた。「信じられないな。戦後すぐでしょう？」

「ああ」新谷がハンドルに両腕を預ける。「古い話だな。古過ぎるよ」

「この件、本部で話しますか？」

「もちろん。どんなに古い話でも、関係者が全滅しちまったわけじゃないだろうからね。ちっとは手がかりになるかもしれん」新谷がダッシュボードの時計を睨んだ。「ま、その前に飯にするか。捜査本部で話が長くなるかもしれないし」

「ちょっと早くないですか？」私は自分のオメガを見た。外はすっかり暗くなっているが、まだ六時を回ったばかりだ。

「いいんだよ」新谷が、急に笑顔になった。「これはあくまで俺の勘だけど、この線で、何とか事件が動き出しそうな気がする。そうなったら、今よりずっと忙しくなるぞ。今のうちに、せいぜい栄養をつけておこうじゃないか」

「カンエイさんの勘って、こういう時は良く当たるんですよね。特に飯が絡むと」

「そうそう」新谷が苦笑いした。「問題は、勘が当たってもどうしようもないってことなんだよな。忙しくなるのは止めようがないんだから」

そうぼやきながらも、新谷の口調には少しだけ安堵《あんど》の響きが混じっていた。私も同じ気分だった。一歩でも、犯人に近づきたい。遠くで、事件の輪郭を撫でまわしているような時間は、早く過ぎてしまった方がいい。往々にして、事件が動き出す時というのは、こちらが予想するよりも急なものだが、それでも構いはしない。動き始めた事件にしっかりしがみついていれば、後は自然に結末にたどり着くものなのだ。

夜の捜査会議は、天啓会を巡る議論になった。切り出したのは新谷である。見逃していた、という重い空気が捜査員の間に流れる。新谷は、そういう雰囲気を一切無視して、淡々と持論を展開した。直接関係あるかどうかは分からないが、放っておくわけにはいかない。五十年前のこととは言え、被害者の人となりを知るためにも、調査しておく必要があるのではないか、と。

結論を出したのは五嶋だった。例によって腕まくり。例によってしわがれ声。立ち上がると、大仰な動作で机を叩いた。道場内のざわついた雰囲気が一気に静まり、ぴりぴりと緊張した空気が満ちた。

「ありがたいことに、新聞もテレビも、まだこの件には触っていないな」

忍び笑いが前から後ろへ走った。五嶋はいつも怒ったような顔をしているし、態度も荒っぽいのだが、相手がぷつんと切れそうなほど緊張している時に、突然冗談を言い出す癖がある。

「調べてみよう。今のところ――」五嶋は、指で宙に円を描いた。「残念だが、他に有力な手がかりはない。そろそろ手を広げてもいい頃だ。誰か、新潟へ戻って『天啓会』のことを調べてくれ」

私は、反射的に手を上げた。

「お、行ってくれるか、了」五嶋が私を指差しながら言った。

「行きます」

「湯沢は暇かね」

また、クスクス笑い。私は、前に並ぶデスクの一番端に腰かけている父をちらりと見た。書類に視線を落としている。何を考えているのだろう。私が自分の管轄地域から逃げ出そうとしている、とでも思っているのだろうか。

その通りだ。私は逃げ出したい。

私は今まで、ずっと現場で生きてきた。現場には、刑事の全てがある。その空気の中でこそ、私は自分の能力の全てを解放し、心を研ぎ澄ませて真実に迫ることができる。しかし魚沼では、自分を解放することができない。閉じ込められた感じがどうしても拭えず、頭の働きまで鈍くなっているような気がした。

そう、たぶん、父のせいで。だから、この町から逃げ出しさえすれば——。

私の想像は、五嶋の言葉で遮《さえぎ》られた。

「まあ、いいか。この話を聞き込んで来たのはおめさんたちだからね。じゃ、明日の朝一番で新潟へ戻ってくれ」

「今夜帰ります」

「ほう」五嶋が眉をひそめる。「そう慌《あわ》てなさんなって」

「時間を節約できますからね。今日帰れば、明日の朝一番から動けるでしょう? 何だったら、今夜から始めてもいい」

溜息とも笑いともつかない曖昧《あいまい》なざわめきが道場に流れた。私は腕組みをしたまま椅子の上で固まり、そのざわめきが消え去るのを待った。ざわめきの意味は分かっている。どうしてそんなにむきになる必要がある、だ。こんなことをしても点数が稼げるわけじゃないぜ、という軽い嘲りと疑問だ。もちろん、今晩一晩寝てから出発してもいい。上の人間にしてみれば、夜中に高速道路を走って事故を起こされるよりも、朝一番で署を出る方が安心できるはずだ。しかし、それは時間の無駄である。私たちが無駄にしている一分が、一秒が、犯人に遠くへ逃げる余裕を与えてしまう。

そんなことは、屁理屈だ。

私は、この場所にいたくない。父の存在を感じる場所にいたくないだけなのだ。父は相変わらず下を向いたままで、私と五嶋のやり取りを完全に無視しているようだった。祖父は、話し合え、と言った。冗談ではない。事件は動いている。ややこしい話をしている暇などない。

私は、祖父のアドバイスを頭から無視することにした。そんなことは、生まれて初めてかもしれなかった。

一人で走る関越道は、ひどく寒々しい。オレンジ色の街灯が路面を弱々しく照らし出すだけで、他の車にはほとんど出くわさなかった。車の暖房が効き過ぎて、頭がぼうっとする。ウィンドウを下ろし、冷たい外気を車内に導き入れた。眠気と闘いながら、堀之内、小千谷《おぢや》、長岡を通り過ぎる。中之島見附を越えた頃、ようやく父の呪縛《じゅばく》から逃れることができた、と思った。栄パーキングエリアで車を停め、トイレの休憩にする。車を下りる時、足がひどく強張っていた。

トイレを使い、コーヒーを飲む。冷たくなった手の中で、熱い紙コップが強く自己主張していた。思いついて、捜査一課に電話を入れる。私より二年先輩の藤崎剛《ふじさきつよし》が電話に出た。

「捜査一課」

「鳴沢です。藤崎さん？」

「おう」

「ずいぶん遅いですね」

「ちょっと、泥棒さんの調べが長引いてね。どうした？」

「今、そっちへ戻る途中なんですが、ちょっと調べたいことがあるんですよ」

「何だい」

「五十年ほど前のことなんですけどね」

「はあ？」藤崎が脳天から抜けるような声を出した。「おめさん、何言ってるんだ？五十年前って何のことだよ。まだ新潟県警がなかった時代の話だぜ」

「そうそう、だから困ってるんですよ。その頃の記録って、残ってないですかね」

「無理じゃねえかな。よほどのことじゃないと、公判記録は破棄されてるはずだぜ。警察の捜査記録だって、そんな昔のものは残ってないだろうよ」

「そもそも、事件じゃないんですよ」

「だったら、ますます無理だ」藤崎が冷たく言い放った。「俺もおめさんも生まれてなかった時代のことだぜ。どうやって調べるつもりなんだよ」

「相手は宗教団体なんですよ」

「それは、一課の仕事じゃないね」

「それぐらい、分かってます」私は、次第に苛々してきた。何も、藤崎が天啓会の資料のありかを知っていると思っていたわけではない。だが、あまりにも素っ気無い彼の言い方は、私の神経を逆撫でした。「事件じゃないけど、事件絡みになるかもしれないんですよ」

「そんなこと言ったって、無理じゃねえかな。そんな昔の話だったら、昔の人に直接聞くか、当時の新聞記事でも当たるしかないんじゃないか？」

「その頃、警察は宗教団体をマークしてなかったんですかね」

「そんなこと、俺に聞くなよ。俺は泥棒さんが専門なんだ。神様のことを考えてるような暇はないよ。警備の連中にでも聞いてみたらどうだ。連中は暇だから、そんなことばっかりやってる」

　警備の連中と話している暇などないし、その気もない、という言葉が喉元まで上がってきたが、私は何とかそれを飲み込んだ。藤崎に当たっても仕方がない。それに、そもそも藤崎はぶっきらぼうな男である。こういう言い方しかできないことは、私とて百も承知している。

私は、疲れている。

そんなつもりはないし、エネルギーが溢れかえっているように振舞うことはできるかもしれないが、それでは、心の奥底で唸《うな》り声を上げている深い疲労感を眠らせることはできない。

電話を切ると、天啓会というのは意外に遠くにある存在なのだ、と自分に言い聞かせた。簡単にたどり着けると思うな。そこに至る道は、長く険しい。しかし次の瞬間には、自分で自分の尻を叩いていた。過去のある時期、天啓会という宗教団体は間違いなく存在していた。この世に痕跡を残さずに消えてしまうことなど、ありえないのだ。そして、ほんの微かであっても、痕跡さえあれば、私は必ずたどり着く。

第三章　終末の輪廻

午前零時。私は車を県警本部の駐車場に入れ、玄関脇にある総合当直の小部屋に顔を出して挨拶《あいさつ》してから、二階の捜査一課に上がった。

誰もいない。室内の灯《あか》りを半分だけ点《つ》け、自分のデスクに座る。しばらく留守にしていた間に、伝言が溜まっていた。最新のものは、銀行の印が入ったメモ用紙に殴《なぐ》り書きされている。藤崎の角張った字だった。

「資料室には『天啓会』の記録なし」

私はふっと頬《ほお》を緩め、椅子《いす》に浅く腰かけて天井を見上げた。胸の上で手を組み、ゆらゆらと椅子を前後に揺らす。藤崎。無愛想なだけだとばかり思っていたが、やることはやってくれた。しかし、手間を省いてくれたのはありがたいが、結局この部屋に座ったままではどうしようもない、ということが分かっただけである。

パソコンを立ち上げ、検索エンジンにアクセスした。「天啓会」の名前で検索をかけると、何件かヒットする。しかしいずれも、熊本県にある社会福祉法人に関する情報だった。デイケアセンターを運営している法人らしい。宗教団体から衣替えしたのか？まさか。調べてみたが、この会が平成五年に設立された、ということが分かっただけだった。

続いて、過去十年分の記事が閲覧できる東日新聞のデータベースにアクセスする。あった。「新潟の戦後史――⑦天啓会」。クソ、ここから先へは行けない。見出しの閲覧だけの契約なのだ。少しばかり金を節約しようとしたために、いざという時に役にたたない。

日付は八年ほど前のもので、新潟の地方版での掲載のようである。八年前だったら、図書館で縮刷版を保管しているのではないか――いや、駄目だ。縮刷版は、東京で発行される最終版しか収録していないはずである。

私は、両手を組んでデスクの上に置き、パソコンの画面に見入った。無味乾燥な文字の羅列。誰か、パソコンに詳しい人間はいなかっただろうか。パスワード破りができれば、記事の内容を見ることができる。いや、そんなことが表沙汰になったら大事《おおごと》だ。

タイトルからして、この記事が連載記事なのだろう、ということは推測できた。しかし「新潟の戦後史」というタイトルの企画を、新聞で見かけた記憶はない。しばらく考え、記事が掲載されていた八年前には、私は新潟にいなかったのだ、ということに思い至った。

パソコンの電源を落とし、また天井を見上げる。記事の存在が、頭に引っかかって離れない。たぶんこの記事は、天啓会の歴史をコンパクトにまとめたものに違いない。手に入れれば、これからの仕事がずいぶん楽になるはずだ。

それにしても、記事をどうやって手に入れるかが問題だ。一瞬だが、東日の長瀬に頭を下げようか、とも思った。あいつは、どこかぼうっとしている。いや、ぼうっとしているというより、仕事などどうでもいい、と思っているようだ。うまく騙《だま》せば、こちらの狙《ねら》いも聞かずに、記事を探してくれるかもしれない。

まさか。記者との接触はご法度《はっと》だ。中には、うまく付き合っている刑事もいるらしいが、私には想像もできない。刑事と新聞記者。目的は同じでも、アプローチがまったく違う。たぶん、心がけも違う。

ドアが開く音で、私は現実に引き戻された。

「何だい、ずいぶん遅くまで頑張ってるじゃねえか」

少しふらついた足取りで一課の大部屋に入って来たのは、ベテランの部長刑事、緑《みどり》川聡《かわさとし》だった。満月のように丸い顔が、ほのかに赤く染まっている。

ふらふらと私に近づきながら、緑川は人懐っこい笑顔を浮かべた。

「おめさん、湯沢じゃなかったのか？」

「戻って来たんですよ」

「ふうん」緑川が、私の隣の椅子を引き、浅く、だらしなく腰かけた。「こっちで何かあるんかね？」

「調べ物です」

「湯沢を追い出されたんじゃないのか？」

「まさか。自分で手を上げて戻って来たんですよ」

緑川の酔眼に、小さな鋭い光が宿った。

「何かあったのか？」

「いや、別に何も……何で、そう思うんですか」

「いやいや」緑川がゆっくりと首を振る。背広のポケットから煙草を取り出し、口に持っていこうとしたが、しばらく躊躇《ためら》って、結局パッケージに戻した。小さなしゃっくりをして、口を押さえる。アルコールの臭いが、はっきりと漂って来た。

「飲んでるんですか」

「当たり前よ」緑川が、背筋をしゃんと伸ばした。しかし依然として、体は危なっかしく揺れている。残り少なくなった白い髪が、頭の天辺《てっぺん》でふわふわと揺れた。「俺が飲まない日があるか？　アルコールは夕飯代わりなんだよ」

「緑川さん、いい加減にしないと、体、壊しますよ」

「お説教かい？　ま、酒を飲まないあんたには分からないだろうが、自分の体なんだぜ。壊れるかどうかぐらい、ちゃんと分かるんだよ」

「それで、まだ大丈夫なんですか」

「当然だ」

緑川が、拳《こぶし》で私の胸を小突くようにした。が、手は届かず、バランスを崩して倒れそうになる。私は慌《あわ》てて手を伸ばし、肘《ひじ》をつかんで体を支えてやった。

「おっと、悪いな」緑川がにやりと笑い、準備体操をするように、首をぐるぐると回した。「どうだい、一杯やるか？　俺ももう少し飲みたいし」

私は、子どもに言い含めるように、ゆっくりと言った。

「俺が飲まないの、知ってるでしょう」

「ああ、そうだな。さっき、俺がそう言ったっけな」緑川がネクタイを緩めて襟首に手を差し込み、首筋をぼりぼりと掻《か》いた。小柄な体は、相変わらず振り子時計のように規則正しく揺れている。「どうも、年だね。一分前に自分で言ったことを忘れてるんだから、しょうがねえや」

「そんなこと、ないでしょう」

私が言うと、緑川は屈託のない笑みを浮かべた。

緑川は、一課に都合二十年も在籍している。強行事件のエキスパートで、特に粘り強い取り調べには定評があった。記憶力も抜群で、細かいことを忘れない。要するに、刑事部の生き字引のような存在なのだ。しかも人懐っこく、後輩の面倒見も良い。

しかし、家には帰らない。

緑川は、一年前に交通事故で妻を亡くした。小柄な緑川よりもさらに小柄で地味な女性で、私が家に遊びに行った時も、万事控え目な様子だった。クラシック音楽が夫婦共通の趣味で、小さな家の一室を、わざわざオーディオルームに改装して使っていた。自慢のボーズのステレオを完備したその部屋を、私も見せてもらったことがある。

「俺は、何があっても絶対家に帰るのさ」と、酔っ払った緑川は邪気のない笑顔を浮かべて言ったものだ。「夜中にこの部屋でベルリオーズを聴いて……お母ちゃんと渋茶をすするんだよ。そうやって一日を終わらせないと気が狂っちまうね、この仕事は」

そういう生活が、一年前に一変した。

妻が死んだ後、緑川は家に帰らなくなった。配偶者の死は人にとって最大のストレスになる、と何かで読んだことがあるが、少なくとも仕事に関しては、緑川は妻の死にまったく影響を受けていないようだった。穏やかに、粘り強く犯人を取り調べ、きっちりと調書を巻く。後輩に対する面倒見の良さも、以前と変わらない。しかし、仕事に打ち込む姿勢は一変した。適当に、とか、手を抜く、ということがなくなってしまったのだ。

そして仕事が終わると、一人で飲みに行く。そのまま県警本部に戻り、どこか空いた場所を見つけて寝てしまうのだ。朝出勤して、机の上で寝ているのを見つけたことも一度や二度ではない。その理由を、私は直接訊ねたことはないが、想像はできた。帰りたくないのだ。妻との想い出が色濃く残るあの家に帰ると、記憶が津波のように押し寄せてきて、溺《おぼ》れそうになるに違いない。いや、実際に、何度も溺れかけたのだろう。だからこそ、居心地の良くない県警本部で寝泊りするようになったのだ。

それでも最近は、週に一度か二度は家に戻っているようだ。どんなに鮮明な悪夢でも、いつかは色が薄れるものだから。忘れた頃に突然、何の前触れもなく、リアルな形で蘇《よみがえ》ったりするのかもしれないが。

「それで、何の話だい、坊や」

「坊やじゃありませんよ、俺は」

「何言ってやがる。あんたは若い。俺から見たら、まだまだひよっこだよ。で、今夜の心配事は何なんだ？」

「どうして心配事だって分かるんですか」

緑川が、愛嬌のある丸い顔に大きな笑顔を浮かべた。

「あんた、すぐに顔に出るからさ。分かりやすい男だな。湯沢の事件、上手く行ってないみたいじゃないか」

「まだ、使えそうな手がかりが全然ないんですよ。すぐに片づきそうな気がしてたんですが」

表情を引き締め、緑川が私を睨んだ。

「気が緩んでたんじゃないか？　田舎でバアさんが殺されただけだ。すぐに解決、楽勝、とか思ってたんだろう。そういう先入観を持って現場に行くと、どうしても気が緩むんだよ」

「俺は緩んでませんよ」

緑川が、値踏みするようにまじまじと私を見て、笑みを漏《も》らす。

「まあ、そうだな。おめさんに限って、そんなことはないか。いつでも、ぶち切れそうなぐらい張りつめてるんだから。どんな事件でも、それは変わらないんだろう」

「当たり前じゃないですか。殺しに重いも軽いもないんだから」

「でも、真っ直ぐ過ぎるのは、あんたの長所でもあり、短所でもあるな。そろそろ、ポーカーフェイスも覚えた方がいいよ。それに、手を抜くこともな。いつでも全力投球じゃ、どんな剛速球投手だって、そのうち肩を壊しちまう」

「そういうの、大きなお世話って言うんですよ」

大口を開けて緑川が笑った。体格に似合わず、喉《のど》の奥まで見えるような豪快な笑いで、床を揺るがすように響く。

「言ってくれるね、坊や。それで、何を悩んでるんだ？」

私は天啓会の話をした。三十秒で終わってしまった。

「ああ、『天啓会』か」

「知ってるんですか」

「まあ、ね。まったく、早く俺に聞いてくれればいいんだよ。当たり前だけど、昔のことは年寄りの方が良く知ってるもんだぜ。そもそも今回も、最初から俺を現場に出せば良かったんだよ。上の連中は、人をすぐに年寄り扱いするから困る」

「それで、『天啓会』っていうのは、どういう宗教団体だったんですか」

「あれは、ね……ええと」緑川は、天井を仰いで喉を掻きながら考えていたが、やがて苦笑いを浮かべて肩をすくめた。「何だったかな。ずいぶん古い話じゃないか？」

「五十年前」

「何だよ。だったら、俺も赤ん坊の頃じゃねえか」

「へえ」

緑川が、体を乗り出して私を小突いた。

「何だ、おめさん、俺は生まれた時からこんなだったと思ってるんじゃないだろうな」

「緑川さんに子ども時代があったなんて信じられませんよ」

口を歪めて緑川が笑う。

「口の悪い男だな。でも、何だったかねえ……『天啓会』っていうのは、何かあったんだよ。何か、特別なことが。誰かから聞いたことがあるはずなんだが」

「酒でも飲んだら思い出しますか」

「酒は、もういい」緑川が顎《あご》に手を当て、うつむいたまま目を閉じた。確かに緑川は、浴びるように酒を飲み続けているが、アルコールが抜ける時間はある。事件に没頭し始めた時だ。

緑川が諦めたようにぱっと顔を上げ、両手を頭の上でひらひらさせた。

「降参だ。思い出せない」

「こっちにも資料はないみたいですよ」

「五十年前だからねえ」緑川は腕組みをして目を細めた。体の揺れは、ぴたりと止まっている。「県庁の方にも資料が残っているかどうか……」

「解散しちまった宗教団体の資料でも、そんなに長く保管してるんですか？」

「ないだろうねえ。困ったな、綿飴で首を絞められるみたいな感じだ」

私は短く笑った。

「緑川さん、その喩《たと》えは全然意味が通じませんよ」

「うるせえ」口汚い言い方だったが、緑川の顔は笑っていた。私も愛想笑いで付き合ってから、ぽつんと言った。

「まあ、一つだけ、ヒントがないでもないんだけど」

「何だい」

「新聞記事」

「だったら、図書館に行って縮刷版を見ればいい。あそこなら――」

私は、緑川の言葉を遮った。

「東日の地方版の記事なんです。だから、縮刷版には載ってないんじゃないかな」

「ああ、そうか。地方版ね。でも、それだったら、確実に保管してある場所が一つだけある」

「東日の新潟支局に決まってるじゃねえか。おめさんも、少しばかり頭がボケてきたのかね」

「だけど、新聞社の連中に頭を下げてお願いするんですか？　冗談じゃない。それに『天啓会』のことを話したら、奴ら、すぐに書きますよ」

緑川が、デスクに肘を乗せ、頬杖をついた。遠慮がちだが、自信に溢《あふ》れた笑いが浮かんでいる。何だ？　緑川のこんな表情を見るのは初めてだ。どこか、馬鹿にするような顔つき。若僧が、という台詞が薄い色で顔に書いてある。私は気色《けしき》ばんで「何ですか」と問い質《ただ》した。

「どこですか」

「俺は、もう四半世紀近く刑事をやってる。新聞記者もたくさん見てきたよ。そりゃあ、中には箸にも棒にもかからない奴もいたし、年々質が落ちてきてるのも間違いない。頭の悪い奴もいるし、こっちがちょっと言っただけで、言葉の端っこから想像して原稿をでっち上げる奴も、確かにいる。だけど、そういう奴ばかりじゃない。おめさんは、新聞記者とあまり付き合ってないみたいだから、分からないだろうがね」

「何が言いたいんですか」

緑川が立ち上がった。埃《ほこり》などどこにもついていないはずなのに、上着の裾を手で叩《たた》く。

「明日の朝、本部に来るか?」

「え? もちろん」

「じゃ、朝一番で会おう。俺が何とかするよ。こんなオヤジでも役に立つところを見せてやるからさ」腕時計にちらりと目をやり、両手で軽く頬を叩く。「まだ大丈夫かな?」

「何がですか」

緑川が、にやりと口を歪める。

「おめさんじゃないよ。明日の朝、あんたに会わせる相手のことだ」

「誰ですか」嫌な予感に襲われ、私は思わず疑問を口にした。緑川は首を振るだけで、答えようとしない。

「それは明日のお楽しみということにしようや。六時でどうだ?」

六時? そんな朝早い時間に、どうするつもりなのだろう。しかし、私が質問する前に、緑川は、もう決まったことであるように、「じゃ、本部の玄関前でな」と言った。

「ここじゃなくて?」私は一課の大部屋をぐるりと見回した。人がいないと、やけに広く、整理が行き届いた部屋に見える。

「時間の節約だ。それと、明日の朝は冷え込むらしいから、厚着して来いよ……おっと、準備のいいあんたには、釈迦《しゃか》に説法かな」

緑川は、スキップでもしそうな足取りで部屋を出て行った。

彼の姿が見えなくなっても、私の頭に棲み着いた嫌な想像は、いっこうに消える気配がなかった。もしもそんな場面を誰かに見られたら、緑川はどうするつもりなのだろう。絶対に見つからないと思っているのか、それとも、見つかっても平気だと開き直っているのだろうか。

たぶん、平気なのだ。彼は一年前に、何かを捨てた。それは、刑事としての職業意識や規範だったのかもしれない。もしもそうだったら――私は、彼を絶対に許さない。

待ち合わせの時間の五分前に本部に着いたが、緑川は既に私を待っていた。コートのボタンを首元まで留めて襟を立て、時折足元を吹き抜ける冷たい風をやり過ごしている。残り少ない髪が、はらはらと風に揺れた。

ゴルフが停まるか停まらないうちに、緑川がドアを開けて滑り込んでくる。少しへたった助手席が、みしみしと嫌な音をたてた。

「今朝はまた、冷えるね」緑川が、がっしりと組んだ両手に息を吹きかけた。コートの前はきっちり合わせたままである。私の古いゴルフは、暖房の効きがあまり良くない。

「どこまで行くんですか」

「川端町」

「川端町？」

緑川が、眠そうな目を一杯に見開いて、私をじろりと見た。

「何だい、素っ頓狂な声を出して」

「いや……俺の実家の近くなんで」

「そうなんかね」関心なさそうに言い、緑川はオークラホテルまで行くように、と指示した。

「ホテルで会うんですか」

「オークラは目印だ。いいから、黙って運転しろよ。おめさん、少ししつこいぞ」ぞんざいな言葉が戻ってきたが、ちらりと横を眺めると、緑川の目は笑っていた。

私は、ゆっくりとゴルフを走らせた。緑川は急げ、とは言わない。約束の時間までにはまだ余裕があるのだろう。南高校の横を通り、人気《ひとけ》のない万代《ばんだい》シティを抜けた。万代橋のすぐ向こうには、オークラホテルが見えている。

「この車、何だい」万代橋に差しかかる頃、それまでずっと黙っていた緑川が、突然訊ねた。

「ゴルフですけど」

「外車だよな。ドイツ車か？」

「ええ」

「おめさん、金持ちなのか？」緑川の口調に、非難するような調子が混じった。

「いや、違いますけど、何でそんなことを聞くんですか」

「刑事が外車に乗ってるのもどうかと思うがね」

「ああ」私はハンドルをそっと撫でた。「買った時に五年落ちで、百五十万円ぐらいだったんですよ。それだったら、国産車と変わらないでしょう」

「そうか」

何でそんなことを言い出すのだ、と訊ねようとしたが、緑川は私の質問を事前に察知したように、「オークラの先の信号を左に曲がって停めてくれ」と命じた。

「路上駐車になりますよ」

「構わねえよ。おい、おめさん、何を嫌がってるんだ」

「いや……別に」

オークラの先の道路で、ゴルフを路肩に寄せ、わざと乱暴にブレーキを踏んだ。

「で、どうするんですか」私の言葉が終わる前に、緑川はドアに手をかけていた。私も、慌てて後に続く。緑川は何も言わずに、短い足をフル回転させて、信濃川の方に歩いて行った。私は彼に追いつくと、横に並んで無言で歩いた。話しかけられる雰囲気《ふんいき》ではなかった。

川沿いの道に出た。左手に万代橋。橋げたの下では、小型の漁船が波にあおられ、木の葉のように揺れていた。微かな潮の香りが、空気の中に満ちている。信濃川の河口が、すぐそばなのだ。時折吹き抜ける湿った寒風に、カモメが吹き飛ばされる。私たちは、低い堤防の階段を上り、河川敷に出た。護岸工事の結果、河川敷は、信濃川沿いに細長く伸びる公園になっている。ジョギング、ウォーキング、夏場のデートの定番コースだ。私は、オークラの裏手にある古い住宅街の方をちらちらとうかがった。緑川が気づき、目を瞬《また》かせる。

「何だよ」

「いや、実家の近くでうろうろしてると、何か落ち着かないんですよ」

「オヤジさんは魚沼署だろうが」

「ジイサンが一人暮らしをしてましてね」

「ああ、そうか。ご健在なんだね」

「嫌になるぐらいね」

「馬鹿言うな。年寄りは大事にしなきゃいかんよ、俺も含めてな」

この公園は、海抜ゼロメートルの高さにある。大袈裟ではなく、公園の端に立っていると、信濃川がすぐ足元を流れている感じだ。少しでも雨が降ったら、川沿いにある川端町付近は水浸《みずびた》しになりそうなものだが、少なくとも私には、洪水の記憶はない。目の前を、信濃川がゆるゆると流れる。少し濁った水は、幅三百メートルの茶色い布を広げたように見えた。

緑川は、短く刈り込まれた芝生の中に立ち、対岸の万代シティをぼんやりと眺めていた。万代シティは、七色に塗られたレインボータワーを中心に、バスターミナル、ショッピングセンター、ホテルが立ち並ぶ、雑然とした街だ。私が子どもの頃にできた新潟の新しい繁華街であり、今でも日々拡大し続けている。

万代シティを眺めているうちに、微かな嫌悪感を感じた。

私は、本来の新潟の市街地である新潟島で生まれ育った。今は新潟島を離れて暮らしているが、今でもこの辺りには強い愛着を感じる。信濃川の対岸にある万代シティは、子ども心にもひどく遠い場所のように思えたし、今でもそれは変わらない。

私が生まれた年、新潟の市街地の西側に関屋分水ができて、中心部は信濃川と分水に狭まれた、細長い島になった。これが、地元の人間が「新潟島」と呼ぶ市街地である。

その後、信濃川の南側、万代地区は大きく発展を遂げた。万代シティは新しい繁華街、ビジネスの中心地になり、新潟駅には新幹線が乗り入れた。高速道路にも近く、今や新潟の顔は万代地区に移りつつある。

一方で、「新潟島」は、ゆっくりと廃《すた》れてしまった。県庁も県警本部も、今は新潟島にはない。「日本海側最大の繁華街」と呼ばれた古町も次第に汚れ、古くなり、活気を失った。昔は、高級住宅地と言えば、新潟島の中にある西大畑町や関屋松波町だったのだが、今では分水の西側の青山や小針がそう呼ばれている。日本中どこの街でも顕著なドーナツ化現象は、新潟市にも確実に及んでいるのだ。

同じ市内の話なのだが、新潟島生まれの人間としては、何となく釈然としない。

「緑川さん？」呼びかけながら、私はコートの前を合わせた。川を渡ってくる湿気を含んだ風は重く、頬に無数の錐《きり》が刺さるような痛みを感じる。緑川は、コートのポケットに手を突っ込んだまま首をすくめ、依然として川面を見つめていた。

「緑川さん、誰を待ってるんですか」

「ネタ元だよ」

「ネタ元？」

緑川が私の方を向く。口を開きかけ、視線を私のさらに向こうに投じた。私も首をめぐらせてそちらを向く。

長瀬。

そんなことだろうと思った。いいんですか、と私は思わず口にしかけた。新聞記者との接触はご法度である。もちろん、内偵事件を手がける捜査二課の連中ほど厳しくは言われないが、それでも新聞記者と話しているところを見られでもしたら、かなり厳しい指導を受けることになる。

私の疑念を知ってか知らずか、緑川が長瀬に向かって手を上げた。長瀬が、ひょろりとした長身を折り曲げるように頭を下げる。低い土手を身軽に駆け上って、私たちの二メートル手前で立ち止まった。緑川が、長瀬の存在を無視するように、踵を返して万代橋の方に歩き出す。私も慌てて後を追った。一瞬だけ振り向いて長瀬の顔を睨みつけてやったが、あっさり無視された。

「いいんですか、緑川さん？」私は声を押し殺して訊ねた。

「何が」真っ直ぐ前を見据えたまま、緑川が静かな口調で応じる。

「彼、東日の記者でしょう？　こんな所で会っているのがばれたらまずいですよ」

「誰が会ってるって」

「緑川さん、何言ってるんですか？」

「誰もいないだろうが」

言われて私は振り向いた。確かに、誰もいない。

「目の錯覚じゃねえのか?」緑川が、笑いを含んだ声で言う。

「からかってるんですか?」

「まさか。さあ、朝の散歩はこれぐらいにしようか」

緑川はくるりと踵を返して、長瀬がいた辺りに戻った。芝の上に直に封筒が置いてあり、その上に石が乗せてある。芝居がかったやり方だ。私は鼻白んだが、緑川は気にする様子もなく、一瞬だけ立ち止まると、石をどけて封筒を拾い上げた。東日の社名が入っている他は、何の変哲もない茶封筒である。緑川は封をはがすと、封筒の中に息を吹き込んだ。太く短い指を差し入れ、中身を改める。

「お手紙入りか」

緑川は、手紙を私に差し出した。

「いいんですか?」

「見られて困るようなものじゃないよ」

手紙は素っ気無いほど短いものだった。

〈資料室で埃まみれになりました。埃アレルギーが再発しそうです〉

「これ、脅しですかね」

ぞ」

緑川が声を出して笑った。

「冗談に決まってるだろうが。あいつは、絶対真面目にならない。いや、本音を言わないというべきかな。それより、おめさんが欲しがっていた記事のコピー、手に入ったぞ」

緑川が私にコピーを差し出した。斜めに読んで、コートのポケットにしまい込む。

「読まないのか?」

「後で読みます。お礼に、朝のコーヒーでもどうですか」

「缶コーヒーにしようよ。こんな時間に喫茶店は開いてないからさ……おお、奴《やっこ》さんもお帰りだぜ」

緑川の視線を追うと、オークラの横の細い道を、メタリック・シルバーのBMWが走り去って行くところだった。ワゴンのような、ハッチバックのような奇妙なスタイル。BMWのマークが見えなければ、どこのメイカーの車なのか、想像もつかない。いずれにせよ、駆け出しの新聞記者が乗る車とは思えなかった。

私たちは車に戻って、缶コーヒーで手を温めた。

「俺もいろいろな新聞記者を見てきたが」緑川が、太く短い指で苦労してプルタブを引き起こしながら、話し始めた。「長瀬ほど変わった奴は知らんな」

「どういうことです?」

「作家なんだよ、あいつは」

「はあ?」

「作家だよ。聞こえなかったか? お前さん、『烈火』っていう小説、知らないか」

「タイトルは聞いたことがあるような気がしますけど」

「去年のベストセラーだ。社会常識として、ベストセラーになった小説ぐらいは読んでおけよ。『烈火』は、新潟が舞台なんだ。暗い話でさ、読んでるうちに落ち込んでくるけど、なかなか面白かった」

「俺には関係ないですね」

私を無視して、緑川は喋り続けた。

「『烈火』は長瀬が学生時代に書いた小説でね、ずいぶん売れたはずだよ。でも奴は、どういうわけか新聞記者になった。『烈火』の後、小説は書いていないはずだ」

「新聞記者だって、文章を書く仕事に変わりはないでしょう」

「新聞記者はサラリーマンだ。全然違う」

「緑川さん、ずいぶん詳しいですね」

「悪いか?」

「いや。だけど、あいつ、確かに変な奴ですね」

「さっきの車、見ただろう?」

私は露骨に鼻を鳴らしてやった。

「ブンヤさんっていうのは、ずいぶん儲《もう》かるみたいですね」

「俺も、最初見たときは驚いた。後で調べてみたら、七百万円とかするんだよ。聞いてみたら、奴のジイサンの車らしい」

「じゃあ、家が金持ちなんだ」

「親子三代の新聞記者だよ。ジイサンは記者を辞めた後大学で教えていたそうだが、元々土地持ちの資産家らしい。オヤジさんは今も東日にいるよ。どこかで聞いたような話じゃないか?」

私は緑川の顔から視線を外した。どこかで聞いた話。そう、職業を置き換えれば、私は長瀬と似たような立場だ。

「まあ、俺が知っているのはこれぐらいなんだけどね。あいつは、何か人を寄せつけないようなところがあるんさ。それに、ぎらぎらしたところがないんだよな。まるで、ネタなんかどうでもいいっていう感じだ」

「サボってるだけじゃないですか」

緑川が首を振った。

「まあ、俺たちの常識で考えると、そういうことになるのかね。常識が通用する相手じゃなさそうだが……でも、一つだけ、はっきりしてる。奴は、人の足元を見るようなタイプじゃない。お世辞を言ってネタを投げて貰《もら》おうとするタイプでもない。かと言って、新聞社の看板を背負って脅してくるわけでもないんだな。およそ新聞記者らしくないんだが、まあ、何ていうかね……人を裏切ることはしないと思うよ。少なくとも俺は、『この野郎』と思ったことは一度もない」緑川が小さな笑みを浮かべ、缶コーヒーをこくり、と飲んだ。

「どうでもいいですよ。俺は、新聞記者と付き合うつもりはないから」

「お互いに上手く利用し合えばいいんだよ。こっちは、やばいネタは抑えておけばいいんだし。奴らも、たまにはこんな感じで役にたつんだぜ？　上手にやれよ」

「俺は、危ない橋を渡るつもりはありません」

「大袈裟なんだよ、お前さんは。新聞記者だって何だって付き合ってみないと、人間の幅が広がらないぜ」

「人間の幅が広がったら、検挙率が上がりますか？」

「まったく」緑川が、私の脇腹を軽く小突いた。「お前さんみたいな頑固者、俺は見た

ことも ないよ。まあ、もしかしたら、それが良い刑事の条件かもしれないが」

県警本部に戻り、私はトイレに閉じこもった。新聞記者に貰ったコピーを読んでいるところを、誰かに見られたくなかった。

結構な分量のある記事だった。

『戦後の混乱象徴する「新宗教」』『救い求め　信者が新潟へ』という見出し。添えられている写真に、私は目を奪われた。絵解きは「信者に囲まれる『天啓会』の本間あさ教祖」。紙質の悪い新聞の、さらにコピーである。写真は、粒子がざらざらした絵のように見えた。あさは、写真の中央に収まっている。白黒なので判然としないが、どうやら白い装束のようだ。その前に、大勢の信者。全員があさの方を向き、正座して頭を下げている。あさは堂々とした様子で、信者たちを睥睨《へいげい》していた。表情は——表情は、はっきりとは分からない。だが、非常に引き締まった顔をしているように見えた。たぶん、若い頃は美人だったのだろう。私は一瞬、あさの死に顔を思い出した。

記事に移った。

「混乱した時代にこそ、人は秩序と安寧を求めて宗教に集うものです」

国内の新興宗教問題に詳しい新潟大学文学部教授、中谷士朗《なかたにしろう》（五八）はそう指摘する。

「何かすがるものがあれば、人が集まり、宗教ができる。終戦後は、まさにそういう時代でした」

太平洋戦争に続く混乱の時代。日本には雨後の筍《たけのこ》のように新興宗教団体が乱立した。中には信者を獲得して、現在まで隆盛を極めている団体もあるが、多くは既に姿を消している。そんな団体の一つが、新潟に本拠を置いていた「天啓会」だった。

「天啓会」は、本間あさ教祖が昭和二十三年に始めた。世界各地の宗教の終末思想を取り入れていたのが特徴で、独特の厭世観《えんせいかん》が、混乱の時代にあって人の心をつかんだ、とされている。

現在は所在不明になっているあさが、「天啓会」を発足させるまで何をしていたかは、はっきりしていない。一説には、祈禱師のようなことをしていた、とも言われている。

「不思議な人でした」と、当時「天啓会」の勉強会に何度か参加したことのある男性（八二）が振り返る。「ぼそぼそと話す人で、聞いている時は何とも思わない。でも、後で言葉の一つ一つが頭の中に蘇って、じわじわと染みてくるのです」

この男性によると、あさは「新潟は一度死んだ」と強調していたという。はっきりと指摘することはなかったが、これは新潟への原爆投下計画を念頭に置いた発言だったの

ではないか、と思われる。一度終わったのだから、一からやり直すことができる。貧乏

人も金持ちも、今は同じ立場だ。万人が全て、生まれたままの状態であり、現世で成功できるかどうかは、ひとえにこれからの努力にかかっている、と。

独特の厭世観が世情にマッチしたのか、「天啓会」は最盛期には数千人に上る信者を集めた。信者は新潟県内だけでなく、北陸一帯に広まっていたと見られる。当時、熱心な信者だったと認める新潟市青山、無職石田光五郎（七九）は「週に一度開かれる勉強会は、不思議な熱気にあふれていた。お祈りも祈禱もなく、信者が主に新潟の歴史について自由に語り合う。そこに、本間さんが独特の解釈を与えていった」と振り返る。「天啓会」の活動は、この勉強会、それに信者獲得を目的とした「お練り」と呼ばれる街宣活動が主たるものだった。「お練り」は、時には千人単位の信者が参加し、一種異様な光景になっていたようだ。

「天啓会」の没落は急だった。あさは昭和二十七年の年頭に、「昭和二十八年に新潟に大地震が起きる」という予言を唱え始め、それに従って信者は避難を始めた。しかしあさの予言は外れ、それを機に、「天啓会」に対する熱は急速に冷めていった。占領が終わり、経済的にも立ち直り始めた時代、あさの説く終末思想は、急速に人々の生活実態に合わなくなって行く。

「地震は、信者を引きとめるための方便だったのかもしれない」と石田は指摘する。「その頃になると、私たちも生活には困らなくなっていた。万人がゼロから始めるという『天啓会』の教えは、次第に現実味を失って行ったが、本間さんが地震の話を持ち出したのはそんな時期だった。再び大きな破滅が起こって、全てがゼロに戻る、ということだったが、地震が起きなかったことで、『天啓会』は求心力を失った」

時代の空気を敏感に吸い込み、信者を集めた「天啓会」は、あの時代の一つの象徴だった。中谷は、「地震の話はともかく、『天啓会』がある時期、終末観の漂う新潟市民の心を捉えたのは間違いない。戦後のあの時期だからこそ出現した宗教であり、ある意味、高度成長期に突入する時期に役目を終えたのは当然だと言える」と分析している。「天啓会」は昭和三十年、正式に解散した。その後、本間あさの所在は知れない。

（文中敬称略）

あさは殺されたんだよ、と私は独りつぶやいた。コピーを畳んで、背広の内ポケットに押し込む。ヘタクソな文章だし、突っ込みも足りないが、まったく役にたたない、というわけでもない。関係者の名前が分かったのだから。この場合、私も長瀬に礼を言うべきだろうか、と思った。

冗談じゃない。家族の金でＢＭＷを乗り回しているような若いサツ回りに、どうして俺が頭を下げなくちゃいけないんだ。

どうにも釈然としない気分で、私はトイレの壁を睨みつけた。

電話に出た中谷士朗は、最初から、怪訝《けげん》そうな声だった。「とにかく会って下さい」と何とか約束を取りつけ、腰を上げようとした時、おずおずとした顔が捜査一課の入口に見えた。

大西だ。入るべきか、誰かが声をかけてくれるのを待つべきか、迷っているようである。何度かドアの前を通り過ぎ、その都度ちらりと中を覗《のぞ》いた。ようやく自分から足を踏み入れる決心をしたようだったが、中へ入っても、突き刺さる鋭い視線にたじろいでいる。

馬鹿野郎。私も彼を無視することにした。どうしてここにいるのかは想像がつく。魚沼署の捜査本部が、私の手伝いに寄越したに違いない。大きなお世話だ。どうやって彼を無視して出かけようかと案じていた時、目の前の電話が鳴った。五嶋だった。

「了かい？」

「係長？」

「そうだよ」相変わらずぶっきらぼうでかすれた声だった。「そっちに、魚沼の大西君は行ったかな？」

「今、一課のドアのところでうろうろしてますよ。何であいつを寄越したんですか？」

「おめさんの手伝いに決まってるじゃないか。どうせこれから、新大の先生に会いに行くんだろう？」

この件は、五嶋には報告してあった。もちろん、東日の連載記事から拾った名前だ、とは言わなかった。

「そのつもりです」

「じゃ、大西をよろしく」

「よろしくって……」

「勉強だよ、勉強。どうせ誰かと一緒に行かなくちゃいけないなら、若い奴を連れて行った方がいいだろう」

「一人で十分ですよ」

「一人で動くのは駄目だ。あんたはすぐに暴走するしな」

「放っておいて下さい。どっちにしろ、大西じゃ俺を抑えられませんよ。ああ、分かった。あいつ、役にたたないんで、そっちでも邪魔になったんでしょう？　だったら、六日町で交通整理でもやらせておけばいいじゃないですか」

「六日町には、交通整理なんか必要ないよ。あんたも、そろそろ若い奴の面倒を見なくちゃいけない年なんだぜ。それにな、本当にいい刑事ってのは、周りを引っ張る力があって、他の刑事にいい影響を与えるものだ」

俺だってまだ若い、大西とはさほど年も違わないのだ、という言い訳が喉まで出かかったが、溜息をついた途端に消えてしまった。もう一度溜息をつき、「はいはい」と嫌味に返事をしてやる。

「頼むぜ」乱暴に言って、五嶋が電話を切った。私は表情を殺して立ち上がり、大股で一課の大部屋を出て行った。ドアのところで大西とすれ違う。無視した。慌てて彼が後を追ってくる足音が、廊下に響く。

階段で立ち止まり、振り返った。

「海君《うみ》よ」

大西が、また不愉快そうに顔を歪める。私は彼のネクタイに目をやった。今まで見たことのない、シルバーと青のレジメンタルだ。皺《しわ》一つないし、結び目の窪みも綺麗にできている。スーツの皺も取れていた。まあ、合格だ。靴が、色だけ黒いジョギングシューズのように見えることを除いては。どうせ、軽い靴の方が歩きやすいとか何とか、誰かに吹き込まれたのだろう。ほとんど車で移動する新潟県警の刑事は、靴が重くて難渋することなどないのに。

「何しに来た」

「鳴沢さんを手伝えって言われました」

「手助けはいらないよ」

「一人で動くわけにはいかないでしょう」

私は顔をしかめてやった。もう少しで舌を出しそうになった。

「係長も同じことを言ってたよ」

階段を下りる途中で、大西が追いついた。鼻息を荒くして、大股で階段を下りる。途中で私を追い越した。私は、彼の背中に声をかけた。

「海君よ」

「その呼び方、やめてもらえませんか？」大西が、怒りで顔を赤くして振り返った。

「海《かい》です、海《かい》」

「いいけど、これからどこへ行くか、分かってるのか」

戸惑うように、大西が自分の足元を見た。私は肩をすくめ、彼の横に並んだ。

「かりかりするのは勝手だけど、仕事をするならきちんとやろうぜ」

「かりかりしてるのは、鳴沢さんですよ」

「あんたがどこまで我慢強いか、試してやろうと思ってね。じゃ、行こうか、海君《うみ》」

私は彼の肩を軽く叩いて、階段を下りた。振り向くと、大西は唖然《あぜん》として口を開けていた。


「私はただの研究者ですよ」中谷が、電話と同じように警戒した声で切り出した。新潟大学に近い彼の自宅を訪ねると、玄関脇の部屋に通されたが、そこが応接間なのか書庫なのか、私はにわかには分からなかった。応接セットこそ置いてあるが、ソファやテーブルを圧倒するように、四方の壁は全て書棚で埋まっている。背表紙が変色しかけた古い本ばかりだ。大西が、くしゃみをしてから慌てて口を押さえる。順番が逆だ。しかし確かに、この部屋には黴《かび》と埃の入り混じった臭いが充満している。

「警察の人が訪ねてくる理由は思い当たらないね。運転免許だって持っていないぐらいですから」

「もちろん」私はソファに浅く腰かけ直して、身を乗り出した。「あなたが何かの容疑者というわけじゃありません」

中谷が、突然爆発したように笑い出した。既に退官して、六十代も半ばになっているはずだが、ダンガリーのシャツに薄いベージュのコットンパンツという若々しい格好だった。髪はすっかり白くなっているが、まだふさふさしている。

「貧乏学者だからね、私は。金のために人殺しぐらいするかもしれませんよ」

「貧乏な人にも二種類います。どうやっても金を稼げない人と、金に執着しないから貯まらない人と」

「私はどちらかね？」

「金は全て、本に注ぎ込んでなくなってしまった」

「ご名答」中谷が部屋の中をぐるりと見回した。「こういう本は遺産にもならんしね。学者というのは因果な商売だよ……で、ご用件は？」

「本間あさが死にました」

スウィッチが入ったように突然、中谷の顔色が蒼く変わった。

「何だって？」

「本間あさが死にました」

私が繰り返すと、中谷がソファの肘かけをがっしりとつかみ、身を乗り出した。

「どこにいたんだ、本間あさは？」

「先生、新聞は読んでないんですか？　テレビのニュースは？」

ここ数日、新聞も地元のテレビ局も、本間あさ殺害のニュースをトップ、もしくは準トップ扱いで流していた。内容は薄い。私たちがろくな情報をつかんでいないのだから、それも当たり前だ。しかし、普通に生活していれば、嫌でも「本間あさ」の名前を見ることになるはずである。

中谷が、両手を股の間に垂らして、うな垂れた。

「知らなかった……二週間ほど韓国に行っていてね、今朝帰ってきたばかりなんですよ。警察の人が訪ねて来たっていうことは、事件か、事故なのかね?」

「殺されました」

天井を仰ぎ、中谷が大きく溜息をついた。涙を堪《こら》えているのだろうか、と思ったが、やがて私を正面から見据えた彼の目は、乾ききっていた。

「驚いた」

「知り合いだったんですか?」

「いや……彼女はどこにいたんだね」

「湯沢です。ずっと一人暮らしをしていたようです。自宅で殺されていました」

「何と、湯沢か。同じ県内にいて、全然気づかなかったわけだ、私は」

「調べていたんですか」

「私の専門は、比較宗教学です」比較宗教学、という言葉に勇気づけられたように、中谷が少しだけ自信を取り戻した声で説明した。「といっても、文献を漁《あさ》るだけじゃない。実際に人に会って、インタビューもする。フィールドワークが大事なんだ。今回韓国に行ったのもそのためで……それはともかく、私はずっと、本間あさという人間を探していたんですよ」

「研究のためですか」

中谷が頷く。

「新興宗教の研究をするなら、教祖に会わなくては、画竜点睛《がりょうてんせい》を欠く。しかし、どこに姿を消してしまったのか、とうとう見つけることができなかったんだよ。まさか、こんな近くにいるとは……」

「当時、『天啓会』の中で、何かトラブルはなかったんですか？」

「まさか、『天啓会』の関係者が本間あさを殺したとでも思ってるのかね」

私は小さく肩をすくめた。

「全て白紙です、今のところは」

「それで、私に何を聞きたいんですか」

「『天啓会』のことだったら何でも」

中谷が、すうっと息を吸った。

「頼る物がない時代には、人は宗教に惹《ひ》かれるものなんですよ。神様はたくさんいる。自分に合った神様が、必ず見つかるんですよ」私は、湯沢で聴いた、たかの話を思い出していた。いろんな神様がいたからね——言葉は平易でも、言っていることは同じだ。学者と湯沢に住んでいる老婆が、同じことを言っている。となると、比較宗教学という学問には何の意味があるのだろう。

中谷が、私の顔を覗き込むようにしながら続けた。

「璽宇《じう》とか、知ってますか？」

「確か、金沢にあった新宗教の団体でしたよね」

中谷の顔が、わずかにほころんだ。学生を相手にした時は、こんな表情をしていたのだろうか。

「そうそう。璽宇の場合は警察と揉めて大変なことになってしまったわけだけど、当時他にも、新宗教と呼ばれた団体はいろいろあったんですよ」

「『天啓会』もその一つだった？」

「そういうことです」

「終末思想が特徴だったそうですけど」

「あの団体は、今流行ってる言葉で言えば『リセット』を教義の中心に据えていた、ということになるんでしょうね」

「リセット？」

中谷が頷く。

「全てはゼロになった、今から心を入れ替えて信仰心を厚くすれば、どんな失敗も許されてやり直すことができる、と」

「それは、新潟への原爆投下計画と関係しているんですね」

中谷の笑顔が少しだけ大きくなった。

「あなた、下調べしてきたんですか」

「新聞記事を読みました」

「ああ」分かった、というように、中谷が大きく頷く。「東日の連載記事でしょう？私のところにも取材に来ましたよ。ずいぶん前の話だけど」

「八年前、ですね」

「東日さんも、ずいぶん地味なテーマを選んだものだよね。私のように専門にしている人間ならともかく、普通の読者には面白くもなんともないはずなのに」

「続けてもらえますか」

中谷が咳払いを一つして、ソファの中で背筋を伸ばした。私と大西の顔を交互に見て、続ける。

「本間あさという人は、新潟の生まれです。子どもの頃は、特に宗教とは関係のない生活を送っていたようですが、戦争で何かに目覚めたんでしょうかね。終戦間際に、長岡で大空襲があったのは知ってるでしょう」

私は頷いた。正確な日時、被害状況は覚えていないが、中学生の頃に授業で聞いた記憶がある。

「彼女は、空襲に遭遇したんですね。たまたま何かの用事があって長岡に行っていたらしいんだが」中谷が、後ろを振り向いて手を伸ばし、書棚から一冊の本を取り出した。濃紺の表紙に白い文字で、「長岡大空襲記録」とある。中谷がおもむろにページを開き、私たちの方に押しやった。

薄汚れた白黒の写真が、壊滅した長岡の市街地の記憶を今に伝えている。瓦礫《がれき》の上を噴煙が覆い、写真の上半分はグレイにかすんでいた。左手奥には、骨組みだけになった建物の残骸。手前では、木が立ったまま黒焦げになっていた。その場に集う人たちの表情までは、読み取れない。

「昭和二十年八月一日。午後十時半」中谷が、独り言のようにつぶやく。「焼夷弾《しょういだん》十五万発、市街地の八割が焼き尽くされた。死者、約千五百人」

事務的な中谷の口調が、かえって被害の大きさを私に実感させた。中谷が、強張った笑顔を浮かべる。

「実は私も、その時長岡にいたんだ」

「そうなんですか？」

「まだほんの子どもだったけどね。本間あさも、同じ時間に同じ場所にいたようです。これも何かの縁なのか……あの戦争では、どうしても原爆投下や東京大空襲に目が行くけど、地方都市も相当の被害を受けたんですよ。長岡が立ち直ったのは、奇跡みたいなものだと思う」

「先生は、本間あさに直接会ったことはないんですね？」

「残念ながら。ずいぶんたくさんの関係者に会ったんだが、本人はずっと行方《ゆくえ》知れずだった。元信者の人たちも、あさの居場所は知らないんだね」

「インチキ予言をしたから、姿を隠したということでしょうか」

私の疑問を押さえつけるように、中谷が首を振った。

「それはもっと後の話になる……とにかくあさは、長岡の大空襲で大きなショックを受けたようだ。廃墟になった街を見て、全てが終わってしまったように感じたんじゃないだろうか。それともう一つ、あさはあの戦争で夫を亡くしている」

「結婚していたんですか？」

「そんなに驚くことじゃないでしょう。あさは、自分の私生活に関しても、信者に話していたようだね。どこまで本当かは分からないが、私も自分で調べてみた。あさが結婚していて、その後、夫が戦死したことは確認できた。レイテ、でしたね」

埃臭い書斎の中で、私は五十年以上の歳月を遡《さかのぼ》ろうとした。自分が生まれた年で、その旅は壁にぶつかってしまう。

中谷がソファの上で足を組み、膝《ひざ》の上に両手を置いた。

「戦時中には珍しくない話だ。でも、あさは他人と違う衝撃を受け、他人とは違うことを考えるようになったんだね。子どもがいなかったせいもあるかもしれない」

「それで、宗教に走った？」

「戦争が終わってから、ありとあらゆる宗教関係の本に目を通したらしい。一時は、お祓いのようなことをして生活していたらしいが、それでは納得できなかったんだね。それで、彼女は考えた。既成の宗教は、現世での生き方を教えるものだ。終末については、『来《きた》るべき終末』として言及されている。もしかしたら、自分が既成の宗教に納得できないのは、既にこの世が終わってしまっているからなのかもしれないからだ、という結論に達したようだね」

「長岡の空襲が、本間あさにとっては終末になったんでしょうか」

「信者たちには、そんな風に言っていたようだね。私もそう思う。やはり、目の前で一つの街が消えてしまうというのは、大変な経験だからね……それと、あなたが言ったように、新潟への原爆投下計画だ」

「そうなんですか？」大西が甲高い声を上げた。中谷が、迷惑そうに彼を睨む。大西は、耳まで赤くしてうつむいた。

「実際に、模擬爆弾が投下されたんじゃなかったでしたか？」

私が言うと、中谷は嬉しそうに頷いた。

「終戦の年、八月三日以降は、いつ原爆が投下されてもおかしくない状況だった。標的は広島、小倉、新潟、長崎。その中で広島と長崎だけが、実際に被害に遭ったんだね。投下に関しては、『天候の許す限り』という条件つきだったようだ。実際、長岡、鹿瀬《かのせ》、柏崎には、模擬爆弾が投下されている」

広島、長崎。もしかしたら新潟も、今とは違う戦後史を刻んでいたかもしれない。そう思うと、背筋を微かに冷たいものが走った。私が体を固くしているのに気づいたのか、中谷も固い表情で頷く。

「まあ、そういう話も、あさの宗教観に影響を与えたのかもしれませんね。長岡の空襲、夫の戦死、原爆投下計画……それこそ、個人にとっては終末が一気に来てしまったようなものだ。あさにとって、世の中は一旦終わってしまったわけですよ」

大西が、ごくりと唾を飲み、遠慮がちに話に割り込んだ。

「それで、リセットですか」

「そういうことじゃないかな。これは、異例の終末観だよ。普通は、終末が近いから、悔い改めて神の教えを信じろ、ということになる。それが、『天啓会』の場合は、既に終末は訪れた、だからやり直すことができる、と教えているわけだ。そしてそこには、神の存在がない」

「宗教なのに？」と私。

「だから、突きつめて言えば、『天啓会』を宗教と呼べるかどうか、私には判断できない。神の存在がない宗教は、宗教と言えるのか？」中谷が、人差し指をぴん、と立てた。

「あさは、『今でも神様がいるというなら、私が殺す』という台詞を残しているぐらいでね。『私の言葉以外を信じる必要はない』とも言っていた。『天啓会』は、宗教というより、思想運動のようなものだったんじゃないかな。神様なんかに頼らず、自分で考えて自分の生きる道を選べ、というのがあさの教えの主眼だったようだから。会合では、歴史の勉強ばかりしていたようだ。それに独自の解釈を加えるのがあさの役目だったんですよ。結局、世界の現状は、全てあの戦争につながって行く、というのがあさの解釈だった」

「信者はどれぐらいいたんでしょう」

「そもそも信者と言うより会員というべきなんだろうが、最盛期には二千人とも三千人とも言われています。でも、正確なところは分からないんだ。新潟だけじゃなくて、北陸一帯から人が集まっていたようですがね」

「具体的に、どんな活動をしていたんですか？」

「連中が勉強会と呼ぶ集まりがメインでしたね。新潟市内に道場を作って、そこで幹部連中が寝泊りしながら、定期的に勉強会を開催していたようです。信者たちが意見を述べ合い、それにあさが解釈を下す、という感じでね。あとは、『お練り』と呼んでいたんですが、街頭でのデモのようなこともしていたようですね」

「『お練り』ですか」確か、連載記事の中にもそんな言葉があった。中谷が頷く。

「練り歩くから、お練り」

「なるほど。支部のようなものはあったんですか？」

「長岡にはあったはずですね。それと、上越の方にも一か所、ごく小さい道場があったと聞いてますよ。そこでの勉強会、それに『お練り』が、『天啓会』の活動の全てですよ。『お練り』は当時、ずいぶん話題になったようですね。白装束を着て、『天地大乱、天地大乱』と叫びながら歩いていたそうで、ま、傍《はた》から見たら奇妙な連中だったでしょうね。それで、額には星のマークをつけてるんだから」

「星のマーク？」

「これは『お印』と言いましてね。『天啓会』の中で階級が上がる度に、額に星のマークを付けることが許されるんです。副部長クラスで赤、部長クラスで紫、とかね。あさが直々《じきじき》に、自分の指で額に印をつけるんですよ。『お練り』の時は、額に『お印』を付けるのが、正式の装束だったそうです」

そう言えばあさは、お祓いをする時に額に星を描いていたという。その色は、教祖にだけ許された色だったのだろうか。

「地震の予言のことですが」私は話題を変えた。

「結局あれで、あさは失敗したんです。ここから先は推測になりますけど、そのつもりで聞いてもらえますか？」中谷が言葉を切り、突然、照れ笑いを浮かべた。「それより、こんなこと、捜査の役にたつんですかね？」

「分かりません」私は正直に認めた。「でも、何でもいいからヒントが欲しい。どんな小さなことでも、ちょっとしたきっかけがヒントになるものですから」

「分かりました」中谷が、気を取り直して続ける。前よりも自信に溢れた声になっていた。「戦後の混乱期に、あさの教えが受け入れられたというのは理解できるでしょう？　混沌《こんとん》を排除し、生きる術《すべ》をシンプルにしよう、やり直すチャンスなんだという訴えは、全てを失った人たちには新鮮に響いたんでしょうね。でも、それは長くは続かないわけですよ。予想よりも早く復興が進み、人々は食べ物を、新しい仕事を手にいれるようになった。そうなると、やり直しは済んでしまったことになるわけでしょう。もう、『天啓会』に頼らなくてもやっていけると考えても、不思議じゃない。結局、あさにも焦りはあったんじゃないかな」

「それで、地震の話を？」

「そう。地震は、大きな破局だ。つまり、終末がまた繰り返されることになるわけです。それにそうすれば、『天啓会』の教えがまた説得力を持つ、と考えたんじゃないかな。それにあさは、予言めいたことなど、決して言わなかった。それが急に地震などと言い出したので、信者はかなり動揺したようですね。しかし、結局何も起こらなかった。それがきっかけになって、『天啓会』は自然消滅してしまったんです。私は、あさは宗教家ではなかったと思う。どちらかと言えば思想家でしょう。それが突然、予言という宗教的な道具を持ち出し、それが見事に外れた時には、見棄てられるのも当然だと思いますよ」

「もしも、今も『天啓会』があったら、結構人を集めるかもしれませんね」

「いや、今の終末観は、戦後のものとは違うでしょう。今の世の中は、ダイナミックに崩れているわけではない。あちこちに綻《ほころ》びが生じて、世界のタガが少しずつ緩んでいるような感じじゃないですか？　戦後の時代ほど露骨ではっきりしたものじゃないんですよ。こんな世の中には、あさの終末思想も通用しないんじゃないかな」

一気に喋って、中谷は溜息をついた。私も、体が痺れるような疲れを感じていた。

「関係者で、誰か話を聞けそうな人はいませんか？」

「名前は知ってますよ。でも、今さらつかまえられるかどうかは分からないな。私が『天啓会』を調べていたのは、二十年も前のことだ。亡くなった人もいるでしょうし、住所だって変わっているかもしれない。それでも良ければ、お教えしますよ」

私は礼を言い、中谷が引っ張り出してきた古いノートから数人の名前と住所を書き写した。埃を吸い込みながらノートを閉じ、さらに質問を継ぐ。

「『天啓会』の中で、何かトラブルはなかったんでしょうか？　派閥争いとか」

「私は聞いてませんね」中谷が言下に否定した。「確かに『お印』によって階級ははっきりしていたけど、そういう話は聞いてませんね。ああ、でも、事件はあったな。直接関係ないとは思いますけど」

「何ですか？」大西が身を乗り出す。

「何か、『天啓会』に絡んで人殺しがあったとか、なかったとか」

「そうなんですか？」私も思わず体を乗り出した。

中谷が、気圧《けお》されたように苦笑いを浮かべ、ソファに背中を預けた。

「ちょっと待って。そういうことだったら、警察の人の方が詳しいはずでしょう。私は、ちょっと聞きかじったぐらいなんですよ」

「警察官だからって、五十年も前の事件を知っているとは限りません」私はもごもごと言い訳した。あまり言い訳になっていないことは明らかだった。私が民間人だったら、確かに不審に思う。

「でも、記録とか残ってるでしょう？　裁判になったんだし」

「裁判記録は、確定した時点で検察庁に戻されます。でも、事件はたくさんありますからね、いつまでも抱え込んでいたら、検察庁の倉庫はあっという間に一杯になりますよ。とうに破棄していると思います」

「そうか。じゃ、あなたたちが知らなくても不思議はないですね。そんなに派手な事件じゃなかったし、『天啓会』の組織そのものに関係するようなことじゃなかったから。

もしも『天啓会』が事件に関係していたとしたら、それこそ大騒ぎになっていたはずでしょう？　宗教団体っていうのは、いつの時代でも良い意味でも悪い意味でも注目を集めるものだから」

「そう思います。で、どんな事件だったんですか？」

「いや、それはちょっと」中谷が掌を広げて、額を両側から揉み始めた。そうすることで、記憶が搾《しぼ》り出せるとでもいうように。「確か、『天啓会』の組織には直接関係ない事件だったが……信者が人を殺したとか殺されたとか、そういう事件だったんじゃないかな。もちろん、私も直に知っているわけじゃありませんよ。昭和二十七年、あるいは二十八年頃の話だ。私もまだほんの子どもでしたからね。でも、専門家のあなたたちが知らないぐらいだから、大した事件じゃなかったんじゃないかな」

「そうかもしれません」言いながら私は、脳味噌を突ついて、その事件を引き出そうとした。出てこない。戦後の重大事件は、全て頭に叩き込んでいるつもりだった。宗教団体絡みの殺人事件となれば、普通は大騒ぎになるはずである。捜査も慎重の上に慎重を期すはずだ。私の記憶に残っていない以上、さほど大きな事件ではなかったのだろう、と私は自分を納得させようとした。たまたま――つまり、事故のような事件だったのではないだろうか。殺人ではなく、傷害致死だったかもしれない。

それにしても、中谷の記憶が正しければ、この事件は現行警察制度が整う以前のものだ。警察が、国家警察と自治体警察に分かれていた混乱の時代には、様々なトラブルがあったとも聞いている。資料など残っていないだろうし、当時のことを証言できる古手の警察官も、もういないはずだ。

いや、いる。

「仏の鳴沢」と言われた男が。

祖父が刑事になったのは、現行警察制度に切り替わってからのことだが、もちろんそれ以前から警察には在籍していた。新潟市警。事件が起きたのが新潟市内なら、何かしら知っているのではないか。何しろ祖父は、事件が趣味なのだから。自分が手がけていない事件でも、細部まで覚えている。

私は、中谷に礼を言って腰を上げた。最も当てになる相手が身近にいる。それはありがたいことである反面、どうにも落ち着かない気分でもあった。祖父に言われそうだ。お前は、自分の足で情報を稼げないのか、と。

そうは言っても、ジイサン、歩き回るだけでは五十年の歳月を飛び越えることなどできないではないか。

第四章　最後の刑事

「これからどうしますか？」

大西の声で、私は我に返った。目の前の信号が赤に変わる寸前だったので慌《あわ》ててブレーキを踏み込む。

頭の中で予定を確認する。祖父を訪ねるつもりではいたが、大西を連れて行くわけにはいかない。夜になってから、一人で抜け出そう。それまでは、中谷が教えてくれた天啓会関係者のリストを、一人ずつ潰していけばいい。そうするうちに、祖父に会わずに用件を済ませることができるかもしれない。

「とりあえず、関係者を当たろう」私は、自分に言い聞かせるように大西に言った。

「先に、関係者全員の所在を確認しておいた方がいいんじゃないですか。その方が効率がいいと思いますけど」

「じゃあ、一度本部に上がってから、その作業をやろう」私は、ハンドルから順番に手を離した。いつの間にか、両手ともじっとりと濡《ぬ》れている。

大西が沈黙した。私も話すことはなく、車内は、低いロードノイズに包まれる。静寂を破るように、私の携帯が鳴り出した。ぎくりとして、車を路肩に寄せる。

「鳴沢です」

「了、目撃者が出たぞ」新谷だった。馴染《なじ》みの声を聞いて、私は少しだけ緊張がほぐれるのを感じた。

「何者ですか？」

「ＯＬさんだ。新潟に住んでる。こっちの捜査本部に電話が回ってきたんだが、お前、新潟にいるついでに、これから事情聴取に行ってくれんか？」

「目撃って、どういう状況なんです？　何を見たんですか」

「ああ」新谷の声が、少し勢いを失った。「ホテルで怪しい人物を見かけたっていうんだがね。直接犯人に結びつくかどうかは、まだ分からない」

「だけど、何もないよりはましですよ。今まで、まともな手がかりは一つもなかったんだから」

「そうそう、その通りだな」新谷がまた勢い込んで言った。

「名前と住所を教えて下さい。大至急、連絡します」

「よし。名前は石川喜美恵《いしかわきみえ》。勤め先は新潟銀行、本店の企画部だ。そこへ電話を入れてくれないか。向こうも、こっちから連絡が行くことは承知しているから」
「石川……喜美恵?」私は、ハンドルの上で細かく手が震え出すのを感じた。
「どうかしたか? ああ、字は、喜ぶに美しい、恵むだ。それで喜美恵」
「知ってますよ」私は独り言のようにつぶやいた。何だって、と新谷が言っているのが聞こえたが、答えている余裕はなかった。

中学生の頃好きだった女の子に対する想いは、いつまで胸の中でその形をとどめているのだろう。

私の場合、中学校を卒業して以来、石川喜美恵という名前は、記憶の奥底にしまいこまれ、埃を被《かぶ》っていた。

普通、十五歳の少年にとって、故郷を出て、友だちと別れるのは衝撃的とも言える体験になる。大袈裟に言えば、それまでの人生が瓦解し、自分が瓦礫の中で生き埋めになってしまうようなものかもしれない。しかし私の場合、そういうショックが続いたのも、高校に入学した直後の一月《ひとつき》だけで、五月になると既に新しい生活に馴染み、中学時代の記憶は遠くに押し流されてしまった。石川喜美恵という名前と顔は、記憶の表面からは消えた。時折取り出しては磨いてみることもあったが、昔のようには輝かない。所詮《しょせん》その程度の存在だったのだろうと自分に言い聞かせ、それで納得していた。

真剣に好きだったと言っても、それがどれほどのものだったのだろう。中学生の話である。薄っぺらな自分に似つかわしい、薄っぺらな恋愛感情に過ぎなかったに違いない。

そう思いながらも、体は別の反応を示す。私は、新潟銀行本店の隣にある喫茶店で喜美恵を待ちながら、無意識に貧乏揺すりしていた。大西に指摘され、初めて気づく。

「トイレですか？」大西が不審そうな表情で訊ねる。

「違うよ」

「じゃあ、貧乏揺すりですか」

「馬鹿野郎」言ってしまってから、何も大西に当たることはないのだ、と気づいた。だが、こいつに謝るのも馬鹿らしい。結局「大きなお世話だ」と憎まれ口を一つ追加してしまった。

ほんの少し緊張が緩んだその瞬間、本物の衝撃が襲ってきた。

喜美恵が、喫茶店のドアをそっと押し開け、顔を突き出す。不安そうな表情で、店内を見回した。

喜美恵は、あまり変わっていないように見えた。そんなことはない、あれから十四年も経っているのだ。そう自分に言い聞かせようとしたが、記憶の奥底にしまいこまれている喜美恵の顔と、今の喜美恵の顔が、はっきりと重なって見える。髪は昔と同じ、耳が隠れるぐらいのショートカット。冗談のように大きな目も変わっていない。それどころか、化粧のせいで、さらに強調されている。少女らしくふっくらとしていた頬《ほお》は、少しだけ細くなっていた。ぴしっとしたパンツ姿なので、腰の細さが目立つ。白いブラウスのボタンを首の上まで留め、軽くて温かそうなキャメル色のコートをその上に直に羽織っていた。

私に気づくと、喜美恵の顔に温かい笑みが広がり、夏の朝、花が咲くように唇が開いた。遠慮がちに手を上げ、顔の横で振ってみせる。私は軽く手を上げて、彼女に応えた。咳払いを一つ。これは仕事なのだ、と自分に言い聞かせる。少なくともこの場所、この時間では。

喜美恵が、私たちの前の椅子《いす》に滑り込んだ。にこやかな表情はそのまま。行儀良く腿《もも》に両手を乗せ、背筋を真っ直ぐ伸ばして、何かを待っている。私の方から話し出すべきなのか？　違った。彼女は、自分の中から言葉が湧き出してくるのを待っていたのだ。

「鳴沢君、だよね？」

「そう」

「まさか、鳴沢君が来るとは思わなかった。でも……そうか、そうだよね、刑事になったんだよね」

「そう」

「鳴沢君が来てくれるなら、最初からそう言ってくれれば良かったのに」

「そう」私は、自分で銀行に電話を入れなかった。なぜか腰が引けて、大西に電話をかけさせたのだ。

喜美恵の笑顔がさらに大きくなった。八重歯が覗《のぞ》く。一番のチャームポイントだった八重歯が。歯列矯正を考えなかった彼女は賢明だ、と思った。

「さっきから、『そう』としか言ってないけど」

「ああ、そうか」

私は手帳を広げ、名刺を差し出した。喜美恵が受け取り、まじまじと見る。

「刑事とか書いていないわけ？」

「それは、正式な肩書きじゃないから」

「そうなんだ」喜美恵は、小さなポーチから名刺入れを取り出し、私に名刺を寄越した。新潟銀行企画部。頭では分かっているのだが、彼女が新潟で一番大きな銀行で働いているという実感は湧いてこなかった。

大西が、遠慮がちに喜美恵と名刺を交換した。それで、仕事に入る準備ができた。

「昔話は後にして、君の話を聞こうか」

「はい」喜美恵が背筋を伸ばして座り直した。ルージュを引いたばかりの唇を閉じ、ひどく真面目な目つきで私を見据える。私は何度か瞬きして、ともすれば心の隙間《すきま》に入り込もうとする十四年前の感情を追い払った。これはあくまで仕事なのだ。小さく、深呼吸する。オーケイ。たぶん。

「事件の晩、あのホテルにいたんだね」

「銀行の友だちと、旅行で」

「平日なのに？」

「代休の前倒しだったのよ」

「前倒し？」

ウェイトレスがやって来て、私たちの会話は中断された。喜美恵はカフェオレを注文し、ウェイトレスがカウンターの向こうに消えるのを見届けてから話を再開した。

「私、事件の次の日から出張だったのよ。その代休を先に取って……友だちとはずっと前から約束していたから」

「じゃあ、ずいぶんばたばたしてたんだ」

喜美恵が、唇を薄く開いて微笑《ほほえ》んだ。

「本当にね。銀行だって楽じゃないのよ。特に企画部なんて、雑用係みたいなもので、やたらと忙しいから、休みも満足に取れなくて……あの時だって、一泊の休暇を取るだけで大騒ぎ。温泉のお泊りの用意と、出張の荷物を抱えて、馬鹿みたいだった。あんな温泉ホテルで大きなスーツケースを引っ張っているのって、変じゃない？」

彼女に調子を合わせるために、私も小さく微笑んだ。

「それで、事件の翌日に出張に出かけたんだね」

「スーツケースを抱えて、湯沢の駅から朝一番の新幹線に乗って。それで、昨日ようやく戻ってきたの」

「出張はどこへ？」

「フランクフルト」

「へえ」

「何か、馬鹿にしてない？」

「そんなことないけど、ずいぶんワールドワイドにご活躍なんだね」考えてみれば私は、大学時代に一年間、アメリカに留学した時を除けば、日本から出たことがない。

喜美恵が頬を膨《ふく》らませた。

「若手は仕方ないのよ。あっちへ行け、こっちへ行けで、上の言う通りに動くしかないんだから。でも、海外に行ったからって、毎日ホテルと会議場の往復だけで、街の様子を見ている暇もなかったし、地味な一週間だったわ」

「それで事件のことも知らなかったのか」

喜美恵が顔を強張らせた。

「昨日帰って来て、初めて知ったのよ。一週間分の新聞をひっくり返していたら、私の泊まっていた日に、ホテルのすぐ裏で事件があったっていうじゃない。驚いたわ。でも、ちょっと考えているうちに、恐《こわ》くて眠れなくなっちゃって」

私はちらりと唇を舐《な》めた。話が本題に入りつつある。

「何を見たんだ」

「変な人。警察では、不審な人って言うのかな?」

「具体的には?」

「あの日、ホテルで、夜中に急病人が出たのよ」

「それは知ってる。宿泊客で盲腸になった人がいたらしいね」

「救急車が来たから、びっくりして、ロビーまで偵察に行ったのよ」喜美恵はちらりと舌を出した。「ごめんね、物見高くて」

「そんなこと、いいよ。それで？」

「ついでにロビーのトイレに寄ったの。そうしたら、男性用のトイレから、男の人が慌てて飛び出してきて。それが、客でもない、従業員でもない感じだったの。夜中でしょう？　昼間だったら、ちょっとトイレを借りに寄る人もいるかもしれないけど、ずいぶん遅い時間だったから、変だな、と思って」

「どんな感じだった？」

「六十歳か……」喜美恵が天井を仰いだ。綺麗な白い喉《のど》が露《あらわ》になる。「もうちょっと上、六十五歳ぐらいかな。小柄な人で、膝《ひざ》まである冬用のコートを着てたと思うわ。何か、ずいぶん慌てている様子で、私にぶつかりそうになっても、何も言わないでホテルから出て行ったのよ」

「顔は覚えてるか？」

「それがね」喜美恵の顔が曇った。「うーん、それが問題なのよ。どこかで見たことのある人なんだけど、誰だったか、どうしても思い出せないの。向こうは下を向いてたから、顔は良く見えなかったし」

「知り合いだったのか？」

「違うと思う」喜美恵が首を振った。「私、人の顔を覚えるのはあまり得意じゃないけど、いくら何でも、知り合いの顔は忘れないと思うから」

「じゃあ、仕事絡みかもしれないな。一回会っただけの人なら、はっきり顔を覚えていなくても仕方ないだろう」

「そうねえ」喜美恵が胸の前で腕を組み、首を傾げた。「そうかもしれないけど、どうしても名前が出てこないのよ」

私は、大西をちらりと見た。手帳にボールペンを叩《たた》きつけるように、メモを取り続けている。何も相手の言ったことを全部書く必要はないのだ、と忠告しようとしたが、今声をかけたら壊れてしまうかもしれない、と思ってやめにした。喜美恵に向き直り、質問を続ける。

「その男、何か持ってなかったか？」

「手ぶらだったと思うけど……でも、コートの前がずいぶん膨れていた感じがしたわ。太っていたんじゃなくて、中に何か入れていたみたいな。でも、ごめん、その辺りになると、あまり自信がないんだ。誘導尋問しないでね」

頭のいい、用心深い女だ、と私は思った。

「相手の顔、もう少し詳しく説明できないかな」

「そうねえ……」

「似顔絵を作ろうか。それを見れば、君も何か思い出すかもしれないだろう」

「その人、犯人なの？」喜美恵の顔に影が落ちる。

「分からない」私は正直に認めた。「でも、犯人は被害者の家の裏口から、ホテルの駐車場を通って、ホテルの中を抜けて逃げた可能性があるんだ」

もしかしたら犯人は、ホテルのトイレの中で時間を潰していたのかもしれない。もちろん永遠にというわけにはいかないだろうが、あの時は人の出入りの少ない夜だった。三十分や一時間、個室にこもっていても、誰にも気づかれなかったのではないだろうか。そこで返り血を洗い流し、着替えることもできる。そうだ、無駄かもしれないが、ホテルのトイレで血液反応を調べてみるという手もある。既に事件から一週間も経ってしまっているが、血痕が検出されれば、犯人がそこにいた可能性が高くなる。

「これから、少し時間あるかな」私は伝票をつかんで立ち上がった。カフェオレが来たばかりで、彼女はまだ口をつけていない。

「鳴沢さん、そんなに慌てなくても」大西が横から口を出したが、睨みつけて黙らせてやった。

「いいわよ」口をつけかけたカップを下ろし、喜美恵が笑顔で言った。

「仕事の方は平気？」

「大丈夫、上司にも言ってあるから」

「心配してなかった？」

「私、何だか強く見られてるみたいね。そんなこと、ないんだけど」そう言って、彼女は特大の笑顔を作った。強いだけじゃないだろう、それ以上に素敵だと言いかけて、私は言葉を飲み込んだ。仕事なのだ。少なくとも今は。もしかしたらこの後で……頭の中で私は、自分の横面を張り飛ばしていた。邪念は振り払え。集中しろ。

しかし、彼女を目の前にした状況で、それはひどく難しいことだった。

「ごめんね、わざわざ送ってもらって」喜美恵が恐縮しきって言った。

「いや、こっちは協力してもらってるんだから」

「でも、仕事中でしょう」

「これだって立派な仕事だよ。最近、警察も評判が悪いからさ、協力者を大事にしないと、情報が入らなくなる」

「じゃ、素直にありがとう」

喜美恵の笑顔が私の方を向いている。首筋の辺りに、その笑顔が発する温かいエネルギーをはっきりと感じた。

「それにしても、鳴沢君が刑事か……」

「驚いた？」

「当たり前過ぎて驚いてる」

「え？」

「だって、お父様もお爺様も警察官でしょう？　跡を継いだわけよね」

「そんなつもりじゃないけどね」

似顔絵作りには結構時間がかかり、終わった時には既に日が暮れかかっていた。助手席にちょこんと座った喜美恵の顔は薄いオレンジ色に照らされ、微かに興奮しているようにも見える。このドライブは短過ぎる、と思った。県警本部を出て、信濃川沿いに車を走らせ、万代橋を渡れば、すぐに新潟銀行の本店に着いてしまう。夕方のラッシュ時とは言え、その間、十分か、十五分だ。

「銀行でいいかな」

「うん」

「まだ仕事？」

「定時には滅多に帰れないわね」

「忙しいんだ」

彼女が肩をすくめる気配がした。

「でも、給料は全然上がらないのよ」

「銀行員は給料がいいと思ってた」

「公務員と変わらないんじゃないかな。景気も悪いし。福利厚生がちゃんとしてる分、公務員の方がいいかもしれないわよ」

「でも、驚いたな」

「何が?」

「君が仕事をしてるっていうのが、信じられない」

「馬鹿にしてるわけ?」喜美恵がほんの少し唇を歪める。

「違う、違う」私は慌てて否定した。「俺たち、中学を卒業してから十四年間も会ってないんだぜ? 何か、あの頃のままでイメージが固定してしまってるから」

「そうか。鳴沢君は、私が銀行員になったこと、知らなかったんだ」

「ああ。君は、俺が刑事になったこと、知ってたのか?」

「友だちから聞いたわ。でも、刑事になるとしても、東京かどこかでと思ってたから、ちょっと意外だった。だって鳴沢君、新潟を出て行ったんだもんね」

私は、喜美恵の声に、微かに非難めいた調子を嗅《か》ぎ取った。

「別に、故郷を捨てたわけじゃないよ。高校から東京に出るのは、うちの家の決まりみたいなものだから」

「そんなこと、一言も言ってなかったじゃない」

「だってあの頃、俺たちはそんなに親しくなかったからね。ろくに話をしたこともなかったんじゃないか？」

親しくなかった。自分で言った言葉が、じんわりと胸に痛みを与える。何なんだ、この感覚は？　私は、喜美恵が好きだった。それは否定できない。もしかしたら、異性を意識するようになってから初めて真剣に好きになった女性だったかもしれない。そうは言っても、それは、十四年も前の、ままごとのような恋愛感情に過ぎないではないか。冷静になれば、そんなことは十分理解できる。なのにどうして、今でも心を紙やすりでこすられるような痛みを感じるのだろう。

「協力してくれてありがとう」私は話題を変えた。

「ああ」

「最近は、あまり協力してもらえなくてね。警察には関わりあいたくないっていう人が多いんだ」

「でも、これって大事なことでしょう？　私、役にたったのかしら」

「少なくとも、今のところはたった一つの手がかりじゃないかな。もう、捜査本部にも似顔絵が届いているはずだよ。連中、大張りきりで聞き込みに回っていると思う。ところで、さっきの似顔絵で何か思い出した？」

「うーん」喜美恵が腕を組んだ。「分からない。ごめんね」

喜美恵の記憶を元にした似顔絵は、特徴に乏しいものだった。短い髪を七三に分け、眼鏡をかけている。眼鏡の奥の目はなかった。どうしても思い出せないというのだ。顔の輪郭は、ほぼ真四角。大きく張り出したえらは、本当にこの似顔絵が正確ならば、有力な手がかりになるかもしれない。

「目が入ってないからね。簡単には思い出せないだろうね」

「役にたたなかったかしら」

「いや、今の時点ではこれで十分だ。十分過ぎる。初めての手がかりみたいなものだから。もしも何か思い出したら、また教えてくれないかな」

「もちろん。どこに連絡すればいいの？」

「名刺の電話番号に……つかまらなかったら、携帯にかけてもらってもいいよ」

新潟銀行の本店ビルが目の前にあった。私は、新潟島の目抜き通りの柾谷《まさや》小路を左折して車を停め、もう一枚名刺を取り出して、裏に携帯電話の番号を書き殴《なぐ》った。それをしげしげと見ていた喜美恵が、小さく笑う。

「どうかした？」

「字は、変わってないわね」

「相変わらず下手《へた》でね」

「変わってなくて良かった」

「どういうこと？」

「他のことも変わってないんでしょう？」

どういうことだ、と私が聞く前に、喜美恵は車を下りていた。腰を折って車の中を覗きこみ、私に手を振る。軽やかな笑顔のサービス付きで。たぶん、十四年ぶりに再会した古い友人に対する懐かしさや親しみ以上の感情が、こもっている。

そう思いたかった。

祖父の視線が鋭い。頬は緩んでいるのだが、目は笑っていなかった。たぶん、犯人を取り調べる時に見せた視線だ。よし、腹を割って気楽に話そう。ただし、嘘をついたら絶対に許さない。

「お前、何をにやにやしてるんだ？」

「別に」

「いや、変だな」

「何でもないですよ」

「むきになるところが怪しい」

「勘ぐらないで下さいよ。刑事時代の悪い癖は、いい加減直した方がいいんじゃないですか？」

祖父の厳しい目つきが、いつの間にか柔らかくなっている。ダイニングテーブルには、得意の魚料理がずらりと並んでいた。美味《うま》そうだ。だが、祖父は不満顔だった。

「ここへ来るって前もって言ってくれれば、もう少し揃えておいたんだが」

「これで十分ですよ」私は自分で茶碗に飯を盛り、アジの南蛮漬けに箸を伸ばした。酢がきつくなく、唐辛子の辛味がうまい具合に効いている。

「女だな？」

自分の席に座った祖父は、食事に手をつけようともせず、いきなり切り出した。私は、口一杯に頬張ったアジと飯を噴き出しそうになった。

「何言ってるんですか」

「仕事のことじゃないだろう。おめさんは、仕事の時は、うまく行っていてもあまり嬉しそうな顔をしない。しかも、湯沢の件はうまく行ってないんだろう？　となると、そのにやけ顔の原因は、女しか考えられないじゃないか。この忙しいのに、よくそんな暇があったもんさね」

「決めつけないで下さいよ」

祖父が、にやにやしながら自分の頭をこつこつと指で叩いた。

「私の勘は、まだ鈍ってないよ」

「勘弁して下さいよ」私は箸を置き、熱い茶をすすった。「そんなんじゃないから」

「じゃあ、何なんだ」

「中学の同級生に、久しぶりに会ったんですよ」

「それで焼けぼっくいに火が点いた、と」祖父の笑いが大きくなる。

「いや、まあ……」

「まあ、いいさ。さ、飯を食えよ。でもまさか、そんな話をしにここに来たんじゃないだろうな」

「違いますけど、とにかく食べ終わってからにしましょうよ。飯を食いながら仕事の話をしたら、消化に悪い」

「それもそうだな」

私たちは、取りとめのない話をしながら食事を続けた。話題の中心は、どうしても事件になる。その日の朝夕刊の社会面を賑《にぎ》わせた事件の記事を、祖父は、一々コメントをつけて解説した。未解決の事件については、捜査がどこで間違っているのかについて。解決した事件では、ニュースで伝えられるよりも詳しく具体的な犯人像を描き出してみせた。

いつもの会話だ。ただし、湯沢の事件は話題にならない。二人とも十分分かっていた。私の事件について喋ってもいいのは、全てが解決してからだ。聞き込みは効率的にやれたか、取り調べはうまくいったか。祖父は私に事情聴取しながら、一々論評を加える。鬱陶《うっとう》しいと思う反面、祖父の言葉の一つ一つは、確実に頭に染み込んだ。捜査手法というのは、数十年の時を経ても、さほど色褪《いろあ》せないのだ。それに、祖父の言葉なら素直に聞ける。父だったらそうはいかないだろうが。

食事は終わり、茶も飲んでしまった。もう、逃げ場はない。このまま帰ってしまおうか、とも思った。どこか別のルートで調べることもできるはずだ。しかしそれでは、大きな遠回りになる。

「散歩に行きませんか?」

「もう寒いぞ」祖父が訝《いぶか》しげに言った。しかし、私の顔を見ると、「そうだな、行くか」

と言葉を翻《ひるがえ》した。

祖父は、ダウンジャケットを羽織った。真冬の格好にはまだ早いが、ひどく寒がりなのだ。

祖父が先に立って歩く。万代橋のたもとまで行き、そこから川沿いに、ゆっくりと歩き始めた。この時間でも、まだウォーキングやジョギングをしている人がいる。近所の人が多いのか、祖父は時折、すれ違う人に頭を下げた。私は祖父の横に並び、川面を渡ってくる風に首をすくめながら、ペースを合わせて歩いた。

「湯沢の件なんですけど」

「うん?」関心なさそうに祖父が言い、コンクリート製のベンチに腰かけた。煙草を取り出し、火を点ける。マイルドセブン・エクストラライト。祖父も、ずいぶん軽い煙草を吸うようになった。私が子どもの頃は、ずっとハイライトだったのだが。風が、煙を私と逆の方向に流して行く。それでも私は、軽い煙の臭いをはっきりと嗅いだ。

「『天啓会』って知ってますか?」

「『天啓会?』」祖父が唇を歪めた。足を組み、煙草の煙を見詰めている。「はて」

知らないはずがない。もしも中谷の記憶が正しければ、五十年前、天啓会絡みの事件が新潟であったのだ。どんなつまらない事件でも、細部にわたって覚えている祖父が、天啓会について忘れるはずがない。

不安は二つあった。一つは、中谷が完全に勘違いしているという可能性。もう一つは、祖父の記憶が、年齢という荒波に削り取られてしまったという怖れだ。中谷が勘違いしているとは思えなかった。彼は、いわば専門家である。それに、祖父よりも若い。

「新興宗教ですよ。戦後すぐ、新潟で……」

「ああ」祖父が頷いて膝を叩いた。「そう言えば、そんな団体があったな。そうそう、私もデモの警備をやった記憶がある」

「デモじゃなくて、『お練り』って言うんですよ」

「『お練り』？　何だか変な名前だな。それは知らなかった」

私は体を捻《ひね》り、祖父の顔を正面から覗き込もうとした。祖父の視線は、万代橋の照明に照らされて輝く信濃川の水面《みなも》に注がれている。何か、変だ。やはり、記憶力が衰えたのだろうか。

「そこの教祖が、今回の被害者です。本間あさ」

「本間あさ」一音一音を区切るように発音してから、祖父は携帯灰皿で煙草を丁寧に揉み消した。

「知らないんですか？　五十年前には、ずいぶん話題になったと思うんですけど」

「まあ、そういうことに関心がある人には面白い話かもしれないが、私は昔から、神様には興味がなかったからね。こっちが相手にしていたのは、現実の世界だ」

「それはそうですけど」祖父の言葉が、いつになく歯切れが悪いのが気になった。「『天啓会』の信者が人を殺したか、あるいは殺されたかという事件があったと思うんです」

「そうだったかなあ」祖父が、ゆっくりと顎《あご》を撫でる。新しい煙草を取り出し、ライターの火を移した。煙草をくわえたまま目を細め、煙越しに悠然と信濃川を眺めている。

「よく覚えていない。お前、まさか『天啓会』とかいうのが、今回の事件に関係していると思うのか？」

「それは、分かりません」私は認めた。

「そもそも被害者は、今もその団体に関係していたのかね」

「いや、『天啓会』そのものは、ずいぶん昔に活動を停止していたようです」

「いくら何でも、五十年前の話だろう」祖父が、非難するように言った。「関係者だってほとんど死んでるんじゃないかな。今さら、そんな昔の話をほじくり返しても、何か出てくるとは思えん。いや、これは常識としてだよ」

私は頷いた。

「だけど常識を信用しちゃいけないんですよね」

祖父が満足そうな笑顔を浮かべて、頷き返す。

「そうそう、良く覚えてるな。ただし、あまり突拍子もないことを考えるのはどんなものか……」

常識を知ることは大事だが、常識に縛りつけられてはいけない。しかし、思考が走るままに推論を積み上げたら、でき上がるのは悪夢を具象化したような、グロテスクな彫像である。結局はバランスが大事なのだ――昔からの祖父の持論の一つである。

「了」祖父が背筋を真っ直ぐ伸ばした。

「何ですか」

「気持ちは分かるが、そんな昔の事件を持ち出しても、今回の事件にはつながらないような気がするな。私の、刑事の勘が鈍ってなければ、だが」

「それはそうだけど……」

「不満みたいだな」祖父が私の背中を大きな手で叩いた。顔には、邪気のない大きな笑みが浮かんでいる。「昔の事件がそんなに気になるか」

「引っかかるんですよ」私は自分の喉仏《のどぼとけ》をつまんで見せた。「一度引っかかったら、とにかくはっきりさせないとね。すっきりしないじゃないですか」

「お前も、すっかり刑事らしくなったな」満足そうに祖父が頷く。「しつこさは、刑事にとって一番大事なことだ。でも、それにこだわり過ぎると、目の前の大事なことが見えなくなるぞ。時には、一歩引いて見てみろ」

「どうやって？」

「そんなこと、私には分からん」祖父が背中を丸める。寒いのだ。確かに、私の手も凍りつき、感覚がなくなりつつある。「今回の事件は、お前の事件だ。私は何も知らないんだからな。でも、目の前にあることを何か見逃しているから、これだけ事件が長引くんじゃないか？」

「でも、今日は、やっと新しい手がかりが出ましたよ」

「ほう」関心なさそうに祖父が言った。しかし、実際には全身が耳になったように、私の言葉に注意を傾けている。

「目撃者が名乗り出てきましてね。その人が、さっき言った中学校の時の同級生なんですよ」

「ああ、そういうことか」

「だから、別に……」どうして俺は、こんなに歯切れの悪い言い訳をしているのだ。隠すことではないはずなのに。

「ああ、分かった、分かった」祖父が面倒臭そうに顔の前で手を振る。「要するに初恋の人、というわけだ」

私は耳が熱くなるのを感じた。クソ、このジイサンはどうしてこんなに鋭いんだ？喜美恵のことなど、今まで一度も話したことはないのに。

「まあ、お前もそろそろ身を固めてもいい年だからな。こんな商売をしてると、忙しくてなかなかチャンスがない。逃がすなよ」

「やめて下さいよ。それこそクソ忙しくて、そんなこと、考えている暇もない」

「クソ忙しくても、結婚はちゃんとできるもんさね」祖父が、唇の端を小さく持ち上げて笑った。「お前の親父《おやじ》も、私もそうだったんだから」

「それは、忙しくなる前に結婚したからでしょう」言ってしまってから、私は即座に後悔した。この話題はどうしても、若くして亡くなった私の母、そして祖母の話に行き着く。しかし祖父は、それ以上話を巻き戻そうとはしなかった。そう言えば今までも、祖父の口から祖母の話を聞いた記憶はほとんどない。祖母を亡くした哀しみは、祖父の心の中に、決して消えない癌《がん》細胞のように巣食っているのだろうか。

「身を固めれば、物の見方も変わる」祖父が呪文を唱えるように言った。

「何ですか、それ」

「結婚すれば、大根一本の値段にも気を配るようになる。子どもが生まれれば、親の気持ちが本当に分かるようになる。わしらの商売は、結局人の気持ちをいかに理解できるかにかかっているんだよ。だから、チャンスだと思ったら、絶対に逃がすな。もっとも、その人が事件の関係者なら、決着がつく前はご法度《はっと》だぞ」

「分かってますよ、そんなことは」

　ぞんざいに答えながら私は、まったく別のことを考えていた。祖父の言葉、俺たちの商売。祖父はまだ、刑事なのだ。俺たちの、という言葉が自然に出てくる。定年から何十年も経って、なお自分が刑事だと意識し続けるのは、どんな気分だろう。私には、祖父の年齢になるまで、まだ何十年も持ち時間がある。そんな先のことは、想像さえできない。

　頭上で、冷たい星が煌《きらめ》く。永遠とか、不変とか、抽象的な言葉が、頭の中でちかちかと瞬いた。一方で、対岸の万代シティの灯《あか》りは、もっと刹那《せつな》的なもの、生々しい人間の営みを象徴する。久遠《くおん》の輝きに比べれば、それはあまりにも頼りなく、儚《はかな》い。しかし私は、そういう刹那の輝きにこだわっていこう、と思った。人間の営みの全てを見て、理解して、愛する物も憎むべき物も、正面から受け止めよう、と。

　それが刑事の仕事なのだ。そうであるべきなのだ、と思った。

何かの間違いなのだ、と自分に言い聞かせようとした。たぶん、中谷の勘違いなのだ。相手が専門家だからといって、その記憶を完全に信用して良いという保証はない。祖父が「記憶にない」と言っているのだから、天啓会に関連した事件などなかったのだ。

翌日から、私と大西は、天啓会の関係者への事情聴取を進めた。そしてすぐに、勘違いしていたのは祖父の方だ、ということに気づいた。

私たちは、新津《にいつ》まで事情聴取に来ていた。相手はぶどう園を経営する君雅夫《きみまさお》という男で、七十二歳。天啓会に関わっていた頃は、二十歳そこそこだったことになる。

予想通り、君は歓迎の言葉の代わりに、迷惑そうな表情を浮かべた。まずは、玄関先でぐずぐずと言い始める。

「家の中はまずいんで」言い訳しながら、君は私たちを押し出すように、玄関から広い前庭に出た。「ちょっと裏に回ってくれんかね。そっちなら、人に聞かれないで済む」

私たちは、彼の後について家の裏手に回った。家の敷地が途切れる場所からすぐにぶどう園が広がっており、その手前に小さな作業小屋があった。君が、作業小屋の扉を開け、私たちに向かって顎をしゃくる。自分が先に小屋に入った。

私たちが小屋に入った所で、君は裸電球の電源を入れ、ドアを閉めた。農機具、肥料の袋が所狭しと並べられており、座る場所はない。乾いた藁《わら》の匂いが、小屋の中に充満していた。

「あんたらも、ずいぶん古い話をひっかき回してるんだね」君が煙草を口に持っていった。藁の匂いに、煙草の臭いが混じり合う。君が用心深そうに目を細めて、私を、次いで大西を見た。

「覚えてますか、その頃のことを？」私は慎重に切り出した。

「ああ、まあ、そうだね」君が言い淀んだ。忘れてはいない、と私は確信した。言いたくないだけなのだ。たぶん今まで、誰にも話さなかったのだろう。自分の胸の中に封印してきたことを、五十年後に警察がほじくり返そうとしているのだ。積極的に喋る気持ちにはなれないのは、理解できる。

「あなたは、いつ頃『天啓会』に入ったんですか？」

「一つ、いいかね？」君が顔の前で指を一本上げた。

「何ですか」

「このこと、家族には内緒にして欲しい。今はたまたま誰もいないけど、近所の人が見ているかもしれんし――」

「適当なことを言っておけばいいんですよ」話を接《つ》ぐために、私は言った。「泥棒の捜査でも何でもいいですから」

「そう言えば最近、近所の家に泥棒が入ったんさ。ピッキングとか言ったかね？　中国人じゃねえかって話なんだけど、警察は何をやってるのかね」

私は苦笑して、その件は新津署に良く言っておく、と請け合った。それから真顔の仮面を貼りつけ、いつから天啓会に関わるようになったのだ、と質問を繰り返した。

君が、ゆっくりと顎を撫でながら目を細めた。煙草の煙が真っ直ぐ立ち昇り、低い天井にぶつかって渦を巻く。ややあって、ようやく口を開いた。

「二十一の時だったかね。『天啓会』がちっとばかし有名になってきた頃だ」

「新潟で？」

「そう」

「何か、入会儀式のようなものはあったんですか？」

「うん、まあ、そうだね。ところであんたがたは、『天啓会』についてどこまで知ってるのかな？」

私は小さく肩をすくめた。

「ほとんど何も知りません」

納得したように君が頷く。

「何がしかの金を払えば、誰でも入れたんですよ。それも、高い額じゃなかったな。幾ら払ったかは忘れたけど。私はその頃、親の畑を細々と耕してるだけだったんだが、それでも高いとは思わなかったからね。結局、資料代みたいなものだったんさ」

「資料代？」

「あんたらが、『天啓会』をどんなものだと思ってるかは知らんけど、神様にお祈りしたり、得体の知れない儀式があったり、そんな集まりじゃなかった。皆、真面目に勉強してただけですよ」

「それは知ってます。テーマは歴史でしたよね？」

　君が頷いた。最初の警戒と緊張はずいぶん薄れ、今は少しだけ饒舌《じょうぜつ》になっている。

「まず最初に、古手の会員から、この世は一度終わった、と講釈を聴かされるんさ。あの戦争で、この国は一度終わってしまった、この国だけじゃない、世界中が終末を迎えたんだ、と。馬鹿言ってんじゃないよ、と最初は思ったもんだけどね。こうやって自分は生きているのに、どうして世界が終わったなんて言えるんか、って。だけど、まあ、『天啓会』の教えっていうのは実に都合の良いものでね。一度終わってしまったんだから、その前の悪いことは全て許されて、一から出直すことができるっていうのが、基本だったんですよ」

「そうらしいですね」と私は相槌を打った。「だけど、そういう単純な教えで、どうして信者が集まったんでしょう」

「あんたら若い人には分からんかもしれんけど、あの頃は、誰かに許してもらうことがすごく大事だったんさ。戦争に負けて、国中ががっくりきてた時期でしょう？　しかも、誰の責任にもできなかった。そんな時、誰でもいいから、許すって言ってくれるだけで、気分が楽になったんですよ。やり直していいんだって考えただけで、何とか生きて行こうっていう気持ちになったもんさね」

「そういう教えを広めたんですね」

「口伝えにね。今みたいに、派手に宣伝できる時代じゃなかったから」

ということは、「お練り」もそれなりに有効な宣伝手段だったのだろう。

「でも、本当にそれだけで、二千人も三千人も信者が集まったんですか」大西が、手帳から顔を上げて訊いた。君が、不審そうな顔を大西に向ける。

「うん？」

大西が、手帳をボールペンで叩いた。

「そりゃあ、戦後の混乱期にそういう教えがあったら、気分が楽になるのは想像できますけど、本当にそれだけだったんですか？」

「本間先生のことかね」

「先生？」私と大西が同時に言った。

「そう、私らは、本間先生って呼んでたんさ。教祖様とか、そういう呼び方じゃないよ。勉強会みたいなものだからね。本間先生、殺されたんろ？」

私は頷いた。君も重々しく頷き返し、顔を両手で拭う。

「何てことかね。『天啓会』が解散してから、本間先生が何をしてるのか、全然知らんかったけど、本当にたまげたよ」

「そのこと、警察に言ってくれても良かったんですけどね」大西がなじるように言った。

「ずいぶん手間が省けたはずですよ」

君が、とんでもない、と言いたそうな表情で首を振った。

「自分から名乗り出る？　冗談じゃないよ。好き好んで警察と関わるような人間、いるわけないでしょう」私は喜美恵の顔を思い出していた。もしかしたら喜美恵は、今の世の中では既に貴重な例外なのかもしれない。君が渋い顔で続ける。

「それはともかく、先生が殺されたことに、『天啓会』の人間が何か関係してるって言うんかね？」

「関係してないんですか？」ここからが核心だ、と私は顔を引き締めた。「昔、『天啓会』の信者が何か事件に関わった、という情報を聞いています。どうなんですか？」

君が、大きく目を見開いた。逆に、唇は固く結ばれている。何も喋らないという、無言の意思表示であるように見えた。

「君さん」私は彼に一歩詰め寄った。煙草と汗の臭いが鼻を突く。「あなたは、『天啓会』に何年ぐらいいたんですか？」

君はなおも言い渋っていたが、結局口を開いた。

「足かけ五年ぐらい、だったかね」

「あの予言が外れたから、会をやめたんですか？」

「まあ、そういうことだね。そうじゃなくても、やめていたかもしれない。ああいう熱は、いつかは冷めるもんだから」

「で、何があったんですか？」

「何って？」君が、耳の穴に指を突っ込みながら、話をはぐらかした。

「君さん、知っているのか、知らないのか、そこから始めましょうか」私は声のトーンを落とした。「こっちには、幾らでも時間があるんですよ」

「脅かさないでくれよ」君が目をむいた。煙草が短くなり、指が焦げそうになっている。

「こっちはただの百姓なんだからさ」

「何だったら、署で話を聞いてもいいんですよ。もちろん、強制はしませんが」

「ああ、分かった、分かった」君が音《ね》を上げた。むき出しの地面に煙草を落とし、長靴で踏み消す。彼がこれまで踏み潰したであろう吸殻が、足元にずいぶん溜まっている。いつかは火事を起こすな、と私はぼんやりと考えた。

「確かに、事件はあったよ。でも、そういうことなら警察の人の方が詳しいんじゃないろっか？」

「それほど古くない話ならね。古くても重要な事件、特異な事件なら、報告書を残しておくこともある。後々の参考になりますからね。でも、ありふれた事件だったら、記録は残っていません。古い捜査員が残っていれば話を聞くこともできますが、何しろ五十年も前の話です。警察の制度自体が、今とは違っていたわけで……」

「ああ、ああ、良く分かった」君が、顔の前で面倒臭そうに手を振った。「要するに、警察でも分からないということなんですな。驚いたね。殺人事件みたいな大変な事件でもそうなんですか？　私らにとっちゃ、それこそ大事件なんだけどね」

「事件の印象と、書類仕事は別の話なんですよ。殺人事件だって、書類にすれば泥棒と変わらないんだから」べらべらと喋ってから、私ははっと気づいた。殺人？　「殺人事件、ですか？」

「そう」君が深刻な表情で頷く。「『天啓会』の中で、人を殺した奴がいたんさね」

「信者が加害者？」私は低い声で言った。大西は、物凄《ものすご》い勢いで手帳にペンを走らせている。私は小さく首を振って、また君と向き合った。

「そんな事件だったら、ずいぶん大きな問題になったんじゃないですか」宗教団体絡みで殺人事件。今だったら、新聞も大きく取り上げるだろう。いや、終戦後何年も経っていない時代でも、同じだったはずだ。

「いやいや、それがね、そうでもなかったんさ」一度喋ってしまったので楽になったのか、君の顔には柔らかい笑顔さえ浮かんでいた。「信者は信者ですよ。でも、ちょっと頭の弱い男だったんさ。わしらが面倒を見ていたようなものでね」

「頭の弱い男？」

「そう。まあ、喋るのも書くのも苦手で、普通の仕事も満足にできないような男でね。長岡の空襲で焼け出されて、天涯孤独の身だった。本間先生もそれに同情したんかね、『天啓会』で雑用みたいなことをさせて、面倒を見ていたんさね。そいつが、『天啓会』に出入りしていた米屋を殺しちまったんだよ」

「米屋、ですか」

「ああ、今でも覚えてるけど、園田《そのだ》米穀店っていう店だった。新潟の市内にあった店だよ、確か」

「米屋が出入りしていたんですか？」大西が疑わしそうに訊ねた。

「あの頃、『天啓会』の幹部は、道場みたいなところで共同生活をしていてね、米屋も八百屋も出入りしていた。金離れは良かったから、お得意さんだったんだよ」

「で、出入りの米屋が殺された、と。どういうことだったんですか？」と私。

「それは、私らみたいに通いで道場に行っていた者には、詳しく分からんことですて。とにかく、その日道場に行ってみたら大騒ぎになっていて」

「何が原因だったんですか？」

「それも、良く分からない。何しろ、ちょっと頭の弱い男だったからね。普段から夜中にうろつきまわったり、突然訳の分からないことを言い出したりしてたから、皆も気が狂ったんだろう、ぐらいに思っていた。だけど、何も殺さなくてもいいのにね」

「当時何があったのか、詳しく知っている人は？」

「そりゃあ、道場に住み込んでいた幹部連中だろうね」

「名前とか住所は分かりますか？」

「今の住所なんて分からないよ。私も、あれ以来『天啓会』とはすっぱり縁を切ったんだから。いや、本当に、あんたらに話すまで、何十年もその名前を口にしたこともなかったんさ」

私は言葉を切り、頭の中を整理した。やはり、事件はあったのだ。一つの疑問が、急に頭の中で膨れ上がる。祖父は本当に知らなかったのか？　忘れてしまったというのか？　もしかしたら、ボケ始めているのかもしれない。信じられないが、その可能性は低くはないはずだ。あの祖父が、自分が現役警察官だった時代、それも足元の新潟市で起こった事件を忘れるはずがない。

おかしい。父に相談すべきかもしれない。魚沼署の署長席で、真面目な顔をして書類の決裁を続けている父の姿を思い浮かべた。もしも祖父がボケ始めたとしたら、父はすぐに新潟に飛んでくるだろう。だが、取りあえずその問題は後回しだ。父に話をする理由も作りたくない。

「思い出して下さい」

「そりゃあ、無理だよ。引き出しを開けたり閉めたりするみたいに、昔のことを思い出せるわけがないでしょう」

私が顔をしかめたのに気づいたのか、君がほんの少し同情するような表情で言った。

「まあ、でも、この件が本間先生の事件に何か関係しているとは思えないね。素人考えだけどさ。何しろ、人殺しをした男っていうのは、もうとっくに死んでるんだ。関係者が皆死んでいるのに、何で五十年もしてから、こんな話がぽっこり出てくるのかね？

ありえない話だろう」

「米屋を殺して、その男はそれからどうなったんですか？」

「何て言うんだい、あれ？」君が声を低くして言った。「逮捕されたんだけど、結局頭がおかしいっていうことで、さ」

「責任能力がないと判断されたんですね」おそらく、不起訴、措置入院ということになったのだろう。措置入院に関する法律の施行が昭和二十五年だから、計算は合う。

「そんなことじゃなかったかな」君が首を傾げる。「もちろん私らも、裁判のことは詳しく知らなかった。そんなこと、一々誰かが報告してくれるわけじゃないし、新聞にも載らんかったからね。でも、確かに刑事さんの言う通り、責任を問えないとか、そういう話になって、専門の施設に入れられたんじゃないかな。何でも、それからしばらくして亡くなったそうだけど」

「その件が、『天啓会』の活動に何か影響したんでしょうか」

「そうは思わない。あれは事故みたいなものじゃなかったのかね。私は良くは知らないけど」

ここまでだ、と私は思った。大西もたぶん、手帳一杯にメモを残したはずである。ボールペン一本を使い切ってしまったかもしれない。

質問が途切れたせいか、君が安堵の表情を浮かべる。私は最後に残った質問を持ち出した。

「本間さんは、どんな人だったんですか？」

「どんな人って……」

「混乱した時代だ、何か筋の通っていそうなことを声高に言えば、人は従《つ》いてきたかもしれない。でも、それだけだったんですか？　何か人間的な魅力がなければ、たくさんの信者を集めることはできないでしょう」

君がにやっと笑った。初めて見る、下卑《げび》た笑いだった。

「そりゃあ、先生は物凄い美人だったすけ。男どもは、先生の顔を拝みたくて、喜んで集まって来たもんだわな」

大西が何度目かの溜息をついた。

「何だよ、海君。都会の空気に疲れたか」私はわざと軽い調子で彼をからかった。大西が首を振る。先程から、ギャランの助手席で、あさの若い頃の写真を見つめたままだ。

「あのジイサン、何だかんだ言って、こんな写真を大事に持ってたんですね。まるでブロマイドみたいだな」

「まあ、いいじゃないか。これが何かの役にたつかもしれないし」

「だけど俺、分からないんですよね」大西が写真を目の上に翳《かざ》した。光に透かしてみれば、見えない何かが見えてくるとでもいうように。

「何が？」

「あの、『昔の美人』って言われる人がいるでしょう？」

「ああ」

「俺、白黒の写真だと、美人かどうか、判断できなくなっちゃうんですよ」

君が貸してくれたあさの写真も、もちろん白黒だった。巫女のような装束を身につけたあさを、左斜め前から写した写真である。凜《りん》としている、という形容詞が一番似合いそうだった。化粧っ気なし。笑顔もなし。周囲に男が寄ってくれば、視線を鋭く尖らせるタイプではないか、と思った。しかし、どんなに冷たくされても、いや、冷たくされるほど、男はふらふらと惹《ひ》きつけられる。

「鳴沢さんは美人だと思いますか？　本間あさ」

「そう……だな」私は、あさの死に顔を思い出した。若い頃は美人だったのではないかと想像したのは覚えているが、少なくとも、血の気が引いた皺《しわ》だらけの顔と、大西が大事そうに持っている写真の顔が合致することはなかった。「良く分からん」

大西が話題を変えた。

「これからどうします?」

「聞き込みを続行だ。まだ話を聞けそうな人間がいるからな」

「どこへ?」

「新潟へ戻るよ。近い所から行こうぜ」

四九号線を北へ走る。この辺りの光景もずいぶん変わってしまった。以前は一面に水田が広がるだけだったのに、今では街道沿いにファミリーレストラン、コンビニエンスストア、ガソリンスタンド、ディスカウントショップが立ち並んでいる。どこにでもある郊外の光景だ。私は高校、大学時代を東京の多摩地区で過ごしたのだが、電柱の町名表示をすり替えれば、この光景を多摩地区だと言って、人を騙《だま》すこともできるだろう。さらに言えば、留学していたアメリカの中西部の町にも、これと似たような光景があった。道路の幅と店の規模が違うだけで、基本的には何も変わらない。郊外は、世界中どこへ行っても同じ顔をしている。

新潟市内に入った。腕時計に目を落とす。三時。次に会おうと思っている相手は、新潟空港の近くに住んでいるはずだ。三十分で着ける。しかし、少しばかり気が重かった。分かっている限り、相手はもう八十歳になっているはずだ。事情を聴くにも、相当時間がかかりそうである。

携帯電話が鳴り出した。私は、目の前にあったセブン・イレブンの駐車場に車を突っ込み、電話に出た。

「了か？　新谷だよ」

「ああ、カンエイさん」私は大西に向かって、「ゆざわ」と口の形を作ってやった。大西がぼんやりと頷き、またあさの写真に目を落とす。もしかしたらこいつは、あさに恋してしまったのだろうか。時を超え、生死さえ超えて。

私はぎゅっと目を瞑り、助手席の大西を無視するよう、努めた。彼の恋の悩みに付き合っている暇はない。

「どうかしましたか？」

「ルミ反、出たぞ」

私は携帯電話を固く握りしめた。どうにも頼りない。クソ、電話というのは、どうしてこんなに小さくなってしまったのだろう。警察に入った頃は、まだ黒電話も少しだが残っていた。あの受話器の重くがっしりした手触りが懐かしい。緊張して握り締めるのにも適していたし、電話の相手に怒って叩きつけるのにもぴったりだった。今、怒りに任せて携帯電話を力いっぱい握り締めたら、すぐにばらばらになってしまうだろう。

「ホテルのトイレですね」

「そう。客が少ない季節だから助かったよ。あるいはあそこのトイレ、あまり掃除もしてないのかもしれないな。洗面台でルミ反が確認できた。ごく微量だったけどね。鑑識のお手柄だな。それと、お前さんにはホテルの連中の顔を見せてやりたかったよ。あいつら、真っ青になって――」

私は新谷の言葉を途中で遮った。

「血液型は?」

「本間あさの血液型と一致した」

「じゃあ」

「まあまあ」新谷が私を宥《なだ》めるようにのんびりした声で言った。「焦るなよ。本間あさはA型だ。珍しくもない血液型だぜ。もしかしたら、誰かが鼻血の後始末をしただけかもしれないじゃないか。とにかく、血液は微量だった。犯人は、血の始末をした後に、一応その辺を綺麗に拭いたんだろうね。いずれ、DNA鑑定もすることになると思う」

コートの前が膨らんでいた、という喜美恵の話を私は思い出した。血に染まった大量のティッシュを、コートの下に隠していたのかもしれない。

「まあ、ね」私は苛々《いらいら》しながら答えた。「そりゃあそうですけど、カンエイさん、慎重になり過ぎじゃないですか？　目撃証言とも一致するわけでしょう。間違いないですよ」

「結論を急ぐなよ。もしも被害者の血液だったとしても、俺にはどうも合点がいかんな。どうもこの犯人は、俺たちの常識とは別の考え方をしているみたいだから」

　私は、頭から冷水をかけられたような気分になった。自分を抑えつけるように、声を低くして新谷の言葉を引き継ぐ。湯沢を歩いているうちに感じた小さな疑問点の数々が、頭の中に蘇《よみがえ》る。

「確かにおかしいですね。何も、ホテルみたいに目立つ場所で、返り血の処理をしなくてもいいのに。この犯人、慎重なのか間が抜けているのか、良く分からないな」

「まあ、もちろん、血だらけで、そのままの格好ではどうしようもなかった、ということかもしれないよ。返り血を浴びたままで湯沢の町をうろついたら、どうしたって目立つからな。ただ、俺はもう一つ、気になることがあるんだ」

「何ですか？」

「車さ」

「ああ」新谷の疑問は、私にもすぐに理解できた。田舎の出来事だ。犯人は、逃走には車を使ったはずである。

私は、温泉通りの光景を頭に思い描いた。仮にも温泉地である。タクシーは真夜中でもつかまる。そして、タクシーを使って逃げるつもりだったら、血塗《ちまみ》れのままというわけにはいかない。人を殺して、脳味噌が沸騰している状態であっても、冷たい風に吹かれて少し歩けば、ある程度の冷静さを取り戻すのではないだろうか。私は、その疑問を口にしてみた。

「ああ、そりゃあそうだろうよ」新谷が、半ば自棄《やけ》になったような口調で答える。「だがよ、タクシーの線は駄目なんさ」

「もう調べたんですか?」

「少なくとも、犯行当日の夜、湯沢のタクシー会社の車に、怪しい奴が乗ってたっていう情報はない」

「もしかしたら、隣の塩沢辺りからタクシーに乗って来て、そのまま待たせておいたのかもしれない。隣町でタクシーを拾うこともできるでしょう?」

「ちょっと人殺しをしてくるから、ここで待ってて下さいってか? おいおい、了、馬鹿言うなよ。こっちは近くのタクシー会社もとっくに調べてるよ。該当する車は、一台もない」

「でしょうね。じゃあ、マイカーかというと、それも変だ」

「変というか、矛盾はあるな」

「逃げることを考えたら、できるだけあさの家の近くに車を停めるはずでしょう。道が狭いから、家の正面は無理かもしれないけど、温泉通りには駐車できたはずだ。十メートルも坂を登れば、あさの家に行けるんですからね。わざわざ遠くへ停める理由はないはずです。それに、マイカーだったら、血塗れで乗り込んでも誰にも文句は言われないはずだし。何も、ホテルに入って、誰かに見られる危険を冒す必要はないでしょう」

「もちろん、検問の可能性も考えたんだろうがね」

「カンエイさん、こういう推理ごっこはやめましょうよ」

「楽しくないか？」

「まあ、いいですけど……それにしても、従業員が誰も見ていないぐらいだから、夜のホテルっていうのは意外に穴場かもしれませんね」

新谷が喉の奥の方でくすくすと笑った。

「何の穴場だよ。返り血を洗い流すための穴場か？」

「カンエイさん、そのことはあまり表沙汰にしない方がいい。真似する奴が出てくるかもしれないから」

「トイレに防犯カメラをしかければそれで済むさ」

私は一つ咳払いをして、軽口を打ち切った。

「その件で、わざわざ電話してくれたんですか?」

「捜査会議にも出られないから、ずいぶんストレスが溜まってるんじゃないかと思ってな。自分だけ取り残されたとでも考えてるんじゃないか? おめさん、仲間外れにされるとすぐに臍《へそ》を曲げるからね」

「俺がそっちにいないと、捜査も進まないでしょう」

「良く言うよ」

大西が遠慮がちにドアを開け、車から出て行った。セブン・イレブンに入って行く。食料の買出しだろうと思い、放っておいた。店内でサンドウィッチか握り飯の売り場の方に向かう大西の姿を目で追いながら、私は質問を続けた。

「で、例の似顔絵の方はどうですか?」

「ああ、あまり芳しくないね」新谷の声が曇った。「何しろ目がないから。あれじゃ、本人が目の前に現れても、分からないかもしれない」

「顎はどうですか? あんなにえらの張った人間は滅多にいないと思うけど。それに、コートだってあるでしょう」

「了よ」新谷がなだめるように言った。「むきになるなって。おめさんの彼女が協力してくれたのはありがたいが、それでもこれが限界だよ」

「な――」私は慌てて反論しようとしたが、新谷はそれを許さなかった。電話の向こうで、彼がにやにやしている顔が目に浮かぶ。新谷も、事あるごとに、私に「結婚しろ」と口うるさく言うのだ。どうも、警察官は早く結婚すべし、という凝り固まった考えが、彼の頭にはあるようだ。どうして？　さっさと身を固めないと、何か不祥事でもしでかすと思っているのだろうか。冗談じゃない、こっちは、女の子の尻を追いかけている暇などないのだ――いや、喜美恵を除いては。

「いいから、いいから。ま、うまくやってくれ。それと、彼女がまた何か思い出すのを期待してるよ、俺は。たぶん、おめさんのために、一生懸命頭を絞ってくれるだろう」

「そういう関係じゃないですよ」

「まあ、いいよ」今度は新谷が私に訊ねた。「で、そっちの方はどうなんだ？」

「こっちの方が重要です。『天啓会』に絡んだ殺しがあったんですよ」

「何だと」新谷の声が一瞬で緊張した。私は、聞き込んできたことを新谷に説明した。彼は相槌も打たずに聞いていた。

「この件、しばらく上には言わないで下さいね」

「分かってるよ。まだ中途半端なんだろう？　だけど、そっちに少し人を振った方がいいんじゃないかな。関係者の人数も少なくないだろう」

「夜中まで動きますよ。俺に調べさせて下さい」

「分かった。じゃ、俺は黙ってるよ。ああ、了？」

「はい？」

「気持ちは分かるけど、あまり一人で抱え込むなよ」

「冗談じゃない。俺には海君という素晴らしい相棒がいますよ」

その大西が、大きなビニール袋を抱えて、よろよろしながらセブン・イレブンから出てきた。昼飯を抜いてしまったのだ、とその時初めて気づいた。食べ物のことになると、大西は妙に頭が回る。今は、食事をしている時間さえ惜しいのに。しかし私は、大西が二人分の握り飯を買ってきたなら文句は言うまい、と思った。

第五章　消せない記憶

森永郁夫《もりながいくお》は、温室の中で少しずつ腐り始めていた。

新潟空港に程近い市営住宅のドアを開けた途端に、むっとするような生ぬるい空気が押し寄せてきた。大西が顔をしかめ、「暑いですね」とうめくように言う。私は彼を無視し、森永が出てくるのを待った。

森永郁夫、八十歳。腰はやや曲がりかけている程度だが、膝《ひざ》が悪いのか、足取りが危なっかしい。玄関に出てくるまでのわずかな間も、右手をずっと壁に預けていた。右の耳には補聴器。顔全体が、ゼリーのようにふるふると震えていた。

警察だと名乗ると、深い皺《しわ》と染みに埋もれた顔に不機嫌そうな表情を浮かべ、もぐもぐと何事かつぶやいた。文句が飛び出してくるのかとも思ったが、単に警察という言葉の意味を咀嚼《そしゃく》していただけのようである。結局、渋々といった感じで、私たちが家に上がるのを認めた。

玄関の右側にある部屋に通された。暑さに加え、異臭が強くなる。猫だな、と私は見当をつけた。思った通り、六畳ほどの部屋の中で、二匹の猫が大きな顔をしている。一匹は、部屋の真ん中に置いた炬燵《こたつ》の蒲団の上で丸くなっているし、もう一匹は金属製のボウルに顔を突っ込んで、がつがつと餌を貪《むさぼ》っていた。石油ストーブに加え、電気温風器も熱風を送り出し、座っているだけで、額に汗が浮かんで来る。頭がくらくらした。たぶん、この部屋を出る頃には、頭痛と折り合いをつけなくてはならなくなるだろう。

森永は、餌を食べている猫の横に座り、茶を用意し始めた。歓迎しているわけではなく、おそらく反射的な行動なのだろう。大西が、居心地悪そうに尻をもぞもぞと動かし、しきりに鼻をひくつかせた。猫アレルギーかもしれない。私は、餌を食べ終え、森永の脇で寝そべる猫に目をやった。茶色が多い三毛猫で、ずいぶん年を取っている。目の縁には、湿った目やにが溜まっていた。急に体を伸ばすと、白く長い腹を私の方に向け、痙攣《けいれん》するように震えながら伸びをする。動いた勢いで、毛が飛び散る。窓から差し込む西日の中で、雪のようにふわふわと毛が舞った。大西が、部屋を吹き飛ばしてしまいそうなくしゃみをする。

「寒いんかね?」森永が、たるんだ顔を引き締め、睨むように訊ねた。

「いや、すいません、ちょっとアレルギー気味でして」大西が鼻をぐずぐず鳴らし、弁解するように言う。

「アレルギーとか何とか、最近の若い人はいろいろ大変だ」

森永が、私たちの前に湯呑《ゆの》みを置いた。湯呑みの底にこびりついた茶渋の汚れがはっきり見えるほど、薄い茶だった。私は手を出さなかった。黙って、あさの写真を炬燵の天板に置く。

森永が、疑わしそうな表情で、私と写真を交互に見た。私は頷き、「良く見て下さい」と念を押した。森永がのろのろと老眼鏡をかけ、写真を手に取る。その瞬間、彼の口からああ、と小さな溜息が漏《も》れた。

「本間先生」

「ご存知ですよね」

「ああ」森永が写真を両手で押し頂き、視線で穴を開けようかというほど、じっくりと見つめる。

「本間さんが亡くなったことはご存知ですか？」

「知っている」森永が写真から顔を上げ、また私たちを睨んだ。微かな憎しみの色を、私は見て取った。「こんな所まで来て。わしが殺したとでも言うんかね」

「そうなんですか？」

森永が、のそのそと腰を上げた。隣の部屋から厚手のカーディガンを取って来ると、立ったまま袖《そで》を通す。既にセーターを着ているのに、それだけではまだ寒いらしい。私は、スーツの背中にじっとりと汗が浮かび上がって来るのを感じた。クソ、染みにならなければいいが。大西はハンカチを取り出し、額に押し当てている。鼻ではなく、口で呼吸をしていた。

森永が、膝をかばいながら慎重に腰を下ろした。

「こんな年寄りじゃ、人は殺せんよ」

「殺す理由があっても、ですか?」

私が訊ねると、森永が急に激昂《げっこう》して、炬燵の天板を叩《たた》いた。が、湯呑みが微かに揺れただけだった。小さく溜息をつき、悲しそうにつぶやく。

「あんた、わしをからかいに来たのかね」

「いいえ。怒らせると本音を言う人もいますから」

「わしは、どんな時でも嘘はつかんよ。何が聞きたいんだね」

「池内康夫《いけうちやすお》という男を知っていますね?」君《きみ》の家を辞去する直前に聞き出した名前だ。殺人者。狂っていると判断され、法の裁きを受けることもなく病院に押し込められ、おそらくは孤独の中で死んだ男。

「知っている」森永が、感情の抜けた平板な声で答えた。

「どんな人間だったかも？」

「あれは、可哀そうな男だった。一人だったら、野垂れ死にしていただろう。何とか生きていけたのは、本間先生の優しさのおかげだな」

「長岡の空襲を経験したんですよね？　それで、同じような体験をした本間さんが、同情して『天啓会』で面倒をみていた、と聞いています」

「まあ、そんなところですて」森永が、音をたてて茶をすすった。湯呑みを手に持ったまま、じっと中を覗《のぞ》きこむ。薄いお茶の中から、何か適切な言葉が浮かび上がってくると信じているように。

「池内康夫は、『天啓会』の中では雑用をしていたそうですね」

「ほとんど喋らない男だけど、気は優しかったし、力もあったからね。本間先生が講演で出かける時は、いつも荷物を持ってお供していたんですよ。そうやって仕事を与えることで、本間先生は康夫に自信をつけさせようとしたんだろうな」

「何で人を殺したんでしょう？」

森永が大きく息を吸い込んだ。

「そんなこと、わしは良く知らん」

「あなたは、『天啓会』の幹部でしたよね」私は畳みかけた。言葉が乱暴になっているのは、自分でも分かっている。たぶん、この殺人的な暑さのせいだ。頭の芯が霞《かす》み、森永の顔が二重に見えてくる。「教宣部長でしたよね。内部事情を知らないはずがない」

「名前だけだよ」森永が、小さな声で弁明するように言った。「何の力もない。本間先生をお支えしていただけだ」

「だけど、紫色の『お印』を貰《もら》っていたんでしょう」

森永がぼそぼそと言い訳をした。

「あれは、特別なものじゃない。一生懸命勉強すれば、それに応じて先生が額に印をつけてくれた。それだけのことですて」

「あなたは、新潟にあった道場に住み込んでいましたよね。池内康夫とも、四六時中一緒にいたはずです。何が起きたのか、まったく知らないというのは、おかしいんじゃないですか」

諦めたように、森永が顎《あご》を震わせながら大きく溜息をついた。

「康夫は、可哀そうな男だったんさ。その頃、二十歳かそれぐらいじゃなかったろっか。頭のネジが少し緩んでいてね。空襲では、家族が全員焼け死んでしまって、自分だけ生き残ったって聞いている。そのせいかもしれないが、時々、自分だけにしか聞こえない声が、空から降ってきたらしいんだ」

やはり、サイコ野郎の犯罪だったのか。私は、頭の中で決めつけようとする声を何とか抑えこんだ。まだだ。池内康夫という人間を見極めるには、まだ材料が足りない。

「もしかしたら、その時も何かの声が聞こえたんでしょうか？」

「殺されたのが誰か、ご存知ですかな？」

「出入りの米屋、と聞いています」

森永が頷く。首がガクガクと、折れそうに揺れた。

「康夫は、その男と本間先生が男と女の関係にあると、一人で思い込んでしまったんさね。けしからん話だ、と。米屋が、本間先生に無理矢理乱暴したとでも思い込んでいたんだろうね」

「本当にそうだったんですか？」

森永の細い目に、激しい憎悪の炎が宿った。が、その炎はすぐに下火になる。今度は力なく首を振った。

「本間先生は、そういう男女のあれやこれやなんか、とうに超越した存在だったんだ。自分の教えを広めて、世の中の人を助けること以外には、まったく興味がなかったからね。そんなこと、ありえない」

「じゃあ、勘違いの殺人だったというんですか。池内が勝手に思い込んで、その米屋を殺してしまったと？」

「そういうことになるんじゃないかね。だから、裁判にもならんかったんだろう」

「正常な判断を下せる状態ではなかった、ということですよね」

「そうだ」

「でも、疑わしい状況でさえなかったんですか？」私は、写真に向かって顎をしゃくった。「本間さんは、ご覧の通りの美人だ。『天啓会』の教えじゃなくて、本間さんを目当てに集まって来た人も多いと聞いていますけどね。特に男が」

「失礼なことを言うな」森永の声が震えた。湯呑みを持つ手も震えている。「わしらは、救いを求めて『天啓会』に集まったんだ。そんな馬鹿なことを考えている奴は、会に入れなかった。邪《よこし》まなことを想像している奴は、見れば分かるんさね。わしらには、人を見抜く力があった」

「だったら私はどうです。邪まな人間に見えますか？」私は森永を挑発した。何でこんな訳の分からない質問をしているのだろう。クソ、やはり暑さのせいだ。汗が流れ出すのと一緒に、集中力の泉も干上がって行く。

森永が、まじまじと私を見る。ややあって、諦めたようにそっと息を吐《は》き出した。

「分からん。あんたが何を考えているのか、どんな人間なのか、全然分からない。あんた、どうしてこういう不愉快な質問をするのかね……本間先生が殺された件と、どう関係してくるんだ」

「分かりません」私は正直に認めた。「でも、五十年前の事件が、現在までつながっている可能性もある」

「証拠はないんだろう」

「ええ」

「あんたの勘かね？」

「まあ、そのようなものです……最近、本間さんと会ったことはありますか？」

「まさか」森永の顔が曇る。「『天啓会』が解散してから、一度も会っていない。わしは『天啓会』を卒業したんだから。本間先生が湯沢にいたことだって、全然知らんかったんだからね」

「本間さんが最近何をしていたか、全然ご存知ない？」

「もちろん」

「池内康夫の事件は……」

「ない。何もない」急に乱暴な声になって、森永が断定した。「あの件はあの件で、とつくに決着がついている。あんた、一体何を考えてるんだね」

「分かりません」

「あまり馬鹿言わんで」森永が露骨に鼻を鳴らした。「あの事件は、ぐるりと円を描いて閉じちまってる。今になって誰かが入り込む隙間《すきま》なんか、どこにもないんさ」

何かが気に食わない。米屋と教祖様の仲を誤解して、殺してしまう？　もちろん、狂った人間には、狂った人間にしか説明できない理由があるのだろう。そして、一度頭の中に妄想が生まれれば、それが殺意に成長するのには、水も肥料もいらないはずだ。

既に日が落ちかけ、辺りは暗いオレンジ色に染まっている。新潟では、太陽は常に海に沈む。手づまりの状況に嫌気がさして、ふと、水平線に溶ける夕日を見に行きたい、と思った。どうせ見るなら、上越辺りがいい。一度だけ、上越で海に沈む夕日を見たことがあるのだが、長い海岸線が続くあの辺りでの日没のイメージは、かなり強く脳裏に焼きついている。

一日を締めくくる夕日は、簡単には別れを告げない。水平線がオレンジ色に染まり、そろそろ海の中に消えて行くだろうと思っても、それから三十分ぐらいは、空の端に居座り続けるのだ。が、巨大な円の下部が水平線に触れると、今度はあっけないほど速く、海に溶けてしまう。夕日が沈むのを眺める三十分は、大変な贅沢《ぜいたく》だ。その間は何もすることがなく、ぼうっと水平線に目をやっているしかないのだから。

いずれにせよ、今の私には無縁のことである。新潟でも、関屋浜にでも行けば、佐渡《さど》の近くに夕日が沈むのを見ることはできるが、今はその三十分が惜しい。それに、夕日を一緒に見る相手が大西というのは、何とも間の抜けた話だ。

ふと、喜美恵の笑顔が頭に入り込んでくる。誘ったらどうなるだろう？　オーケイしてくれるだろうか。それとも、何やかやと理由をつけて、返事を先延ばしにするだろうか。あるいは、冗談じゃない、と即座に断るかもしれない。いや、この前会った時の感触では、無下《むげ》に断るようなことはしないだろう。私の勘は、大体当たるのだ。もちろん、事件に限ってのことだが。

駄目だ。祖父の忠告が、頭の中から喜美恵の顔を押し出す。喜美恵は今や、事件の関係者なのだ。この事件が片づくまで、個人的な理由で会ってはいけない。

大西が、まだ盛んに鼻をぐずぐずさせていた。

「海君、本当に猫アレルギーなのか？」

「そうかもしれません。と言うか、あの部屋、臭くありませんでした？」

「鑑識の友だちに聞いた話なんだが」私はハンドルに両腕を乗せ、赤に変わった前方の信号を睨んだ。「三年ほど前に、新潟の公園でホームレスが刺し殺された事件があってね。犯人はすぐに捕まったんだが、凶器を公園の便所に捨てたって言うんだよ。そのトイレが、水洗じゃなかったんだ」

ちらりと横を見ると、大西が顔をしかめていた。私は、軽く鼻で笑ってから、話を続けた。

「そういう時は、鑑識の連中だって困るよな。便所の中を総ざらいしなくちゃならないわけだから。もしも犯人が嘘をついているとしたら、クソまみれになった上に、無駄足になる。結局連中は、膝までクソで汚して包丁を見つけ出したそうだけどね」

「やめて下さいよ」

「何年分も溜まったクソは強烈だったらしいぞ」

「やめて下さい」大西が急に強い口調で反発したが、私は彼の言葉を押さえつけた。

「海君よ、それに比べたら、猫の臭いなんか何でもないだろう。いいか、相手が喋ってくれている時は、不愉快そうな顔をしたら駄目なんだ。向こうだって用心しているわけだし、ちょっとしたことで機嫌を損ねるかもしれない。別にご機嫌取りをしろとは言わないけど、少なくとも相手の喋るペースを落とすようなことはするな。くしゃみが出そうになったら鼻を押さえろ。それでも駄目なら、そんな鼻は潰しちまえ」

「分かりましたよ」いじけきった口調で、大西が同意した。信号が青に変わる。慎重にアクセルを踏みながら、私は独り言に聞こえるように、わざと小声でつぶやいた。

「何か、変だな」

「何ですか？」案の定、大西が食いついてきた。

「いやね」私は真っ直ぐ前を向いて運転しながら続けた。「俺は変だと思うけど、君だったらどう思うかね。そうだ、君の意見も聞いてみたいな」

「だから、何ですか？」

「まだあまり良く見えてこないんだが、あさは五十年前、どんな生活をしてたのかね。道場に住み込んで、周りにはいつも幹部連中をはべらせてたんだろう？」

「はべらせてたって……」大西が苦笑した。「ハーレムじゃないんですから」

「いや、これは一種のハーレムじゃないかな。セックスは抜きかもしれないけど。自分を無条件に尊敬して崇《あが》め奉る人間に囲まれて暮らすのは、もしかしたらセックスよりも気持ちいいかもしれないよ。何しろ、自分が右を向けと言ったら、みんな喜んで右を向くわけだからね。死ねと言ったら、死ぬかもしれない」

「でも、あさはそういうことをやっていたんじゃないんでしょう。今まで聞いた限りでは、『天啓会』は宗教団体というよりは勉強会みたいな感じですよ」

「喩《たと》えだよ、喩え。でも、他人が自分の命令に素直に従うのは、凄《すご》い快感じゃないかな。要するに、支配する快感だよ。信者の側からすれば、命令に従う快感っていうのもあったはずだし」

「そんなものですか？」

「自分の意志を押し殺して人の命令を聞くのって、案外気持ちいいんじゃないかな。警察学校にいる時、そんなことを感じなかったか？　命令は絶対。自分の頭で考えないで、上から言われたことを自分の思考だと思え。そんな感じだっただろう。あれは、組織の型にはまった人間を作り出すのが目的なんだけど、そういうやり方に反発する人間ばかりだったら、警察官なんか一人もいなくなっちまうんじゃないかな」

「ええ、まあ。俺は嫌だったけど」

「俺はラグビーをやってたけど、あれなんかまさにそんな感じだな。チームスポーツっていっても、野球やサッカーなんかは、個人競技の要素が強いだろう？　本当に自分を押し殺してやるのは、ボートのエイトか、ラグビーのスクラムぐらいのものだ。余計なことを考えないで力を一本にまとめないと、絶対にうまくいかないんだけど、逆にうまく行った時は、最高に気持ちいい。自我を殺す代わりに、集団での達成感を得るわけだよ。単純に考えて、スクラムなら喜びは八倍になる」

「そんなものですかね」

「そうじゃなければ、全体主義なんてものは生まれない」

「政治の話なんですか、これは？」

「いや、歴史の話」私は、喉《のど》の奥で笑いを押し潰した。「おっと、これじゃまるで『天啓会』の勉強会だ。たぶん、連中はこんな感じで、クソの役にもたたない禅問答ばかりしてたんだろうな」

「ところで、何の話なんですか？」大西が不満そうに声を低めて言う。

「あさが、信者にかしずかれて何を考えていたかは措《お》いておくとしてだ、問題はここからだよ。海君、君は将来、捜査一課に来たいか？」

「そりゃあ、もちろん」大西が助手席の中で体を固くするのが分かった。「刑事になった以上は」

「だったら、その少ない脳味噌を働かせて一生懸命考えてくれ。二人とも同じ疑問を持ったら、俺たちの追っている筋は、それほど間違っていないことになるんじゃないかな」

大西が首を縦に振ったが、顔には疑わしそうな表情が浮かんでいた。

「池内康夫の事件だけどな」

「変……ですか？」

「ああ。どこが変なのか、考えてみてくれ。これが問題だ。俺が今までべらべら喋っていたことがヒントだよ」

大西が腕組みをし、首を捻《ひね》った。顔に夕日が当たり、高熱を発しているようにオレンジ色に染まった。智恵熱か、と私は思わず皮肉を言いそうになった。

ようやく顔を上げる、大西が自信なさげな声で言う。

「どうして誰も池内康夫を止められなかったのか？」

「ご名答」

大西が大きく安堵の溜息を漏らす。

「ですよね」

「そう」

小さく頷いて、大西が続ける。

「集団生活をしていたわけですから、本間あさの周囲には、いつでも人がいた。要するに、幹部連中がお守りしていたわけでしょう？　実際に、護衛の意味もあったのかもしれませんね。なのにどうして、事件が起きるのを誰も防げなかったのか」

「もしかしたら、あさとその米屋は、本当によろしくやっていたのかもしれない。間男みたいに、あさの寝室に忍び込んでさ。それをたまたま、池内が見てしまった」

「ううん」大西が頭を掻《か》く。「何か、困りましたね。そんな下半身絡みの事件だったんですかね」

「いいかい、海君、殺しの九十パーセントまでは、金かセックスが動機なんだ。それに池内の場合、少しばかり判断能力に難があったらしいから、かっとなって何をするか、分からないだろう」

「ええ」

「それにしても、だな。幹部連中が何も気づかなかったというのは、いかにも変な話じゃないか」

「そのことを調べるには……」

「当時の刑事に聞くのが一番なんだが」私は、祖父の顔を思い浮かべた。

　また携帯が鳴った。一瞬だが私は、喜美恵の声を期待した。次に、まさかそんなことがあるわけないと思い直し、新谷ではないかと想像した。彼が、良い知らせを告げるために電話してくれたのかもしれない。事件に大きな進展があったとか。もしもそうなら、これは本当に良い知らせだ。解決が近づけば、喜美恵とゆっくり話ができる。事件の話を抜きにして。

電話の相手は、予想もしていなかった緑川だった。柔らかい声で、いきなり固い話を持ち出す。

「了か？　殺しだ」

「ええ？」

「殺しだよ。市内なんだ。ちょっと手を貸してくれんか。俺も応援に駆り出されたところでね」

「ずいぶん重量級の応援ですね」

「俺は、おめさんよりは体重は軽いよ」緑川が軽い口調で応じたが、かなり重大な事件なのだろう、と私は身構えた。一課の応援が求められるということは、この事件は捜査本部事件になる可能性が高い。私は、ちらりと大西の顔を見た。「殺し」という言葉を聞いたせいか、緊張しきって、不安気な表情を浮かべている。

「じゃあ、俺もちょっと応援に行かせてもらいますよ。現場はどこなんですか？」

「西署の管内だ。小針だな。四〇二号線を真っ直ぐ西に行ってくれ」緑川が住所を告げた。私が復唱すると、大西が手帳にボールペンを走らせる。

「これ、被害者の自宅ですか？」

「そう。ところでおめさん、今、どこにいるんだ」

「空港の近くです」

「そりゃあ困ったな。ラッシュだから、一時間近くかかるか……まあ、仕方ないな。よろしく頼むよ。ああ、ちなみに被害者は平出正隆《ひらいでまさたか》、八十歳だ。最近、年寄りの御難が続くね」

「平出正隆、ね。今、緊配中ですか？」

「ああ。俺は、強力班の連中と一緒に先に行ってるぜ」

「分かりました」

電話を切ってから、私ははっと気づいて大西の顔を見た。彼は、魚沼署の人間である。西新潟署の事件だったら、管轄外だ。どこかで下ろすか？　しかし、大西は新潟市内をほとんど知らないだろう。迷子になられても困る。仕方ない、現場まで連れて行こう。そこから先は、その後で考える。

「事件ですね？」と大西。

「ああ」

「被害者の名前、何て言いました？」

「それがどうかしたか？　これは君の事件じゃないんだぜ」

「平出正隆、ですよね」大西が大慌《おおあわ》てで手帳を繰った。「もしかしたら、ですけど」

「何だい、はっきり言えよ」

「同姓同名かもしれませんけど、『天啓会』の幹部にそういう名前の人間がいます」

「何だって？」私は思わずブレーキを踏み込んだ。

大西が、前につんのめりながら、私の顔の前で手帳を広げた。几帳面な細かい字で、天啓会の元幹部の名前がびっしりと書き連ねられている。

「平出正隆」口に出して言ってみた。「よくある名前か？」

「珍しくはないけど、新潟県に同姓同名の人が何人いますかね」

「よし」私はサイレンを鳴らし、前を走るレガシィを一気に追い抜いた。大西の体が、助手席でバウンドする。

「鳴沢さん、まさか、この件……」

「先入観は禁物だよ、海君」私は拳《こぶし》で顎を撫でながら言った。「何も考えるな。手元にある名前はただのデータなんだ。それより、いいか、その名簿をきっちり作っておけよ。現場に行って一通り話を聞いたら、本部に戻って名簿を作るんだ。そいつが……」私は言葉を飲み込んだ。嫌な予感が、最悪の想像が頭の中を走る。

大西が作っている名簿は、犠牲者の候補リストかもしれない。

先に現場に到着していた緑川が、私たちを出迎えてくれた。彼の穏やかな笑顔を見た限りでは、ここが事件の現場だとは思えない。しかし、緑川の顔から視線を逸《そ》らすと、途端に私は事件の雰囲気《ふんいき》に巻き込まれた。パトカーの赤色灯が、まだ薄い闇の中に凶暴な光を撒き散らす中、制服、私服を問わず、西新潟署員と県警の捜査一課、機動捜査隊の刑事たちが慌《あわただ》しく駆け回っている。

「や、ご苦労さん」緑川は、大西にも笑顔を向けた。「こっちの若い人は?」

「魚沼署の大西君です」

「大西海です」大西が、自分の名前を正確に「かい」とはっきり発音した。私に対する当てつけのように。

「あれま」緑川が悪戯《いたずら》っぽい笑顔を浮かべる。「魚沼からも応援か。こりゃあ、大事《おおごと》になっちまったな」

「いや、向こうの件で、こっちに出張中なんですよ」

「ああ、なるほど」私が説明すると、緑川は素直に頷いた。「いやいや、とんだことだね。あんたも大変だな、大西君」

「いえ」大西が短く言って首を振った。「鳴沢さん、俺、先に本部に上がってましょうか?」

「いや、ちょっと話を聞いてからにしよう。君も聞いておいた方がいいよ。緑川さん、いいですか?」

私たちは車に戻った。私と緑川が後部座席、大西が運転席に座る。緑川が、額に浮かんだ汗を指で拭いながら言った。

「こんなところでサボってるのがばれたら、えらいことになるな」

「状況を把握したいだけです。緑川さん、被害者は平出正隆という男でしたよね?」

「ああ」

「何者か、分かってるんですか?」

「何者って、別に何の変哲もないただの爺さんだよ。一人暮らし。無職。老人会には参加していないし、近所付き合いもあまりない。娘夫婦が柏崎に住んでて、今こっちに向かっている。昔は電器屋を経営していたらしいが、今は引退して悠々自適ってところだな」

「この男は、『天啓会』の幹部だったんですよ」

「何だと」緑川の丸い顔が瞬時に引き締まった。「間違いないか?」

「名簿を作っているところです。その中に名前がありました。同姓同名の別人かもしれませんが」

「それは、要チェックだな」緑川が、ドアに手をかけた。思い直したように、私の方を振り向いて言う。「近所の聞き込みに回ってくれ。そのためにあんたを呼んだんだ」

「分かりました」

「『天啓会』のことは、上に報告しておくかい？」

「そう、ですね」

「おめさんから言うかね」緑川が悪戯っぽい笑顔を浮かべる。「点数稼ぎになるよ」

「どうでもいいです。俺は近所を回りますから、緑川さん、適当に報告しておいて下さい」

緑川が肩をすくめる。

「欲のない男だな」

「点数を稼いでも、犯人が挙がるわけじゃないでしょう」

「そう正論を吐かれると、何も言えなくなっちまうじゃねえか」

緑川がドアに手をかける。私は、彼のスーツの袖を引っ張って、腰を落ち着かせた。

「まだ話は終わってません。現場はどういう状況ですか？」

「場所は、玄関から奥の部屋に通じる廊下だ。近所の人が、回覧板を届けに来て見つけたんだよ。救急車が到着した時点で、死亡が確認された」

「刺されたんですか？」

緑川が、右手の親指で左胸を二回、突いてみせた。

「凶器は包丁じゃねえかな。ここをぐさり、だ。二回、刺されてる」

「湯沢と同じ手口じゃないですか」

「みたいだね」

「じゃあ……」

「あまり急に飛びつくなて」緑川が、私の肩を軽く叩いた。「慌てると、儲《もう》けが少なくなるよ。気持ちは分かるけど、あまり先入観を持たないようにしてな。それと今回は、凶器はまだ見つかっていない」

私たちはそれぞれ現場に散った。不安が、胸の中でじわじわと広がる。私たちが相手にしているのは、過去の亡霊なのだろうか。亡霊を逮捕できるのか、仮に逮捕できたとしても、裁判にかけることができるのか。

何を考えているのだ、と私は自分をたしなめた。仮定の話はいらない。必要なのは事実だけだ。しかし今の私は、その事実に近づくのが少しだけ恐《こわ》かった。得体の知れない物の影を見た時、人は謎《なぞ》を解明しようとする意欲に燃えるとは限らない。これから先、どのような災厄が待ち構えているのかと、怯《おび》えも抱くものである。

深夜、西新潟署で開かれた捜査会議に、私も参加した。県警本部で天啓会のリストを作っていた大西も戻ってきたし、緑川の顔も見える。緑川は先程まで、柏崎から駆けつけた被害者の娘の事情聴取をしていたはずだ。

一課の係長、桐生智弘《きりゅうともひろ》が会議を仕切った。被害者の人定、交遊関係から始まる一通りの報告があった後、緑川が報告に立った。

「魚沼署管内の捜査本部事件の関係で、鳴沢が『天啓会』という宗教団体を洗っていたんですが、今回の被害者も『天啓会』の幹部だったと思われます」

ほうっという溜息とざわめきが、捜査本部の置かれた道場の中に流れた。静かになるのを待って、緑川が続ける。

「この件は、被害者の娘、ええ、市田瑞恵《いちだみずえ》、柏崎市在住、四十八歳の証言で、ほぼ確定しました。それと被害者の自宅では、『天啓会』関係の書物も見つかっています。この宗教団体については――」緑川が私の方に顔を向けた。私は立ち上がり、説明を始めたが、疲れきったマラソンランナーのように、喋る速度が遅くなってしまっていた。体の芯に重い疲労が残り、考えがまとまらない。まあ、いい。つっかえたら、メモ帳代わりの大西がいる。

「魚沼署管内の捜査本部事件で、被害者が『天啓会』という宗教団体の元代表だったことは既に分かっています。現在、周辺を捜査中ですが、『天啓会』は、五十年ほど前に、新潟市を中心にかなりの信者を集めた団体でした。こちらで入手した資料によると、今回の被害者、平出正隆は、『天啓会』の元幹部、具体的には教務部長だったことが分かっています」

「教務部長っていうのは、具体的には何をしていたんですかね」西署の刑事らしい男が、手を上げて質問した。

「要するに、教義をまとめて記録する役目だったようです。記録係のようなものですが、『天啓会』の中では、実質的にナンバーツーだったらしい」

私は、先程中谷に電話を入れ、事件の広がりを話してから、天啓会の組織についてさらに説明を受けていた。この辺りの話は、彼からの受け売りである。

「一つ気になるのは、五十年ほど前に、『天啓会』絡みで殺人事件が起きていることです」ざわざわとした雰囲気が、また道場の中に広がった。私は雑音の波を無視して、声を少し高くし、池内康夫の事件を報告した。これに関してはまだ心もとなく、大雑把な説明になってしまった。「いずれにせよ、これで『天啓会』の関係者が二人、続けて殺されたことになります」

前に座った幹部連中が、腕を組んで渋い顔をしていた。当たり前だ、と思った。厄介な話なのだ。五十年前の話をどうやってほじくり返す？　西署の署長、竹中昌明《たけなかまさあき》が、幹部連中の苦渋を代弁するように発言した。

「で、その池内康夫という男の事件と、今回の二つの事件が、何かの形で結びつくとでも言うのかね」

「結びつくとは言っていませんが」

「だから」竹中が苛立《いらだ》たしげに机を指で叩いた。「あんたの話を聞いていると、そういう風に聞こえるんだがね。これは、何かの復讐だとでも言うのか？　それにしたって、当時の加害者も死んでしまっているわけだし、誰が何のために復讐しようとしているのか、理屈が通らないじゃないか。想像で物を言われちゃ困るな」

「全てのことに理屈が通ったら、事件なんか起きませんよ」私はやり返した。この署長は確か、ずっと警備畑を歩いてきた男である。事件に関しては、言わば素人だ。刑事部の仕事に口を出して欲しくなかった。

「背景に何があるのかは、まだ分かりません。自分は、これまでに判明した事実を報告しているだけです。署長が何を考えるかは、署長の勝手ですが」

「何だと」竹中が顔をしかめて私を睨みつけた。

「何だと、じゃなくて、我々が問題にしているのはどうして、でしょう」あちこちで失笑が漏れ、道場の中を薄く満たした。竹中の顔色が、赤から蒼に変わる。

「それを調べるために、我々はこうやって雁首を揃えてるわけでしょう？」

「平刑事の君が、捜査本部の方針を決めてくれるのかね？」竹中が皮肉をたっぷりまぶして言った。クソ、捜査を遅らせる癌のような要素は、こういう人間なのだ。警備畑を歩いて、出世のことしか頭にない人間は、警察の本当の仕事が何なのか、つい忘れがちになる。捜査には、面子《メンツ》も階級も関係ないのだ。

「まあまあ」桐生が割って入った。見ると、胃の辺りを掌でさすっている。いつもこうなのだ。どういうわけか、桐生は常に、誰かと誰かの間に窮屈そうに挟まれ、仲裁せざるを得ない立場に追い込まれてしまう。「とにかく、この線も調べてみよう。問題は、今日の殺しと、魚沼の殺しとの関連だな」

「関連？　あるに決まってるじゃないですか」私はむっとして反論した。桐生とはいつも一緒に仕事をしている。私が考えていることは、彼には手にとるように分かっているはずなのに。こういう曖昧《あいまい》な言い方が許せなかった。

桐生が、渋面で頷きながら続けた。

「もしかしたら、魚沼と合同捜査本部にする必要があるかもしれないな。その件は向こうと連絡を取り合うから、明日は取りあえず、現場の聞き込みを続ける」

会議はお開きになった。私は、竹中の冷たい視線を背中に感じながら、わざとゆっくり部屋を出た。

駐車場で緑川につかまった。険しい顔をしている。

「阿呆か、お前は。署長に喧嘩《けんか》を売ってどうする」

私は肩をすくめた。

「喧嘩？　俺がですか？」

「惚《とぼ》けるなよ」厳しい声で忠告してから、緑川が急ににやっと笑った。「まあ、気持ちは分かるけどな。現場の刑事連中はみんな分かってるよ。あの署長は、捜査が全然分かっていない。だけど、捜査会議っていうのは、誰かを吊るし上げるためにするものじゃないんだよ」

「吊るし上げられて然《しか》るべき人間ですよ、あの署長は。下らないことばかり言って、みんなを苛々させてるんだから。俺がやらなくても、そのうち必ず誰かがやったはずです。捜査のことなんか何も分かってないんだから、捜査会議になんか出ないで、金の計算でもしてればいいんですよ」

「まあまあ」緑川が苦笑を浮かべ、思い切り私の背中を叩いた。「とにかく、おめさんは明日からも『天啓会』のことを調べてくれ。今夜はもう、帰れよ」

「手伝いますよ」

「無理するなって。　何か、顔色が悪いぞ」

「夕飯を食ってないからです」

「じゃ、飯を食え。たっぷり寝ろ。おめさんは十分手伝ってくれたよ。あのな、おめさん一人が頑張っても、たかが知れてるんだぞ。おめさんはそうは思ってないかもしれんが、事件は一人じゃ解決できないんだ。休める時に休んでおけ」

それ以上逆らわず、私は家に帰ることにした。疲れのせいではない、一人になって、少しゆっくりと考えてみたかったからだ、と自分に言い聞かせながら。

家に戻り、冷蔵庫に残っていた卵とジャガイモでオムレツを作り、冷凍しておいたパンをトーストして遅い夕食にした。ひどい味だが、いつものようにケチャップを大量に使って、何とか全部食べ終えた。自分で食事を作ると、料理を食べているのか、ケチャップを舐《な》めているのか、分からなくなる。食後のコーヒーはやめにした。眠れなくなったら、緑川の好意で家に帰ってきたことが無駄になる。

しかし、睡眠を削ってでもやっておかなくてはならないことがあった。狭い玄関にしゃがみ込み、一足ずつ靴を取り出して磨き始める。ブラシで汚れを落とし、ブラシが届かない場所は使い古した歯ブラシを使う。汚れが落ちただけで、ある程度輝きが戻ってきたが、さらにクリームを丁寧に塗り込んだ。黒のプレーントゥ、茶のプレーントゥ、黒のストレートチップ、茶のストレートチップ、黒のUチップ、茶のUチップ……最後に茶のUチップにクリームを塗り終える頃には、最初の黒のプレーントゥに塗ったクリームが乾いている。今度は乾いた布で、鈍く、暗く光り出すまで徹底的に磨いた。

気がかりだった靴磨きが終わり、ようやく少しだけ気持ちが落ち着いた。気になっていると言えば、マンションの外でシートを被《かぶ》ったままのSRもそうだが、こちらは今のところ、どうしようもない。そろそろ馴染《なじ》みのバイク屋に電話を入れて、冬の間、ガレージで保管してくれと頼む時期なのだが、今はその時間さえない。事件が一段落するまで勘弁してくれよと、私は心の中で手を合わせた。

狭い部屋の窓を全て開け放して空気を入れ替えてから、ゆっくりとシャワーを使った。風呂場から出て来た時には、やっと料理の匂いと黴臭い部屋の臭いが抜けていた。冬の訪れを予感させる寒風が、容赦なく吹き込んで来る。窓を閉め、暖房を入れて、ベッドの上で胡坐《あぐら》をかきながら、部屋が暖まるのを待った。テレビは夜のニュースの時間だが、見る気になれない。あれは、自分の仕事とは関係のない世界だ、と思う。ニュースは確かに、事件の概要を伝えてはくれる。しかし、扱っているのが同じ事件だとしても、私たちとは目線が違うのだ。私たちは、何かに引っかかるまで、細い線を一センチ刻みで切り刻んで行く。マスコミの連中は、いきなり上から全体像を俯瞰《ふかん》しようとする。虫と鳥の視線の違いなのだ。そして、虫は鳥にはなれないし、その逆もありえない。

いつの間にか、うつらうつらしてしまったようだ。鳴り出した携帯電話の音に、心臓が飛び上がりそうになる。クソ、また事件か？　新潟のワルどもは、冬になる前に、駆け込みで在庫一掃セールでもやろうとしているのだろうか。

「はい、鳴沢」

「あ」相手の声が一瞬戸惑い、頼りなく消えた。私は慌てて、その声を引きとめようとした。

「もしもし？」消えないでくれ、と祈りながら、私は電話に向かって叫ぶように呼びかけた。

「聞こえてるわよ、そんな大きな声出さなくたって」喜美恵が、苦笑混じりに言った。

「ああ、ごめん」大きく深呼吸してから、私はベッドの上で座り直した。「どうかしたか？」

「今夜、何回か電話したんだけど」

「そうなのか？」

「出なかったね」

「ああ」しばらく携帯を車の中に放り出しておいたし、捜査会議の時には電源を切っておいたのを思い出した。「悪い。仕事中だったから」

「忙しいんだ」

「いろいろ抱えていてね、なかなか休ませてもらえないよ。で、どうかしたのかな？湯沢の件で何か思い出した？」

「やだな」微かに抗議するような口調で喜美恵が言った。「何か思い出さないと、あなたに電話しちゃいけないわけ？」

「そうじゃないけど」

喜美恵が、急に改まった声で言葉を継ぐ。「あ、もしかしたら、まだ仕事中なの？ごめん、だったら急がないけど……って言うか、別に用事があるわけじゃないから」

「いや、もう家に帰ってきてるんだよ」私は慌てて言い添えた。「今日はちょっと早かったんだ」

「この時間で早いの？」驚いたように喜美恵が言った。「もう、日付が変わってるじゃない」

「君こそ、こんな時間に電話して大丈夫なのか？」

「どうして」

「今、家じゃないのか？」

喜美恵が軽く笑った。

「家だけど、今、携帯からよ。今時、高校生でも携帯ぐらい持ってるでしょう」

「中学生もね。何か、あれから十五年ぐらいしか経っていないのが信じられないよ。俺たちが中学生の頃ってさ、親の目を盗んで電話するのも大変だったじゃないか。わざわざ夜中に公衆電話に走ったりしてさ」

「その時、誰に電話してたの？」喜美恵が悪戯っぽい声で言う。

「いや、だから」私は言葉に詰まった。「一般論だよ、一般論」

「夜中に、女の子に電話したりしなかったの？」

「しようと思ったことはある」クソ、手近に酒があれば。私は今は酒を飲まないし、飲みたいとも思わないが、こういう状況の時だけは別だ。酒が入れば、たぶん、もう少し舌も滑らかに動くだろう。

「そうなんだ」喜美恵の口調に、私は挑発するようなニュアンスを感じた。おい、了、お前は一体どうしたいんだ？　昔、何度も電話をかけようとした女の子と、今こうやって話している。夢が実現したわけだ。しかし、何を話したらいい？　そもそも彼女は、どうして電話してきたのだろう。

「あなた、女の子に興味なさそうな感じだったけど、そうでもなかったの？」

「いや、たぶん、人並には」

「誰？」

「勘弁してくれよ」そう言いながら、勘弁して欲しくない、とも思った。もう少し、この時間が続いて欲しい。

「教えてくれたっていいじゃない。卒業して、もう十四年も経っているんだから。時効でしょう」

「その相手と喋っているのに、時効もクソもないよ」

一瞬、喜美恵が沈黙した。私は慌てて言葉を継ごうとしたが、こんな時に限って何も思い浮かばない。突然、彼女が爆発したように笑い出した。馬鹿にされているのかもしれない。私はむっとすると同時に、尚更慎重になった。が、彼女の笑いには別の意味があったようだ。

「ごめん」喜美恵の言葉の語尾が、笑いの中で掠《かす》れる。「ねえ、今、忙しいんだ？」

「当たり前じゃないか」私はせいぜい不機嫌に聞こえるように言葉を吐き出した。「こっちは事件を抱えてるんだから」

「落ち着いたら、一緒にご飯でも食べようか」

「え?」

「ご飯よ、ご飯。一緒に食べない? 私も最近忙しくて、全然なのよ」

「全然って、何が?」

「もう」喜美恵が拗《す》ねたように言った。たぶん、電話の向こうで頰《ほお》を膨《ふく》らませている。「下品な意味じゃないけど、男っ気がなくて。そういうのって、良くないと思うんだ。会社と家の往復ばかりじゃ、つまらないでしょう。生活に潤いも広がりもなくなるし。だけど、銀行の人たちはどうにも頼りないのよね。それに、中で付き合ってるのがばれたりすると、何かとうるさいのよ」

「ああ、銀行だからね。お堅いんだ」

「それと、変な話だけど、うちの親、昔はすごくうるさかったのよ。男の子から電話がかかってくると、居留守を使って切っちゃうぐらいだったから。だけど今は、逆になっちゃって。まだ結婚しないのかって、今度はそればかりなんだ。何なのかしらね。やっぱり、女にとって三十歳っていうのは、一つの壁なのかな」

「おいおい、十四年ぶりに会って、いきなり身の上相談を持ち出されても――」

「ごめんごめん」喜美恵が快活な口調で言い、また含み笑いを漏らした。「でも、最近愚痴《ぐち》る相手もいなくてね。別にあなたをゴミ箱扱いしているわけじゃないけど」

「まあ、俺の仕事はゴミ箱みたいなものだけどね」しかし、そこに放り込まれるのはばらばらに切断された遺体であり、発狂寸前の遺族の泣き声だ。恋人の、甘ったれた愚痴ではない。

「ねえ、でも、本当に食事ぐらい付き合ってくれない？　あなたの仕事のことも知りたいし」

「関係者以外には話せないことが多いんだよ。それに君は、湯沢の事件では協力者だ。そういう人とプライベートに食事をしているのが上にばれると、こっちも何かとうるさいんでね」

小さな溜息が聞こえたような気がした。

「堅いんだ、鳴沢君」

「堅いっていうか、そういうものだと思ってるから。変かね？」

「良く分からないけど……でも、事件が一段落したら、その時はいいんでしょう？」

「もちろん」

「じゃあ、そうしようよ。私の携帯の番号、教えたっけ?」

「ああ、もちろん」

「ねえ」喜美恵が何かをねだるような声で言った。

「ああ?」

「十四年前」

「中学生の頃の話か?」

「そう。夜中に電話してくれても良かったのに。学校で、何時に電話するって決めておいて、あなたが夜中に電話してくるの。それで私は、親に取られないように、電話の前で待ってるわけ。ちょっとどきどきしちゃったりしてね」彼女の声は若々しく、私も、少し若返ったように感じた。「話すことなんて、たぶん大したことじゃないんだけど、電話をかけたり、それを待ってたりすることが大事だったんだと思うよ」

「何だい、それ?」

喜美恵の微かな溜息が聞こえて来た。

「刑事って、もう少し勘が鋭いものだと思ってたけど、私の思い込みかしら」

「おいおい」

「じゃあ、またね」明るく言って、喜美恵が電話を切った。私は、携帯電話をじっと見つめながら、十四年前、子どもの頃に二人で長電話をしていても、彼女はやはり快活に「じゃあね」と会話を打ち切っただろうか、とぼんやりと考えていた。

私は西署の道場で、目の前のテーブルに拳を打ちつけた。桐生が、びくりと肩を震わせる。蒼い顔をして、また胃の辺りをさすった。

「冗談じゃないですよ」

「冗談でも何でもない、これは決定事項なんだ」

「だから、誰がそんなことを決めたんですか。捜査のことなんか何も分からない、あの馬鹿署長？」署長の竹中は、捜査本部に姿を見せていなかった。昨夜《ゆうべ》、みんなの前で恥をかかされたのがショックで、一階の署長室に引っ込んでしまったのだろうと、私は想像した。そうであって欲しいとも願った。

「いやいや、署長は何も口出ししないよ。だいたい、今日は署長会議があって、本部に行ってるんだ」

「署長会議？　こんな時期に？」

「交通関係さ。夏からずっと、死亡事故が右肩上がりで増えてる。本部長と交通部長がお小言を言うんだろう」

私は鼻を鳴らした。署長を集めて本部長が訓示を垂れても、交通事故が減るわけがない。ポーズだ。署長会議というのは、マスコミに対するポーズ以外の何物でもない。桐生がしかめっ面を浮かべたまま、なおも私を説得しようとした。

「とにかくこの件は、魚沼の方と連絡を取り合って決めたことだから」

「じゃあ、最終的に決定したのは誰なんですか」

親父《おやじ》だろうか、と私は疑った。天啓会と事件の関係を打ち出したのは私だ。もしかしたら父は、私が絡んでいるというだけの理由で、嫌がらせをしているのかもしれない。いや、それはない。父もそこまで露骨なことはしないだろう。可能性があると信じたら、そちらの方向に捜査員を振り分けるよう、すぐさま指示するはずだ。父は客観的だし、冷静な刑事である。たぶん、新潟県警の誰よりも。親子関係のねじれぐらいで、捜査に私情を挟むとは考えられない。となると、そちらの方向で捜査を進めるべきではない理由が、何かあるのだ。私は、焦った。何か見落としているのは私の方かもしれない。

「とにかく、とにかくだ」桐生が椅子《いす》の中で背中を伸ばした。伸びでもしているのかと思ったが、実際は、私が嚙《か》みつくように迫っているので、逃れようとして体を後ろに反《そ》らしているだけだった。「目撃者が出た。モンタージュも作った。現地では、そっちの線をもう少し押したい、ということなんだよ」

「じゃあ、『天啓会』の件はどうなるんですか。打ち切り？」

「まさか。あんたは、引き続き調べを進めてくれ。これは一種の特命だからな」

「援軍もなしで？」傍《かたわ》らに大西が控えているのを意識して、私は言った。ちらりと見ると、大西は傷ついたような表情を浮かべている。だが、この際大西のことは関係ない。

「冗談じゃない、増員して下さいよ。事情聴取は始まったばかりなんですからね」

「まあまあ」桐生の口癖である「まあまあ」が、今日はひどく耳障りに聞こえた。「どこも人手不足なんだから。あんたなら大丈夫だて。一人で十人分ぐらい働くだろう？」

「ああ、分かってますよ。俺は十人分でも百人分でも働きます。だけど、上の仕事は、人手不足を何とかすることでしょう。てめえの足で稼ぐわけじゃないんだから、人の配置ぐらいはきちんとやって下さいよ」

桐生の顔が蒼褪《あおざ》めた。珍しく怒っているのだ、ということはすぐに分かった。吐き出す言葉には、太く鋭い棘《とげ》が生えている。

「俺が決めたことじゃないんだ。だから、俺に文句を言われても困る。とにかく、あんたはあんたの仕事をしてくれ」一瞬のうちに怒りを引っ込め、拝むように私に向かって手を合わせながら、桐生は哀れっぽい声を出した。「頼むよ」

私は桐生を一睨みしておいてから、踵を返して道場を出た。大西が慌ててついてくる。

まったく、どいつもこいつも。私は頭の中で、魚沼署の捜査本部に詰めている幹部連中の顔にバツ印をつけた。特に父の顔の上には、特大のバツ印を。

「結局、援軍はなしですね」車に戻ると、大西が寂しそうに言った。

「その分、君が死ぬ気で働くんだね」

「いいですよ」一晩寝て、大西はすっかり元気を取り戻したようである。私はまだ腹の虫が収まらず、湯沢にいる新谷に電話をかけて愚痴を零した。

「お、鳴沢君はかなりお怒りのご様子だね」新谷が、先制攻撃を仕かけてきた。声にはからかうような調子が混じっている。

「当たり前じゃないですか。俺の話なんか、誰も聞かないんだから」

「そんなこと、ないよ。こっちでもずいぶん真剣にやりあったんだ。ただな、考えてみろ。お前が追っかけてるのは五十年前の事件だろう？　それは、絶対に逃げ出さないわけだよ。もう死んでるんだから」

「だけど、関係者はジイサンばかりですよ。事件は逃げないかもしれないけど、のろのろやっていたら、関係者が全員死んでしまうかもしれない」

「だったら、そうならないうちにさっさと事情聴取を済ませるんだな。おい、おめさん、何をむきになってるんだ？」

「いや、俺は別に」

「分かってるよ。親父さんのことだろう。署長が、おめさんの考えにいちゃもんをつけたとでも思ってるんじゃねえのか？　違うよ。昨夜の会議には俺も出ていたけど、署長はほとんど発言しなかった」

「そんなこと、俺には関係ありませんよ」

「まあ、いいから。くだらねえことを気にしないで、気合入れていけよ」

「カンエイさん、気合とかそういうのって、今は流行りませんよ」

「おめさんは、流行り廃りで仕事をするようなタイプの人間じゃない。おめさんのような人間は、三十年前にもいたはずだし、三十年後にも必ずいるんだ。そういう人間がいなくなったら、刑事警察は駄目になる」

新谷は、別れの言葉も言わずに電話を切った。三十年前にもいたし、三十年後にもいる？　彼は何を言いたかったのだろう。

「どこから当たりますか？」

私が新谷の言葉の意味を考えていると、大西が能天気に割り込んできた。

「昨日と同じだ。幹部に一人ずつ当たる。ここから一番近いのは誰だ？」

大西が手帳を覗き込む。事情聴取が進むに従い、彼が作っている天啓会関係者のリストは、どんどん長くなっていた。否定する人間もいたが、彼らが今でも連絡を取り合っている、ということも分かってきた。ＯＢ会が存在するわけではないが、何となく昔を懐かしんでいるのかもしれない。問題は、そういうことを私たちに隠していた人間がいる、ということである。

「近場だと、教務副部長だった飯塚《いいづか》っていう男がいますね。七十二歳。この連中の中ではずいぶん若いですね」

「平出の下にいた人間だな？　いずれにせよ、平出より若いし、記憶もはっきりしてるんじゃないか」

「期待していいですかね」

「駄目。期待もなし、先入観もなしで行こうぜ」

今日は大西がハンドルを握っていた。ちらりと見ると、安っぽいが、がっしりとした黒のプレーントゥを履いている。クソ忙しいのに、いつの間に手にいれたのだろう。まあ、いい。海君、君もちゃんとした刑事への第一歩を踏み出したわけだ。まさに、新しい靴を履いて。

大西のリストに従ってたどり着いたのは、関屋大川前にある不動産屋だった。県警本部とは、信濃川を挟んで目と鼻の先になる。

間口二間《けん》ほどの小さな事務所で、ドアの周囲には物件情報が所狭しと貼られ、その下の壁面が見えなくなってしまっている。二階が住居のようだ。不動産屋といっても、ピンからキリまであるらしい。

私たちが引き戸を引いて中に入った時、飯塚は一人きりだった。手前にカウンター、その奥にはデスクが五つ、並んでいる。一番奥のデスクに腰掛け、うつむいて書類を繰っていた。真っ白になった髪はずいぶん固いのか、頭の天辺《てっぺん》が盛り上がっている。書類から目を上げると、太い黒ぶちの眼鏡で、顔の半分が隠れてしまっていた。紺色のカーディガンを羽織り、腕には黒いアームカバーをしている。

「飯塚さんですね？」私が声をかけると、飯塚がのろのろと顔を上げた。

「飯塚実《まこと》さん？」

「そうだが、あんたらは？」

警察だ、と名乗ると、穏やかだった飯塚の顔が突然険しくなった。

「帰ってくれ」

「帰りませんよ」

「いいから、帰ってくれ。あんたらに話すことはない」

私は、笑顔を引っ込めないように努力しながら、飯塚を説得した。「単なる事情聴取ですから。ご迷惑はおかけしません。時間もかかりませんから。もしも今どうしても駄目なら、後から出直します」

「駄目だ」飯塚が、痙攣したように激しく首を振って繰り返した。「話すことは、何もない」

私は大西と顔を見合わせた。天啓会の元関係者への事情聴取は何人にも及んでいるが、これほど強烈な抵抗にあったことはない。いっそ暴れてくれれば、とさえ思った。そうすれば、公妨でも何でもくっつけて、署に引っ張って行ける。いや、それは、あの西署のクソ署長と同じ、公安のやり方か。

「まあ、落ち着いて下さい、飯塚さん」大西が穏やかな声で言った。それで、飯塚もほんの少し力が抜けたようだった。「何も、そんなに力を入れんでも大丈夫ですて。心配いりませんから。それより、最近飯塚さんの身の回りで何か変なこと、危ないことはありませんでしたか？」

何を言い出すのだ、こいつは、と思ったが、しばらく大西に任せることにした。飯塚の顔が曇る。

「何のことかね」

「いや、ご存知でしょうが、『天啓会』の元幹部が二人も殺されているんです」

「二人?」飯塚が首を捻った。いや、捻るふりをした。マスコミに対しては、まだ天啓会の名は伏せられている。だが、天啓会関係者の間では、教祖と教務部長が殺された話は既に広まっているに違いない。

「飯塚さん、惚けるのはよしましょうよ」大西が、一転して厳しい口調で決めつけた。

「いろいろ言う人間がいるかもしれませんが、これは間違いなく、『天啓会』の元幹部を狙《ねら》った連続殺人ですよ。次はあなたの番かもしれない」

怒り半分、恐怖半分の表情で、飯塚が大西を睨みつける。

「脅しても駄目だぞ」

大西が肩をすくめた。

「警察は、あなたを守りたいんですよ。でも、守るべき人間はたくさんいる。情報を開示してくれない人の優先順位は、どうしたって低くなるんですよ。それぐらいは分かるでしょう?」

飯塚は、まだ大西を睨みつけている。が、それも長くは続かなかった。口の中で舌をあちこちに動かし、頬を膨らませた。急に立ち上がると、私たちの脇をすり抜けるように表に出て、「営業中」の看板を裏返した。事務所に戻ってくると、カーテンを引き、鍵を閉める。荒い深呼吸を繰り返しながら、私と大西を交互に睨みつけるようにした。その目に浮かんでいるのは、怒りではない。紛れもない恐怖だ。

大西が口を開こうとした瞬間、飯塚が先に話し出した。

「あんたら、康夫の件を調べてるんだろう？　みんな、何事かと思ってますよ。あんな古い話をひっくり返して、今さら何になるっていうんだい」

「そんなこと、分かりません」大西がぴしゃりと言った。「分からないから調べているんです。飯塚さん、あの事件の時、どこにいましたか？」

飯塚がぴくりと肩を震わせ、次いで視線をデスクの上にさまよわせた。うつむいたまま、何事かぶつぶつとつぶやく。

「何ですって？」大西がさらに高圧的な口調で迫る。「もう少し大きな声で言ってもらえませんかね？」

「道場には、いたさ」飯塚が吐き捨てるように言う。「俺はあそこに寝泊りしていたからね。本間先生をお守りするためだ。それが、あんなことになっちまって……」

「殺されたのは本間さんじゃないでしょう。何も、あなたが責任を感じる必要はないはずだ」と大西。「何があったのか、詳しく話して下さい」

「冬、だった。今ぐらいの季節かな。いや、もう少し後だったか」古い日記の掠れた文字を読み上げるように、飯塚がゆっくりと話し出した。「そう、確かもう、雪が降っていた。根雪になる前だったけど、もう雪は何回か降っていたからね。十一月の終わりか、十二月の初めだったか。あんたら、道場のことは知ってるろっか？」

私と大西は同時に首を振った。その道場が、今の新潟市二葉町付近にあったことは分かっている。今は閑静な住宅地だが、五十年前はどうだったのだろう。

「道場は海の側にあってね。今の西海岸公園のすぐ近くですよ。あそこは元々、信者の一人が持っていた土地でね。そこに、私らが掘っ立て小屋のような道場を建てて……信者が増えるにつれて継ぎ足し継ぎ足しして、幹部は皆そこに寝泊りしていた。暖房もなかったし、蒲団だってろくな物が揃ってなかったが、それでもみんな文句一つ言わなかったね。十分にあったのは、勉強用に使っていた歴史の本と、本間先生の言葉を印刷したパンフレットぐらいのものだった。それだって、ガリ版刷りの粗末なものでしたが、体裁は関係ないからね」

「素朴な疑問ですが」と大西が割り込む。飯塚は、説明を途中で邪魔されて迷惑そうな表情を浮かべたが、「何だね」とぶっきらぼうに反応した。

「そういう道場を運営する金はどうしていたんですか。入信するための費用はそれほど高くなかったと聞いています」

「それはね、今の言葉で言えばカンパだよ。在家の信者が少しずつ、苦しい懐の中から持ち寄って、道場に寝泊りする人間を支えてくれたんさ。もちろん、食料を現物で持ってきてくれる人もいて、当時はそっちの方がありがたいぐらいだったね。どのみち、金がそんなに必要だったわけじゃない。道場だって、人力で建てたんだから、材料費しかかかっていないわけだし。それが何か？」

「いえ」大西が手帳に目を落とした。私は質問を引き継いだ。

「で、事件の時は？」

「その日も雪が降っていたと思う。夕方だった。私らが、道場で一番大きな部屋で勉強会をしていると、急に先生の悲鳴が聞こえたんさね」

「本間さんはその部屋にはいなかったんですね」

「そう言ったはずだが？」飯塚が胡散《うさん》臭そうに私を見た。

「すいません。続けて」

飯塚が息を呑み、私の顔を一睨みする。

「わしらは、先生にばかり頼りきっていたわけじゃない。自分たちでも勉強していた」

微かに誇らしげな口調だった。「とにかく、本間先生が悲鳴を上げるなど、想像もできなかったことだ。私たちは、慌てて飛んでいったよ。悲鳴は、裏口の近くにあった台所から聞こえて来た」

「本間さんが台所に？」

「先生は、他人に全てやらせてふんぞり返っているような人じゃなかったんだよ。教祖様でございって、威張っていたわけじゃない。自分でも進んで雑用をして下さった。その日も、私たちに代わって、配達された米を受け取ろうとしていたんだと思う。台所に行ったら……」飯塚が悪夢を振り払うように頭を振った。「いつも出入りしている米屋が、そこで倒れていた。その辺りに米が散らばっていてね。包丁を持った康夫が呆然と突っ立っていて、側で先生が震えていた」

「本間さんに着衣の乱れは？」

飯塚が一瞬、唇を噛んで言葉を飲み込んだ。が、沈黙は長くは持たなかった。

「あんたは……あんたは、いつもそういう下劣なことを聞くのか？」

私は、わざと軽い調子で肩をすくめた。元天啓会の人間の反応は、あまりにも過剰なような気がする。五十年前だったら、こういう反応も分からないでもない。しかし普通、このような感情は、歳月に押し流されてしまうものなのだが。

「面倒を見てくれた本間さんが乱暴されそうになったから、池内康夫は被害者を刺し殺した、そう聞いています。となると、その場で本間さんが乱暴されそうになっていたと考えるのが自然じゃないですか」

「先生は——殺された人間のことを悪く言うつもりはないが、道場から外へ引きずり出されて、乱暴されるところだったんだ。そこを、康夫が助けたんだよ。私は、康夫は悪くないと思う。それは、刺したのは悪いことかもしれないが、私らの気持ちとしてはね。分かるでしょう？　先生をお守りする立場でありながら、肝心な時に何もできなかったんだから。康夫が、私らの代わりに先生を助けたんだ」

私は、飯塚の感情の高ぶりを無視して訊ねた。

「結局、池内康夫が逮捕されて事件は解決したわけですね？」

「解決も何も、その時点で全てが明らかになっていたんだから。康夫は血塗れの包丁を持っていたし、先生も現場の一部始終を見ていた。辛いことだが、仕方なかったな。でも、五十年も前の話だ。私の記憶の中でも、現場の様子は白黒写真になってるんだよ。でも、その中で血だけが赤いんだ……殺された米屋は、土間でうつ伏せに倒れていたんだが、血があちこちに飛び散って、その辺りに真っ赤な花が咲いたみたいだったよ。あれだけは、忘れることはできないね」

第六章　重なる顔

「海君、ずいぶん強引だったな」私がからかうと、大西が抗議するような口調でやり返した。

「鳴沢さんの癖が移ったのかもしれませんよ」

「俺のは癖じゃないよ。意識してやってるんだから」

大西が眉《まゆ》をひそめ、「まったく」とか何とかつぶやいた。

五十年前の事件が、ゆっくりと地表に顔を出しつつある。しかしまだ、地中深く埋もれた遺跡の表面を引っ掻《か》いているだけのような気がしてならない。信濃川沿いの道路に車を停め、私たちは、飯塚への事情聴取を振り返った。

「どうも良く分からないんですが」大西がボールペンを髪の中に突っ込んで、がしがしと動かした。「飯塚も、最初は怒ってたけど、あれは虚勢だったのかもしれませんね。最後の方は、ずいぶん淡々としていた」

「そうだな」

「いくら五十年前の話と言っても、殺しの直後にはその現場にいたわけですよね？　もっと強烈な印象が残っていてもおかしくないんじゃないですかね」

「あの世代は戦争を経験しているからね。百万人が死ぬことに比べれば、目の前で一人が殺されたことなんて、大した問題じゃなかったのかもしれない」

「そうかな……」

「もちろん、記憶が曖昧《あいまい》になっている可能性もあると思うよ。だから俺たちの描く絵も、あちこちに穴が開いてるんだ。この絵を完成させるためには、もっとたくさんの人から事情聴取するしかない。それより俺は、別のことが気になるんだが」

「何ですか？」

「今まで事情聴取した人たちの話に、全然矛盾がないんだよ。五十年前のことだろう？　記憶だって曖昧になっているはずだし、もう少し食い違いが出てもおかしくないんじゃないかな。何か、つい最近口裏を合わせたような感じがしないか？　連中、今も連絡を取り合っているんだろうが、どうして口裏を合わせる必要があるんだ」

「いや、それは……」

「独り言だよ、独り言。さ、次行こうか」

私の携帯が鳴り出したので、大西は踏み込もうとしたアクセルを離した。がくがくと車が停止する。

「鳴沢です」

「了か」

私は、一瞬で心臓が凍りつくのを感じた。何年ぶりだろう、父から直接電話がかかって来たのは。


コーヒーが運ばれて来た。私は砂糖を入れるべきかどうかしばらく迷い、結局やめにし、今度はミルクを入れるかどうかでまた迷った。迷ったふりをした。それでも、潰せる時間などたかが知れている。

目の前に父がいた。

落ち合う場所に、私たちの実家の近くにある「音呆気《ねぼけ》」という喫茶店を指定してきたのは、父である。子どもの頃、祖父に連れられて、何度か来た記憶があった。その頃でも相当古ぼけた感じがしたが、今、店はさらに歳月を刻み、木の壁は茶色を通り越して黒ずんでいる。照明も、一段と暗くなったような気がした。

私が店に入った時、父は既に、一番奥の席に陣取っていた。すぐ横がトイレという場所だが、人目につかないので、密談を交わすにはちょうど良い。父と密談？　私は微かな身震いを感じた。何を話せばいいのだろう。そもそも、「会おう」という父の提案に、どうして乗ってしまったのだろう。

父はモカを頼み、ブラックでゆっくり飲んだ。丸い小さなテーブルの上で、煙草の煙が渦を巻く。私は溜息をつき、結局砂糖もミルクも入れないまま、コーヒーをスプーンでかき回し続けた。

「そっちの方はどうだ」父が、平板な声で訊ねる。

「父さん、仕事の話で、こういうプライベートな呼び出しをかけたんですか？」私は逆に質問をぶつけた。「らしくないね」

「ああ」

「もしかしたら、『天啓会』の捜査に人手を割《さ》かないって決めたのは父さんじゃないのか？」

「まさか」

父の声のトーンから、私は、嘘ではないと判断した。小さく頷くと、父も頷き返す。

「署長にはそんな権限はないよ。五嶋がちゃんと判断してやっている。今のところ、あの似顔絵の方が、手がかりとしては重要だからな。こっちも、警備の連中まで動員してローラーをかけてる。あの似顔絵は……」父が言葉を切った。分かっている。誉めるべき場面なのだが、誉めることに慣れていないのだ。父の言葉は、外国語の劇の台詞を読むようにぎこちなかった。「お前の手柄だったな」

「向こうが名乗り出てくれたんですよ。俺は別に、何もしていない。で、今日の用件は何なんですか？」

「仕事中にすまんな」

どうにも歯切れが悪い。普段は、報告書のような話し方しかしないのだが。

「今日は署長会議だったんでしょう？」

「もう終わった。交通の話だからな、うちには関係ないんだ。そもそも魚沼の管内では、ここ三か月も死亡事故は起きていないんだから」

「平和なんですね」

父が真顔で頷く。私の皮肉は、固い仮面にぶつかって、あっさり跳ね返された。

「まあ、そういうことだ。うちは吊るしあげもされなかったし、会議はあっさり終わったよ。あれは一種のポーズだからな」

「署長がそんなこと言って、いいんですか？」

父が微かに眉をひそめる。

「本当のことを言って何が悪い？」

こうやって面と向かって父と話すのは、私にはひどく不自然に感じられた。子どもの頃から、父とはあまり話をしなかったし、私が警察官になってからは、その機会はほとんどなくなってしまったから。話しているうちに、苦痛よりも面映《おもはゆ》さを感じ始めた。

「新潟には昨日来たんですか？」

「親父《おやじ》のところに泊まったよ」

「もう魚沼に帰るんでしょう」

「ああ、帰るよ。署長っていうのは雑用係だからね。署をあけておくと、書類がたまって面倒なんだ」

「だったら、こんなところで俺と油を売ってる暇はないはずですよね」

「『天啓会』の件はどうなんだ」

「どうって……」いきなり本題に入られ、私は虚を突かれた格好になった。「まだ報告できるようなことはありませんよ」

「実は俺も、『天啓会』について調べたことがある」

「え？」

父が頷き、新しい煙草に火を点けた。

「刑事になったばかりの頃だった。暇な時間に、古い事件の資料を整理したんだよ。お前も知っていると思うが、新潟は戦後、何回も大きな災害に遭っている。昭和三十年の新潟大火や、三十九年の新潟地震だな。それで、捜査資料もかなりの部分がばらばらになってしまった。上に言われたせいもあるが、とにかく時間が空いている時に、埃臭い資料を整理したんだよ。その頃のことが財産にもなっているんだが……とにかく、散逸した資料の中には、『天啓会』事件のものもあったようなんだ」

「で？」父が何を言いたいのか、まだまったく想像がつかなかった。「父さん、回りくどいな」

父は、私の質問に直接は答えなかった。

「結局捜査資料が見つからなくて、『天啓会』事件についてはごく簡単なことしか分からなかった。私が調べ上げたのも、たぶん、今お前がつかんでいる程度のことだったはずだ。結局、その資料を公式に残すこともしなかった。宗教団体が絡んでいるといっても、さほど特異な事件じゃなかったからな。これが、内部の勢力争いで起きた事件だったとか、被害者が有名人だったとかなら、資料を残したかもしれないが」

「だから、何なんですか？」私はスプーンをテーブルに放り出した。予想していなかった大きな音が響き、思わず首をすくめる。「父さん、何が言いたいんだ？　それが、今回の事件と何の関係があるんですか？」

父が顔を上げ、まっすぐ私の目を覗《のぞ》き込んだ。

氷よりも冷たい、と評された視線だ。ワルどもの血を赤い氷に変え、恐怖の芽を植えつけると言われた視線。一線の刑事だった頃、父の取り調べは理詰めだったという。理屈の上に理屈を重ねて、相手の肩に乗せて行く。取り調べを受ける人間は、最後はその重みに潰されるか、荒れ狂って墓穴を掘ることになるのだ。祖父は、取り調べた相手から恨まれることはなかったそうだが、父は違うだろう。この男の首を絞め上げたいと思っている人間は、何人もいるはずだ。

父の冷たい視線、その呪縛《じゅばく》から逃れたかった。父がこのまま理詰めで攻めて来たら、私たちは必ず衝突する。

「古い事件というのは、不思議な魅力を持っている」父が、まだ長い煙草を揉み消し、新しい煙草をくわえた。「自分の手で扱っているわけじゃないから、その分客観的に見ることができるだろう。距離を置いているからこそ、見えてくるものもあるわけだ。それに、全ての事件は結局、パターンだ。古い事件を勉強して、いろいろなパターンを頭に叩《たた》き込んでおけば、後で必ず役に立つ。そういう意味で、古い事件を調べるのは悪いことではないと思うよ。だけど、それは暇な時に限る。動いている事件に関係あるかどうかも分からない状態で、あまり昔のことばかりほじくり返していると、時間の無駄になりかねん」

「それは、やってみないと分からない」

「『天啓会』の件については、私が一度やった。それで、役にたたないと判断した。その判断は、今も変わっていない」

「だったら、その内容を教えて下さいよ。それを聞いてから判断します」

父がゆっくりと首を振った。煙草の灰を慎重に灰皿に叩き落とし、コーヒーを一口。余裕たっぷりの態度に、私は微かな苛立《いらだ》ちを感じた。あるいはそれも、父の計算かもしれない。根負けして、私が放り出してしまうのを待っているのだろう。

「忘れたよ」

「そんな」

「忘れてしまう程度の事件だったんだ。とにかく、今お前がやっていることが、全て無駄に終わる可能性もある」

「父さん、いつからそんな情けないことを言うようになったんですか？」

「情けない？」父の眉が、右側だけすっと上がった。

「情けないですよ。刑事の仕事は、確かに九割が無駄足かもしれない。だけど、屁理屈をこねまわして、あれは無駄だ、これは無駄だって言っているだけだったら、実際に歩き回るのが馬鹿らしくなってしまう。父さんの捜査方法は、そんな具合なんですか？それに、何十年か経って事件を調べなおしてみれば、また別の角度から光が当たって、何か見えてくるかもしれないでしょう」

父が黙り込んだ。腕組みをし、テーブルを睨みつける。こうなってしまうと、父は何も話さない。少なくとも私が子どもの頃はそうだった。いつも理詰めで攻める男が、理屈で言い負かされそうになった時の、自然な反応なのだろう。

「とにかく俺は、この筋を追う」父に宣言するというよりも、自分に言い聞かせるように私は言った。「父さんは気に食わないかもしれないけど、俺は自分の勘を信じますよ」

「どうしてこの件にそんなにこだわる。お前の勘は、そんなに当てになるのか」

「気になるからですよ。引っかかると思ったら、徹底的に調べるのが刑事の本筋でしょう。ジイサンも昔からそう言ってたじゃないですか」

「親父の時代とは違うぞ。今は、チームプレイの時代だ」

「だったら、『天啓会』の件を放り出して、魚沼に戻ればいいんですか？　冗談じゃない。父さんの所にいると、息が詰まるんだ」

父が細い目を精一杯見開いて、私をまじまじと見た。一瞬、雷を落とされるのではないかと思った。私は一度も父に怒られたことがない。そういう状況——口答えをするとか、約束を破るとか——になった時は、いつも細い目で睨まれたものだ。子ども心に、それは心底恐《こわ》かった。いっそ怒鳴りつけられるか、殴《なぐ》られた方がよほど気が楽だ、と思ったことを覚えている。父は、私の心を縛ろうとした。凍りつかせようとした。犯罪者を射すくめるような、その視線で。

しかし、今は違う。父は明らかに驚いていた。侮辱とも取れる言葉を吐《は》きかけられて、どう対応してよいのか戸惑っているに違いない。しかし、それもほんの一瞬だった。父がまた、冷酷で厳格ないつもの表情を取り戻し、唇を引き締める。口の端の細い皺《しわ》が、深く、太くなった。

「そうだ。さっさと見切りをつけて魚沼に戻れ。こっちも人手が足りないんだ」

「見切りをつけるには、まだ調査が足りませんよ。それに、どこにどう転ぶか分からないような段階で見切りをつけろっていうのは、ずいぶん乱暴な話じゃないですか。それともこれは、捜査本部長の命令なんですか？」

答えはなかった。私たちの会話は、どうにも嚙《か》み合っていない。要するに父は、天啓会のことを調べるのは無駄だと、言葉を換えて何度も言い続けただけなのだ。だが、なぜだ？　自分でも一度調べてみて、これ以上、謎《なぞ》も疑問もないということを確信しているからか？　そうだとしても、調べたのは父である。私ではない。違う人間が調べれば、また何か別の事実が出てくるのは、良くあることなのだ。

父がコーヒーを飲み干し、乱暴に伝票をつかんだ。

「とにかく、無駄な動きはするな」

「公式の命令なんですか？」

「忠告だ。署長は捜査員に直接命令したりしない」

私は、立ち上がろうとする父の背中を眺めた。ひどく小さく見えた。

「父さん」

無言で、父が振り返る。色濃い疲れと、老いの兆候が、顔の隅に浮かんだ。

「父さん、どうして俺が警察に入る時に反対したんだ？」

「お前は」言い渋るだろうという予想に反して、父はすぐに言葉を投げ返して来た。「今回の事件で、マル暴が金で情報を売ると言ってきたらどうする？　向こうが言う通りに金を出すか？」

「まさか」私は即座に答えた。「公妨でも何でもいい、そいつを捕まえて絞り上げて、ネタを吐かせますよ。ついでにそいつをぶち込んでしまえば、ワルが一人減る。一石二鳥でしょう」

「だろうな」父が、自分の言葉を嚙み締めるように言った。「お前ならそう言うだろうと思った」

「どういうことですか？」

「お前にとって、正義は一つしかない」

「当たり前じゃないですか。正義が幾つもあったら、その数だけ警察が必要になる」

「そんなに簡単なものじゃない。でもお前は、それを認めようとしないだろうな。認めないで、自分の正義に合わない正義を、自分の尺度に合わせて作り変えようとするんじゃないか」

「何なんですか、それは」父の言葉の裏を読もうとしたが、できなかった。言葉の背後には巨大な壁がそびえ立ち、私が父の素顔を覗き込むのを邪魔している。

「お前の考え方は間違っていると思う。でも、お前のような考え方、生き方しかできない人間がいることは、理解できる。お前はどう思うか知らんが、刑事という職業にとって一番大事なのは融通だ。あるいは塩梅《あんばい》だ。お前は、たぶんいつか、壁にぶち当たる。俺は、それを見たくない」

「どういうことですか？」私は混乱していた。もしかしたら父は、親らしい優しさを見せているつもりなのだろうか。

「お前は真っ直ぐ過ぎる。刑事でいるには真っ直ぐ過ぎるんだ。いつまでもこのままだと、いつか必ず、ぬかるみに足を取られることになるよ。それが分かっていて、むざむざ警察官になれ、とは言えなかった。お前に合った道は、何か他にもあるはずだ」

「俺に刑事を辞めろっていうのか？」私は呆れて訊ねた。こんな話になるとは思ってもいなかった。自分では天職だと思っている職業を、自分の父親に頭から否定されるとは。私が今まで手がけた事件のことを、父が知らないはずがない。取り調べで何人の人間を落としてきたか、ほんの小さな引っかかりから、どれだけの重要な証言を探し出したか。どうやって、他の刑事が見逃した証拠を見つけ出したか。私の評判は、父の耳にも入っているはずだ。これは何なんだ？　自問すると、頭の中で、黒い雲がぐるぐると渦を巻いた。その中心には、父の無表情な顔が浮かんでいる。強い風に翻弄され、雨に打たれ、それでもなお、冷たい視線を私に投げかけている。

「刑事は、俺の天職なんだ。今さらそれを辞めろっていうんですか？」

「自分で考えろ」ぶっきらぼうに言い捨てると、父は金を払って店を出た。私は、窓の向こうで小さくなる父を見送った。その背中は、私の疑問に対する回答を、全て拒絶していた。

こんなつもりではなかった。私は、自分を完全にコントロールできると信じている。感情など、何とでも抑え込めるものなのだ、と。父に会ってから気持ちは千々《ちぢ》に乱れていたが、それでも午後から夕方にかけては普通に聞き込みを続け、メモを分厚くすることができた。感情など、所詮《しょせん》、理性の下僕に過ぎないのだ。

そこまでだった。

日が暮れ、風が冷たくなってくる頃、私の突っ張りは崩れ落ちた。父の真意がつかめない。その一方で、父の言う通り、もしかしたら自分のやっていることがまったくの無駄かもしれない、というマイナスの考えが頭に忍び込んで来る。今日の聞き込みで、手帳が黒く埋まった面積に見合うだけの収穫がなかったことも、私の落ち込みを加速させた。

何か別のことが、取りあえず目の前にちらつく父の顔を消し去るための何かが必要だった。

私は喜美恵に電話をかけ、食事に誘った。古町で待ち合わせたのだが、東堀通りで駐車できる場所を探すのに手間取り、約束の時間に五分、遅れてしまった。全速力で走り、店に飛び込んだ時には、喜美恵は既に席に着き、白ワインをすすっていた。私は一瞬ドアのところで立ち止まり、彼女の姿をとっくりと眺めた。形の良い胸が、タートルネックのボーダーのセーターを押し上げている。スカート丈は、膝《ひざ》のずいぶん上。グラスをゆっくり口に運んでは、縁に残った口紅の跡を指で拭う。

彼女も私に気づいた。気安い様子で手を振る。私は、小さく深呼吸をしてから笑顔を浮かべ、彼女の前に座った。赤いチェックのテーブルクロスの上には、既にメニューが広げてある。

「まだ頼んでないんだ」

「君に任せるよ」

「苦手なものとか、ある?」

「ホヤ」

喜美恵が小さく噴き出した。

「そんなもの、置いてないわよ。ここ、イタリア料理の店なんだから」

私は店内をぐるりと見回した。

「そのようだね」

「知ってて誘ったんじゃないの?」

「大昔に一度来たような記憶があったんだ。何を食べたかは忘れた。もしかしたら昔は、ラーメン屋か何かだったのかもしれない」

「服装に比べると、食べることには、あまり関心がないみたいね」喜美恵が私を上から下まで見下ろした。

「そうだね」

「でも、美味しいものを食べるのって、楽しくない？」

「たぶん、そういう感覚が欠落してるんだよ、俺は」

「だったら、私が教えてあげる。新潟って、レストランのレベル結構高いんだよ。じゃ、何にしようか」

「だから、任せる」

「つまらない人ね」

「分からないんだよ、こういう場所で何を食べていいのか」漆喰《しっくい》塗りの壁、派手なテーブルクロス、壁にかかった黒板のお勧めメニュー。普段自分が住んでいるのとはまったく異質の世界に迷い込んでしまったような気がした。

冗談なのかどうか、喜美恵の目が探りを入れている。私はゆっくりかぶりを振った。

「じゃ、適当に頼むわ。お酒は？」

「飲まない」

「あら」喜美恵の目が大きく見開かれた。つまらない男だと思われたかもしれない。

「その体を見てると、ずいぶん飲みそうだけど。飲めないの?」

「飲めない、じゃなくて、飲まない」

「どうして」

「格好つけた答えでいいかな?」

「格好悪くてもいいわよ」

「俺たちの仕事は、二十四時間営業なんだ。夜中に呼び出されることも多い。そんな時に酔っ払ってたら、仕事にならないだろう? それに、警察官の酒の飲み方っていうのは、物凄《ものすご》く忙しいんだ。早く飲んで早く酔っ払った方の勝ち、みたいなところがあるからね。そういうのも嫌なんだ」

「昔から、全然飲まないの?」

「昔は飲んだよ。学生時代にはね。警察に入っても、新人の頃は付き合いで飲まされることもあった。でも、刑事になってから、完全にやめたんだ」

「そうなんだ」

「つまらないか?」

「え?」

「酒も飲まない、イタリア料理を食べに行っても何を注文していいのか分からない、そういう男はつまらないか？」

喜美恵がゆっくりと首を振った。そうではない、目の前にいる男はつまらない男ではないと、自分に言い聞かせようとしているように見えた。が、顔を上げると、喜美恵の目にはきらきらとした輝きが宿っていた。

「つまらないというより、今の世の中では希少価値が高いのかも」

「物は言いようだね」

「どうしたらこんな人間ができ上がるのかしら」喜美恵が拳《こぶし》の上に顎《あご》を乗せ、挑むように私を見た。この前会った時よりも、口紅の赤がずいぶん濃いように見える。「あなた、今までどんな人生を送って来たの？」

「どんな人生って」私は思わず苦笑いした。「ずいぶん大袈裟な言い方だ」

「茶化さないで。中学校を卒業して東京に出てから今まで、どうしてたの？　教えてよ、十四年分も空白があるんだから」

「高校と大学でラグビーをやって、大学の時には一年間、アメリカに留学していた。大学を卒業してから警察官になって、二年前から捜査一課にいる。以上」

喜美恵が苦笑しながら、メニューを指でなぞった。

「自分の人生をＡ４の紙一枚で要約しちゃっていいの？」

「B5で済むんじゃないかな」

喜美恵が声を出して笑った。好ましい笑いだった。軽く、しかし、心の底から笑っている。やがて、納得したように頷いた。

「そうか、ラグビー選手か。道理で肩幅が広いわけね」

「頭の幅と首の太さが同じだとか言わないのか？　俺たちは良く、そんな風に馬鹿にされるんだ」

「どうしてやめちゃったの。社会人でやってみようとか、思わなかった？」

「どうしてそう思う？」

「体格を見れば、そう思うわよ。あと、身のこなしとか」

「店を出る時にドアを押さえてあげるよ。そうすれば、本当に身のこなしが素早いって分かる」

喜美恵がまた短い笑いを零し、口を押さえた。中学生の頃、この笑顔は学校で一番可愛いと思っていた。訂正。世界一可愛い。あの頃は、それに気づかなかった。私の世界は狭かった。

「でも、本当に、どうしてやめちゃったの。刑事になるため？」

「まあ、そうだ」

確かに、社会人で数年プレイして、それから警察官になっても良かったのだ。しかしあの頃は、回り道をする気などまったくなかった。それに、警察に入ったからと言って、ラグビーができなくなるわけではない、とも思っていた。しかし実際には、忙しさにかまけて、ずっとラグビーから遠ざかっている。それだけは気がかりだった。

「本当に？」

「正直に言うと、身長が足りなかった」

喜美恵が、私の頭の天辺《てっぺん》を見つめた。二人とも立っていたら、たぶん背伸びして私の頭に手を伸ばしていただろう。

「でも、ずいぶん大きいじゃない」

「バックスだったらこれでもいいけど、俺はフォワードなんでね。何よりもまず、サイズの問題が大事なんだ。体重は増やせるけど、身長は伸ばせないから」

「私、ラグビーは良く分からないけど、二メートルぐらいないと駄目なの？」

「大きければ大きいほどいい。三メートルあってもいいぐらいだよ。背が高ければラインアウトで有利だし、タックルでも相手を押さえ込める。だけど、俺は百八十センチもないからね」百八十センチのフォワードは、高校レベルならともかく、大学生以上では、平均以下だ。「そういうことで、やめた。大学の卒業は、いい引き際だったんだ」

「もしも、あと十センチ身長が高かったら……」

「日本のラグビーの歴史は変わっていた」

「それは大袈裟でしょう?」喜美恵がくつくつと笑う。

「こうやって君と会うこともなかったかもしれない。今頃はまだ現役だっただろうし、本場のラグビーを勉強するのに、イギリスに留学していたかもしれないからね」

喜美恵が、真っ直ぐ私を見つめた。柔らかい照明を受けて、瞳が煌《きらめ》く。無数の小さな星が、彼女の目の中で爆発した。

「だったら、その身長で正解だったかも」

「心臓が破裂しそうだから、それ以上喜ばせないでくれ」

「そうは見えないわよ」

「顔に出ないんだ。でも君と話してると、あまり緊張しないな。普通に話せる」

喜美恵が頰《ほお》を膨《ふく》らませてみせた。子どもっぽい仕草だが、私には、非常に好ましく感じられた。

「それ、もしかしたら私を女として見ていないということ?」

「いやいや」私は慌《あわ》てて言いつくろった。「最初は緊張してた。こういう商売をしてると、仕事以外では、女性と話す機会があまりなくてね。でも、話しているうちに、段々楽になってきた」

「何だか、中学生みたい」

そう、たぶん、私の気持ちは中学生の時のままなのだ。あの時から、時間が凍りついているのかもしれない。喜美恵に対する記憶は全て、透明な氷の中に閉じ込められ、再会した瞬間に溶け出したに違いない。十四年という歳月も、氷の中で保存された想い出にまで、影響を及ぼすことはできなかったのだ。

喜美恵がウェイトレスを呼んだ。前菜とパスタ、肉料理を注文する。一通り注文を終えるとメニューから顔を上げ、飲み物は、と訊ねた。

「何でも」

「ジンジャーエールとかにしておく?」

「炭酸飲料は駄目だ。あれは、体を中から食い荒らす」

喜美恵がまた噴き出した。ウェイトレスは困ったような顔をしている。

「じゃ、水にしようよ。ミネラルウォーターね」

私たちは、昔の友だちの噂話《うわさばなし》をしながら料理を食べた。喜美恵は良く食べた。私よりも勢いが良いぐらいだった。

パスタが終わり、肉料理が運ばれて来るまで、少しだけ間が空いた。喜美恵はワインを飲み干し、空っぽになったグラス越しに私の顔を見た。顔が小さく歪んで見える。

「何怒ってるの？」

「怒ってないよ」

「怒ってる」喜美恵が、テーブルの上に両肘《りょうひじ》をつき、組んだ拳越しに私を見つめた。

「まさかって思うかもしれないけど、私、あなたの考えてること、たぶん、分かってるわよ」

「じゃあ、言ってみれば」

「今日、嫌なことがあったんでしょう？」

私は顔をしかめてみせた。

「ばれたか」

喜美恵が小さく舌を出して笑い、ウィンクした。

「やっぱりね」

「顔に出ないと思ってたんだけどな」

「分かるわよ。少なくとも私は」

「修行が足りないな。どんな時もポーカーフェイスのつもりなんだけど」

「でも、機嫌が悪い時は、素直に吐き出すようにしないと、ストレス、溜まるわよ」

「走ってさえいれば、ストレスなんて溜まらないんだよ」

「今も走ってるの？」

「時間があればね。頭が真っ白になって、ストレスなんか吹き飛ぶよ。君はどうやってストレス解消してるんだ？」

「時々、新潟港に行ってわめくのよ」

「本当に？」

　喜美恵が照れたような笑いを浮かべる。

「佐渡《さど》汽船の汽笛が鳴った時だけね。小心者だから。それより、どうしたのか、話してみる気はない？　そのために、私を誘ったんじゃないの？」

　私は躊躇《ためら》った。自分の気持ちを、喜美恵にどこまで話していいのか分からない。話せば、多少はすっきりするかもしれないが、自分の嫌な気分を代わりに彼女に背負わせるのは、どうにも気がすすまなかった。

　しかし、結局、私は話した。父との確執。今日のぎこちない会話。するすると言葉が流れ、喜美恵は時折頷くだけで、私の話を黙って聞いてくれた。

　私が話し終えると、彼女はそっと溜息をついた。その溜息と引き換えにするように、私は少しだけ気持ちが楽になっていた。

「お父さん、あなたのことを心配しているんだと思う」

「そうだとしても、もっと別の言い方があるんじゃないかな。それに俺、刑事としては優秀なんだぜ。親父にあれこれ言われる筋合いはないよ」

「反抗期には遅過ぎるんじゃない？」

「そんなんじゃない」

少しだけ重苦しい沈黙が、私たちの間の空間にカーテンをかけた。彼女の顔が、少しだけ見えにくくなる。

肉料理はチキンだった。網焼きで余分な脂が抜け落ちており、適度に焦げた皮が、ぱりぱりと美味い。しばらく、料理に対する論評を並べ立てて、何とか間を持たせた。

携帯電話が鳴り出し、私はフォークを取り落としそうになった。喜美恵が透き通った笑顔を浮かべる。私に向かって手を差し伸べ、「どうぞ」と言った。

私は彼女に謝って席を立ち、小走りに店の出入口に向かった。外へ出て、階段の踊り場で電話に出る。

「鳴沢です」

「桐生だがね」いつもの無愛想な声が耳元に響く。「今、ちょっといいか？」

「どうぞ」私は慌てて、口の中に残っていたチキンを飲み込んだ。

「こっちの事件でも目撃者が出たんだ」

「ええ？」

「目撃者」うんざりした口調で桐生が言う。「それで、似顔絵を作ったんだがね、確認しておきたいんだ。あんた、魚沼の事件の目撃者に事情聴取したよな？　その人に、こっちの似顔絵を見てもらいたいんだ」

「ああ」私は、店の中を覗き込んだ。喜美恵は、つまらなそうな顔をして、組んだ足をぶらぶらさせている。初めてのデートの締めくくりとしては少しばかり刺激的だろうか？　君に見て欲しいものがあるんだ。容疑者の似顔絵なんだけど、これから西署までドライブしないか？

「いいですよ。署に行けばいいですか？」

「おめさんの方の証人、今からでも連れて来られるかね」

「たぶん」言いながら私は、この状況を頭の中で反芻《はんすう》し、笑いを嚙み殺した。笑いながら、驚いていた。これは、あくまで仕事だ。捜査の一環だ。仕事中に笑ったことなど、一度もなかったはずなのに。しかし、不思議と罪の意識は感じなかった。

「で、そっちの似顔絵は魚沼の似顔絵と似てるんですか？」

「似てるかもしれんし、似てないかもしれない。何しろ、魚沼の似顔絵には目がないからな。何とも言えないよ」

「じゃあ、やっぱり本人に確認してもらいましょう。はっきりした似顔絵を見たら、何か思い出すかもしれない」

「そういうことだ。で、どれぐらいでこっちへ来られる？」

「さあ」デザートまで食べる時間はあるだろうか？　それぐらいは許される気がした。いや、とにかくデザートは食べよう。何だったら、コーヒーのお代わりをしてもいい。西署へ行けば、仕事になるのだ。もう少しだけ、仕事抜きで喜美恵と話していたかった。

そんなことを考えている自分に驚きながら、私は、なぜかにやついていた。自分の中に、自分でも知らない一面を見つけることができたからかもしれない。

「とんだデートになっちゃったね」そう言いながらも、喜美恵はそれほど不機嫌そうではなかった。ゴルフの助手席に座り、時折私の顔をちらちらとうかがっている。

「悪いね。まさか、こんなことになるとは思わなかったよ」

「でも、普通のデートだったら、こういう体験はできないでしょう？　まあ、人生経験にはなるんじゃないかな」

「普通の人は、事件と関わることを『人生経験』とは言わないよ」

「じゃあ、私は普通じゃないのかもしれないね」

新潟市の中心部と西の郊外を結ぶ一一六号線は、朝夕は通勤ラッシュでいつも渋滞するのだが、さすがに九時を回ったこの時間になると、車も少ない。私は、少しだけ制限速度を超えて車を走らせた。

「大丈夫？」

「何が？」

「似顔絵を見て、フラッシュバックを起こしたりしないかな」

「まさか」喜美恵が高い声で笑った。白い喉《のど》が露になる。「そんなにヤワじゃないわよ。それに私はただの目撃者で、事件には関係ないんだから」

「実は、湯沢のホテルのトイレ、あそこの洗面台で血液反応が出たんだ」

こちらを向いた喜美恵の顔は、微かに蒼褪《あおざ》めていた。

「本当に？」

「本当に」

喜美恵が唇を軽く嚙む。腿の上で握り締めた手に、細い筋が浮いた。

「私、やっぱり犯人を見てたんだ」

「その可能性は高いね」

「ねえ、もしも私に何かあったら——」

「何もあるわけないじゃないか」私は努めて軽く言ったが、喜美恵はなおも真剣な調子で続けた。

「もしも私に何かあったら、守ってくれる?」ヤワじゃない、と言った彼女の台詞は強がりなのだ、ということがすぐに分かった。

「もちろん。証人を守るのも仕事だよ」

「警察官として?」

私は唾を飲み込んだ。違う、鳴沢了という人間として、君を守る。そう言うのは簡単だ。しかし、言葉には何の重みもない。ここで何を保証しても、一時間後には乾いた残骸になって、冷たい空気の中で砕けてしまうだろう。彼女の記憶には残るかもしれない。私の記憶にも残るかもしれない。しかし、言葉は実体を持たないのだ。

私は、「もちろん」と答えていた。彼女は、その意味をどう受け取るだろう。私の言葉は、結局は空気の中に溶けてしまうのだろうか。

「間違いないですか?」

西署の刑事が、三度目の同じ質問を喜美恵にぶつけた。

「たぶん……間違いないと思います」

喜美恵の反応は、繰り返される度に弱くなっていった。刑事が溜息をつき、私に向かって顎をしゃくる。私たちは、刑事部屋の隅に行った。ロッカーの陰になって、喜美恵の顔は見えない。

「飲んでるのかね、あの人」

「酔っ払うほどじゃないでしょう」ワインをグラスに二杯だ。酔っているはずがない、と私は自分に言い聞かせた。

「信用しても大丈夫かね」

「ええ」

「本当に？」

私は相手を睨みつけた。

「当たり前じゃないですか」

「ま、あんたがそう言うなら」

「大丈夫ですよ……で、こっちの目撃者は誰なんですか？」

「近所の人が二人ばかり、見ている。一人は、似顔絵の男が、被害者の家の前を足早に歩いて行くところを見ているし、もう一人は、そこから五十メートルぐらい離れた場所で、たぶん同じ男が大慌てで車に乗り込んで急発進させたところを目撃してるんさ。二人の話を合わせて似顔絵を作ったら、あんな感じになったわけだ」

「直接家から出てきたのを見たわけじゃないんですね？」

刑事が、唇の端に薄ら笑いを浮かべる。

「もしもそうなら、この似顔絵、とっくに公開してるよ」

「でしょうね。車のナンバーは？」

皮肉な笑いが少し小さくなる。

「残念だけど、ナンバーまではね。そこまで見てれば、照会もできるんだけどな……車自体も、何の変哲もないセダンだったらしい。車を目撃したのが七十幾つのバアサンでね、車種も分からなかったんだよ」

「仕方ないですね」

「仕方ないな」刑事が肩をすくめる。「じゃ、これで一応、確認はできたことにしよう。悪かったね」

「いえ」

「それで、あんたの方の目撃者なんだけど、あの顔に見覚えがあるとかないとか聞いてるけど、どうなんだ？」

「今、必死になって思い出してると思いますよ。でも、人の顔と名前を覚えるのが苦手だって言ってましたから」

刑事がロッカーの陰から喜美恵を覗き見た。私の方に振り返ると、彼女に向けて親指をぐい、と突き出して見せる。

「あんたの知り合い？」

「中学校の同級生」

「送ってやるのか？」

「もちろん」私は唇を引き結び、自分の中に湧きあがって来た苦い気持ちを抑え込んだ。先ほどの、酔ったように陽気な気分は、とうに吹き飛んでしまっている。

結局私は、何も変わっていない。関係者と個人的に付き合ってしまった。教科書では、やってはならないことだと教えられている。枠をはみ出してしまった、という思いだけが強く残った。

「送っていきますよ。仕事ですからね」

家へ向かう車の中で、喜美恵は終始無言だった。私は頭の中で覚えていた住所を頼りに車を走らせた。一一六号線を東へ走って新潟島に入り、柾谷小路を万代橋方面へ。

礎町《いしずえちょう》で左折し、信濃川沿いの道に入って、まだ真新しいマンションの前に車を停めた。

喜美恵が、驚いたように口を開いた。

「私の家、どうして知ってるの？」

「この前似顔絵を書いたとき、調書を取っただろう。そこに住所も書いたじゃないか」

「それだけで覚えちゃうんだ」

「人の名前と住所を覚えるのだけは、得意でね」

喜美恵が、「そういう能力、私にも半分分けてもらえないかな」と、冗談とも本気ともつかない口調で言った。

「半分は慣れだよ」

「そうかな」

コーチの大きなバッグの肩紐をいじりながら、喜美恵が溜息をつく。私の方を振り向くと、固い笑みを浮かべて、吐息と一緒に、「何だか、ね」と言葉を吐き出した。

「がっかりした？」

「いや、ちょっと緊張しちゃった」

「悪かった。でも、どっちにしろ、今日の新しい似顔絵は、君に見てもらう必要があったんだ。明日でも良かったけど、たまたま一緒にいたんだし、早い方がいい」自分の台詞が無用の言い訳であるように感じて、私は一瞬だけ口をつぐんだ。「だけど、白けちゃったな」

「でも、デザートもちゃんと食べたし」

「美味かったよ」私は笑顔を浮かべようとしたが、頭の中では、金属を無理に折り曲げるような嫌な音が聞こえていた。「また、一緒に食事しようか」

「そうね」喜美恵は、またバッグをいじった。今までに見たことのない、いじいじとした仕草だった。「ちょっと、言っていい？」

「どうぞ」

「刑事の仕事って、夜中に呼び出されたり、休日が潰れたり、そういうのも当たり前だよね？」

「そういうことは、多いよ」胸の中で、何かがじゃりじゃりと音をたてる。

「一緒に食事をしていても、途中で抜け出さなくちゃいけないこともあるでしょう？」

「あると思うよ。残念ながら、女の子と食事している時に呼び出されたことはないけど――つまり、女の子と食事したことなんて、ここのところ、全然ないから」

冗談のつもりだったが、喜美恵は真面目な表情で頷いた。

「女の子と食事してる暇もなかったのね」

「まあ、そういうこと」

喜美恵がおずおずと手を伸ばし、私の手に触れた。私は、花を摘《つ》むように、彼女の手をそっと握った。強く握れば、二人の間に流れる微妙な空気さえ凍りつき、粉々に崩れ落ちてしまいそうだったから。

「ごめんね、私、ちょっと動転してるんだと思う。あなた、今夜は本当に嫌な気分だったんでしょう。だから私を呼び出して、食事をしながら愚痴《ぐち》を聞いてもらいたかった。それだけなんでしょう?」

「ああ」私は唇を舐《な》めた。「本音を言えば、そんなところだ。普段は、何かあっても他人に愚痴を零したりしない。だけど、身内のことだから……どこにも持って行きようがなかった」

「それは、いいの」喜美恵が慌てて首を振った。「誘ってもらって嬉しかったし、人の愚痴を聞いてあげるのって、結構得意だから。セラピストになれば良かったかもしれないって思う時があるぐらい。だけど、途中で急にあんな呼び出しがあって……私だって、恐くないわけじゃないのよ。あなたに湯沢の事件のことを話してから、何だか恐くて。間違ったことをしたわけじゃないし、別に何も起こらないとは思うけど、それでも、何かあったらどうしようって思って。警察に行ったら、そういう気持ちが、またはっきりと出てきちゃったのよ」

「悪かった。でも、どうしても君の協力が必要だったから」

「分かってる」喜美恵が激しく首を振った。「分かってるけど……」

私は、喜美恵の手を少しだけ強く握った。冷たく、固い手。しかし彼女が握り返してきた時、私はその手に流れる血の温かさをはっきりと感じていた。

「あの顔、まだ思い出せないか？」西署で作った似顔絵には、目が入っていた。がっしりとした四角い顎、顔の輪郭は、喜美恵が見た相手と良く似ている。しかも、目が入ったせいで、さらに具体的になってきた。私の印象は「生真面目そう」だ。定年まで勤め上げたサラリーマンか、自営業でも手堅い商売をしている人間のように見える。

喜美恵が首を振る。

「ごめんね」

「いや、いい。君には本当に助けてもらってるんだから。もしも、また何か思い出すことがあったら――」

「結局、仕事の話になっちゃうんだよね」

私は、結婚している先輩たちの、定番の愚痴を思い出していた。どうしてあんただけが忙しいの、と事あるごとに妻から文句を言われる毎日。確かに息が詰まるだろう。私は——いや、何を考えているのだ。

「仕事の件は、これで終わりだよ」

「デートも終わりね」喜美恵が腕時計に目を落とした。驚いたように目を丸くしてみせる。「やだ、もう十一時を回ってるんだ」

「親がうるさい？」

「そうなのよ」

「ずいぶん厳しいんだね」

「まったくね。うちの両親、二人とももう還暦なんだよ。いい年して、娘もいい年なのに、心配ばかりしてる」

「このマンション、最近引っ越してきたんだろう？　君の家、昔は湊町《みなとまち》通の方にあったよね」

「そう。でも、父が定年になって、それをきっかけに引っ越したの。年を取ると、マンションの方が楽なんですって。バリアフリー・マンションで、家の中に段差がないのよ。親が年を取ると、自分も年を取ったなって、つくづく考えちゃうね」

「警察の事情聴取で遅くなったって、俺が言ってやろうか？」

「やだ、そこまで信用されてないわけじゃないわよ。それに、私が湯沢の件で警察に協力してることは、親は知らないの。あなたが説明したら、かえって心配するわ」小さな溜息。「じゃ、行くね」

喜美恵が、ゆっくりと私の手を離した。自分が名残惜しいのではなく、私を傷つけまいとするような仕草だった。私は、ドアに手をかけた彼女の腕をつかんだ。驚いたように、喜美恵が振り向く。

「また、誘うよ」

「でも」

「誘う」私は、自分に言い聞かせるように強い口調で言った。「仕事のことは……忘れてくれ」

「あなたの顔を見ていると、どうしても思い出しちゃうわよ」喜美恵は何とか笑おうとして、結局その努力を放棄した。困ったように息を漏《も》らす。「仕方ないんだけどね」

「セラピストが向いているかもしれないって言ってたよね？　人の愚痴を聞くのが得意だって」

「ええ」

「他人の愚痴を聞くのはもうやめにしないか？　誰かの悩みを聞くなら、俺のだけにしてくれないかな」

喜美恵が一瞬口を開き、花が枯れるようにゆっくりとすぼめた。弱い街灯の光しか届かない車内で、彼女の唇は赤にも黒にも見えた。ややあって喋り出した彼女の声はかすれていた。

「ちょっと、早過ぎない？」

「そうかな」

「あなたを背負うには、早過ぎるよ。それに、あなたと私の体重差を考えてみて」

喉が渇いた。冗談だと分かっているのに、少しも笑えない。

「俺は、重いか？」

「考えてみて」喜美恵が、今度こそドアに手をかけた。私は、今度は手を伸ばし損ねた。

「でも、問題はそういうことじゃないのよ。あなたは今夜、私にいろいろ愚痴を零した。でも、アドバイスしてくれとは言わなかったでしょう？　それはたぶん、あなたがもう答えを知っているからよ」

「そんなこと、ない」

「そうかな。あなたの場合、問題も答えも分かってるのに、それを他人に見せないことが問題なのかもしれないわね。あなたは、自分の周りに高い壁を巡らしているのよ。でも、そのことにも気づいてないんでしょう？」

なじるような口調だった。それでも喜美恵は、最後に笑顔を浮かべて小さく手を振り、玄関ホールに消えて行った。

運転席に座ったまま、私は誰もいない玄関ホールを外から眺めた。漏れ出る白い光が、道路にまで明るい色を振りまいている。柔らかく、穏やかな光。そこに私は、生活の匂いを嗅いだ。このマンションの中に、喜美恵の日常がある。六十を超えて時間を持て余している両親と食事をし、自分の部屋では小さな観葉植物に毎朝水をやって――私は頭を振った。

私が答えを知っている？　喜美恵は確かにそう言った。そうは思えなかった。自分が何を望んでいるのか、これからどうしたいのかさえ、分からない。

大西が、落ち着きなく周囲を見回した。窓際から離れ、ホールの中央付近を旋回するようにうろついている。

「海君」私はわざと苛ついた口調で彼を呼んだ。がらんとしたホールに、私の声が不自然な反響を伴って響く。「落ち着けよ。ちょっと遅れてるだけじゃないか」

「違いますよ」首を振りながら、大西が答えた。「俺、実は……」

「高所恐怖症だから窓に近寄れない、と」

大西が目を丸くした。

「どうして分かるんですか？」

私は小さく溜息をついた。

「冗談だと言ってくれよ、海君。高所恐怖症の刑事なんて、洒落《しゃれ》にならない」

「何か変ですよ、それ。刑事が高所恐怖症だって、おかしくないでしょう」

「そうかもしれないけど、君が高所恐怖症っていうことが、何か変だ」

「まったく、何でこんな場所を指定してきたのかな」大西がぶつぶつと文句を言った。

「知らんよ。街中に出て来るから、ここが便利だって、向こうが言うんだ。仕方ないだろう。それより君も、佐渡で育って六日町で暮らしているからって、高い所が恐いっていう言い訳にはならないよ」

この日の朝、私たちは天啓会の関係者に電話を入れた。冨所安衛《とみどころやすえ》。布教部副部長。新潟にほど近い豊栄《とよさか》に住んでいるが、新潟に出てくる用事があるので、そちらで落ち合いたい、と言って来た。家族には知られたくない、とも。

冨所が約束の場所に指定して来たのは、NEX21の展望台だった。旧市役所跡に建てられた複合ビルで、飲食店や雑貨店、ファッション関係の店が入っている。十九階は展望台で、新潟の一番新しいデートスポットだ。

私は、窓から新潟の街を見下ろした。新潟には、昔から日本海タワー、レインボータワーという二か所の展望施設があるが、最近になって仲間入りしたNEX21は、繁華街の真ん中にあるという点が、この二つとは決定的に違う。本来外から見るべき街の賑《にぎ》わいを足元に見るのは、何か奇妙な感じがした。

入船町付近の、ごちゃごちゃと折り重なる昔ながらの住宅街の向こうに、信濃川が流れる。対岸には、新潟港の施設、さらには工業地帯が広がっている。眼下には墓地。その北側は、西大畑町、二葉町という昔からの高級住宅街だ。さらにその奥は、海風を防ぐための松林になっている。そして、のっぺりとした日本海。十一月にしては穏やかな晴天の日だったが、わずかに靄《もや》がかかり、佐渡は見えない。

建物に埋め尽くされた市街地の風景を眺めながら、私はやはり、市内を流れていた掘《ほり》割《わり》は残しておくべきだったのではないか、とふと思った。もちろん、私が物心ついた頃には、新潟を象徴する名物だった柳の木は消え、掘割は整然とした幅広い道路に代わっており、「柳都」という風流な言葉そのものが、歴史の中に消えていた。私が見た柳都の光景は、古いモノクロ写真の中だけに存在するものである。街中を縦横に掘割が走っている光景は、穏やかで、平和に見えた。こんな街なら、犯罪も起こりにくいだろう。掘割が、犯人の逃走を妨げてくれる。

想像が散り散りになり、眼下の光景がかすみ始めた頃、私は声をかけられた。

「刑事さん？」

振り向くと、冨所らしい小柄な男が、左右の足に順番に体重をかけながら、落ち着かない様子で立っていた。高所恐怖症だと言っていた大西が、窓際にいる私の側にすっと寄って来る。

「冨所さんですね？」

私が訊ねると、冨所は小さく頷き、一瞬躊躇った後に、私たちの方に近づいて来た。大きなチェック柄のジャケットに茶色いコーデュロイのズボン。ほとんど髪のなくなった頭に、ベレー帽をちょこんと乗せていた。

冨所が、困惑と笑顔の中間で揺れるような表情を浮かべながら、おずおずと切り出してきた。

「『天啓会』のことでしたね？」

私は小さく頷いた。

「そうです。あなたは、布教部で仕事をしていましたね。道場にも住み込んでいたんでしょう？　『天啓会』の内部事情には詳しいと思いますが」

「それは……どうでしょうか。あなたが期待しているような話を、私が知っているかどうか」

「それは、聞いてみないと分かりません」

「昔の仲間と久しぶりに話しましたよ」冨所が、溜息と一緒に言葉を吐き出した。「まあ、不思議なものですね。今考えると、あの頃の私たちは、熱病に浮かされたような感じだった。どうして『天啓会』のような集団に巻き込まれたのか、良く分かりませんね」

「巻き込まれた？　自分の意志じゃなかったんですか？」

「私は知り合いに誘われたんですよ。飯塚さんと言う人なんだが」

「飯塚さんとは話をしました」

冨所が小さく頷く。

「彼から電話がかかってきました。先生のことですね？　誰に殺されたのか、まだ見当がつかないんですか？」

私は、ゆっくり首を振った。大西が背広の内ポケットから、西署で作った似顔絵を取り出す。丁寧に折り目を伸ばし、冨所の前で広げてみせた。冨所は目を細め、次いで眼鏡をかけた。微かに震える手で似顔絵を受けとり、じっと見つめる。紙も手と一緒に震えていた。やがて顔を上げ、眼鏡を外して、眩《まぶ》しそうに私を見る。

「この男が？」

「現場近くで目撃された男なんです。この男が犯人かどうかは、今のところまだ分かりません。見覚えはありませんか？」

「残念ですけど」冨所が申し訳なさそうに言って首を振った。「この男が本間先生を殺したんでしょうか」

「まだ、断定できません。それより、これで『天啓会』の関係者が二人も殺されたわけです」

冨所の顔から血の気が引いた。

「あなた、私を脅すつもりですか？」

「どうしてですか？」私は畳みかけた。畳みかけ、脅してでも、何かを引き出さずにはいられない。天啓会の関係者は、誰もが何かを隠しているように思えた。それこそ、父が一番馬鹿にする「勘」かもしれなかったが。「あなたも殺されると思っているんですか？『天啓会』の関係者だから？『天啓会』の関係者ばかりが狙《ねら》われる理由でもあるんですか？」

「そんなこと、私に分かるわけないでしょう」冨所の顔から恐怖の表情が消え、憤慨の色が浮かんだ。「そういうことを調べるのが、あなたたちの仕事じゃないんですか」

「冨所さん、久しぶりに『天啓会』の昔の仲間と話したと言ってましたよね。何を話したんですか。次は誰が殺されるかとか、そういう話題ですか？」

「やめてくれ！」冨所が、喉の奥から搾り出すような声を上げた。唇が震えているが、怒りのためか恐怖のためかは、私には判断できなかった。

「だったら、何の相談をしていたんです？　口裏合わせですか」

「冗談じゃない。なんで、口裏を合わせる必要があるんだね。昔の仲間が殺されたから、お悔やみを言い合っただけですて」

「そう、ですか」

私は、冨所の方に手を伸ばして、彼から似顔絵を受け取った。もう何百回見ただろう。顔の特徴の一つ一つが、頭の中に刻み込まれている。疑問は二つしかない。こいつが二人の人間を殺したのか。そして、こいつは天啓会に関係のある人間なのか。

「池内康夫の事件はどうなんですか」大西が横から割って入った。よしよし、と私は心の中で彼を誉めた。この坊やも、ようやくタイミングというものを覚えてきたようだ。

「池内康夫？」冨所が口を歪めて大西を見た。ひどくわざとらしい仕草のように、私には思えた。「覚えてませんね」

「出入りの米屋を殺した男ですよ」

冨所は渋い顔をして、頰の内側を嚙んだ。ややあって、「ああ」と短く言う。

「思い出しましたか？　あなたはその時、現場にいましたね」

「ええ」

「現場の様子を覚えていますね？　大騒ぎだったはずだ」

「確かに大騒ぎだったけど、皆が騒いでいる周囲で恐々《こわごわ》見ていただけですよ。それに、私はあの事件があった時間帯は、外出していたんです。戻って来た時には、もう警察が来て大騒ぎで、康夫が引っ張られて行くところでした。どっちにしろ、私は下っ端でしたから、詳しい様子は良く分からない」

「副部長が下っ端ですか」

大西が質問すると、冨所の唇が皮肉に歪んだ。

「若かったんですよ、私は。二十歳を過ぎたばかりだった。肩書きだけはもらっていたけど、実質的に何かを任されていたわけじゃありません。言ってみれば、雑用係の統率役ぐらいの感じでね」

「雑用係だったら、殺された米屋のことも良く知っていたでしょう」と大西。「例えば、被害者が本間さんに迫っていたとか」

冨所の表情がわずかに崩れた。真面目な顔つきがひび割れた下から、微かに好色な表情が覗く。

「確かに、本間先生はお綺麗だったから」

「『天啓会』の人たちはみんなそう思っていたんですか」

私が訊ねると、冨所がまた不愉快な仮面を貼りつけて聞き返した。

「何が言いたいんですか？」

「美しい戦争未亡人と、その周りに集まった男たち、ですよ。あなたたちは、インチキ終末論の教えに惹《ひ》かれて集まっただけなんですか？」

「あなたは、本間先生を侮辱する気か？」握り締めた冨所の拳がぶるぶると震えた。

「私たちは――私たちは、そんなインチキな集まりじゃなかった」

「でも、本間さんは地震を予言してそれが外れました。そのことが引金になって『天啓会』は解散してしまったんでしょう。そういうのがインチキじゃないとすると、何がインチキなんですか」

冨所の怒りが急速に萎《しぼ》んだ。握り締めていた拳を開き、腕をだらんと垂らす。

「あれは……ショックでした。私たちは本間先生を信じていたから。大地震が来たら、また終末が来るんです。そうしたら、私たちの会の教えを本気で聞く人も、もっと増えたはずだった」

インチキだ、と畳みかける言葉を、私は何とか飲み込んだ。

「あなたにとって、『天啓会』は何だったんですか？」捜査には直接関係のないことだが、そう聞かざるを得なかった。天啓会の関係者に会うたびに、妙な気持ちにさせられる。彼らはいずれも、天啓会を抜けてからまともな職業につき、人生の大半を、レベルの差こそあれ、成功者として過ごした。そして天啓会のことを語る時には、初恋の想い出を物語るような顔つきになり、本間あさについて言及する時には、口調まで丁寧になる。何なのだろう。天啓会は単なるカルトではなかったのか。

「ある時期、私にとって『天啓会』は、間違いなく心の支えでした」冨所は落ち着きを取り戻していた。「もちろん、本間先生の予言が外れた時はショックで、裏切られたような気持ちにもなりましたよ。それで、他の仲間たちと一緒に会を離れたんですが……今でも、あの教えが頭の中にぽっと浮かぶことがあるんですて。終戦当時の混乱に比べればましかもしれないけど、今もそんなにいい時代じゃない。もしかしたら私たちは、何度目かの終末を迎えているのかもしれない、とか考えたりしますね。私は『天啓会』を脱退した後、家業の食料品店を継ぎました。親も、変な宗教から抜け出したって、喜んで迎えてくれましてね。でも、あなたたちはどう考えているか知らないけど、『天啓会』はいわゆるカルト教団ではなかったんですよ。出るのも入るのも自由だし、妙な儀式があるわけでもなかった。私は確かに道場で暮らしていましたが、好きな時に家に帰ることもできましたからね」

「スーパーの経営を始めたのは昭和五十年頃ですね」事前に調べた情報では、冨所は豊栄市内と、隣接する新潟市太夫浜《たゆうはま》で二軒のスーパーを経営している。本人は既に一線から退き、今は実質的に息子が経営者になっているはずだ。新潟で俳句の会に参加するのが趣味で、今日も句会に来る途中でここに立ち寄ったのだ。

私の問いに、冨所の顔が少しだけほころんだ。

「小さな食料品店だけではやっていけない時代でしたからね。今考えると思い切ったものだけど、あれも実は『天啓会』で学んだことが役にたったんじゃないかと思います」

「『天啓会』では経営学も教えていたんですか？」

冨所は、私の皮肉を無視した。

「店が行きづまっている時でしてね。その時私は、これも小さな終末かもしれない、と考えたものです。そう考えることで気持ちが楽になったんですよ。これは、やり直す良い機会だ、と考えるようにしてね。都合の良い話かもしれませんが」

冨所が窓際に歩み寄った。しばらくガラスに額をくっつけるようにして景色に見入っていたが、やがて私の方を振り向いた。私は彼の横に並んで、遠くに日本海が広がる光景を眺めた。

「あそこにフジカラーの看板が見えるでしょう。その奥に、グラウンドがありますよね。あのグラウンドの脇に、道場があったんですよ。平屋建てで、ちっぽけな、冬になると雪混じりの風が吹き込むような粗末な道場でした。でも、あの頃は——」

あの頃は良かったのか、という質問を、私は飲み込んだ。良かったのだろう。混乱の中で、それでも頼るものがあった時代。全てを「教え」という抽象的で曖昧なものに委《ゆだ》ねる快感を、私は想像した。

少し感傷的な表情をしていた冨所が、苦笑いを浮かべた。

「申し訳ないですね、お役にたてんで。あの会のことになると、私は今でも冷静でいられない。あなた、学生時代に何かスポーツをやっていましたか？」

私は頷いた。冨所も深く頷く。

「その頃の仲間のことを思い出すと、どんな感じがします？　今になってけなされたらどんな気分ですか。あなたは今日、私の過去を土足で踏んだんですよ。でも、まあ、いい。全部昔の話です。これでよろしいでしょうかね」

私は、微かな罪の念を感じ、冨所に向かって小さく頭を下げた。冨所は寛大な笑顔を浮かべ、踵を返したが、二、三歩歩いたところで振り返り、戻って来た。少しばかり思いつめたような顔をしている。

「その似顔絵、もう一度見せてもらえませんか」

私は黙って似顔絵を差し出した。冨所は眼鏡をかけなおし、とっくりと絵を眺めた。

顔を上げずに訊ねる。

「この絵、どこまで似てるんでしょうか」

「それは、何とも」

「六十歳か、もっと年上だろうか」

「見た限りではそうですね」

冨所が、白い髭《ひげ》が所々残っている顎を撫でた。

「あまり本気にしないで欲しいんですが。私も自信がないんでね」

「何ですか？」

「逮捕された池内という人間がいましたね。池内康夫。あいつにどことなく似ているような感じがするんです」

「本当ですか？」

冨所が、自信なさげに首を振った。

「いや、間違ったことを言ったら申し訳ないすけ……でも、そうですね、あの頃康夫は

かもしれないし、そうではないかもしれない……


二十歳ぐらいだったかな？　もしもあのまま年をとっていたら、こんな顔になっていたかもしれない。いや、でも、似顔絵だから当てになりませんよね。二十歳の頃の顔から、七十歳の顔を想像するのは難しいし。すいません、忘れて下さい」

似ている。似顔絵の男と池内康夫が似ている。また父に馬鹿にされそうだが、私の勘は、理性を置き去りにして全力疾走を始めていた。何か関係があるのか？　これは、五十年前の亡霊が現在に蘇《よみがえ》った事件なのか？

「じゃ、これで失礼しますよ。今の話は、あまり当てにしないで下さいね」

「冨所さん」私は、半分向こうを向きかけた冨所に声をかけた。「池内さんの写真はありますか？」

「康夫の写真？」冨所は拳に顎を乗せ、首を傾げた。「いや、どうでしょうね。押し入れの中でもひっくり返したら見つかるかもしれないけど、分からないな。確かに、康夫の写真を撮ったこともあるはずだけど、集合写真ぐらいしかなかったんじゃないかな」

「探して下さい」

「じゃあ、句会が終わって家に戻ったら――」

「今すぐです」私は即座に言い返した。「今すぐ家に戻って探して下さい。私たちが送りますから」

「しかし」

「今すぐです、冨所さん」

第七章　遠い足音

家に来るのだけは勘弁してくれ、と泣きつく冨所を強引に説き伏せ、私と大西は彼の家に乗り込んだ。冨所の妻と嫁が、不審そうな、怯《おび》えたような目つきで眺める中、私たちは押し入れの古い荷物をひっくり返し続けた。昼飯を抜き、出された茶を断る。一時過ぎになって、ようやく大西が目当ての写真を見つけ出した。冨所さえ、その存在を忘れていた古いアルバムの中の集合写真である。

西署に取って返し、集合写真を大きく引き伸ばした。机の上に写真と似顔絵を並べ、私と大西、桐生、それに加えて数人の刑事が吟味にかかった。

「似てると言えば似てる」桐生が言った。「ただし、誰かに指摘されないと分からないな。黙ってこの二枚を目の前に出されても、同じ人間だとは思わないだろう」

私は目を細めて、二人の男の顔を交互に睨んだ。

「桐生さんは別人だと思うんですね？」

桐生が、自信なさそうに首を振る。

「分からん。あまりはっきりしたことは言いたくないね」

「似顔絵から五十年をマイナスしてみて下さい。どうですか？」

桐生が逆に訊ねた。

「おめさんこそどう思うね、了」

「そう、ですね」私は答えをぼかした。

「同一人物だと思うか」桐生がしつこく畳みかける。

「係長、まさか、池内康夫が生きているとでも思っているんじゃないでしょうね」

「死んだんだろう？」

「間違いなく死んでます」大西が割り込んで答えた。「その件は、確認済みです」

「じゃ、この似顔絵とこの写真、何の関係があるんだ」露骨な疑念が、桐生の顔に大きく広がった。「本人じゃないとすると、誰なんだ。家族か？」

「あるいは」言いながら私は、そんなことはないはずだ、と自分に言い聞かせた。池内康夫は、長岡の空襲で家族を全員亡くしているはずである。

私は、引き伸ばされた写真と似顔絵を重ねた。

「係長、現場に何か遺留品は？」

「今のところ、ない」

「犯人は、慣れてきたのかもしれないな」

「慣れたって？」

「湯沢の時は、現場近くに包丁を捨てているし、ホテルでも姿を目撃されている。今回も姿は見られているけど、凶器を残すようなヘマはしなかったでしょう」

包丁を捨てたことが犯人の失点になったかどうかと言えば、現時点では「ノー」である。湯沢の事件で使われた包丁はごくありふれたもので、四国にある製造元の話では、今年に入ってからだけでも、全国各地に一万丁以上を出荷しているという。包丁の線から犯人を追うことは、事実上不可能なのだ。西署の事件でも、凶器は包丁らしいと推測されていたが、こちらは現物が残っていないので、照会しようもない。

「よせよ、了」桐生が微かに身震いしながら言った。「それじゃ、これからも続けて殺しが起きるみたいじゃないか」

「これで終わりという保証はありません」

悪夢を振り払おうとするように桐生が激しく頭を振り、話題を変えた。

「さて、この写真をどうするかだな」

「俺に任せてもらえませんか」

「どうするつもりだ」

「調べます」

「何を？」

「まずは、何を調べるべきかを調べるんですよ」

桐生が渋い顔をした。

「魚沼の方はどうする」

「どう動いても、この件は魚沼の事件につながるんですよ。係長、こうなったら、二つの事件が関係してないなんて、誰にも言わせませんよ。早く合同捜査本部にした方がいいんじゃないですか」

「それは、俺が決めることじゃないよ」

「誰が決めてもいいんです。いつまでも魚沼と西署がばらばらに動いていたら、この事件の本質を見誤りますよ」

「だから、本質っていうのは何なんだ？」

「分かってたら、答えを言ってます」

桐生が思い切り顔をしかめた。

翌朝、私は新谷からの電話で叩《たた》き起こされた。

「了、新聞、見たか？」

「まだですけど」私は、欠伸を嚙《か》み殺しながらベッドの中で起き上がった。「何事ですか？」

「東日だ。あのな、本間あさ、それに平出正隆が『天啓会』の幹部だったって出てるんだよ」

「何ですって？」カフェインを喉《のど》の奥に直に放り込まれたように、きりきりと胃が痛んで一気に目が覚めた。思わず胃を拳《こぶし》で押さえつける。

「やべえな」新谷が押し殺した声で言う。「何とかここまで隠し通してきたんだが……これで、動きにくくなるかもしれない」

「いや、かえっていいチャンスですよ。新聞に先を越されるわけにはいかないでしょう？　これがきっかけになって、こっちにも人手を割いてくれるんじゃないかな。逆にありがたいぐらいですよ」

「怒ってないのか、お前？」

「怒ってますよ。当たり前じゃないですか」手近には、投げつけるものがない。代わりに私は、蒲団を絞り上げた。「誰が漏《も》らしたのか知らないけど、分かったらぶっ殺してやる。どうせ上の方なんでしょう？　調子に乗ってぺらぺら喋った奴がいるんですよ」

「まあまあ」新谷が、なだめるように声を低くした。「記事の内容そのものは、大したことはないんだ。二人が五十年前に『天啓会』という宗教団体に入っていたっていう事実関係だけでさ。それ以上の話はない。見出しには驚かされたから、お前に電話しなくちゃいけないと思ったんだが」

「だけど、その記事を読んだ人はどう思いますかね」

「読んだ人間がどんな感想を持つかなんて、俺らが気にする必要はないんさ。あまりかりかりするなよ」

「してませんよ」

言いながら私は、時計をちらりと見た。七時。とにかく新聞を手に入れよう。それから——誰がこの情報を漏らしたのか、私はすぐに、一人の男の名前を思いついた。どうする？　締め上げるべきか？

分からない。しかし、何をするにしても、その前に一言、言ってやらなくては気がすまない。

「東日に『天啓会』の件を喋ったの、緑川さんですか？」

緑川が、ゆっくりと私の方に顔を向けた。私がハンドルを握り、緑川は助手席。私は真っ直ぐ前を向いたまま、赤信号を睨んだ。

新谷に叩き起こされた直後、私は家を飛び出し、自宅を出る直前の緑川をつかまえた。西署まで送る、と申し出ると、緑川は、一瞬だけ訝しげな表情を浮かべたが、結局は何も言わず、助手席に腰を落ち着けた。

「今朝の記事のことかい？」

「緑川さん、東日の長瀬はお友だちですよね」

「ああ」

「だったら……」

「馬鹿言っちゃいかん」緑川が丁寧に、しかし断固とした口調で言った。「ばらしちゃいけないネタかどうかぐらい、分かってる。俺はいつも酔っ払ってるが、馬鹿じゃない」

「じゃあ、誰なんですか」

「知らんよ、俺は」

「課長？」

「さあ」

「西署の馬鹿署長ですか？」

「だから、俺は知らんて」緑川の声に、少しだけ苛々《いらいら》した調子が混じった。「冷静に考えろよ。この件が新聞に出たからって、おめさん、何か困ることでもあるのか？」

私は、むっとして顎《あご》を胸に埋め、フロントガラスを睨みつけた。緑川が、穏やかに説教するような口調で言った。

「もちろん、捜査は秘密厳守が第一だ。でも、新聞に情報が出たことで、新しい情報が集まることもあるんだよ。それぐらい、おめさんにも分かるだろう？」

「分かりますよ」

「いや、分かってないな。おめさんは、この記事を読んで頭に血が上っただけなんだよ。自分が探り出してきた話が、自分の知らないうちに新聞に出ちまったんで、かっと来ただけなんだ。冷静になれよ。こんな記事、どうでもいいじゃないか」

「でも、この件で、他の新聞も、これから面白おかしく書き立てるかもしれない。それに、新聞を使って情報を流すなら、一斉に流す方が効率的じゃないですか」

信号が青に変わった。私はゆっくりとアクセルを踏み込む。ちらりと横を向くと、緑川が爪をいじっているのが見えた。私の視線に気づいたのか、ゆっくりと顔を上げる。

「おめさん、人の心っていうのは大事だと思うかね」

「は？」

「取り調べの時に一番大事なのは何だね。相手の気持ちを理解することじゃないか？　俺たち刑事っていうのは、人が何を考えてるのか、どうしてそんなことを考えるのかを知るのが、仕事みたいなものだろう」

「だから、何なんです？」

「ブンヤさんの心理を知るのも大事だっていうことさ。連中は、一斉に流れた情報には食いつきが悪いんだ。ただし、『あんたの所だけだ』と囁《ささや》けば、見出しが一段大きくなる。それに、特ダネにした人間には、貸しができるじゃねえか」

「やっぱり緑川さんですか？」

緑川が、口の端に薄い笑いを浮かべた。

「さあ、ね。ただ俺は、情報操作をするほど器用でもないし、偉くもない。あまり過大評価するなよ。それよりおめさんはおめさんの仕事をすることだ。ブンヤさんに追い抜かれたら、笑い者だぞ」

「だけど、この線がどうつながって行くのか、俺にはまだ見えてきません」

「見えなくたっていいのさ」緑川が、私の肩にそっと手を乗せた。小さいが、柔らかく温かい手だ。「おめさん、調べてきたことを目の前に揃えて眺めていれば、それが突然一本の線につながると思ってるんだろう？　足りない部分がぱっと頭に浮かんで、さ。それが大事なんだよ。勘が、ね」

「魚沼の署長は、反対のことを言ってましたよ」

「おめさんの親父《おやじ》さんかね？」緑川が目を丸くした。「まあ、そうかもな。あの人は、全部が全部、理詰めだ。勘なんか信じてたら、足りない部分はいつまで経っても出てこないって思ってるんさ。まあ、それも一つの考え方だけどな」

「緑川さんは違うんですか？」

「俺は、古いタイプの刑事だからね。刑事の勘っていうのは、馬鹿にしたものじゃないと思うよ。自分の脚で歩いて、実際に目で見たものが、頭の中で蓄積されていって、ある時突然ぱっと一つになるわけだ。つながらなくても、一本の糸にするためには、あと何を探せばいいか、分かるようになる。そういうのは、コンピュータにはできないことだよ。馬鹿にしたものじゃない。さ、行けよ。俺はここから歩いて行く。あんたはあんたの勘を信じて、突っ走れ。もしも壁にぶつかって倒れたら、俺が骨ぐらい拾ってやるさ」

東日の記事がきっかけになったのかどうかは分からない。私の主張が認められたのかどうかも判然としなかった。しかし、その日の午後、捜査一課は魚沼署と西署の事件を同じ流れの中で扱うことを決定した。合同捜査本部とはしない。ただし、密に情報を交換し、一課が中心になって柔軟に今後の捜査方針を決定することになった。

私は、形の上ではこれまでと同様に、魚沼署の捜査本部に籍を置くことになった。仕事は変わらず、天啓会の内部事情の調査である。そのために、ようやく魚沼署の捜査本部からも人手が割かれることになった。そして状況説明のために、私は、一度魚沼署に顔を出すように命じられた。

関越道を走る車の中で、大西はどこかはしゃいでいるように見えた。今にも鼻歌を歌い出しそうな様子で、ハンドルに指を叩きつけてリズムを取っている。

「ご機嫌だな、海君」

「そんなこと、ないですよ」そう言う大西の口調は、笑い出す直前のような明るさだった。

「久しぶりに地元に帰るのは楽しいか」

「そういうわけじゃないですけど」

「魚沼みたいなクソ田舎でも、長くいると愛着が湧くものかね」

「そんなに田舎じゃないですよ。六日町にはマクドナルドもあるし」

「マクドナルドがあるって話題になること自体、そこが田舎だっていう証拠なんだよ」

「鳴沢さん、何でそんなに機嫌悪いんですか？」大西が遠慮がちに訊ねる。

「俺が不機嫌？　どうしてそう思う」

「だって、鳴沢さんの説が認められた形になったわけでしょう。もっと喜んでもいいと思うけどな」

「関係ないよ」

六日町のインターチェンジを降りると、大西の言う通りに、二五三号線沿いに大きな「M」の看板が見えてきた。周囲は、刈り取られた水田の茶色い傷跡が延々と広がる光景である。日本有数の米どころにマクドナルド。私は小さく首を振った。

「じゃあ、海君、せっかくだからマクドナルドで飯にするか」

「遅れますよ」

「いいんだよ。今日の主役は俺たちだ。少しぐらい遅れて行った方が、劇的になるんじゃないか」

「だけど」

「昼飯を抜いてるんだぜ、俺たちは。どうせ十分か二十分のことじゃないか」

大西は渋々同意し、一七号線との交差点の手前で右折して、車をマクドナルドの駐車場に入れた。

店に入り、それぞれ注文して席に着く。文句を言っていた大西が先にハンバーガーにかぶりついたが、私はそのままにしておいた。ミルクをちびちびとすすりながら、窓の外にぼんやりと視線をさまよわせる。

「食わないんですか？」大西が顔を上げた。上唇にオレンジ色のソースがついている。

私は黙ってハンバーガーの包み紙を開けた。

「鳴沢さん、ハンバーガーとか、好きじゃないんですか？」

「どうして」

「アメリカに留学してたんでしょう」

「そんなこと、君に言ったかな」

大西が慌《あわ》てて目を伏せる。うつむいたまま「緑川さんに聞きました」と白状した。

「あのオッサン、お喋りで困る」私は顔をしかめてやった。

「仲がいいんじゃないんですか？」

私は、今朝の緑川との会話を思い出していた。結局、肩透かしだったと思う。怒りの矛先をそらされ、振り上げた拳を自分の頭に下ろすしかなくなってしまった。

「酔っ払ってなければ、いい人だよ」

「そう言えば、良く飲みそうな感じですよね……鳴沢さんは飲むんですか？」

「変な奴だね、君も。俺のことなんか聞いても仕方ないだろう」

「そんなこと、ないですよ」大西が渋い表情を浮かべ、食べかけのハンバーガーをトレイに置いた。「鳴沢さん、自分のこと、何も話してくれないじゃないですか。せっかく一緒に仕事してるのに」

「ああ、そうだな、相棒。だけど、俺には話すことなんか何もないんだよ。つまらない人生だから」

「アメリカに留学してたのに、つまらない人生ですか？」

「留学なんて、今時珍しくもない」

「何年行ってたんですか」

「一年だけだよ。ほとんど、英語の勉強で終わっちまった」

「でも、凄《すご》いな。俺なんかには想像もつかないですよ。どうでした、アメリカは」

「食事が不味《まず》い」

「そうなんですか？」

「最初はハンバーガーも喜んで食べたけどね。二十歳ぐらいで、いつも腹を空《す》かせてたから、とにかく量が多いのが嬉しくて騙《だま》されちまうんだ。だけど、味はやっぱり大雑把だよ。すぐに飽きる。一か月もすると、見るのも嫌になったよ。何を食ってもべたべたしてるんだ」

大西が、目をきらきらさせて私を見る。私は小さく鼻を鳴らしてやった。

「こんな話、面白いのか?」

「いや、俺、新潟の外で暮らしたことがないんですよ。高校まで佐渡《さど》で、その後すぐに県警に入ったでしょう? だから、アメリカなんて夢みたいな話で」

「聞いてるだけだからいいんだよ。実際に行ってみると、そんなに面白いことばかりじゃないし、がっかりすることも多い」

「そうなんですか」

「そうだよ」私は、乱暴にハンバーガーにかぶりついた。大西は、残ったハンバーガーを片づけ始めた。食べ終えると、私は唇を紙ナプキンで強く拭った。

「署に行く前に、ちょっとまとめておこうか。ずいぶんいろいろな人に話を聴いて来たけど、系統だててまとめておく時間がなかったからな」

「いいですよ」大西が顔を引き締める。手帳を広げ、ボールペンを構えた。

「『天啓会』の関係だが、池内康夫の事件、お前さんはどう思う?」

「どうって言っても、もう終わった事件だし、古いですからね。要するに、教祖様にちょっかいを出そうとした不届き者を、ちょっと頭の弱い信者が刺したっていうだけの話でしょう」

「そうなんだろうな、たぶん」

「違うんですか？」

「そんなこと、言ってない」

「でも、納得できないって顔ですよ」

「いや、筋は合うんだよ。何もおかしいことはない。全てのパーツがぴったりはまる。だけど、何か引っかかるんだ」

「そうですか？　俺は、特におかしいとは思わないけど」

「そうだな。疑問なんか、何もない。だけど、今になって『天啓会』の関係者が二人も殺されたのはどうしてなんだ？　勘でいいよ。いや、思いつきでもいいから、可能性を挙げてくれ」

「復讐ですかね」

「復讐、ね」

大西が慌てて顔の前で手を振った。

「いや、まさか。だって、何の復讐か知らないけど、五十年も待つ必要はないんじゃないですか？　気づいたら、その時に復讐を決意するはずでしょう」

「気づかなかったら？」

「五十年も経ってから何かに気づいたっていうんですか」

「あるいは、ずっと前に分かっていても、実際に手を下すチャンスがなかったのかもしれない」

「うーん」大西が頭をがしがしと掻《か》く。「そりゃあ、可能性としてはそうかもしれないけど、あまり現実味はないんじゃないかな」

「蒸し返すみたいだけど、池内康夫の事件はどうなんだ。あれは、本当に片づいていると思うか？」

「そうなんでしょう？」

「でも、結局捜査資料も見つからなかったしな」数日前、私たちは県警の古い資料をひっくり返したが、結局埃まみれになっただけだった。父が言った通り、書類は紛失していたのだ。「どうだろう。濡《ぬ》れ衣ってことは考えられないかな」

大西が目を吊り上げた。

「冤罪《えんざい》だって言うんですか？　俺たちの先輩がやったことですよ」

「戦後すぐの時代っていうのは、いろいろあったからね。捜査方法もいい加減だったし、戦前の強引なやり方をまだ引きずっていたはずだ。冤罪事件は、昭和三十年頃までが特に多いんだよ」

「だけど……」

「海君、警察は完璧《かんぺき》じゃないんだぜ。冤罪事件っていうのは間違いなくあるんだ。俺たちが考えなくちゃいけないのは、もしもあれが冤罪だとして、そのことを誰かが知っているかどうかだよ。万が一、池内康夫の家族が誰か生き残っていたとして、そのことを知ったらどう思うかな」

「池内康夫の家族は空襲で全滅したんですよ」大西が固い口調で反論した。「それに、もしも冤罪だとしたら、警察を恨むのが筋じゃないですかね」

「そうなんだろうな。そうだと思うよ」私はミルクを飲み干し、大西の顔をまじまじと見た。初めて会った時とは、顔つきがずいぶん変わっている。「池内康夫のこと、もう少し調べた方がいいかもしれない」

「でも、どうやって――」

私の携帯が鳴り出した。大西は途中で疑問を遮られ、一瞬だが不愉快そうな表情を浮かべた。

「鳴沢です」

「鳴沢君？　喜美恵です」

「ああ」電話の向こうとこちらで、同時にぎこちない空気が流れた。「この前は悪かった。あんな変なことになって」

「それは……私も、ごめんなさい。あなたの仕事、本当は恐《こわ》い仕事なんだね。後から考えたら、恐くなっちゃった。私、甘く見てたのかもしれない」

「わざわざ電話してくれたのか」クソ、大西さえいなければ。もっと甘い言葉をかけてやることもできるのに。絶好の挽回のチャンスが、大西の顔の向こうに逃げて行く。

「あのね、また仕事のことなの。今、いいかしら」

「どうぞ。残念だけど、そういう話なら優先的に聞かなくちゃいけないから」

「思い出したの」

「似顔絵のことか？」私は思わず携帯を握り締めた。

「そう、思い出したの。あの顔、どこで見たのか」喜美恵の口調は、暗闇の中を手探りで歩くように、おどおどしたものだった。

「間違いだったらごめんなさいね」喜美恵は、おずおずと切り出してきた。「五年ぐらい前なんだけど、その人、うちの銀行に融資の相談に来たのよ」

「新潟で？」

「ううん、私、その頃、長岡の支店で融資関係の仕事をしていたんだけど、その時に会っているはずだわ」

「相手は何者だった？」

「魚沼興産っていう会社の人。もとはガソリンスタンドを経営する会社なんだけど、多角経営でいろいろな事業に手を出していて。その中に不動産部門があって、小出でマンション建設を計画していたのね。それで、資金繰りの相談に来たの」

「名前は？」

「佐藤文治《さとうぶんじ》」喜美恵が即座に答えた。「名刺が残ってたわ」

「どんな感じだった？」

「あの時は、若い社長が張り切って乗り込んで来たんだけど、この人はお目つけ役みたいな感じだったの。にこにこ笑って、だけど少し心配そうな顔をして。つまり、息子に跡を継がせたけど、まだまだ頼りないんで、後見人としてくっついて来た感じだったわ」

暗闇に一条の光が射し込み、その中でうごめく影が微かに見えた。

天啓会の話も池内康夫の話も、全て吹き飛んでしまった。魚沼署の捜査本部には数人の幹部連中が居残っているだけだったが、私が喜美恵から聞いた話を報告すると、冷え冷えとした道場内の温度がはっきりと上昇した。

「よしよし、じゃ、まずは動向の確認だ」五嶋は相変わらずぶっきらぼうな口調だったが、盛んに揉み手をしていた。機嫌の良い時の癖である。受話器を取り上げた。

「係長、ちょっと待って下さい」私が言うと、目の前で餌を取り上げられた犬のように、五嶋が凶暴な目つきで私を睨みつけた。

「何だよ」

「似顔絵の人間が本当に佐藤文治なのか、まだ分かりませんよ」

「ああ、そうだな。分かってるよ」五嶋は渋い顔で受話器を置いた。「今、それを言おうとしてたんだ」

「もう、五年も前の話です」私は、五嶋や魚沼署の捜査課長の顔を見渡しながら、説明を続けた。「証人が佐藤文治という人間を見たのは五年前。それも、商談の席での話で、その後は一度も会っていないんです。どこまで当てにできるか、分かりませんよ」

「とにかく、まずは佐藤文治の写真を探すことだ。それで、似顔絵と比べてみればいい」五嶋がデスクの上の似顔絵を見下ろしながら、腕組みをした。「運転免許の写真が手に入ると思うが、それ以外にも何種類か写真が欲しいな。顔が変わっているかもしれないし、比較のためには何種類あってもいい。会社の社長さんだろう？　紳士録みたいなものに載ってないだろうか」

「いや、紳士録に載るような人間じゃないと思いますよ」大西が横から口を出した。五嶋が睨みつけるようにするとさっと顔を赤らめたが、それでも言葉を引っ込めようとはしなかった。ちょっと前までは、こういう席ではいつも大人しくしていたのだが。「会社の社長と言っても、魚沼興産っていうのは、ガソリンスタンドのチェーンですから」

「さすがにこの辺りのことは良く知ってるみたいだな、ええ？」五嶋が言うと、大西は耳まで赤くして、黙り込んだ。五嶋は私に話を振った。

「了よ、ガソリンスタンドのオヤジと銀行員がどうして知り合いなんだ？」

「知り合いじゃありません。商談の席で一緒になっただけですよ」私は五嶋の勘違いを訂正しながら、先ほどの喜美恵との会話を思い出していた。怯え、戸惑うような喜美恵の声を。

「念のため、新潟銀行の当時の担当者にも確認しておく必要があるな」

五嶋の声で、私は現実に引き戻された。

「名前は押さえてあります。勤務先も」

「よし、じゃあ、そちらは新潟にいる人間に当たらせよう。こっちはとにかく、写真優先だ」

「係長、似顔絵を早めに公開しておくべきだったかもしれませんね。小さな会社でも、仮にも社長さんだったら、地元では有名人じゃないのかな。もっと早く分かったかもしれませんよ」

私が言うと、五嶋が顔をしかめる。目の上の筋肉がひくひくと引き攣《つ》った。

「どういう理由で公開するんだね。犯人と決まったわけじゃない」

「マスコミは利用するものでしょう」私は、緑川の台詞を引用してしまったことに気づき、苦笑いの奥に言葉を引っ込めた。

五嶋が、何を考えてるんだと言いたげに、私の顔をじろじろと見つめた。が、やがて気を取り直し、大西に命じる。

「大西君、ちょっと小出まで走ってくれんか。魚沼興産の本社はそっちなんだろう？何とか顔写真を手にいれて、ついでに詳しい経歴を調べてくれ。分かってるとは思うが、今の段階では、会社には気づかれないように、な」

「商工会にでも当たってみましょうか。そういうところなら、地元の会社の幹部に関する資料は揃っているはずです」

五嶋が頷いた。

「そうしてくれ。くれぐれも慎重にやってくれよ」

「私も行きましょうか？」私は自分の鼻を指差した。

五嶋は私を睨みつけた。

「まだ、あんたの報告を聞いてないぞ。喋ったら、そいつを報告書に落としておいてくれ。俺は忘れっぽいものでな」


二時間後、私がまだ報告書で悪戦苦闘している時に、大西から電話がかかってきた。五嶋が他の電話に出ていたので、私が話を聞いた。

「写真、見つかりました」

「集合写真の引き伸ばしか？」

「いや、一人で写ってますよ」大西の声は弾んでいた。「七年か八年前なんですが、佐藤文治が、商工会の会報に年始の挨拶《あいさつ》か何かを書いたんです。その時に使った顔写真がまだ残っていました。ばっちり鮮明です」

「で、どうなんだ？　例の似顔絵に似てるのか？」

「似てます」大西が即座に断言した。「もちろん、本人と突き合わせてみないと分かりませんけど」

「よし、良くやったぞ、海君。それで、佐藤文治という人間については、何か分かったか？」

「佐藤文治は、一代で魚沼興産を育て上げたみたいですね。昭和四十五年に小さなガソリンスタンドから始めて、今は北魚沼一帯で十軒ほどチェーン展開しています」

「不動産っていうのは？」

「ええ、それも確かにやってます。別会社にしていますが、十年ほど前から、北魚沼を中心に、小規模な宅地開発や住宅販売を手がけているんですよ。それと、例の小出のマンション計画は、結局中止になったようですね」

「資金繰りがつかなかったとか？」

「それもありますけど、いろいろと条件が揃わなかったようです」大西が一息ついた。私は彼の言葉を待った。「本人は、五年ほど前に引退して、今は息子の文彦《ふみひこ》に会社を譲っています。その後は悠々自適の暮らしをしていたようなんですが、二年前から病気で、病院を出たり入ったりしているんですよ」

「病気？」

「商工会で聞いただけだから、確かじゃないんですが、癌じゃないかっていう噂《うわさ》です」

「それで、今はどうしてる？」

「今も入院してるようです」

「分かった。係長に報告するから、しばらくそっちで待機していてくれないか？　また電話する」

「分かりました」

私が電話を終えるのと同時に、五嶋も受話器を置いた。片目を吊り上げ、人差し指をくいっと曲げた。気に食わない仕草だ。私は座ったままで、大西の調査結果を報告した。

「よし。大西君に連絡して、すぐにこっちに上がるように言え。とにもかくにも顔写真が必要だ。それと、本人の周囲を当たろう」

「じゃあ、俺が病院に行きましょうか？」

「誰かつけるよ」

「すぐ出たいんですけどね」

「一人は駄目だ。今、新谷をこっちへ上げるから、一緒に行ってくれ」

私は、五嶋に気取られないように溜息を吐《は》き出した。警察には様々なルールがあるが、聞き込みは二人一組でというのが、私には一番面倒臭いし、理解できないものだ。聞き漏らしを防ぐこと、違う観点から質問をぶつけること、危険を防ぐことなどが理由だというが、どれも一人でも何とかなるものである。聞き漏らしをしたくなければ相手との会話を録音すればいいし、一人の人間が、同じ質問を別の角度から繰り返すことだって難しくはない。危険だと思えば、その時こそ、誰かと一緒に行けばいいのだ。

しかし私は、五嶋の言葉に従った。腕組みをし、パイプ椅子《いす》にどっかりと腰を下ろし、新谷の到着を待つ。焦るな、と自分に言い聞かせた。包囲網は確実に縮まっている。後は、網の中にいる佐藤文治という男が、二つの事件に関与していることを願うだけだ。


「何だかずいぶん久しぶりじゃないか」そう言う新谷の顔には、疲労の色が濃い。車の運転は私がすることにした。

「実際、久しぶりなんですよ」私は答えた。「カンエイさん、訛ってませんか？　イントネーションが変だ」

「魚沼の訛りが戻って来たんさ……嘘、嘘。この辺の人は、あまり訛りがないんだぜ。客商売だし、東京辺りからも人が流れて来てるからね」

大西が手に入れた写真はすぐにコピーされ、十数人の捜査員が、佐藤の所在確認に走った。

「佐藤が病院にいると確認できたらどうする？」答えが分かりきっている疑問を、新谷が口にした。

「所在を確認する。気づかれないように相手の顔を見る。まずはそれだけです。佐藤が本当に癌で入院しているなら、簡単に動けないはずですからね。慌てることはないでしょう。もう、こっちの手の中ですよ」

「了よ、あまり期待すると後で後悔するぜ」新谷が、冷静な口調で言った。

「どういうことですか？」

「簡単に動けない人間が、人を殺すか？　殺せるか？　それに、入院しているっていうのは、かなり強いアリバイになるからな」

「そりゃあ、そうだけど」

「そもそも、動機がまったく分からないじゃないか」新谷が手帳をぱらぱらとめくった。佐藤の経歴を淡々と読み上げる。「佐藤文治。小出町出身。昭和三十二年、六日町高校卒業……なるほど、優等生だな。卒業後、家業の農業を継いだが、その後四十五年に独力でガソリンスタンドの経営を始めた。ガソリンスタンドの他にも、食料品店、不動産屋と手を広げて、平成八年に引退。なかなかご立派な経歴じゃないか。自分でガソリンスタンドを始めたのは、三十一歳の時か」

「一線から身を引いたのは五十七歳っていうことになりますよね。ずいぶん若いんじゃないかな」

「六十近かったっていうことを考えると、おかしくないだろう。定年だと思えばね。病気のせいもあったかもしれないし」

「今年、六十二になるんですかね」六十歳を超えたばかりだとすれば、人を殺すこともできるだろう。しかし、病気の問題がある。まして入退院を繰り返していたとすれば、気力も体力も衰えているはずだ。そんな人間に、二人も人が殺せるだろうか。

新谷が溜息をついた。

「三十一歳で独立ね。今の俺より十歳も若いことになるんだ……こういう話を聞くと、宮仕えの身としては嫌になるね」

「カンエイさんだって、今から独立できるんじゃないですか」

「独立して何をするんだよ」

「探偵事務所とか、どうです？　新谷調査事務所。調査迅速、秘密厳守」

「へっ」新谷が鼻で笑った。「それで生活していけるのかよ。それより何より、俺はラブホテルの前で張り込みをしたりするのはごめんだね。阿呆らしい」

「じゃあ、人を羨《うらや》ましいと思ったりしないことですね」

「おめさんは、今のままで満足か？　確かに、刑事という仕事は合ってるように見えるけど、おめさんは、これが天職だと思ってるのか？」

少し前に、同じような話を父としたことを思い出して、私は顔をしかめた。

「天職とか、そういう問題じゃありませんよ」私は即座に言い返した。「俺は、刑事になったんじゃない。刑事に生まれたんだ」

新谷が沈黙した。腕を組み、ガムを嚙む口だけを忙しく動かし続けている。ようやくガムを頰《ほお》の片側に押し込み、口を開く。

「それが、おめさんの問題かもな」

「何がですか？」

「自分から選択肢を少なくしてしまってることさ。なあ、俺たちは公務員だから、よほどのことがない限り、クビにはならんと思うよ。でも、絶対ってことはないからな。ヘマをしてクビになるかもしれないし、自分から辞表を出すはめになるかもしれない。もしもそうなったら、どうする？　これしかないって思い込んでたら、何かあった時には、すぐに立ち行かなくなっちまうぞ」

「カンエイさん」私は単調な高速道路の風景をぼんやりと見ながら答えた。「それは、余計な心配です。俺は絶対に刑事を辞めない。クビになることもない。だから、将来のことを考える必要もないんです。それより今は、佐藤文治のことを考えましょうよ」

新谷が肩をすくめたようにも思った。私は会話を打ち切り、運転に集中した。しているつもりだった。だが、頭の片隅を何かがかすめる。その正体は、私には見極められない。現状への不満なのか、自分でも気づいていない、将来に対する不安なのか。

しかしありがたいことに、私たちはすぐに、佐藤が入院している北魚沼総合病院に到着してしまった。関越道の小出インターを降りてすぐの場所で、涸《か》れた水田の真ん中に、巨大な近代建築の建物がぽつんと立っている。田舎では良くあることだが、建物そのものよりも、駐車場の方が大きい。そしてその駐車場は、ほとんどが埋まっていた。

広大な駐車場の隅に、ようやく空いたスペースを見つけた。建物が遥か遠くに見える。空気が重く、湿り気を帯びていた。薄い雲が、グレイの絵の具を流したように空を覆い尽くしている。時折、冷たく重い風が、ざあっと吹き抜ける。たっぷり水を含んだタオルで顔を打たれたように感じた。

「そろそろ雪ですね」

新谷が寒そうに肩をすぼめながら頷く。

「そうだな。雪が降りだす前には、何とかしたいな」

私も同じ気持ちだった。佐藤文治を捕まえることができれば、今まで調べた天啓会に関する調査は、全て無駄に終わるかもしれない。しかし、そんなことはどうでもいいのだ。一刻も早く犯人を捕まえること。それが私たちの仕事なのだから。

しかし心の片隅では、何かが引っかかっていた。やり始めたことを、中途半端なままにしておいて良いのだろうか。たとえ事件が解決しても、私はある日、天啓会という言葉をふと思い出すかもしれない。夜中に喉が渇き、水を飲むために起き出す時。喜美恵と食事をしている時。報告書を書いている時。天啓会という言葉が頭に忍び込み、その言葉が生み出す小さな傷が、不愉快な痛みとなって私を悩ませるかもしれない。

どうでもいいことだ。仕事の本質を見誤るなよ、と私は自分に言い聞かせた。自分の好奇心を満たすために動いているのではないのだから、と。

内科部長の城田《しろた》という医者が事情聴取に応じてくれた。でっぷりと太った五十絡みの男で、最初から笑顔を浮かべている。座った途端、愛想が良い理由は明らかになった。

「上越署の城田という男、ご存知ないですか？」

「知ってますよ」新谷が応じた。「半年だけど、同じ職場にいたことがあります」

「あれ、私の弟なんですよ」城田が、てかてかと光る血色の良い顔に笑顔を浮かべて、体を乗り出してきた。内科部長室はさほど広い部屋ではない。巨体が、私たちを圧倒するように迫って来た。

「ああ、そうなんですか」新谷が城田に合わせて、愛想良く頷く。「これはまた、奇遇ですね」

「まあ、身内が警察にいますから、みなさんのご苦労は良く存じ上げているつもりですよ。私に協力できることでしたら」

私は、佐藤の写真をテーブルの上に置いた。その横に、西署で作った似顔絵を置く。城田が、テーブルに覆い被《かぶ》さるようにして、写真をとっくりと見つめた。ややあって顔を上げ、ずり落ちかけた眼鏡を直す。

「うちの患者さんですよね？」

「佐藤文治さん」私は念を押すように、佐藤の名前をゆっくりと発音した。城田が、頬の緩んだ顔をがくがくと上下させる。愛想笑いの中に、微かな疑念が浮かんだ。

「申し訳ないですが、患者さんのことはちょっと……」

「それは分かっています」私は畳みかけた。「ちょっと、こちらの似顔絵も見ていただけますか？」

「触っていいですか？」私が頷くのを見て、城田は恐る恐るテーブルに手を伸ばした。似顔絵を右手に、写真を左手に持ち、交互に見比べる。小さな溜息をつきながら、二枚をテーブルの上で丁寧に並べた。「同じ人、ですか？」

「その可能性は高いんですが、確証がないんですよ」新谷が体を乗り出しながら言った。

城田は、ソファに深々と体を埋め、両手で三角形を作ってそこに顎を乗せている。新谷が追いうちをかけた。「ある事件の関係なんですが、佐藤さんを探しているんです」

「佐藤さんが、何かの犯人だとでも？」

「まだ断定できる段階ではありません」新谷が慎重に言った。

「佐藤さんは……」城田が躊躇《ためら》いがちに言いかけたが、すぐに口を閉じてしまった。

「癌、なんですか？」

私の問いかけに、城田が微かに頷く。喋らなければ、医師としての守秘義務は守っている、とでも考えているのかもしれない。

「佐藤さんは、こちらにはいらっしゃいません」突然、城田がはっきりとした口調で言った。

新谷が、疑り深い口調で切り込む。

「いないって、どういうことです？　入院しているんじゃないんですか」

「入院していました」城田が、即座に新谷の言葉を訂正した。が、その後はまた言い淀んでしまう。何度か躊躇った後、ようやく苦しそうに言葉を吐き出した。「いなくなってしまったんですよ」

「いなくなった？」私と新谷は声を揃えた。顔を見合わせた後、新谷が質問を続ける。

「病院を抜け出したんですか?」

「そうです」

「いつの話ですか」

「三週間──二十日ほど前ですかね」城田が、壁にかかったカレンダーに向けて首を捻《ひね》った。「入院されたのは一月《ひとつき》前です。これまでも、何度か入退院を繰り返しているんですよ。ただ、あの人の場合は病気の進行が遅いものでね……本人は手術を嫌がっていて、何とか薬と放射線の治療を続けているんですが、いずれにせよ、深刻な症状であることに変わりはない」

「どうして病院を抜け出したんですか? 家族には連絡したんでしょう」と新谷。

城田が顔色を変えて言った。

「当たり前です。でも、ご家族の方も、心当たりがないようで」

「警察には届けたんですか」私が訊ねた。

城田は答えを見つけようとするように天井を見上げたが、結局視線を私に戻して、

「いえ」と短く言った。

「どうして」と新谷が突っ込む。

「それは、ご家族の方に聞いていただかないと。病院で捜索願を出すわけにはいかない

でしょう」

「どういうことなんでしょうね」私は声を落として訊ねた。「一家の大黒柱というわけじゃないかもしれないけど、病気の父親が失踪したというのに、家族はどうして捜索願を出さないのかな」

「面子《メンツ》もあるかもしれませんね」

「面子？」

「みっともないとか、そんな風に考えたのかもしれない。ここは、田舎ですから」言ってから城田は、慌てて顔の前で手を振った。「いや、これは私の想像ですよ。詳しいことはご家族に聞いていただかないと」

「佐藤さんは、入院して安静にしていなくて大丈夫なんですか？」

城田が首を振った。

「今のところ、急激に悪化するようなことはないと思いますが、保証はできません。あの年になると、体力の衰えも心配ですからね。それより、佐藤さんが何かしたんですか？　穏やかな紳士ですよ。犯罪に関わるような人とは思えないんですがね」

そう、こういう時は、誰でも穏やかな紳士になってしまうものだ。まさか、あの人が。しかし、「まさか」の瞬間にこそ、犯罪は起きるものである。世間の人は、それを「魔が差す」と言う。そんな言葉を弄《もてあそ》んでも、被害者にとっては何の慰めにもならないことを、私は良く知っていた。

夜の捜査会議は、奇妙な熱気に覆われた。まだ相手の正体が読めない。筋を通そうとしても、穴だらけだ。それでも、今はようやく出口が見えている。そういう気持ちを、その場に集まったほとんどの刑事たちが持っているのではないか、と私は思った。同時に、そんなことはない、これはまだ一つの可能性に過ぎないとブレーキをかける気持ちも働いているはずだ。刑事の性癖として、目の前に指名手配犯の姿があっても、双子の兄弟ではないかと疑うものである。

「新潟銀行の関係者にも似顔絵を見せた」五嶋が報告する。「これで確認できた、と言っていいと思うな。もちろん確証はないが。まずは、佐藤文治の所在を探すのが先決だ。病院を抜け出したというのは、どう考えてもおかしい」

五嶋が、手元に集まったメモに目を落としながら続けた。淡々とした口調だが、やはり興奮しているのか、額には汗が浮かび、ワイシャツの脇の下には染みができている。

「午後の段階では、まだ家族に接触できなかったが、引き続き家族からの事情聴取を進めてくれ。そっちは、おい、了、おめさん、行ってくれるか」

私は腕を組んでパイプ椅子に腰かけたまま、浅く頷いた。五嶋が、顎に力を入れて頷き返す。道場全体を見やり、次々に指示を飛ばした。

「会社の関係者は、新谷が中心になって当たってくれ。それと、湯沢の現場付近でも、佐藤の名前を出して、もう一度聞き込みをするんだ。地元ではある程度知られた人間だから、名前を聞けば思い出す人間が出てくるかもしれない。まだ逮捕状は無理だが、できるだけ早く、そっちへ持って行きたい。ここが踏ん張り所だから、頑張ってくれ」

私は、胸の中で血がぼこぼこと泡立つのを感じた。一方で、心臓が冷たい風を血管の中に送り込んでいるようにも感じた。これで決めてしまいたいという気持ちと、まだ慎重に行かなければならないという気持ちが、体の中で綱引きをしている。私はぎゅっと掌を組み合わせ、その不安感をどこかに押し込めようとした。よし、大丈夫だ。慌てず、興奮せず、淡々と事実関係だけを追っていけばいい。真実は、事実を積み重ねた後で、自然に姿を現す。

少なくとも今は、そう思いたかった。佐藤の動機を推し量《はか》ろうとするのはやめよう、と私は決めた。いずれにせよ、この男を捕まえることはできる。動機など、それから改めて聞けば良いのだ。

「勘弁して下さいよ」佐藤文治の息子、文彦は、いきなり泣きついてきた。まだ三十代の半ばだろう。しかし、揉み上げの辺りには白い物が目立つ。会社から帰ってきたばかりなのか、まだネクタイをしたままである。ワイシャツ一枚で、玄関先で震えているが、私たちを家に上げようとはしなかった。

「勘弁するって、何をですか？」

「親父のことですよね？　あの年で家出なんて、みっともない」

「みっともない？」大西が耳まで赤くして、文彦に詰め寄った。「家族のことでしょう。みっともないってどういうことですか」

私は大西の肩に手をかけて、引き戻した。彼の方を向いて、声を出さずに「まあまあ」と言ってやる。大西はなお不満そうな表情を浮かべていたが、唇をぎゅっと結んで言葉を飲み込んだ。代わりに私が訊ねた。

「病気なんでしょう？　放っておいていいんですか」

「それは、大丈夫でしょう。自分で病院を出て行くぐらいだから」

「失礼な話ですが、死に場所を見つけに行ったわけじゃないでしょうね」

「まさか」文彦が唇を歪めて笑った。「それで、日本海に身投げでもするんですか？冗談じゃない。親父は、そんな感傷的な人間じゃありませんよ」

「探さないんですか？」

「探してますよ、自分で」文彦がむっとした表情を顔に貼りつけた。「今日だって、親戚中を回って話を聞いてきたんです。ほったらかしにしているわけじゃない」

「警察に届けた方が良かったですね」

「警察沙汰なんかにできないですよ。親父は、この辺では名前を知られた人間なんだ。それが、病院から抜け出して……みっともないったらありゃしない」

私は、文彦のネクタイに手を伸ばした。結び目をつかんで絞め上げる。

「な――」文彦の顔が、青い絵の具をぶちまけたように蒼褪《あおざ》める。「何を……する」

「自分の親に向かって『みっともない』はないだろう」ネクタイを引っ張り、私は彼の鼻先が自分の鼻にくっつきそうになるまで引き寄せた。「本気で心配してるなら、見栄もクソもない。すぐに警察に駆け込めよ」

「鳴沢さん」大西に肩を叩かれ、私は文彦のネクタイを離した。文彦が、体を二つに折り曲げて咳き込む。涙の浮かんだ目で私を睨みつけた。

「訴えてやる」大きく咳き込む。「警察官がこんなことして、いいのかよ」

「誰もあんたをきちんと躾《しつけ》なかったみたいだな」私は文彦を見下ろした。一歩詰め寄る。文彦が慌てて後ずさり、何かにつまずいて、腰から落ちるように玄関に座り込んだ。

「あんたは、自分の体面を気にしてるだけじゃないか。父親のことなんか、心配してないんだ」

「心配してるよ。当たり前じゃないか」言い訳するように文彦が言った。

「まあ、いい」私は文彦に気取られないように小さく深呼吸し、自分のネクタイに手を伸ばして乱れを直した。「今後は警察が捜します」

「何なんですか、一体」文彦が、ドアを手摺《てすり》代わりに、ようやく立ち上がった。「捜索願とか、出せって言うんですか？」

「立ち話も何ですから、中へ入りませんか。少し落ち着いて話をしましょうよ」大西が柔らかい声で言った。それで、文彦の緊張も少しだけほぐれたようである。嫌がっている様子はまだありありとうかがえたが、それでも私たちに中に入るように、と言った。

私たちは、玄関脇の応接間に通された。暖房も入っておらず、フローリングの床から冷たさが這《は》い上がって来る。

「悪いけど、今、女房もいないんでね。お茶も出ません」文彦が言い訳するように言った。

「奥さん、どうしたんですか？」

「ああ」私の質問に、文彦は虚《うつ》ろに視線をさまよわせた。「まあ、その、実家の方に帰ってるんですよ。いろいろありましてね」

「他にご家族は？」

「うちは子どももいませんからね。母親も、十年ほど前に亡くなってます」文彦が、狭い応接間の中をぐるりと見回し、溜息をつくように言った。「今は、俺一人か」

私も応接間の中を見回した。部屋の中央には、私たちが向かい合っている応接セット。文彦の座っているソファの奥は、作りつけの書棚になっており、あくまでインテリアとして使われているような百科事典のセットの他は、ゴルフの賞品のトロフィーや楯の類《たぐい》で埋まっている。部屋の隅には、ゴルフバッグが二つ、立てかけてあった。

「ゴルフ、おやりになるんですか」私が水を向けると、文彦が急に警戒心を解いて、べらべらと喋り始めた。

「ああ、俺もこれだけが趣味でね。親父に連れられて、中学生の頃からコースを回ってるんですよ。アマの大会にも出てるし。刑事さんもゴルフ、やるんですか？」

「いいえ」私が冷たく言うと、文彦は途端に、苦い物が喉に引っかかったように顔をしかめた。

「あなた、何か話しにくい人ですね」

「気のせいでしょう」

大西が横で必死に笑いをこらえているのに気づいた。私は彼の脇腹を肘《ひじ》で小突いた。

「大西君、似顔絵」

「ああ、はい」大西が真面目な顔になり、手帳に挟んだ似顔絵を取り出して、テーブルの上に広げた。文彦が、顔をしかめて似顔絵を覗《のぞ》き込む。試験の答えを確かめようとする子どものように、心配そうな目つきで私に訊ねた。

「親父……ですか？」

「似てますか、この似顔絵は」

「まさか、どこかで死体で見つかったんじゃないでしょうね」弱い照明の下で、文彦の顔が蒼褪める。吐く息が荒くなり、顔の前に白い靄《もや》がかかった。拝むように両手を合わせ、口の前に持っていく。もごもごと喋り出した。

「そうなんですか？　親父、もう死んでるんですか？」

「今のところ、そういう情報は入ってきていません」

「ああ」文彦が大袈裟に溜息をついて、ソファに背中を預ける。きつく目を瞑り、両手の人差し指で鼻梁を挟み込んだ。ようやく目を開けると、少しばかり瞳が潤んでいるように見えた。

「いや、失礼。じゃあ、この似顔絵は何なんですか？」

「湯沢の事件はご存知ですか」

「湯沢って……あの、霊媒師だか何だか、女の人が殺された事件ですか？」テーブルの下をがさがさと探って、文彦が今朝の東日を取り出す。朝読んでいる暇がなかったのか、まだ広告が挟まったままだった。がさがさと新聞を広げ、事件の続報を見つけると、指で見出しをなぞってみせた。

「これですよね」

「そうです」

「それが、親父と何か関係が？」言ってから、文彦ははっと口を押さえた。「まさか、親父がやったっていうんじゃないでしょうね」

私は、できるだけ平板な口調で答えた。

「事件当日、現場近くでこの似顔絵の男が目撃されています」

「ちょっと待って――」

私は文彦の言葉を途中で遮った。

「西新潟署の管内でも、殺人事件がありました。この似顔絵は、そちらの目撃者の証言を元に作ったものです」

「親父が人を殺したっていうんですか？　しかも二人も？　冗談じゃない」

「どうして冗談じゃないって言えるんですか？」

「だって、親父は入院中で……」文彦は口を開けたまま、はっと凍りついた。「入院……してないか」

「病院を抜け出したのはいつですか？」

「今日で二十日になります」

私は頷いた。城田の証言と一致する。

「二十日もあれば、二人を殺すには十分ですよ」

「あなた、ちょっと失礼じゃないですか？　いくら捜査だと言っても、人の親を犯人扱いして」

「あなたのお父さんが犯人じゃないというなら、その証拠を探しましょうよ」私は柔らかい笑みを浮かべてやった。「病状は、かなり悪かったんですか？」

「癌なんですよ」文彦が弱々しい笑顔を浮かべた。思い出したように煙草をくわえ、火を点ける。天井に向かって煙を吹き上げた。「どういうわけか手術を嫌がりましてね」

「六十歳になる前に仕事を引退したのもそのためですか？」

「ずいぶん前から、体調は悪いって言ってましたからね、確かに。でも、告知を受けたのは二年前です。早めに仕事を引退したのは、俺を早く一人前にしたかったからじゃないですかね」

「でも、あなたはちゃんと、仕事を切り盛りしてますよね。魚沼興産と言えば、この辺りでは大きな会社でしょう」

「大企業って言うのは、冗談にしてもあまり面白くないな」文彦が、神経質そうに煙草を灰皿に押しつけた。「うちなんか結局、田舎の零細企業ですよ。まあ、それはともかく、私は、大学も就職も、東京だったんです。気楽にやってたんですが、一応、ちゃんと真面目に暮らしてたんですよ。でも親父は、それじゃ物足りなかったみたいでね。何しろ一代で会社を興した人間だから、自分の息子がサラリーマンとして安閑《あんかん》としているのは許せなかったのかもしれない。まあ、それは親の勝手な思い込みだと思うけど……実際は、お袋が亡くなって、心細かったんじゃないかな。お袋は、魚沼興産の専務として、ずっと事務仕事を一手に引き受けていたから。親父の片腕だったんですよ」

「それにしても、引退する必要はなかったんじゃないですか」

「まあ、病気で不安になっていたせいもあるだろうし、働きづめだったから、この辺でのんびりして、趣味の歴史の研究でもしようと思ったんじゃないかな」

「歴史？」その言葉が私の頭の中で何かに引っかかり、ちりん、と澄んだ音をたてた。

「何ですか、歴史って」

「親父は、昔から趣味と言えばゴルフと歴史の研究だけでしてね。何でしょうね、自分が戦災孤児だということも関係しているのかもしれない」

「そうなんですか？」

「長岡の空襲、知ってますよね？」

ちりん、という鈴の音が、巨大な鐘の音に変わり、頭の中で鳴り響く。私は、口を固く結んだまま、頷いた。大西が、私の気持ちを察したように、池内康夫の写真を取り出し、文彦の前に置く。

「これは――ずいぶん古い写真ですね」

「ちょっと、良く見てもらえますか」大西が写真を文彦の方に押しやった。文彦は、許可を求めるように私の顔を見たが、結局写真を手に取った。

「何ですか、これ。えらくぼやけてるな」

「集合写真から引き伸ばしたんですよ。元が小さかったんでね」大西が雑談するような口調で応じる。あえて文治の名前を出さないのだ、ということは、私にはすぐに分かった。誘導尋問したくないのだ。こいつも少しは成長したかもしれない、と思う。初めて会った頃だったら、すぐに文治の名前を持ち出して、相手の答えを限定してしまっていたに違いない。

「何か、親父に似てるような感じですけど、若い頃の写真なんですか？」

私は大西と顔を見合わせた。文彦はきょとんとした顔で、私たちの顔を交互に見比べる。最初に私が口を開いた。

「お父さんの昔の写真、ありますかね」

「ああ、もしかしたらここに」文彦は体を捻って背後の本棚に手を伸ばすと、アルバムを何冊か引き抜いた。ぱらぱらとめくり、セピア色の変色した写真が集まっているページを開いて私たちの方に向けた。

「これ、昭和四十年ぐらいの撮影ですね。親父の横で写っているのがお袋ですよ。この時親父、二十五か二十六ぐらいだったんじゃないかな」

そっくり、とは言わなかった。しかし、白黒の写真の中で照れ臭そうに微笑《ほほえ》む佐藤文治の顔は、それよりずっと古い集合写真の中にいる池内康夫の顔と重なった。

第八章　襲撃

「収穫でしたね」大西が声を弾ませる。「たぶん、佐藤文治と池内康夫は、年の離れた兄弟なんですよ」

「長岡の空襲の件はどうなる？」私は、反射的に言い返した。「池内康夫の家族は、全員死んでるはずだ」

「でも、それはあくまで伝聞ですから」

「佐藤文治の話だって、文彦からの伝聞だよ。俺たちが直接確認したわけじゃない」

「だけど、子どもが親から聞いた話でしょう。少なくとも、そっちの方が信用できるんじゃないかな」

私は唇を噛《か》み、ハンドルを強く握った。

「まあ、常識的に考えれば、ね。でも、もっと裏取りしないと、まだ断定できない。本人が勘違いしている可能性もあるからな」

「そりゃあまあ、そうですけど」大西が、不満そうに小さくつぶやく。

私の携帯が鳴り出した。道路脇に車を停めて、電話に出る。

「了か？　私だ」

「父さん」先日、父と会った時の記憶が蘇《よみがえ》り、血が凍りついた。どうする？　何か文句を言ってやるべきか？　しかし、次の言葉が頭に浮かぶ前に、父が珍しく上ずった声でまくしたて始めた。

「親父《おやじ》が刺された。俺はすぐ新潟に行く。お前も、一段落したら新潟に来い。仕事のことは構わん」

「何ですって？」

「何回も言わせるな。親父が刺された、と言ったんだ。詳しい事情は、所轄に聴いてくれ。中署だ」

「何なんですか？　怪我《けが》の具合は？」

「とにかく今は、詳しいことは分からない。向こうで落ち合おう」

電話は一方的に切れた。私は、携帯電話を耳から離して、呆然と見つめた。祖父が刺された？　家に強盗でも入ったのだろうか。反射的にダッシュボードの時計を見やる。十一時まで、あと五分。大西が、ひび割れそうなほど緊張しきった声で訊ねた。

「どうしました？」

「ジイサンが刺されたらしい」自分でそう言っておきながら、未だにそれが現実の出来事とは思えなかった。

「何ですって？」慌《あわ》てて飛び上がった大西が、車の天井に頭をぶつけそうになった。

「行かなくていいんですか？」

「こんな田んぼの真ん中に君を残しておくわけにはいかないだろう。まだ仕事中だし」

「俺はいいですよ、適当に帰りますから。ここなら小出インターも近いし、新潟まで一時間で行けますよ」

「いや、しかし……」

「鳴沢さん！」

大西に怒鳴られ、私ははっと顔を上げた。大西は既に、ドアに手をかけている。

「いいから、行って下さい。本部には、俺から言っておきますから」

「すまん」私は、助手席のドアが閉まるか閉まらないかのうちにアクセルを踏み込み、道路を一杯に使ってUターンした。もどかしい。新潟まで一時間はかかる。誰かがその一時間を三十分に短縮してくれるなら、全てを差し出しても構わない、と思った。

今夜だけは、自分で決めたルールを破ることにした。高速に乗ると、すぐに新潟中署に電話を入れる。

「いや、どうも、鳴沢さん？」交通課長の岡江《おかえ》と名乗った当直主任は、やりにくそうな口調で遠慮がちに切り出した。「大変だったね」

「すいません、お手数おかけします」

「いやいや、こっちはこれが仕事だから。最初に言っておきますけど、命に別状はないから、安心して」

「ああ」私は吐息を漏《も》らし、一瞬だけきつく目を瞑った。固めた拳《こぶし》で、ハンドルを軽く叩《たた》く。「どういう状況なんですか？」

「散歩されていたようですね」岡江の口調からも、少しだけ緊張が薄れた。「自宅近くの信濃川沿いの道を歩いていて、いきなり刺されたようだ」

「強盗ですか？」

「いや、財布も取られていないし、たぶん違うんじゃないかな」

「通り魔？」

「そうかもしれないけど、まだ断定はできないね」

「怪我の具合はどうなんですか？」

「左の脇腹を切りつけられて、かなりの出血があったけど、意識ははっきりしてますよ。さすがに、若い頃鍛えた人は頑丈ですな。とにかく、自分で一一〇番通報して来たぐらいだから、すぐに回復するでしょう」

おべんちゃらはいらない、もっと詳しく話せ、と怒鳴りたくなる気持ちを、辛うじて押さえ込んだ。

「それで、うちのジイサンは何と言ってるんですか？」

「散歩していたら、いきなり飛び出してきた男がぶつかった、と。とっさに身をひねってよけたから、傷は浅かったんじゃないかな」

「犯人の顔なんか、見てないでしょうね」

「刺されたと思った次の瞬間には、相手が逃げ出したらしいからねえ。残念ながら目撃者もいない。今、緊配中だけど、まだ何も引っかかって来ていない。それと、病院は佼《こう》生会《せいかい》記念病院だから。まだ集中治療室に入っていて面会謝絶のはずだけど、医者の話だと、朝には一般病棟に移れるそうですよ」

「すいません、いろいろとご迷惑おかけしました」

「いやいや。魚沼の署長にもよろしくお伝え下さいね」

父によろしく？　大きなお世話だ、という台詞を私は嚙み潰した。どうでもいい。当直主任の下心丸見えの愛想も、今夜だけは見逃してやる。今は、祖父が無事だったことを素直に喜びたい。

そうだ、素直に喜べ。安心しろ。そう自分に言い聞かせながらも、妙な胸騒ぎは消えなかった。

おかしい。

冷静になって考えると、こんな時間に祖父が散歩していたということが、そもそも奇妙だ。祖父は確かに、散歩を日課にしている。しかしそれは、必ず朝から午前中にかけてのことだ。人一倍寒がりの祖父が、こんな季節、日が暮れた後に出歩くとは考えにくい。

長いトンネルを抜けると、大粒の雨がフロントガラスを叩き始める。私の疑問は一層深く、大きくなった。新潟も雨だろう。「寒い夜、雨の中を散歩していた」。この文章の主語が「祖父」であるわけがない。

ジイサン、一体何があったんだ？

現場は、私の実家から百メートルと離れていない、信濃川沿いの路上だった。髪を雨に濡《ぬ》らしながら、黒くなった路面を舐《な》めるように見て歩く。もしかしたら、何か手がかりが残っているかもしれない、と思ったから。しかし、すぐに思い直した。これは、私の仕事ではない。中署の連中がきちんとやってくれるはずだ。誰かが責任をもって捜査している事件に、個人的な事情で首を突っ込むのは、警察官としてあまりにも非常識である。

理屈では分かっていたが、私は、非常識なことをしたいと願った。犯人を探し出し、祖父が受けたのと同じ苦しみを与えてやりたかった。犯人の腹を刺し、えぐり、鋭い痛みを体に植えつけ、アスファルトをそいつの血で赤く染め上げてやりたかった。冷たい凶暴な血が、体の中で凍りつく。この思いを溶かすことはできないかもしれない。この手で犯人を捕まえない限りは。

河川敷の小公園に足を踏み入れた。濡れた芝が、足元でぐしゅぐしゅと音を立てる。対岸の万代シティも休息の時間に入り、薄い雨のベールの中に浮かび上がる、おぼろげなグレイの影に変わっていた。街灯に白く照らし出された雨が、無数の針のように、川面に、私に突き刺さる。

携帯電話が鳴り出した。一瞬、放っておこうかとも思ったが、反射的に手を伸ばしてしまった。

「鳴沢です」

「おお、了、大丈夫なのか？」新谷だった。その声を聞いて、私は凍りついていた血が溶けて流れ出すのを感じた。誰かを殴《なぐ》りつける直前のように握り締めていた拳を、そっと開く。もう一度固く握り、その手の中に全ての感情をつかんでコントロールしていることを確かめた。

「すいません。ご迷惑かけて」

「いやいや、こっちは何でもないよ。それより、本当に大丈夫なのか？」

「命に別状はないそうです」

「ああ、そうか」口調は素っ気無かったが、新谷もほっとしている様子がうかがえた。「しかし、けしからん野郎だな。元捜査一課長殿を刺すとは」

「元捜査一課長っていうのはあまり関係ないんじゃないですか。通り魔ですよ、たぶん。新潟にも変な奴は一杯いるから」

「中署はそういう見方なのか？」

「少なくとも、物盗りじゃなかったみたいですね」

「そうか」新谷が言葉を切った。慰めの台詞でも考えているのだろうか。しかし、彼の口から出てきたのは、佐藤文治の名前だった。家族が事件に巻き込まれるという非日常的な経験をしている私を、いきなり日常に呼び戻す名前である。それが、かえってありがたかった。「とりあえず今夜の段階では、佐藤の所在は確認できていない」

「まだ指名手配ってわけにはいかないでしょうね」

「それは無理だ。まだ、そこまで材料が揃っていない」

「カンエイさん、海君から報告を聞いたでしょう？　ポイントは――」

新谷が、私の言葉の腰を折った。

「佐藤文治と池内康夫の関係だろう？　おめさんに言われなくても分かってるよ」

「カンエイさんはどう思いますか？」

「まだ分からんさ。でも、必ず洗い出す。ただ、な」

「ただ？」

「俺は、どうにも不愉快なことになるんじゃないかっていう予感がしてるんだ。それは、おめさんも同じじゃないかね」

私は何も言わなかった。そう、不愉快な予感は確かにある。十時間ほど前にも、大西とその可能性を話し合ったばかりだ。しかし、それを口にしたら、今私が乗っている不安定な足場は、一気に崩れ落ちてしまいそうな気がしていた。

雨脚《あまあし》が強くなった。信濃川の川面に広がる細かい波紋に、万代橋の街灯の光が照り返す。柔らかい光の輪が次々と生まれては頼りなげに揺れ、消えて行った。生と死のサイクル、その永遠の繰り返しである。私は、吸い込まれるようにその動きを見つめた。子どもの頃からこうだった。雨を見ているといつの間にか時間が過ぎ、なぜか落ち着いた気分になる。しかし今、雨はガソリンに変わり、私の疑念と不安の炎を、さらに高く燃え上がらせた。

服も頭も濡れたままだったし、十二時を大分回っていたが、私は隣家の主人、長田博《おさだひろ》郎《お》を訪ねることにした。長田は、ずっと新潟市の消防本部に勤務していた関係で、祖父とも父とも、仕事上での知り合いでもある。私も、子どもの頃にはずいぶん可愛がってもらったものだ。長田の子どもは女の子ばかり三人で、「息子がいたら、間違いなく消防士にしたのに」と、羨ましそうな目で私を見ながら愚痴《ぐち》を零したことも、一度や二度ではない。

玄関の灯《あか》りが燈《とも》っていたので、遠慮なくインタフォンを鳴らした。玄関先で待っていたように、長田がすぐにドアをあけて顔を出す。七十をとうに超えているはずだが、百八十センチ近い長身のうえに、今でも背筋はまったく曲がっていない。

「おお、了君か。ずいぶん遅かったな」

「すいません」私は自然に頭を下げていた。「魚沼にいたんで、出遅れました」

「仕事か。だったら仕方ないな。おいおい、どうしたんかね。何でそんなに濡れてるんだ？　ちょっと上がれよ」

「いや、悪いですから、ここで」

「遠慮せんと。頭ぐらい乾かさないと、風邪をひくぞ」

それ以上抵抗する気にもなれず、私は靴を脱いだ。茶色のウィングチップは濡れて黒く変色し、靴下にも雨が染み込んでいる。玄関先の姿見に全身を映した途端、げんなりした。スーツは濡れて型崩れを起こしかけ、ネクタイも捻《ね》じ曲がっている。

「あらあら、了ちゃん、どうしたの？」長田の妻、佳代子《かよこ》がバスタオルを持って玄関に飛び出してきた。確か、長田よりも十歳ほど年下で、今も元気一杯だ。私は昔から、この夫婦が大好きだった。ただ一つ、二十歳を超えても、佳代子が私を「ちゃん」付けで呼び続けていることを除いては。

「ちょっと、ね」私は小さな笑みを浮かべ、バスタオルを受け取った。頭をごしごしと擦り、スーツの水滴を拭う。細かい糸くずが無数に付着して、かえって事態は悪化した。

十畳ほどの居間には、汗をかくほどの暖房が効いていた。佳代子が熱い茶を淹《い》れてくれる。私は、遠慮なく炬燵に足を突っ込んだ。濡れた靴下が不快だった。

「すいません、お騒がせしました」私は長田に頭を下げた。

「なんも」長田は顔の前で大袈裟に手を振った。「本当に大変だったね。まあ、でも、命に別状がなくて良かった。消防の連中から話は聞いたよ」

私は思わず苦笑いした。この男も、祖父と同じなのだ。退職して何年経っても、仕事と縁を切ることができない。昔の部下をつかまえて、無理矢理状況を説明させたのだろう。

「現場はすぐ近くですけど、何か見ましたか？」

「いや、それが何も見てないんさ」長田が申し訳なさそうに言って、茶をすすった。ぬるくなっていたのか、役にたたないのを悔やんでか、渋い顔になった。「申し訳ないけど、救急車が来て初めて気づいたぐらいでね」

「何時頃だったんですか」

「十時過ぎ、かな。おい、婆さん、そうだよな？」

佳代子が台所から顔だけを覗《のぞ》かせて「十時前ですよ」と訂正した。

「ああ、そうか」言われるまま、長田は自分の間違いを認めた。「十時過ぎと十時前じゃ、えらい違いだな」

「大した違いじゃありませんよ。何か、言い争うような声や、変な物音は聞きませんでしたか？」

「それはさっき、中署の皆さんにもお話ししたんだが、なんも聞こえなかった。今日は雨が降ってたしな」長田が、急に体を前に傾けて、私に顔を寄せた。「だけど鳴沢さん、こんな遅い時間に、しかも雨が降っていたのに散歩してたのかね？」

「それは、俺もおかしいと思ってるんですけどね」

「そうだよな」長田が頷いた。「いつも、朝は散歩してたけど、夜になってから出歩くようなことはなかったから」

「最近、生活習慣が変わったのかもしれませんよ」

「そんなこと、ないさ。鳴沢さんは、自分のペースを変えない人だすけ。それはおめさんも良く知ってるろ？　散歩は朝。夜じゃない。一度決めたら、死ぬまで変えないんじゃないかね」

「じゃあ、何で夜の十時なんていう時間に外へ出たんでしょう」

「おいおい、刑事は俺じゃなくておめさんだろう」長田が苦笑いを浮かべる。「こっちが聞きたいぐらいさね」

「最近、ジイサンのところに変な奴が訪ねてきたとか、何か変わったことはありませんでしたか？」

「さあ、俺が知ってる限りじゃ、そんなことはないな。でも、四六時中監視してるわけじゃないから、はっきりしたことは分からんよ」長田が大笑いした。冗談なのだと気づいて、私も小さく笑った。長田が頷き、真顔に戻って続ける。

「何はともあれ、無事で良かった。でも、おめさんのところも大変だな。鳴沢さんも一人暮らしがきつくなる年だし、そろそろ考えてやらねばいかんよ」

「まだ元気ですよ。俺が助けようとしたら、かえって怒るんじゃないかな。年寄り扱いするなって」

「まあ、あの人も意地っ張りだからね。でも、さりげなく気を配ってあげた方がいいと思うよ。向こうが怒らない程度にね」

「だけど、こっちは四六時中家を空けているし、転勤もありますからね」

「まあ、そうだが」長田が鼻の下を親指で撫でた。「そう言えば、鳴沢さん、最近良く溜息を漏らしてたよ。やっぱり寂しいんじゃないかな……病院には行ったのか？」

「これからです」

「早く行ってやりなよ。一人だと寂しいものだ」

寂しい？　祖父に限って、そんな言葉とは無縁のはずだ。祖父は、孤独を噛み締めながら溜息をつくような男ではない。では、どうして溜息をつくのだ？

本人に聞いてみるべきだろうか。ほんの数時間前に刺され、血を流し、雨に濡れた道路にうずくまっていた男に？

祖父が運び込まれた佼生会記念病院は、新潟市の南部、鳥屋野《とやの》潟の近くにある救急指定病院である。既に日付が変わっているせいか、私が駆けつけた時には、気味が悪いほどに静まり返っていた。素っ気無い真四角の建物が、雨に打たれて黒々と聳《そび》え立っている。私は、車のドアを叩きつけるように閉め、シャツの襟から忍び込んでくる雨の冷たさに首をすくめながら、小走りに夜間出入口に向かった。警備員に事情を話して中に入れてもらい、ナースステーションに向かう。

廊下の照明は落とされているが、ナースステーションから漏れ出てくる灯りが、床を白く照らし出していた。ナースステーションの前にあるベンチに、父が腰を下ろしている。組んだ両手に額を乗せ、居眠りしているような様子だったが、不安を嚙み殺そうとするように顔が小刻みに揺れているので、そうではないと分かった。

「父さん」

私が声をかけると、父がゆっくりと顔を上げた。目が赤い。焦点がぼやけていたが、すぐに修正して真っ直ぐ私の顔を覗き込み、小さく頷いた。

「大丈夫だ」

「中署の連中に聞いたよ。他に誰もいないのか？」

「所轄の連中は、さっき引き揚げた。今夜は事情聴取できないからな」

「大した怪我じゃないんだろう」

「たっぷり輸血して、三十針も縫ったんだ。内臓は大丈夫だが、軽傷とは言えないな。だけど親父は元々頑丈だから、心配ないだろう。自分で通報したぐらいだし」

「自分で通報しなかったら、間に合わなかったかもしれない。あそこは、夜になると人通りが少ないからね」

「ま、とりあえずは大丈夫だろう」父が、自分に言い聞かせるように言って、両の掌で顔を拭った。

「ジイサンに会えないんだったら、今夜は引き揚げたらどうですか？　明日の朝には面会できるような話だったけど」

「ああ、そうだな。今、帰ろうかと思ってたところだ」

「本当に？」

　父がゆっくりと頷いたが、その足は、廊下に根が生えてしまったように動かない。

「ああ。お前は、自分の家に帰れ。俺は川端町の方に泊まる」

「俺も川端町に泊まった方がいいんじゃないか」

「どうして」

「父さん、大丈夫なのか」

父は、ひどく憔悴《しょうすい》しているように見えた。目に光がない。しかし、背筋をぴんと伸ばすと、無理に力を入れた声で「大丈夫だ」と請け合った。

ほんの一瞬だが、親子らしい会話だったかもしれない、と思った。同時に、どうして昔から、このように自然に話せなかったのだろうと、私は少しだけ悔やんだ。

「どうするんですか、この事件は」

「中署に任せるよ。重大事件だが、捜査本部にするほどじゃないだろう。明日の朝、親父に面会したら、俺は魚沼に戻る。いつまでも空けてるわけにはいかないからな」

「署長が現場にいなくても、事件は解決しますよ」

父が、一瞬だが激しい怒りの表情で私を睨みつけた。何を言われても構わない、と私は思った。事件の道筋をつけたのは私たちなのだ。父ではない。しかし私は、先程の、親子らしい会話を思い出していた。何も喧嘩《けんか》したいわけではないのだ、と気づいた。

「だけど、どうしますか？　ジイサン、しばらく入院でしょう。誰か、面倒をみる人間がいないと、まずいよ」

「お前、新潟に残れ」

「仕事中ですよ、俺は」

「それにしても、毎日夕方に顔を出すぐらいはできるだろう」

「湯沢の事件はどうするんですか」

「それぐらい、本部の方でうまく塩梅《あんばい》する。一人が抜けたって、警察は機能しなくなるわけじゃないんだ。いいか、これは家族のことなんだぞ」

だったらあんたが面倒をみればいいじゃないか。私はむっとして口を歪めた。家族のこと、確かにそうだ。私だって、祖父の世話をするのが面倒なわけではない。看護師だってちゃんとついているし、時々着替えを持って行って、五分でも十分でも話をすれば、祖父も安心するだろう。しかし、どうして現場の人間である私が、その役目を引き受けなければならないのだ。署長という立場にある人間でも、十分できるはずである。

それよりも、明日の朝になれば、祖父の昔の部下や近所の人が大挙して見舞いに来るのは目に見えている。誰もが競って、祖父の面倒をみたがるはずだ。私の出る幕など、ないに違いない。

「明日の朝、ここで落ち合おう。事情聴取が始まる前に、親父に会っておいた方がいいと思うな」

「そうですね」

私たちは、病院を出て別れた。父は川端町の実家へ。私は自分のマンションへ。素直に父の言葉に従ったのは、一瞬、私たちの間に流れた、親子らしい感情のためではない。父と同じ屋根の下で一夜を過ごす気まずさには、やはり耐えられないだろう、と思ったからだ。

翌朝、私は改めて祖父の人望の厚さを思い知ることになった。八時過ぎに病院に着いたのだが、既に、廊下は人で溢《あふ》れていた。すっかり禿《は》げ上がり、体も萎《しぼ》んでしまっているが、今も現役時代の鋭い眼光を保った元刑事たちの顔が揃っている。中には顔見知りもいて、私は祖父に代わってお見舞いの言葉を受けることになった。祖父は、まだ面会を許されていないのだ。

私の後に到着した父も、同じように見舞い客に囲まれた。ひどく窮屈そうに見える。かつて父の上司だった人間も混じっているのだ。一通り挨拶《あいさつ》を終えると、父はナースステーションに入り、面会の許可を得た。

二人だけで、一人部屋の病室に入った。ベッドに横たわった祖父は、空気が抜けたように弱々しく見える。どこが軽傷だ、と私は口の中でつぶやいた。むきだしの腕には点滴のチューブがつながり、そこから流れてくる薄い黄色の薬で、辛うじて生かされているように見える。閉じたままの瞼《まぶた》が、ひくひくと細かく痙攣していた。

「父さん」父がかすれた声で呼びかけると、祖父がゆっくりと目を開けた。こちらを向こうとして、顔をしかめる。

「ああ、そのままで」父が慌てて言い、ベッド脇の椅子《いす》を引いて座った。私は父の背後に立った。

「みっともない話だな」祖父がかすれた声で、自嘲気味に愚痴をこぼした。「昔だったら、こんなことにはならなかったのに。一ひねりしてやったはずだよ」

「誰だって年は取りますよ」父が低い声で応じる。「仕方ないでしょう、歩いている時にいきなり刺されるなんて、誰も考えてませんからね」

「死ぬかと思ったよ」祖父が弱音を吐《は》いた。これも珍しいことである。脇腹を抉《えぐ》った鋭い一刺しが、祖父から生気と自信を奪ってしまったのだろうか。祖父が蒲団をめくった。

「見ろよ、これ」むきだしの脇腹には、座蒲団ほどもありそうなガーゼが貼られている。

「これじゃ、身動きが取れん」

「まったく、新潟にも通り魔が出るようになるとはね」父が吐き捨てるように言ったが、所轄を預かる警察幹部の言葉としては、ひどく無責任なものに聞こえた。「中署の連中には良く言っておきますから、安心して養生して下さい」

「これから事情聴取に来るのか？」

「落ち着いたら、来ると思いますよ」

「ああ」祖父は自由な右手だけを腹の上に乗せ、溜息をついた。「物騒な世の中だな、まったく」

二人の会話は、私にとってはひどく空疎に感じられた。これではただの世間話ではないか、と思っていると、祖父が苦痛に顔を歪めながら、私の方を向いた。

「了よ、お前が暇だったら、この事件を任せるのにな。こんな馬鹿なことをした犯人は、お前に捕まえてもらいたいよ」

「嫌ですよ」言ってしまってから、まるでわがままな子どもの台詞のようではないか、と思った。が、一度口を突いて出た言葉は、消しゴムで消すように簡単に消し去ることはできない。「俺は、複雑な人間の関係を解きほぐしたくて刑事になったんだ。通り魔の捜査なんてつまらないでしょう」

祖父がまた顔を歪めたが、今度は、はっきりと分かる苦笑だった。

「まあまあ、そう言うな。普通の人にとっては、通り魔の方が恐《こわ》いんじゃないかね。安心して歩ける街を作るのが、俺たちの仕事なんだぞ」

祖父の模範解答が、病室の中に沈黙を招き入れた。私は、沈黙を切り裂くのを覚悟しながら、心の底にずっと引っかかっていた質問を口にした。

「どうしてあんな時間に外に出たんですか？」

「ああ、買い物だ」祖父が気軽に答える。

「買い物？」

「風呂に入ろうと思ったんだが、シャンプーが切れていてな」

「そう、ですか」私は、さらに湧きあがって来る疑問を何とか飲み込み、祖父の顔から目を逸《そ》らした。正面から顔を見れば、次の疑問をぶつけざるを得なくなる。あの時間に買い物をするつもりなら、確かにコンビニエンスストアしかない。そして、祖父がいつも買い物をするコンビニエンスストアは、家を挟んで事件現場とは反対方向にあるのだ。

「見舞いの人がずいぶん来てますけど、どうしますか」父が訊ねた。

「中署の連中はまだかい？」

父が腕時計を覗き込む。

「そろそろだと思いますけど」

「そっちを先に済ませたいな。面倒だ」

「犯人の顔、見たんですか」私が訊ねると、祖父はゆっくりと首を振った。

「横からいきなり飛び出してきたんでな……それに、黒い雨合羽のようなコートを羽織って、頭にもフードを被《かぶ》っていたから、顔はろくに見えなかったよ。まったくもってだらしない話だが……結構小柄で、たぶん若い奴だとは思うが、それ以上は、自信がない」

「分かりました」父が立ち上がった。「無理することはありませんよ。思い出した範囲でいいですから、中署の連中に話してやって下さい」

病室を出る間際、私は一瞬だけ振り返って祖父の顔を見た。死人のように蒼褪《あおざ》め、生気がない。祖父の抜け殻がベッドの上に横たわっているようだ、と思った。祖父は、私の視線に気づかない。その方が傷が痛まないのか、窓際に顔を向けていた。あるいは、私たちの目には見えない何物かと向かい合っていたのかもしれない。

「ジイサン、大分弱ってるみたいですね」

「当たり前だ。刺されてぴんぴんしている人間はいない。体も心も、弱るよ」静かな、しかし憤然とした口調で父が言った。

誘い合ったわけではないが、私たちは、病院のロビーに腰を落ち着けた。売店の自動販売機で紙コップ入りのコーヒーを買い、ソファに並んで座る。二人の間には、一メートルほどの空間があった。

ずいぶん早い時間にもかかわらず、売店には大勢の人がいた。ほとんどが入院患者である。パジャマや、トレーナーの上下という格好で、雑誌を手に取ったり、患者同士で世間話をしている。鼻を突く消毒薬の臭いを紛らすために、私は続けて二杯、コーヒーを飲んだ。父は、紙コップを手の中でくるくる回すようにしながら、一杯目をまだちびちびとすすっている。ずっと視線を落としたまま、床の染みの数を数えているように見えた。

「妙ですね」

「何が」父の声は苛立《いらだ》っていた。

「ジイサン、嘘をついてる」

「嘘？」

「あんな時間に買い物に出るはずがない」

父が、私の疑問を途中で遮った。

「買い物ぐらい、行くだろう。店だって二十四時間開いてるんだから」

「そうですね。あの時間だったらコンビニに行くしかないでしょう。でも、現場とは反対方向だ」

「だから？」

「分かりません」私は肩をすくめて素直に認めた。「分からないけど、ジイサンが何か嘘をついているのは間違いない」

「あまり深く突っ込むな。昨日の今日だよ。いくら親父だって、混乱もするだろう。そういう時には、無理して事情を聴く必要はない。そんなこと、基本だろうが」

「分かってますよ」むっとして、私は言い返した。「だけど、俺は疑問も持っちゃいけないんですか」

「そんなことは言ってない。ただ、これはお前の事件じゃない。中署の連中に任せろ」

「そうは言っても、一課の事件でもあるんですよ」

父が首を振った。が、力はない。

「所轄に任せろ。身内が関係している時は、刑事ではなく、身内に徹した方がいい」

「俺は、情に流されたりしない」父がどうしてこんなに頑固になっているのか理解できないまま、私は反射的に言った。「家族の問題は抜きにして、ちゃんと捜査できるよ」

「無理だ」父がまた首を振る。先ほどよりも弱々しい。「人間は誰でも、どんな時でも、情を無視しては生きていけないんだ。それが内輪の話になれば尚更じゃないか。いいか、お前とジイサンの間には、家族の絆がある。血のつながりだ。そして、血のつながりがある限り、絶対に冷静な捜査はできない。お前は、そんなことが分からない男だとは思わないがな。どうなんだ」

自分の台詞に奮《ふる》い立たされたように、父の声は次第に元気を取り戻した。私は、父との言い争いを、自分から打ち止めにした。そう、どんな理屈をつけても、結局これは私の事件ではない。中署から要請が来て、私が応援要員に指名されない限り、いくら疑問があっても、それを解きほぐす権利はないのだ。

理屈では分かっている。しかし、釈然としない。最近、こんなことばかりだ。それが、私が今扱っている事件からの影響なのか、年齢的な問題なのか、それともまったく別の原因によるものなのか、想像もできなかった。それがまた、心にかかる靄《もや》を厚く、濃いものに変えていく。

佐藤文治は、間違いなく池内康夫の弟だった。魚沼署の捜査本部は、一日でその事実を突き止めた。

佐藤文治は、昭和十四年、長岡で生まれている。旧姓、池内文治。空襲で助かったのは、兄の池内康夫と文治だけだったが、この二人が会うことは二度となかった。康夫は、私たちがこれまで調べた通り、天啓会に引き取られて暮らしていた。一方文治は終戦後、小出町の古い農家である佐藤家の養子に迎えられている。元々、遠い親戚筋だったようだ。その後の経歴は、私が息子の文彦から聞き出してきた話と一致している。

夕方近く、私は捜査一課の大部屋で新谷からの電話を受けた。

「そういうわけで、何となく糸がつながってきた感じだな」と新谷。

「想像だけなら、もう少し先へ進めますよ」

「言ってみな」

「佐藤は、何らかの理由で、『天啓会』に恨みを抱いていた。その復讐のために、本間あさと平出正隆を殺した」

「ああ、そうだな。こっちでも、そういう意見が多い。でも、どうして佐藤が『天啓会』に恨みを持つんだ？　接点がないんじゃないかな。『天啓会』が活動していた頃、佐藤はまだ子どもだったし、本部のあった新潟に住んでいたわけでもないからね」

「池内康夫の絡みはどうですかね」

「どういうことだ？」

「例の殺しが、冤罪だったとか」

「おいおい」新谷が軽い調子で言ったが、その奥では暗い可能性を嚙み締めている様子がありありとうかがえた。「冤罪って、どういうことだ」

「そんなこと、分かりませんよ。でも、例えば、誰かが池内康夫をはめたとか」

「はめた？」

「池内康夫は、少しばかり頭の働きが鈍かったらしい。それにつけ入って、誰かが罪を押しつけたとは考えられませんか？」

「うーん、どうだろう」

「買いませんか、このネタ？」

「古過ぎるよ。それに、仮に実の兄貴が冤罪の犠牲者だと分かった時、弟の立場だったらどうするかね。普通は裁判か何かで決着をつけようとするんじゃないだろうか」

「でも、肝心の兄貴が死んでる状況で裁判を起こしても、仕方ないんじゃないかな」

「そう……だな。でも、関係者を次々と殺すようなことまで考えるかね」

「人の恨みっていうのは、他人には理解できませんからね。だから事件が起きるんでしょう？　いずれにせよ、俺はもう少し『天啓会』のことを探りますよ。そっちは、どういう方針で行くんですか？」

「今までと同じだ。佐藤文治の行方《ゆくえ》を探る。まだ何も手がかりはないんだけどね」

「『天啓会』の関係者に人を張りつけるっていうのはどうですかね」

「それは、おめさんの仮説が全部正しいとして、佐藤がまだ『天啓会』の連中に復讐しようとしているという前提での話だよな？　それは、ちょっと論理が飛び過ぎじゃないかな。人手もかかり過ぎると思うよ。無駄足になる可能性もあるし」

「新谷さんの方から提案してみて下さいよ。もしも、佐藤の所在が確認できないままだったら、そういう手もあるって」

「分かった。係長には俺から話しておくよ。それよりあんたのジイサン、怪我は大丈夫なのか?」

「朝会った時点では、生きてましたよ」私は思わず苦笑を漏らした。昼過ぎに病院に電話を入れたのだが、師長から厳しく文句を言われてしまったのだ。集まって来たかつての部下たち、近所の人たちでごった返して、他の入院患者が迷惑している、と。やはり、私が面倒をみる必要はないな、と思った。実際、午後遅くには長田が電話をかけてきて、近所の人たちと祖父の元部下がローテーションを組んで面倒をみる、と言ってきたのだ。

一点の曇りもない。祖父の人生は、高く晴れ渡った秋の空のようなものだったのではないだろうか。部下に慕われ、近所の人たちの信望も厚く、今回のように万が一の時には、頼んでもいないのに人が駆けつけてくる。

しかし、何かがおかしい。曇りのないはずの人生に、雷を予感させる雲のような、黒い影が映っている。父は「忘れろ」と言った。それは、家族の立場としては、たぶん正しい。しかし私の頭の中には、祖父の言葉の小さな矛盾が、次第に大きな影を落とし始めていた。

天啓会の関係者に当たるつもりだったが、今夜に限って、誰もつかまらなかった。もう少し遅い時間に直接家を訪ねてみることにして、夕食の前に、私は喜美恵に電話を入れた。会うつもりはなかったし、会うべきでもないと思っていたのに、結局彼女を食事に誘ってしまった。古町にある寿司屋で食事をし、その後でコーヒーショップに入った時には、八時近くになっていた。

「でも、本当に恐いわね」喜美恵が、また同じ話題を持ち出した。「新潟で通り魔なんて、信じられない」

「そういうことは、どこだって起こるさ。島根だって、山梨だって。東京や大阪ばかりが危険なわけじゃない」自分で言っておいて、無責任な台詞だ、と思った。日本中どこの都市も同じように危険にしてしまったのは、私の先輩たちであり、私たちなのだから。

私はカフェオレを飲んでいた。喜美恵は紅茶を頼み、たっぷりミルクを加える。そちらにすれば良かった、と一瞬後悔したが、紅茶の方がカフェインは多いはずだ、と思い直した。

「しばらく入院するの、お爺様?」

「お爺様はやめてくれないかな。ジイサンで十分だよ」

「あなたはそれでいいかもしれないけど、私はそういうわけにはいかないでしょう。ねえ、私、お爺様には一度だけ、会ったことがあるのよ」

「そうなのか？」

「小学生の頃ね。お爺様、警察を辞めてから交通安全協会か何かの仕事をしてなかった？」

「ああ、あれは仕事じゃなくてボランティアみたいなものだ」

「学校で交通安全教室か何かがあって、そこで見かけたの。今日、テレビでニュースを見て、思い出したわ」

マスコミの連中は、元県警捜査一課長・中署長が通り魔の被害に遭ったということで、大々的に騒ぎ立てていた。しかし、中署も本部の広報も、昔の肩書きは今回の事件に何の関係もない、と一貫して主張し続けている。マスコミ的には、昔手がけた事件に関連した怨恨《えんこん》、とでもした方が話は面白いのだろうが、実際にはその可能性は皆無なのだ。私もそう信じた。何しろ、仏の鳴沢である。逮捕し、刑務所に送り込んだ犯人に恨まれるようなことはありえない。

「心配ね」

「怪我は、大したことないんだ。二週間もあれば退院できるらしいよ。まあ、ちょうどいい骨休めじゃないかな」

「犯人、まだ分かってないんでしょう？」

私は、言葉に詰まった。犯人が分かっていない。本当に？　頭の中で、誰かが、祖父を襲った犯人の名前を告げようとしている。しかし、別の誰かは、それを否定しようとしていた。

「私も、お見舞いに行っていいかな」

「君みたいな美人が見舞いに行ったら、血圧が上がっちまうよ」

「よしてよ」喜美恵が気安い調子で私の肩を叩いた。「そんな風に言われたこと、一度もないわ」

「それは、世間の連中が狂ってるんじゃないかな。それより、うちのジイサンは妙に勘が鋭くてね。何だか、君のことも勘づかれてるみたいなんだ」

「どんな風に？」

「ああ」私は顔の横で指をくるくると回した。「まあ、何だ、そういうこと。早とちりしてるんだよ、ジイサンは」

「本当に早とちり？」

「おいおい」

喜美恵が真剣な表情で私の目を覗き込んだ。彼女の目に、大きく膨《ふく》れた私の顔が映っている。

私は小さく咳払いした。

「その、何ていうか、物事には順番があるんじゃないか」

「そうね」

「だろう？ 勝手に勘違いされても困るんだよ」

「でも、常識的な順番はあるにしても、そうしなくちゃいけないわけじゃないでしょう？ 人それぞれじゃないかしら」

「何が言いたい？」

喜美恵は、依然として真面目な顔で私をみている。が、すぐに表情を崩し、私の手に自分の手を重ね合わせた。私は、手の甲に広がる温かい感触をはっきりと感じた。同時に頭の中には困惑が広がる。何なんだ、と彼女に目で問いかけた。

「これで手は握ったことになるわけよ——まあ、この前も握ったけど」

「だから？」

喜美恵が身を乗り出して、さっと私にキスしていった。かすめるような、一瞬のキスだったが、私の唇には柔らかい感触の記憶がはっきりと残った。私は彼女の手をそっと振り払い、顎《あご》をゆっくりと撫でた。

「これで、キスまでは終わったと？」

喜美恵が強張った笑いを浮かべる。

「そういうこと」

「これが、君の言う、順番を踏んで、ということなのか？」

「もちろん逆でも良かったけど、私は古い人間だから」

「勘弁してくれよ。こっちは公務員なんだぜ」

「警察の服務規程には、喫茶店でキスしちゃいけないとか書いてあるの？」

私は頭を捻《ひね》って、真面目に一文一文を思い出そうとしていた。突然、喜美恵が弾けたように笑いだす。

「冗談よ。でも、あなた、本当にどう考えてるの？」

「こういう場所でキスすることを？」

喜美恵がぽかんと口を開けて私を見た。

「冗談だよ」

笑いながら、喜美恵が私の腕を叩く。

「もう」

「結婚とか、そういうことを言ってるのか？」

「あなただって、この前、そんなことを言ってたじゃない」

「そもそも俺たち、付き合ってるのか？」

「ああ」喜美恵が真面目に頷いた。「それは……どうかしら」

「付き合ってるかどうかも分からないのに、結婚っていうのはないんじゃないかな。この前は、俺もちょっとのぼせ上がってた」私は少しだけ椅子に体重をかけ、彼女から距離を置いた。そうすることで、先日の自分の言葉からも距離を置いた。「あのさ、犯罪について、君はどう思う？」

「何よ、急に」

「いや、真面目な話。うちのジイサンが襲われた話とか、どう思う？」

「恐いよ、もちろん。物騒だと思うし、自分がそういう目に遭ったらって思うと……」

「俺たちにとっては、それが日常なんだ」

「どういうこと？」

「夫婦の生活って、どんなものなのかな。うちは、お袋が早く死んだから分からないけど、君の家はどうだった？　お父さん、家で仕事の話をしてたか？」

「そうね……わりと、話す方だったと思う。でも、普通のサラリーマンだから、そんなに面白い話もなかったけどね。仕事の愚痴ばかりで、母はいつも、うんざりしてたわ」

「俺は、刑事だ」その言葉が自分の胸に染み込んでいく。「二十四時間、三百六十五日、刑事だ。家に帰っても事件のことばかり考えているし、いつ呼び出されるかも分からない。それが当然だと思ってる。俺は、一種のサラリーマンだけど、サラリーマンじゃないんだよ。犯罪にどっぷり浸かっているし、犯人を追いつめるのが好きだ。家に帰っても、そんなことばかり話すかもしれない。話さなくても、そういう臭いを振りまくかもしれない。君は、それに耐えられるのか？」

「そんなこと、今言われても分からないよ」喜美恵が露骨に顔をしかめる。

「難しいと思う。君にとって、犯罪は非日常的な出来事だ。そうだろう？　今回は名乗り出てくれて感謝してるし、君のおかげで捜査は大きく進展したけど、恐かったんじゃないか？　そう言ってたよね」

　喜美恵がこっくりと頷いた。

「それが当たり前の感情だと思うよ。もちろん、一緒にいれば、いつかは慣れるかもしれないけど、もしかしたらずっと我慢できないかもしれない」

「ねえ、一つ、聞いていいかな」苛々した口調で喜美恵が訊ねた。

「どうぞ」

「あなた、昔、私のこと好きだったんだよね？」

「そう。たぶん、真剣に好きになったのは君が最初だと思う。そして……今も好きだ」

喜美恵がこっくりと頷く。

「私も、あなたが好き。でも、中学校の時からじゃないわよ」

「それは残念だ」

「この前会った時からだと思う」

「この前？」

「私が、湯沢の事件であなたに会った時。あれが、私にとっては、あなたとの初めての出会いになるんじゃないかな」

「傷つくな」冗談めかした台詞に包み込んで、私は本音を吐いた。「ということは、中学生の時は、俺の一方的な片想いだったわけだ。君の中では、俺は透明な存在だったことになるよな」

「昔のことなんか、いいじゃない。私、たぶん、あなたに一目惚れしたのよ。中学校の同級生だとか、あなたが刑事だとかいうこととは関係なくね。でも、確かに事件は恐いわ。もしかしたら、あなたのことも恐いのかもしれない。こうやって会っているだけでも、事件の臭いがするみたいだから。でも、そういうことはそういうことで後から考えるとして……」

「今夜はこれぐらいにしないか？」私は、彼女の話の腰をやんわりと折った。喜美恵は一瞬、傷ついたような表情を浮かべたが、すぐに笑顔に戻った。

「そうよね。やだな、私、何を急いでるのかしら。まるであなたに迫ってるみたい」

「もう少し頑張ったら、陥落したかもしれないけどね」

「じゃあ、もう一度やり直す？」

「いや、今夜はいい。まだ仕事がある」私は伝票をつかんだ。

「ねえ、一つだけ、全部がうまく行く方法があるんだけど」

「何？」私は、浮かしかけた腰を、もう一度椅子に落ち着けた。

「あなたが警察官を辞めること。仕事なんて、何でもあるわよ。そうしたら私も心配しなくていいし。それに、刑事の仕事って、やっぱり危険なんでしょう？　警察じゃなければ、あなたもそういう心配をしないで仕事ができるわよ。『安全』っていう言葉を使ったら変かもしれないけど」

「刑事が仕事中に死ぬ可能性っていうのは、バスの運転手が交通事故で死ぬ可能性よりも、ちょっと高いぐらいらしいよ」

「もう、冗談やめてよ。でも、どうかな、このアイディア。あなたは刑事を辞めて転職する。それで、私たちは結婚する。もちろん、いろいろな手順はちゃんと踏んでよ。最初は、ちゃんとデートしない？　ドライブとか、映画もいいよね」

「君は、実現不可能なことを言ってる」私は、心の中に小さな氷の塊ができ、それが次第に大きく膨らむのを感じていた。

「何が実現不可能なの？　デートすること？　それとも私と結婚すること？」

「違う。刑事を辞めることだ」

「天職なんだね、やっぱり」

「いや、そうじゃない。天職とは言わないよ。でも、俺が刑事を辞めるのは、死ぬ時なんだ」

刑事を辞める時は死ぬ時、か。

馬鹿な台詞だ。馬鹿な台詞なのに、妙に引っかかる。本当にそうなのだろうか。物心ついた頃から、私は刑事になるつもりだった。なるべくしてなった、と言ってもいい。父も祖父も刑事という一家に生まれ育てば、遺伝子の中に、人を探したり追及したりする本能が植えつけられるのも当然かもしれない。

喜美恵のことはどうなるのだ。

お前は喜美恵が好きか、と自問してみる。答えはイエス、イエス、百万回のイエスでも足りない。今すぐにでも抱きたい。二人で暮らしたい。なのに、どうしても踏み切れなかった。

私は、怯《おび》えたのだ。喜美恵が、事件の臭いを、現場の空気を身につけたまま家に帰って来る私を恐がるのではないか、と。自分のことではない。彼女のことを思って踏み切れない。


飯塚実は、怯えを全身の怒りで覆い隠そうとした。最初に事情聴取した時も攻撃的だったが、今回はさらに、全身に針の鎧《よろい》をまとっている。

「あんたらね、いつまでも人の周りをうろついて、こっちは迷惑なんだよ」

「人が二人殺されているんですよ。それでも迷惑だと言えるんですか？」

「ああ、迷惑だ。こっちに何の関係があるんかね」

「ない、と言い切れるんですか？」

飯塚は言葉に詰まって、私と、今夜からまた応援に来た大西の顔を、交互に睨みつけた。

「飯塚さん、事態は深刻なんですよ。腹を割って行きましょう。これ以上犠牲者を増やすわけにはいかないんです」

「その……佐藤文治という男が犯人なのか？」飯塚が探りを入れるように訊ねる。

「まだ分かりません」九分九厘間違いないとしても、まだ認めるわけにはいかない。「しかし、疑わしい人物であることは確かですから」

大西が話題を変えた。

「池内康夫と佐藤文治が兄弟だったことは、ご存知だったんじゃないですか？」

「知らない。康夫は天涯孤独の身だと聞いていた」

「今まで、佐藤文治の名前を聞いたことはありますか？」と大西。

「ない。一度もない」飯塚が即座に断言した。「康夫の家族は、長岡の空襲で全員死んだ。私らは、そう聞いている」

「佐藤文治の方から見ると、逆だったんです」私は言った。「自分だけが生き残って、他の家族は全部死んだと言い聞かされて、育ったそうですから」

「そんなことは、私らには何の関係もない」飯塚の口調は依然として素っ気無いが、質問を弾き返すような強さは消えていた。

「佐藤文治が、仮に本当に二つの事件の犯人だったとして、『天啓会』の人間ばかりを狙《ねら》った理由は何なんでしょう」

「知らんね、そんなことは」飯塚が煙草を咥《くわ》え、ライターの火を移そうとした。焦っているのか、火が点かない。私は、ワイシャツの胸ポケットから百円ライターを取り出して、飯塚の前のテーブルに置いてやった。煙草は吸わないが、一つ持っていると、こういう時に役に立つ。

「復讐じゃないんですか」私は訊ねた。

煙を深々と吸って、それで一安心したような穏やかな表情を浮かべていた飯塚が、また怒りで顔を赤くした。

「何だね、復讐って？　馬鹿馬鹿しい」

「その理由を知りたいんですけどね」私はライターを取り上げ、胸ポケットに落とし込んだ。「どうなんですか。池内康夫と佐藤文治が、五十年前に実は連絡を取り合っていた、ということは考えられませんか？」

「ないだろう……いや、私は何も知らない。本当に知らないんだ」

「例の事件は、本当に池内康夫がやったんですか」

「何が言いたいんだ？」

「誰かの罪を押しつけられたんじゃないんですか」

飯塚が顔を歪める。

「よく、そんないい加減なことを思いつくものだね」

「いろいろ想像するのも仕事ですから。それより、思い出して下さい。また『天啓会』の関係者から犠牲が出たらどうするんですか？　昔のこととは言え、自分の仲間が犠牲になっていくのを見るのは気持ち良いものじゃないでしょう？　それに、次はあなたかもしれないし」

「脅しのつもりか？」顔を赤くして、飯塚が私を睨みつける。どうも、今夜の私たちは早々と臨界点を超えてしまったらしい。張りつめた空気を察したのか、大西が間の抜けた声で「ちょっとトイレを借りますよ」と立ち上がった。息を殺して顔を赤くしていた飯塚が、圧力が半分になったと思ったのか、口をすぼめてほうっと息を吐く。

「そんなに知りたければ、昔の記録を調べればすぐに分かるでしょう」

「記録は、残っていないんですよ」

「そうなんですか？」

「残念ながら。それに私たちは、公式の記録に出ている以外のことが知りたいんです」

「そんなことを言われても、私らにはどうしようもないよ」

「例えば、現場に来た警察官の名前とか、覚えていませんか？　まあ、五十年前だから、もう生きていないかもしれないけど」

「いや」飯塚が、急に顎を引き締めた。「生きてるよ」

「どうして分かるんですか」

「新聞で名前を見たんだ。その人、危うく死ぬところだったらしいけどね」

「死ぬところだった？」頭の中で、何かが弾けた。「飯塚さん、もしかしたらその警察官の名前は、鳴沢浩次じゃないんですか？」

飯塚が訝しげに私を見た。「知ってるのか？　ああ、そう言えばあんたと同じ苗字じゃないか。親戚か何かかね」

私は答えなかった。

答えられなかった。


その夜十一時近くになって、私は一人で佼生会記念病院を訪れた。看護師に見咎《とが》められないよう、わざわざ着替えが入っているように見せかけた紙袋をぶら下げて。明日の朝でも良かったのだが、朝になればまた、祖父の面倒を見ようという人間が、病室の前で列を作るに決まっている。私の順番は、その列の最後尾に近いだろう。

部屋の電気は消えていた。私は音を立てないようにドアを閉め、ベッド脇の丸椅子を引いて腰を下ろした。微かに椅子が軋《きし》む。

「了」名前を呼ばれ、ぎくりとした。

声を押し殺して訊ねる。

「起きてたんですか」

「ああ、ちょっと傷が痛むんだ。眠れない」祖父の声は、ひどくしゃがれている。

「看護師を呼びますか？　痛み止めか何か、貰《もら》った方がいいんじゃないですか」

「いや、やめておくよ。薬を使うと、頭がぼうっとするんだ。私ぐらいの年になると、もう、ぼんやりしている時間もあまりないからね。それよりどうした、こんな遅い時間に？」

「ちょっと聞きたいことがあるんです」

「何だ」祖父は、点滴につながれていない右手を伸ばし、枕もとのスウィッチを探った。白熱光が、祖父の顔を照らし出す。眩しそうに目を瞬かせた。顔の陰影が濃くなり、その分皺《しわ》が目立つ。伸び始めた白い無精髭《ひげ》——死体に生える黴を、私は想像した。それでも、朝に比べるとずいぶん元気になったように見えた。話し続けても大丈夫だろうと自分に言い聞かせ、質問を続ける。

「例の事件のことなんですが」

「湯沢の件か？」

「ええ」

「どうなってるんだ？　新聞もテレビも見ないから、その後の動きが良く分からん」

「五十年前、『天啓会』の中で殺人事件がありました。あなたはその時、現場にいたんじゃないんですか？」

「ああ」祖父はあっさりと認めた。「現場には一番に急行したよ。平巡査だったからね、すぐに刑事に引き継いだが……思えばあれは、私が最初に見た殺しの現場だった」

「あの事件、あれで本当に良かったんですか？」

「どういうことだ？」

私は、池内康夫と佐藤文治の話をした。

「もしかしたら、池内康夫の事件は、冤罪だったかもしれない」

「ありえないな」祖父は穏やかな、しかしはっきりとした声で私の推測を否定した。「現行犯逮捕だった。血の付いた包丁を持って死体の側に立っていたんだから、言い逃れできないよ。本人の手にも、血がべっとり付いていた」

「そう、ですか」

「納得できないみたいだな」

「何かあったんですよ、何か」私は両手を腿に乗せて体を前に乗り出した。「何かなければ、佐藤文治は『天啓会』の関係者を殺したりしません」

「まあまあ、落ち着け、了」

「落ち着いてますよ」

「決めつけるな。佐藤文治という男がやったのかどうかも分からないわけだし、仮にそうだとしても、『天啓会』が関係しているかどうか、今のところは分からないだろう」

「そりゃあ、そうですけど。でも、全てそちらの方を向いているんですよ」

「だったら、調べるんだな」天井を向いたまま、祖父が強い口調で言った。「真相にたどり着くまで調べるんだ」

私は一瞬口をつぐみ、それから、心の中で固まっていた疑問を思い切って口にした。

「この事件のこと、どうして黙っていたんですか。最初から分かっていたんでしょう？『天啓会』の名前だって知っていたはずです。あなたのような人が、事件のことを忘れるわけがない」

「いや、忘れてたんだよ」祖父が軽い調子で言った。

「まさか」

祖父の顔に微笑が広がる。

「私を買いかぶるなよ。もう年なんだ。後から考えて思い出したが、今回の件に関係があるとは思えなかった。お前に余計なことを吹き込んで、捜査を間違った方向に導くのは馬鹿げてるからな、あえて言わなかったんだ。私はただのOBだよ？　口を出す権利はない」素っ気無く言って、祖父は大欠伸をした。それがまた傷に障ったのか、顔をしかめる。「とにかく、何でも好きなだけ引っ搔《か》き回してみろ。お前なら、何か探り出すさ」

「この線、あまり見込みはないですかね」

「それを決めるのはお前だ。私じゃない」言って、祖父は灯りを消した。痛みに歪んだ顔が、闇に溶け込む。苦しそうな顔をしていたのは痛みのせいだったのだろうか、と私は思った。

眠れぬままに、私は朝の五時にベッドから抜け出した。口の中で金属の味がする。うがいをし、歯を磨き、またうがいをする。もう一度歯を磨いて、ようやく落ち着いた。スウェットの上下に着替えて、家を出た。家の前で、入念にアキレス腱を伸ばし、膝《ひざ》の屈伸運動を続ける。カバーを被ったままのSRに「悪いな」と一言声をかけると、信濃川沿いの道を走り出した。テレビ新潟、結婚式場を通り過ぎ、上所《かみところ》の交差点で左に折れる。新しいショッピングプラザ、南高校を横目に見ながら、万代シティへ。

この時間の万代シティは、ゴーストタウンだ。日中はバスの発着、それに買い物客で賑《にぎ》わうし、夜は夜で、若い連中が遊ぶ場所も多い。一日のうち十八時間ぐらいは、盛り場らしく人の行き来が絶えないが、今はちょうど短い休憩の時間なのだ。

人気《ひとけ》はまったくない。紙ゴミが風に煽《あお》られ、遥か上空まで舞い上がって行く。万代シティのシンボルである虹色のレインボータワーは、昼間見ると間抜けなだけだが、まだ日の昇りきらないこの時間には、死に絶えた街に残された、たった一つの宗教施設のようにも思えた。人は神に近づくために、高い建物を建てる。人の数だけ罪を抱えて、街が滅びた後も、象徴的な建造物だけは生き残り、人間たちの愚かな所業の名残を遥かな高みから見下ろすのだ。あるいは万代シティは、既に滅びてしまったのかもしれない。今私が目にしているのが本当の姿で、昼間の賑わいこそ、誰かの幻想が作り出した仮想空間なのだ。二十四時間のうち十八時間だけ、廃墟の中から立ち上がる幻想の街。

馬鹿馬鹿しい。これではまるで、天啓会の教えだ。いや、天啓会だって、こんなインチキを教えはしなかっただろう。

粘つく唾を歩道に吐き出すと、ペースを上げた。久しぶりに走るので、脹脛《ふくらはぎ》がぴりぴりと緊張する。しかし、悪い気分ではなかった。体の中心で小さな炎が燃え始め、それが次第に大きくなる。炎は、私の中に積もっているあれやこれやのもやもやを、少しずつ灰に変え始めた。スピードを上げれば上げるほど炎は高く、熱くなるのだが、いかんせん、しばらく走っていなかったのでスピードが乗って来ない。結局炎は全てを焼き尽くすことができず、幾つかの問題は生焼けのまま残ってしまった。

佐藤文治と池内康夫のこと。本間あさを巡る天啓会の人間関係。心配と、割り切れない疑問が一つの桶に入ったまま、決して混じり合うことのない、祖父に対する思い。喜美恵。

少しだけ、ペースを上げた。自分が吐く息、それにナイキのランニングシューズがアスファルトを蹴る音、トレイニングウェアが擦れる音だけが耳に入る。万代橋の下をくぐり、そのまま新潟港に向けて走った。終点は、佐渡《さど》汽船の乗り場だ。家からここまで、五キロか六キロぐらいだろうか。両手を腰に当て、息を整えるためにゆっくりと歩きながら、帰りの道程を思った。

ふと、高校と大学の七年間、そのほとんどを捧げたラグビーについて思い出す。ラグビーは、百万の言葉で形容することが可能だが、私は「偶然性との戦い」という言葉を選びたい。何しろ楕円球は、プレイヤーのコントロールを拒否しているのだ。グラウンドに落ちたボールは、それ自体が自由な意志を持った生き物のように、勝手に転がり出す。抑えられるはずのボールがタッチラインを割り、逆に追いつかないはずのボールが大きく跳ね上がって胸に飛び込む。このような偶然性は、見ている側からすれば面白いかもしれない。しかしラグビー選手がゲイムに臨む八十分間は、こういう偶然性を排除するための戦いになるのだ。

捜査も、ラグビーと同じようなものかもしれない。私たちの手から零れ落ちると、事件は勝手に動き出す。しかも今回のような事件の場合、犯人はラグビーボール以上に明確な意志を持って動き回っているはずで、事態はさらに厄介になる。私たちの仕事は、事件を押さえ込み、犯人の意図を挫《くじ》き、これ以上の犠牲者を出さないようにすることだ。しかし今のところ、犯人という名前のボールは、自由にグラウンドを転げまわっている。しかも芝が深いせいか、私たちには時々その姿が見えるだけなのだ。

ふと、首筋に冷たいものを感じた。

今年最初の雪が降りだしていた。

第九章　見えない標的

佐藤文治と池内康夫の関係が判明してから、既に二日。佐藤の行方《ゆくえ》は、依然として知れない。体調が悪いであろうことを考慮して、県内各地の消防、病院に手配を回したが、今のところ、どこかに立ち寄った形跡はなかった。ホテルや旅館も同様である。佐藤が使っていたクラウンが自宅からなくなっていたので、ナンバーを手配したが、こちらも回答がない。あるいは佐藤は、県外に潜んでいるのかもしれない。東京の雑踏に隠れていて、事件を起こす時だけ新潟にやって来ることも可能なのだ。

「やっぱり、県外じゃないですかね」ハンドルを握る大西が、溜息をつくように言う。

「そうかもしれないな」私は欠伸を嚙《か》み殺した。ろくに寝ていないのに、二日続けて、朝五時に目が覚めてしまったのだ。その結果分かったのは、起き抜けの十キロのジョギングは、爽快感よりも無駄な疲労感を体に残す、ということである。魚沼署で新谷に会ったらガムをせびろう、と決めた。新谷なら、眠気を吹き飛ばすようなきついミント味のガムを持っているはずだ。

「東京なんかにいたら、絶対に見つかりませんよね」

「海君、君は東京を何だと思ってるんだ。バミューダ・トライアングルか？」

「はい？」

「分かってるよ。何が隠れているか分からないような、恐《こわ》いイメージがあるんだろう。俺だって、初めて東京に行く時は、そう思ってた。だけど、実際に行ってみたら、何ということもなかったよ」

「そうなんですか」

「本物のヘビを見たことがない人間がヘビを恐がるのは、馬鹿馬鹿しいと思わないか？　あんたが東京を恐がるのは、それと同じことなんだよ。警察官なんだから、自分の目で見たもの以外を信じちゃいけないぜ」

「そうは言っても、ですね」大西が溜息をつく。

「びくびくするなって。そのうち、警察庁に出向するかもしれないだろう。そうなったら、嫌でも東京に住むことになる」

「そうですね」まだ納得していない様子だったが、とにかく大西が頷いた。

「今は、佐藤のことだ」

「それは分かってますけどね」くたびれた声で、大西が相槌を打った。

　捜査本部にも、疲れた雰囲気《ふんいき》が漂っている。佐藤文治の名前が出た直後は、一時的な躁《そう》状態が捜査員全員に感染し、今すぐにでも事件が解決しそうな雰囲気になった。しかし、その熱狂が急激に引いた分だけ、捜査員の疲労と諦めの色は濃い。

　五嶋も、その疲れた空気に感染していた。相変わらず腕まくりをして額に汗を浮かべているが、目は赤く、顔は蒼い。

「これから小出に行きます」

　私が報告しても、五嶋は「そうか」と短く反応するだけだった。新谷が五嶋の代わりをするように言った。

「あんたの爺さん、大丈夫だったか」

「おかげさまで」

「まさか、あんな目に遭うとはね。やっぱり通り魔なんだろうな」

「たぶん、そうなんでしょう」新聞もテレビも、第一報では「元県警捜査一課長刺される」と、ややセンセーショナルに報じ、現役時代の事件と何とか結びつけようとしていたが、そのトーンは翌日には早くも引っ込んだ。中署も、祖父の過去の肩書きとは関係のない通り魔事件として、捜査を続けている。

「それで、どれくらい入院するんだ？」

「二週間か、三週間ぐらいになるんじゃないですかね。大した怪我じゃないんだけど、年が年だから。それよりカンエイさん、ガム、ありますか？」

「あるよ」新谷が表情を崩した。五種類のガムを取り出し、トランプのように私の顔の前で広げる。「どれがいい？」

「一番きついのを」私は、遠慮なく飛び出そうとする欠伸を、何とか嚙み殺した。「眠いんですよ」

「お盛んだな、ええ？」

私はガムを受け取りながら答えた。

「何だか、早起きしちまってね。朝から十キロも走ったら、やっぱり疲れる」

「十キロ？」ぼんやりと座っていた五嶋が目をむく。「おめさん、人間じゃないな。そんなに体力があり余ってるのかよ、ええ？」そう言えば、この捜査本部ができて以来、五嶋が席を立つのを見たことがない。

「十キロって、たかだかマラソンの四分の一ですよ」私はガムを三枚、まとめて口に放り込んだ。火が点いたように口の中がひりひりして、一気に目が覚める。「大したものじゃない」

五嶋が、疲れた表情に戻って首を振った。腕組みをして、椅子《いす》に背中を預ける。

「まあ、体を鍛えるのも大事だが、ほどほどにな。今が踏ん張り所なんだから」

欠伸を飲み込もうとしていた大西が、慌《あわ》てて頷く。五嶋が、唇の端に馬鹿にしたような笑いを浮かべ、続けた。

「あんたの提案通りに、しばらく、『天啓会』の関係者を監視することにしたよ」

「警戒じゃなくて監視ですか？」

私が訊ねると、五嶋が面倒くさそうに顔の前で手を振った。

「言葉なんか、何でもいいよ。とにかく、『天啓会』の幹部だった連中に張りつく。もちろん、表立ってはやらない。こんなことがマスコミにばれたら、何を書かれるか分からないからな」

新聞もテレビも、まだ佐藤文治の名前を割り出していないし、二つの事件について、五十年前の事件との関連を打ち出してもいなかった。しかし、いずれは嗅ぎつけるだろう。そうすれば、どこかに潜んでいる佐藤を刺激するような記事が、紙面を飾るはずだ。

「そういうわけで、了よ。名簿に新しく載せる人間はいるか？」

「それは、対象をどこまで広げるかによると思いますが」

五嶋が、手元の名簿に目を落とした。

「まだ生きている幹部の中で、例の道場とやらに住んでいたことのある人間。その中で、あんたが言っていた、ほら、例の……」五嶋が自分の額を指差す。

「『お印』ですか？」

「そうそう。その『お印』で、紫色の奴を貰《もら》った人間ってことになるかな。つまり、幹部連中だ。とりあえずはそれで十分だと思うが、おめさんはどう思うかね」

「いいんじゃないですか」

五嶋が頷いて指を折った。

「とすると、十人かそれぐらいだな。いや、もっと絞り込んでもいいか。五人、ってところだな。機捜にも所轄にも応援を頼んでも、二十四時間態勢で監視するとしたら、それぐらいで手一杯だろう。一つ助かるのは、年寄りが多いことだな。ほとんど家にいるから、監視は楽だ」

「佐藤の家はどうなんですか？　あっちも張り込みをやってるんでしょう？」

「今のところ、何もないな」新谷が答えた。「俺も今、そっちから戻ってきたんだが、息子はずいぶんげっそりしてる。ありゃあ、相当参ってると思うよ。裏で親父《おやじ》と連絡を取ってる様子もなさそうだ」

「でしょうね」私は五嶋、次いで新谷の顔を見た。「じゃあ、俺たちは行きます」

見えた。
「頼むよ」五嶋が私に向かって、ひらひらと手を振った。何だか、自棄《やけ》っぱちの仕草に見えた。

小出町は、六日町を一回り小さくしたような町である。国道一七号線と上越線に挟まれた細長い平野部が市街地で、商店街もその狭い範囲内に押し込まれている。また雪が降り出しそうな天気で、車を下りた途端に、山から吹き降ろす重く冷たい風が、体を突き刺した。

私たちが訪ねたのは、佐藤文治の養父の弟で、佐藤にとっては義理の叔父にあたる星《ほし》富太郎《とみたろう》という男だった。家は、広神村との境に近い国道二五二号線沿いにある、昔ながらの農家である。星は、私が想像していたよりもずっと若かった。六十五歳。自身も、婿入りして苗字が変わったのだという。

「六十五歳ですか。じゃあ、文治さんとはあまり年も変わらんのですね」手帳を広げながら、大西が確認した。縁側に腰かけた星は、茶を一すすりして、皺《しわ》の中に笑顔を浮かべた。ガムを嚙むように、顎《あご》を盛んに動かす。入れ歯が合わないようだ。

「はあ、うちは七人兄弟で。文治を引き取った富介《とみすけ》は一番上の兄で、わしは末っ子だすけ……二十歳も離れてるんですて」

「七人兄弟ですか」大西が目を丸くする。

星が、邪気のない笑いを浮かべた。

「昔はそれぐらい普通だったすけな。驚くほどじゃないよ」

大西が、手帳に目を落とした。事情聴取は彼に任せることにして、私は庭を眺め回した。先日降った初雪が、薄汚れた綿のように、庭の片隅に残っている。これが二、三回続くと、春先まで残る根雪になるのだ。

大西が口を開いた。

「文治さんは、元々親戚筋だったんですよね」

「ああ、そうらしいんだけど、わしは詳しいことは分かんねんだ。文治がうちに来た頃は、わしもまだ子どもだったからね。何でも、兄嫁の遠縁にあたるらしいんだけど、そういう縁がなかったら引き取らなかったでしょうね。終戦の頃は、田舎のこの辺りも大変だったそうだから」

「文治さんの家族は、空襲で全員亡くなったそうですね」

「らしいね。でも、兄貴がいたんろ？　それが昔、何か、新潟の方で事件を起こしたとか」

「知ってるんですか？」大西が目をむく。

星が、苦笑いを浮かべた。口が薄く開き、歯の抜けた空間が黒くはっきりと見えた。

「そういうこと言ってたの、警察の人たちですよ。この辺では評判になってますわ」

またただ。私は静かに歯嚙みした。田舎では、情報を隠しておくことはできないのだろうか。今喋っていることも、私たちが帰った五分後には、町中に広がってしまうかもしれない。

「だけど私らは、文治に家族がいたなんて、今の今まで知らんかった」

「お兄さんも知らなかったんですか？」

「でしょうねえ。そうじゃなければ、養子にしようなんて考えなかったんじゃないの。ああ、でも、文治本人は気がついていたかもしれんけど」

「どういうことです？」私は大西を押しのけて、星の横に座った。

「何か、調べ物をしていたようですよ。役所の古い文書なんかを当たってね。もしかしたら、自分の本当の家族が生きているかもしれないと思ったんでしょう。兄貴が死んでから、そういう気になったんじゃないかな。兄貴はずっと文治の面倒をみてたわけだから、生きてるうちにそんなことをしたら申し訳ない、とでも思ってたんでしょうなあ」

隠された自分のルーツを知りたい、というのは人の自然な欲求なのだろう。私はさらに質問を重ねた。

「そうかもしれませんね。お兄さんが亡くなったの、五年前でしたか?」

「そうだね」

「もしかしたら、お兄さんは池内康夫という人間を知っていたんじゃないですか」

「池内康夫って、文治の本当の兄貴かね」

「ええ」

「親戚筋だから、知ってはいたでしょう、当然」星が首を傾げる。「でも、少なくとも生きているとは思ってなかったんじゃないかな。あの空襲から終戦のどたばたの中の話だすけ、探す余裕もなかったろっしね……ああ、そういう話だったら、兄貴の昔の嫁さんが知っているかもしれんけど。親戚筋って言うのは、元々そっちの方だすけ」

「昔の嫁さん?」

「兄貴は離婚したんさね、もう四十年か、四十五年も前の話だけど。その後で再婚したんですよ」

「その人は今、どうしてるんでしょう」

「まだ生きてるはずですよ。今、長岡に住んでるんじゃないかな」

大西は興奮を隠そうとしなかった。助手席で、人差し指で腿を叩《たた》きながらリズムを取り、鼻歌まで口ずさんでいる。ちらりと横を見ると、目がきらきら輝いてさえいた。

「落ち着けよ、海君」

「落ち着いてます。だけど、凄《すご》いですよね。こうやって、するすると糸がほどけて行くのって、何か興奮します」

「ほどけた後に、何か残ってたらいいんだけどね」

「どういうことですか」

「佐藤の養父の嫁さん——田尻《たじり》やす子だっけ？」

「そうです」

「九十歳だって言うじゃないか。ボケてる可能性だってあるだろう」

「そりゃあ、そうですけど」

「興奮するのは、実際に会ってからにしろよ。期待が大きすぎると、外れた時にがっかりするぜ」

　水を差されたと思ったのか、大西が、恨めしそうな目で私を見た。しかし、自分が探り出したことに一々興奮していたら、刑事は全員、頭の血管が吹き飛んで死んでしまう。

　田尻やす子は、長岡の郊外にある病院に入院していた。病院に着いたのは午後六時過ぎ。事情聴取だと言うと、病院側は渋い顔をしたが、大西がナースステーションで粘って、ようやく許可を取り付けた。

田尻やす子は、六人部屋に入っていた。骨折でもしたのか、ギプスで固定した左足を吊るしている。警察だと名乗ると、微かに顔を引き攣らせた。

「ばあちゃん、足はどうしたの？」大西が、人なつっこい笑顔を浮かべて、ベッド脇の椅子に腰かけた。やす子の表情が、少しだけ緩む。

「転んで、はあ、折っちまった」

「気をつけないと駄目だよ。ばあちゃん、幾つになるの？」

「九十になった」

「九十？　元気だね」

「ああ、ありがとさんよ。おかげさんで、頭ははっきりしとるよ。このまま動けないと、ボケちまうかもしれないけど」

「大丈夫だよ、元気そうじゃない」大西が私の方を振り返った。質問を代わるか、と目で問いかけている。私はゆっくり首を振った。どうも、大西の方が年寄りには受けが良いようだ。

「ばあちゃん、古い話なんだけど、ちょっと聞かせてもらえないかな」

「いつの話だか……覚えてるかねえ」

「ばあちゃん、昔、佐藤文治さんを養子にしたでしょう？」

やす子が顔をしかめる。どれほど昔のことであっても、当時の結婚生活の記憶は、依然として苦痛を与えるのかもしれない。結局、搾り出すように認めた。

「ああ」

「文治さんにお兄さんがいたことは知ってるよね？」

やす子が口を開きかけ、すぐに閉じた。ゆっくりと首を動かして、大西の視線から逃れるように天井を向く。

「ばあちゃん？」大西が声を抑えながら語りかけた。「ばあちゃん、大事なことなんさ。教えてくれませんか？」

「知ってたよ」

「最初から？」

「まさか」やす子が驚いたように大西の顔を見た。「最初は、空襲で文治が一人だけ取り残されたと思った。そういう事情だから養子にしたんさね」

「文治さんのお兄さんは池内康夫、そうですね？」

やす子が微かに頷く。ややあって「そう」と短く認めた。

「どうして分かったんですか」と、私は訊ねた。

「親戚だから、名前ぐらいは知ってるさ」

「『天啓会』の事件があった時に、池内康夫が生きていると気づいたんですね？」

「そうだけど、そんなこと、文治に言えるかね」咎《とが》めるようにやす子が言った。「それでなくても文治は、親を亡くしてるんだよ。一人だけ残った家族が人殺しだなんて知ったら、どう思う？」

「いつまで隠していたんですか？　事件があった頃、文治さんは中学生ぐらいだったでしょう。新聞を読めば、自分のお兄さんが人を殺したことだって分かったはずだ」

やす子がゆっくりと病室の中を見回した。誰かが助け舟を出してくれるのを待っているようだった。が、やがて、諦めたように話し出す。

「昔のことは、なるべく話さないようにしてたから、文治は、康夫が自分の兄貴だということは知らなかったはずだよ。でも、私たちも文治に事件のことを知られないように、新聞を隠したりしたもんです。事件のことは、墓場にまで持っていくつもりでいたんだよ。それが、ずっと後になって、文治が自分から聞いてきたんですて」

「いつです？」

「二年前。あの子の父親が亡くなってしばらくしてからだ。何十年ぶりかで私のところへ訪ねて来て、康夫のことを聞いていったんですよ」

「どんな話ですか？」

「今、あんたたちが聞いているようなこと。自分には兄貴がいたのかどうかって、そういうような話ですて」

「教えたんですね？」

やす子が溜息をついた。

「何十年も経っているんだから、隠していても仕方ないからね。あの子も、もういい年なんだから、昔のことを知りたくなるのも不思議はないよ。年取ると、どうしても明日のことより、昔の話に目が行くんさね」

「そのことで、その後に文治さんと話したことは？」

「その時だけ。その時文治は、何か、思いつめたような顔をしてたけどね……文治がどうかしたのかい？」

黙って話を聞いていた大西が、救いを求めるように私を見た。私は、できるだけ柔らかい声で言った。

「ちょっと、参考までに話を聞きたいことがあるだけですよ。それで、申し訳ないけど、病院まで押しかけました」

「そうですか……」やす子が疑わしそうに私を見た。「本当に？」

「もちろん」

「そうかねえ」やす子は、今回の事件のことは知らないようだった。

「佐藤文治……さんの立ち回り先をご存知ないですか」私は訊ねた。

「立ち回り先？」

「行きそうな場所ってことですよ」大西が説明する。

「さあて、ねえ。私はあの家を追い出された人間だすけ。文治のことも、自分の本当の子どもだと思って育ててきたのにねえ」

私は、微かに後ろめたい思いを抱きながら、病室を出た。最近、妙に病院に縁があるな、とぼんやりと思いながら。

天啓会関係者の家での張り込みが始まったが、佐藤は影も見せなかった。既に死んでいるのではないか、人気《ひとけ》のない山道に車を乗り入れ、その中で腐り始めているのではないか、という想像が私の頭の中に忍び込む。何度否定しても、事件は既に私たちの手の届かない場所へ去ってしまったのではないか、という思いが消えない。

「せめて、佐藤が脅迫状とか犯行声明でも出せばいいのにな」新谷が、ハンドルに両手を預け、欠伸を嚙み殺しながら言った。

「それはないでしょう」言いながら私は、実際には天啓会の関係者には脅迫状が届いているのではないかと疑った。考えた先から否定する。「これは、劇場型の犯罪じゃないと思いますよ。佐藤も、そんな性格じゃないでしょう」

「まあ、な」

私たちは、佐藤の家の前で張り込みを続けていた。夕方から深夜までの当番で、既にコンビニエンスストアの弁当の夕食も終え、時間が過ぎるのをじりじりと待つだけだった。新谷は、新しいガムを試して時間を潰していたが、私は、助手席の中で半分ずり落ち、ダッシュボード越しに佐藤の家の玄関を見つめ続けるだけだ。十一時過ぎ、文彦が顔を出し、寒そうに自分の肩を抱きながら周囲を見回す。五分ほどそうやっていたが、結局引っ込んで、その直後、玄関の灯《あか》りが消えた。

「佐藤の息子も、たまらんだろうな」新谷がぼそぼそとつぶやきながら、新しいガムを口に押し込んだ。ブルーベリーの香りが濃く漂い出す。

「でしょうね」私は相槌を打った。

新谷が指を折って数え始めた。

「嫁さんには逃げられる、親父は殺しの重要参考人だ。四面楚歌じゃねえか」

「それだと、四つじゃなくて二つですよ」

「二つもあったら十分だろう」新谷も、運転席の中で上体をずらした。二人並んで、湯船につかっているような格好になる。「どうしようもないだろうな。仕事を放り出しておくわけにもいかないだろうし、頼れる人間もいない。同情するね、俺は」

「そうですね」

新谷がわざとらしく腕時計を覗《のぞ》き込む。

「今夜は、もう何も起こらないだろうな」

「たぶんね」

新谷が姿勢を正した。寝そべっている格好の私を見下ろすようになる。

「了、女には気をつけろよ」

「何ですか」私は、心臓が喉元《のどもと》まで駆け上がって来るのを感じた。

「喫茶店で女の子とキスしちゃいかんな」新谷の言葉には、微かに冷やかすような調子が混じっていた。

「誰がそんなこと言ったんですか」

肩をすくめ、新谷が鼻を鳴らした。

「どこで誰が見てるか、分からないんだぜ。しかも、相手は協力者らしいじゃないか。ご法度《はっと》だよ。おめさんらしくもない」

「ただの友だちですよ」

「友だちとはキスしない、普通は」

「カンエイさん、何か話がずれてます」

「おお、そうか」新谷が、ちらりと私を見て小さく笑った。すぐに真顔に戻り、私の肩を小突く。「上はまだ知らないと思うけどな、この話は。くれぐれも自重してくれよ。噂《うわさ》が広がるのは早いから。警察官なんて、人事情報と人の悪口をおかずに飯を食っているようなものなんだぜ」

「その件は噂じゃない。事実です」

「おやおや、あっさり認めたね」

「カンエイさんに隠しても仕方ないですからね」

「マジなのか？」

私は上体を起こし、肩をすくめた。

「自分でも良く分からない」

「中途半端な気持ちでいると、かえって火傷するぜ」

「そう、ですね」

「何か、問題でもあるのか？」

組み合わせた自分の手をじっと見る。私の手は、同じぐらいの体格の人間に比べると、かなり大きい。ラグビーをやっていた頃は、この手にずいぶん助けられた。予想できないバウンドをするボールを片手で拾い上げるのは、得意中の得意だった。今は、手の中でボールが暴れて、言うことを聞かない。

「カンエイさん、家で事件のこと、話したりしますか？」

「たまに、な」

「奥さん、嫌な顔しませんか？」

「いや、別に。うちの女房は、事件が大好きだから。帰ると、昼間のワイドショーでやってた事件の話を聞かされて、俺の方がうんざりするぐらいだよ」

「そうですか」

「それがどうかしたか？　うちの女房が事件を好きなのは、たぶん、昔警察にいたからだぞ」

「会計でしたよね。事務の人でもそうなるのかな」

「まあ、警察なんかにいたら、自然と染まって来るんじゃないかな。だけど何だい、おめさんの彼女、事件が嫌いなのか？」

「嫌いと言うより、生理的に受けつけないみたいでね。恐がりなんですよ。俺たち、家に帰っても事件のことが頭から抜けないでしょう？　彼女、そういうことに敏感に気づきそうなんですよ」

「そうだろうね。夫婦っていうのは、何も喋らなくても、お互いに考えていることが分かっちまうものだから。だけど、そういうことは乗り越えられるんじゃないかな。向こうだって、そのうち慣れるよ」

「そうですかね」

「そうじゃなかったら、結婚なんてできないよ。誰だって、いろいろな問題を抱えたまま結婚して、それでもちゃんとやってるんだから。おめさん、彼女のことは真面目に考えてるんだろう？」

「たぶん」そうだ、という全面肯定の言葉を、私は意識して曖昧《あいまい》なものにすり替えた。

「だったら、ちゃんと話し合えよ。大丈夫だって、お互いに子どもじゃないんだからさ。話せば分かるよ」

「そうならいいんだけど」

突然玄関に灯りが燈った。文彦が、パジャマにカーディガンを引っかけただけの格好で飛び出してくる。玄関の灯りの中で、むき出しの足首が白く光った。ガラスを叩き割りそうな勢いで運転席の窓を叩く。新谷が顔をしかめ、窓を巻き下ろした。

「どうかしましたか？」

「親父から電話が……」

新谷がドアを開けて車から飛び出した。私も後に続く。文彦が最後になった。私が家に飛び込むと、玄関先に置いた電話台の前で、新谷が腕を組んでいた。電話はとうに切れているのだ。新谷が、文彦を睨みつけながら詰問した。

「録音はしてくれましたか？」

「ええ」気圧《けお》されたように、文彦が弱々しい声で答える。

新谷が私の顔を見て頷き、留守番電話の再生ボタンを押した。微かに雨の降るような音をバックに、男の声が流れ出す。初めて聞く声なのに、今まで何度も聞いたことがあるように感じた。

『あ……文彦か？』

『親父か？』

『文彦？』

『俺だよ。親父だよな？　今どこにいるんだ？』

『文彦、そこに警察は来てないか』

『警察なんていないよ。それより親父、今どこにいるんだ』

『しばらく家には帰らない』

『体は大丈夫なのかよ』

『体？　ああ、別に何ともない。会社の方、よろしく頼むぞ』

『親父、何してるんだよ。病院でも心配してるんだぜ。どういうつもりなんだ』

『心配ない。先生たちには申し訳ないと言っておいてくれ。また連絡する』

『おい、親父！』

受話器を乱暴に置く音が、文彦の声をかき消した。私は新谷と顔を見合わせた。新谷が首を振る。やはり逆探知しておくべきだった。これでは、ほとんど何の手がかりにもならない。唯一、佐藤が生きており、自らの意志で家に帰るつもりはない、と宣言したことを除いては。

「とりあえず、ありがとう。我々のことを伏せておいてくれて、感謝しますよ」新谷が言うと、文彦は蒼白い顔のまま目を伏せた。

「約束ですから」

釈然としない。

どんな気分だ、と文彦に聞いてみたかった。警察が張り込んでいると教えれば、佐藤を逃がすことになる。文彦は、私たちの注文に忠実に従った。大袈裟に言えば、父親を警察に売り渡したことになる。まだ犯人と決まったわけでもないのに。

親を売るのはどんな気分だ。自分で、絆に斧《おの》を叩き込むのはどんな気分だ。

「せめて、佐藤が調べていた資料でも残っていればいいんだが」魚沼署に戻る途中、車の中で新谷がぶつぶつと文句を言った。

「要するに奴さんは、自分の痕跡を残らず消しちまったわけですよ」私は、掌の中で小型のテープを弄んだ。これも一応捜査資料になるのだが、重要な手がかりになるとも思えなかった。佐藤は携帯電話を持っていない。この電話は、どこかの公衆電話からかけてきたのだろう。何回か聞きなおしてみたが、佐藤がどこにいるのか、ヒントになりそうな音や声はまったく聞こえなかった。

「この電話も、ずいぶん用心していたみたいだ。たぶん、俺たちが動いていることは、勘づいているんだろう」と新谷。

「でしょうね。それで、尻尾《しっぽ》をつかまれるようなことは絶対に言わなかった」

「どうして電話してきたのかな。警察の動きを意識していれば、家に電話なんかかけてこないはずなのに」

「逆ですよ。探りを入れたつもりなんでしょう。『警察はいるか』って聞いてるぐらい

ごしとこすった。

「そうだな」新谷が、右手でハンドルを握ったまま、左手で、髭《ひげ》の浮き始めた顎をごし

ですから」

「チクショウ、俺はこういうのが一番苦手なんだ」

「こんな手づまりの状況が好きな奴なんて、いませんよ」

捜査本部に詰める五嶋も、膠着《こうちゃく》状況を毛嫌いする人間の一人だった。佐藤が自宅に電話をかけてきたと報告した時は、これで何かが動き出すと思ったのだろう、ひどく興奮していたが、テープを聞き終えると、がっくりと肩を落とした。

「一応鑑識に回すけど、こいつはあまり良い手がかりにはならないね」

「一つだけ分かったじゃないですか」私が言うと、五嶋が、脂っこい顔が私の鼻にくっつきそうになるまで体を乗り出してきた。

「何だ」

私は思わず体を引いた。

「少なくとも佐藤は、日本海に身投げしていません」

五嶋が十センチの距離から私を睨み、崩れ落ちるように椅子に座り込むと、両の拳《こぶし》をテーブルに叩きつけた。

「おめさん、時々物凄く嫌な奴になるな」

「いつもってわけじゃないでしょう」

「下らない冗談だったら、一人でいる時に言ってくれ」

「誰も見ている者がいない森の中で木が倒れたら、その木が本当に倒れたと証明できますか？」

「ああ？」

「聞いている人がいない時に冗談を言っても、それは冗談と言えるんですかね」

「お前はもう、寝ろ」五嶋が、唾を飛ばしながら言った。「今夜はもう役立たずだ。その冗談、死ぬほど下らねえよ」

「はいはい」

必死に笑いを嚙み殺していた新谷が、階段の踊り場に出るなり私の脇腹を小突いた。

「あまり笑わせるなよ。おかしくて死ぬかと思ったぜ」

「カンエイさんだけですね、俺の冗談に笑ってくれるのは」

「それより、係長をからかうのはやめろよ。あの人、冗談が通じないんだから。そのうち本当に切れちまうぞ」

「まだ余裕がありますよ。切れそうに見えても、そこから先、まだまだ伸びる」

「いい加減にしろよな」新谷が大欠伸をして腕時計に目を落とした。「明日の朝、八時に交代だったな」

「カンエイさんはね。俺はまた、『天啓会』の方を当たる予定です」

「そっちの方が面白そうだな。俺は、張り込みは好きになれないよ。じゃ、俺は寝るけど、おめさんはどうする？」

「ちょっと頭を冷やしてきます」

新谷が、出張組の刑事たちが臨時の宿舎代わりに使っている会議室のドアを遠慮がちに開けた。中では、一日中歩き回って足が棒のようになった刑事たちが、一秒を惜しんで睡眠を貪っているのだ。私も、無意識のうちに足音を殺して歩いた。

一階の隅にある自動販売機で温かいお茶を買い、駐車場に出た。空を仰いで息を吐《は》く。白く固まった息が、すぐに広がって、空気に溶け込んだ。やはり魚沼の方が、新潟よりもかなり寒い。ほどなく、重く湿った雪が降り積もり、魚沼地方は半年近く、冬の中にすっぽりとはまり込む。二メートルを越す積雪の中で半年も暮らすのは、どんな気分なのだろうか。

冬が来る前に、と思った。湿った重い雪が真実を埋め尽くしてしまう前に。スキー客が遠慮なく歩き回り、事件の臭いを蹴散らしてしまう前に。

庁舎の壁にもたれて、茶を飲んだ。ふと、しばらく前にも、この場所で同じように茶を飲んだことがあったな、と思い出した。事件がはじけた直後で、まだ、今ほど寒くなかった。あの時は――。

「なじらね？」

私は、妙にリアルな既視感に襲われ、顔をしかめた。いや、これはデジャ・ヴュではない。目の前には、あの時と同じように、長瀬龍一郎がいる。私は壁から背中を離し、彼と向かい合った。

「だから、そういう取ってつけたような新潟弁はよせって。『元気か』でも『ご機嫌いかが』でもいいからさ、それだけはよせよ」

「ご忠告どうも」長瀬は涼しい笑顔を浮かべている。すかした野郎だ。私は、駐車場の中を素早く見回した。例の小生意気なＢＭＷは見当たらない。

「小説っていうのは金になるのかね」

「売れれば、ね」長瀬が目を細めて私を見た。「どうして？」

「あんたの小説は売れたわけだ」

「何でそう思いますか」

「服が高そうだ」

長瀬が器用に肩をすくめる。私は、この男の真意を計りかねた。何なのだ？　ネタを貰いに来たのではなく、涼しい顔で世間話をしながら、暇潰しをしているように見える。

「こんな時間まで仕事ですか？」私はわざとらしく腕時計を覗きこんでやった。「もう、締め切りは過ぎてるでしょう」

「締め切り時間は社外秘だけど、今犯人が逮捕されたら、東京の最終版にはまだ間に合いますよ」

「心配ないよ。今夜は寝てていい」

「まだ見通しはつかないんですか？」

「そういうことなら課長に聞いてくれよ。俺は平の刑事だからね、ぺらぺら喋るわけにはいかないんだ」

「でしょうね」長瀬が煙草を取り出し、さっと火を移す。キャメルの濃い煙の香りが、空に漂い出す。

　このままこの男を無視して、庁舎に逃げ込んでも良かった。捜査本部に駆け込んでしまえば、付いてこないはずだから。しかし、どうにもその気になれない。

「この前の記事、あんたが書いたのか？」

「東日のサツ回りは俺だけですから」

「困るんだよな、ああいうことを書かれると」

「どうしてですか。事実でしょう？」

「事実だからって、何でもかんでも書いていいってものじゃない」

長瀬が冷静に、しかし固い声で反論した。

「あの記事で、捜査に支障をきたしましたか？　そんなこと、ないでしょう。警察も、俺たちが書いたことを一々チェックしてる暇があったら、早く犯人を捕まえたらいいじゃないですか」

「あんたにそんなことを言われる筋合いはないよ」

「これでも俺たちは、ずいぶん抑えてるんですよ」

「抑えてる？」

「書かないこともたくさんあるし、捜査への批判だって抑えてる。十分協力してるつもりだけどな」

「冗談じゃない、批判されるようなことなんかしてないぜ」

「してないのが、問題なんです」

「何だと？」

「批判されるようなことさえしていないのが問題だって言ったんですよ」

私は思わず彼に詰め寄ったが、はっと気づいて、お茶の熱い缶を握り締め、怒りを封じ込めた。

「そいつは言い過ぎじゃないか」

「これは失礼」長瀬がおどけたような調子で言った。「だけど、こっちだって苛々《いらいら》してるのに変わりはないんだ」

「何だよ、それ」

「事件が起きれば、俺たちだって早く解決して欲しいって思うんですよ。しかも今回は、二人も殺されてるんだ。つまり、二人も殺した人間が、未だに大手を振って歩いてるわけですよ。正直言って、警察は何してるんだっていう気持ちもある。俺たちがどんなに書き飛ばしたって、所詮《しょせん》犯人を逮捕できるわけじゃないんだから」

　彼が何を言いたいのか、良く分からなかったが、私たちの会話が、事件と警察、メディアに関して、本質を突いた部分に入りつつある、ということは分かった。これ以上は危険である。長瀬の横をすり抜けるようにして、私はその場を離れた。振り返り、捨て台詞を吐いてやる。

「どっちにしろあんたは、話す相手を間違ってるよ。課長でも、緑川さんでも、話す人間は他にいるだろう」

「緑川さんが話したなんて、俺は言ってませんよ」

「ああ、何でもいいけど――」

「さっさと犯人を捕まえて下さい。そうしたら、もう、あなたに付きまとわないから」

「事件が解決したら、あんたも小説に戻った方がいいんじゃないか」

「鳴沢さん？」

「何だ」もう一度振り返った私に向かって、長瀬は特大の笑顔を浮かべると同時に、中指を立てて見せた。

「大きなお世話です」

私は、彼に背中を向けたまま、頭越しに手を振ってやった。自分でも理由は分からなかったが、顔に張りついた笑みが、どうしてもはがれない。


五嶋が「監視対象」としてリストアップした天啓会の関係者は、最終的に五人になった。当時の副部長以上のクラスで、なおかつ現在一人暮らしの人間ばかりである。

私は、監視のローテーションには入らなかったが、一人一人の家を訪ね、所在を確認した。それが終わった時点で、また天啓会の関係者の事情聴取を再開した。これ以上新しい事実が出てくるとは思わなかったが、それでも続けなければならない。何度も顔を合わせているうちに、もしかしたら忘れていた事実を思い出すかもしれないから。これは事情聴取の鉄則なのだが、弊害もある。相手が心を許してくれれば良いが、むしろ次第に疎まれるようになることの方が多いのだ。

冨所安衛に関しても、再三の訪問は悪い方に転んだ。三度目に豊栄の自宅を訪ねた時は、表情を凍りつかせ、玄関先でしか応対しようとしなかった。

「本当に、もう迷惑なんですがね」

「そう言わずに、お願いしますよ」大西が頭をさげた。相手を懐柔するのは、もっぱら彼の役目になっている。

冨所が頰《ほお》の内側を嚙んで、渋い顔をする。「家族も知らなかったんですから。この前の一件でばれてしまって、今、まずいんですて」語尾が消え入る。

「何でしたら、外でも結構です。その辺りでお茶でも飲みながら、どうですか？」

冨所が溜息をつき、首を振る。大西も簡単には引き下がらなかった。

「車の中でも話はできますよ」

「……仕方ないですな」

大西がハンドルを握り、冨所の家を中心に、ぐるぐると車を走らせた。私と冨所は後部座席。冨所は、神経質そうに、両手の爪を順番にいじっている。この前会った時よりも、顔の皺が深くなったように見えた。

「その後、何か思い出したことはありませんか？」と私。

「勘弁して下さいよ」冨所が泣きつく。「何しろ五十年前のことですからね。覚えてろっていう方が無理ですって」

「佐藤文治は、あなたの家を訪ねて来ませんでしたか？」

「いえ」冨所の返事が、一瞬遅れた。私は、微かに空いたその隙間《すきま》に突っ込んだ。

「佐藤文治のことはご存知ですね」

「いや、まあ――」

「また『天啓会』のみなさんと話をしたんでしょう？」私は、苛立ちを抑えきれなかった。天啓会の連中は、まだ全てを吐き出していない。私たちに隠れて、陰でこそこそとやっているのではないかという疑いを、どうしても拭えなかった。「いい加減にしてもらえませんか？　全員、あちこちの署に分散させて、お互いに連絡を取れないようにしてから事情を聴いてもいいんですよ」

冨所が音をたてて唾を飲み込んだ。木の瘤《こぶ》のような喉仏が、大きく上下する。

「佐藤文治が二人を殺したんですか？」

「確証はありません。今のところ、あくまで重要参考人です」

諦めたように、冨所が溜息をついた。

「事件が解決しないと、あなたたちは何度でも私の所に来るんでしょうね」

「これが仕事ですから」

「私から出た話だということは伏せておいてもらえますか？　今さら、昔の仲間に恨まれても、何も良いことはないから」

「『天啓会』の関係で何かあったんですか？」

冨所が、激しく両手を揉みあわせた。私の顔を何度もちらちらと盗み見て、その度に唇を舐《な》める。鼻の下には、汗が浮き始めていた。私は、彼の腕に手を置いた。

「大丈夫、あなたの名前は出しません」

「その……佐藤文治という人は、私の所を訪ねて来ました」

冨所の腕をつかむ手に、思わず力が入った。冨所が顔をしかめる。はっとして手を離した。「いつですか？」

「かれこれ半年も前です」

「何と言って来たんですか？」

「『天啓会』のことを聞きに来ました。あの事件のことを――康夫の事件のことを」

「それで、私たちに話したのと同じようなことを話したんですね？」

「そうです。それだけは信じて下さい。あの事件があった時、私は現場にいなかった。外に出ていたんです。だから、事件の直後に何があったかは分からない。本当に知らないんです。でも佐藤は、しつこく私に付きまとった」

「それで、本当のことを話したんですか？」

「知らないのに話せるわけがないでしょうが」冨所がむきになって反論した。「このことについては、私は本当に嘘はついていないんですて」

「本間あさや平出正隆の名前を出したんですね」

冨所が小さく頷く。認めてしまったことに自分でも驚いたようで、はっと口を開けて私の顔をまじまじと見た。

「いや、それは——」

「冨所さん、話してくれるんじゃなかったんですか」

車が赤信号で停まった。ぼんやりと周囲を見回していた冨所が、突然膝の間に頭を突っ込んだ。

「冨所さん？」

蒼い顔をした冨所が、首を捻《ひね》って私の方を向きながら、唇に人差し指を当てる。

「誰か、知り合いでも？」

「そうです。ちょっとこのままで」

私は腕組みをして、バックミラーを睨みつけた。大西の心配そうな顔が映っている。タイミングを逸してしまったのではないか、喋るつもりになった冨所がまた口を閉ざしてしまうのではないか、と懸念しているに違いない。

だが、車が走り出した後、ゆっくりと顔を上げた冨所は、躊躇《ためら》いがちに再び口を開いた。

「信じられん」

「何がですか?」

「あんたたちみたいな若い人には分からないと思うけど、終戦直後っていうのは、それはひどいもので……この辺は、それでもあまり被害はなかったんだけど、日本中が滅茶苦茶になってしまっていたからね。何か頼るものが必要だったんですよ。神様でも仏様でも何でも良かったけど、私はたまたま『天啓会』に出会えた。今から考えると何ということもない教えだったけど、当時はあの考え方に惹《ひ》かれたんですよ。それは否定しない。できない。だけど、何も悪いことはしていないのに、どうして五十年も経ってからこんな目に遭わなくちゃいけないのかね」

私は冨所の愚痴《ぐち》を聞き流した。頭から否定することもできただろうし、同情の言葉を吐いて、さらに愚痴を続けさせることもできただろう。しかし、相手と議論するのは私の仕事ではない。

「あなたは、本間あさや平出正隆の名前を出した。それで、佐藤はどうしたんですか」

「二人に会いに行ったんじゃないですかね」

「それで何かが起きるとは考えなかったんですか」

「何かって、今回のようなことですか？　そんなこと、考えるわけもないでしょう」

「佐藤文治の印象は？」

「佐藤は……気味の悪い男だった。一見して、慇懃《いんぎん》無礼《ぶれい》なんですよ。妙に腰が低くてね。何でも、一代でガソリンスタンドのチェーンを作り上げた男らしいじゃないですか。仕事を退いて、趣味で新潟の歴史を勉強している、とかいう話でした。最初のうちは」

「最初のうち？」

「何度か会ううちに、『天啓会』の話をしつこく聞くようになりましてね。私は、しばらくは答えをはぐらかしていた。でも、佐藤は諦めなかったんですよ。私も、すぐに様子がおかしいと気づきました」

「どんな風に？」

「毎日のように家にやってきました。朝の六時にインタフォンを鳴らされたこともあるし、家の前で一日中待ち伏せされたこともあります。それが毎日ですよ？　そんなことをされれば、誰でも『こいつはおかしい』と思うでしょうが」

「でしょうね」だったらその時、警察に届けておくべきだったのだ、と私は口の中で毒づいた。

「結局話しましたよ、あの事件の時に現場にいた人の話を」

私は指を折って名前を挙げた。

「本間あさ、平出正隆……」

結局冨所は、さらに数人の名前を付け加えた。一人だけ、彼が挙げなかった名前があったが、私は自分の口からその名前は出さないことにした。大西が側にいる。そろそろ相棒と認めてやっても良いとは思っていたが、それでも、その名前を彼に聞かれたくはなかった。


その夜、魚沼署で開かれた捜査会議で、私は冨所の証言を報告した。

「そういうわけで、佐藤文治が『天啓会』の事件に異常な関心を持っていたことは明らかです」

「だけど、どうして冨所を訪ねて行ったのかね」五嶋がもっともな疑問を口にした。

「『天啓会』の関係者には何人も会いましたが、冨所という男が、一番気が弱そうなんです」くすくすという笑いが、道場の中に静かに広がった。「こいつなら落ちるとみて、しつこく攻撃したんでしょうね。結果は、佐藤の思惑通りになりました」

五嶋が、鼾《いびき》のような唸《うな》り声を上げた。

「佐藤は、池内康夫の事件について、何か別の事実をつかんだのか」

重い沈黙が道場の中を満たした。その場にいる刑事たちは、全員が五嶋の言葉の裏にある意味を理解していたはずである。冤罪だ。池内康夫は、誰かの罪を被《かぶ》せられたのだ。

警察としては、絶対に認めたくないことである。

一つだけはっきりしているのは、全てが手遅れだ、ということである。池内康夫は既に死んでいる。仮にこれが冤罪だったとしても、不利益を蒙《こうむ》った本人が存在していないのだ。そんな状況を知った時、佐藤は何を考えるだろう。

捜査本部の空気がさらに重く、冷たくなった。五嶋が咳払いをして、沈黙を破る。

「せめて、その頃捜査を担当した刑事に話を聞ければ、な」

私は、思わず手を上げそうになった。祖父の名前を言ってしまうか。そうすることで事態がどう転がるかは想像もつかなかったが、少なくとも自分一人で抱え込んでいるよりは気が楽になるのではないだろうか。しかし、舌は口の中で丸まり、喉は誰かの手で絞めつけられているようだった。

久しぶりに捜査会議に顔を出した父が、ゆっくりと左右を見回した。「ちょっといいかな」と五嶋に言い、テーブルの上で手を組んだまま話し始める。

「この件は、私も調べてみたことがある。古い事件をひっくり返した中に、『天啓会』の事件もあった。しかし、当時の捜査員が誰だったかは分からなかった。書類が不備だったんだよ。だからこの件については、当時の関係者をもう一度洗い直すしかないと思う」

何を言っているのだ。私は頭が混乱するのを感じた。祖父が現場に行っていた、それは間違いない。父はその事実を知らないのだろうか。この事件について、祖父と話し合ったことはないのだろうか。祖父も言っていたではないか、初めて出くわした殺しの現場だったと。警察官にとって、初めての現場はいつまで経っても忘れることができないものである。祖父は、初めての現場の記憶を、単なる想い出話としてでも父に話していないのだろうか。あるいは祖父は、私に対する時と父に対する時では、態度を変えていたのかもしれない。私に話したようには、父に話さなかったのかもしれない。

「とにかくこれで、佐藤の容疑はさらに濃くなった」五嶋が父の話を引き取った。「引き続き、『天啓会』関係者の監視は続ける。同時に、池内康夫の事件を洗い直すんだ」

「もしも冤罪だったらどうするんですか」新谷が、ぶっきらぼうな口調で訊ねる。刑事たちの視線が、一斉に彼に集まった。

「そんなこたあ、そうなった時に考えればいいんだよ」五嶋が、新谷の疑問をばっさりと切り捨てた。「まだ何も分からん時に、先のことをあれこれ想像しても始まらんだろうが」

「そりゃあそうですけど、冤罪と認めたら、かなり厄介なことになりますよ」新谷が、なおもしつこく食いつく。

「あんたは、気を回しすぎだよ」五嶋がたしなめるように言った。「とにかく、全ては事実が判明してからだ」

「真犯人は、本間あさだったのかもしれない」私が言うと、ざわざわと波が押し寄せるような声が道場中に満ち溢《あふ》れた。立ち上がると、その声は潮が引くように消えて行く。その後には、「疑念」と書かれた貝殻が無数に残っていた。

「了、何か根拠がある話なのか?」五嶋が疑わしそうに訊ねる。私は首を振った。

「今まで分かっていることを元に、少しばかり頭を働かせてみただけですよ。まだ、ただの想像ですが」私は父の顔をちらりと見た。真っ直ぐ私を見詰めている。いつもの父なら、最初から私の推測など無視するだろう。しかし今、その目は、喋ってみろ、と挑発していた。お前の推論で俺を納得させることができるかどうか、試してみろ、と。

私は唾を飲み、喉に湿りを与えてから話を続けた。

「この事件の被害者は、園田日出男《そのだひでお》という米屋です。現在、直系の家族は誰も残っていません。親戚筋の人間には当たることができましたが、事件について、詳しい話は誰も知りませんでした。捜査記録が残っていないということを合わせて考えると、この園田という人間がどうして殺されたのか、はっきりした理由は分かりません。ただ、本間あさとの間に何らかのトラブルがあったのではないかということは、容易に推測できます」

「要するに、男と女の関係か？」新谷が合の手を入れた。

私は首を振った。否定ではない。自説の曖昧さを強調したつもりだった。

「個人的な心証ですが、本間あさは、昔は大変な美人だった。放っておいても男が寄って来るようなタイプです。もちろん、『天啓会』の中では恋愛沙汰はご法度だったかもしれませんが、外の人間には関係ありませんからね。園田があさにちょっかいを出そうとして、抵抗しているうちに誤って刺し殺してしまった、というシナリオが、一番自然だと思います」

「で、池内康夫はそこにどう関係して来るんだ」と五嶋。

「池内康夫は、空襲で一人きりになったのを、本間あさに助けてもらったという恩義がありますだから、本間あさにも『天啓会』にも頭が上がらなかったんじゃないでしょうか。少し頭も弱かったようだし、もしも誰かが『先生の代わりにお前が警察に行け』と命令したら、素直に従ったかもしれない。本間あさのために、ね」

そこまで言って、私は父の顔色をうかがった。彫刻のように固い表情で、何を考えているのか、まったく読み取れない。

「要するに、本間あさという教祖を守るために、『天啓会』が総がかりで池内康夫を犯人に仕立て上げたというわけか？」五嶋がまくしたて、牛のように激しく鼻息を噴き出した。「まあ、それも理屈としては通るな。もちろん、証拠は何も残っていないし、肝心の人間は死んでしまったわけだから、今さらどうしようもないが」

私は頷いて続けた。

「事件の直後に現場にいて、全てを知っていた人間は限られているはずです。殺された本間あさ、それに平出正隆はそうでしょう。もしもそれ以外に事実を知っている人間がいるとしたら、その人間が危ない」

「要するに佐藤は、事件を自分の実の兄に押しつけた人間に復讐して回っているというわけか？」五嶋が目を剝《む》く。助けを求めるように、父の方を向いた。父は黙って深い溜息をつき、何かを諦めたように首を振る。

「ちょっと待てよ」新谷が割って入った。「この場合、冤罪というのはおかしいんじゃないかな。身代わり出頭だろう？」

「何でもいいけど……カンエイさん、警察はその件を本当に知らなかったんだろうか」

私の疑問に、新谷は無言で首を振った。

私は道場の中をぐるりと見回し、最後に父の顔を見た。一瞬、目が合う。文句を言われるのではないか、と思った。何の証拠も証言もない状態でべらべらと推測を喋るのは刑事の仕事ではない。一応の筋道を立てて、もっともらしい話をでっち上げるぐらいなら、新聞記者にもできる、と。

しかし父は、口を開かなかった。いつものように、五嶋が会議を締めくくる。

「お説ごもっとも、だ。しかし、もっと証拠を集めないと、何とも言えないな。もちろん、佐藤を捕まえて話を聞ければ、動機の面も追及できるわけだ。さ、とにかく、佐藤を追い込むことにしよう」

五嶋が会議の終わりを宣言しようとした時、傍《かたわ》らの電話が鳴った。顔をしかめ、五嶋が受話器を引っつかむ。

「はい、本部……なに、佐藤が現れた？」刑事たちが一斉に立ち上がり、あちこちで椅子がひっくり返った。五嶋が意味のない叫び声を上げ、刑事たちのざわめきを静めた。

「ああ、新潟の現場でな？　分かった、すぐに緊配だ。服装は？　車か？　よし、ナンバーを」五嶋はメモに殴《なぐ》り書きをすると、近くにいた大西に渡した。大西が尻を蹴飛ばされたように道場を飛び出す。五嶋は、ざわつく刑事たちに向かって手を上げ、騒ぎを制すると、また受話器に怒鳴った。

「いい、無理に追う必要はない。おめさんたちは、そこにいろ。応援と合流するんだ。それで、マル対は無事なんだな？　ああ？　車で通り過ぎただけか。だったら、下見のつもりかもしれんな。分かった、こっちからも人を出す」

五嶋が受話器を叩きつけた。彼が誰かを指名する前に、私は手を上げて、「行きます」と叫んだ。五嶋が、私に指を突きつける。

「よし、了、行け。新谷もだ」

私は道場を飛び出した。新谷が後に続く。階段を二段飛ばしで下り、車に飛び込む。新谷が助手席に滑り込み、ドアが閉まる前に車を発進させた。

これまで佐藤は、私の頭の中にいるだけの存在だった。ある意味、幻だった。それが今、はっきりと実像に変わりつつある。湯沢と新潟は、百キロ以上離れているが、それが何だというのだ。会いたい。佐藤の顔を見て、どうしてこんなことをしたのか追及してみたい。佐藤の供述の向こうに何が待っているのか、それを想像するのは恐くもあったが、それでもなお、佐藤という男と正面から向かい合いたい、と強く願った。もつれた事件の糸を最初から解きほぐしたい。渇望に突き動かされるままに、私は車のアクセルを床まで踏み込んだ。

応援の機動捜査隊員二人が張り込んでいたのは、下大川前通り、信濃川に近い住宅地である。魚沼の雪は、新潟では雨で、車を下りた途端に、湿った重い空気が肌にまとわりついた。

天啓会の元幹部が一人で暮らしている古びたアパートの周りには、覆面パトカーが何台も停まっている。サイレンも赤色灯もなし。それでも、現場には緊迫した雰囲気が漂っていた。アパートの住人が、ドアの隙間からこちらを覗く。

私と新谷は、顔見知りの捜査員を探した。機動捜査隊の古手の警部補、池畑《いけはた》という男が見つかった。四角い顔に、ごつごつした手、角張った上半身。髪は、地肌が透けて見えるほど短く刈り上げている。元々柔道の選手で、今でも若い連中をしごくのが趣味だ。

「池畑さん」私が呼びかけると、池畑は疲労の色が濃い顔に、辛うじて笑顔と分かるような表情を浮かべて手を上げた。

「何だい、湯沢から来たんか？」

「飛んで来ましたよ」新谷がおどけたように言う。「どうですか？」

「駄目だ。引っかからない」

「緊配、遅れたんでしょうか」私が訊ねると、池畑が恐い顔をして首を振った。首の筋肉がぴくぴくと引き攣る。

「そんなことないよ。こっちは大至急でやったんだ。その辺に車を乗り捨てたのかもしれないな」

池畑が寄りかかっている車の無線が、怒鳴り出した。佐藤が乗っていた車が、古町で発見されたらしい。無線の交信を終えると、池畑が少しだけ得意そうな表情を浮かべた。

「古町で車が見つかったそうだ。五分先で車を乗り捨てられたら、緊配も間に合わないわな」

「自分の車ですか？」

「いや、レンタカーだ。ナンバーで割り出した限りは、北越レンタカーの新潟東営業所の車らしい」

「よくまあ、レンタカーなんか借りられるな」新谷が吐き捨てるように言った。

「自分の車を使うわけがないでしょう」私は反論した。新谷が首を振る。

「まあ、そうだが、佐藤っていう人間は、どうにも間が抜けてる。池畑さん、指紋は取れますかね？」

池畑が頷く。

「たぶん、大丈夫だろう。だけど、レンタカーから指紋が取れても、決定的な証拠にはならないだろうな。佐藤という男が車を運転していたことが、証明できるだけだ」

私は池畑への質問を続けた。

「そこのアパートに住んでいるのは畑末男《はたすえお》でしたね」

「そいつもあんたが割り出したんだろう？」池畑は口の端を歪めて笑い、手帳を開いた。「『天啓会』元布教部長。ずいぶん偉い人だったんだな？」

「どうも、『天啓会』っていうのは肩書きを濫発していた感じなんですよ。平の会員に会ったことがないぐらいだから」

「そうかね」

「どういう状況だったんですか？」

「ここで」池畑が自分の足元を見下ろした。「うちの連中が張り込んでいた。十時過ぎだったかな、下大川前通りから車が近づいて来た。それが、のろのろと道を確認するような走りだったんで、おかしいと思ったんだろうな。車を下りて、確認に行った」

「それが佐藤だった？」

　池畑が頷く。

「アパートの前で停止する直前に、うちの刑事たちに気がついたようだ。慌ててアクセルを踏み込んで、逃げた。一人、飛びのいた瞬間に足を挫いたよ。鍛え方が足りんな」

「何をしてたんでしょうね」私は、アパートを見やりながら聞いた。

「分からん。今、うちの連中に事情聴取に行かせてるが、要領を得ないんだ」

「ちょっと会ってみてもいいですかね」

「あまり脅かすなよ」笑いながら池畑が言った。が、目は笑っていない。すぐに笑みを引っ込めると、顎を固く引き締めて、小さく頷いた。

　濡《ぬ》れて滑りやすくなっている鉄製の外階段を上り、私は二階の二〇二号室の前に立った。ドアは開いていたが、ノックする。すぐに、若い機捜隊員が顔を出し、私に会釈した。彼の脇をすり抜けるように部屋に入る。

　狭いアパートで、玄関を入るとすぐに小さなキッチンになっている。獣臭い臭いがした、と思った途端に、猫の鳴き声が聞こえて来た。天啓会の連中は、猫を飼うのが共通の趣味なのかもしれない。畑は、擦り切れた青い寝巻きの上に半纏《はんてん》を引っかけ、玄関先で正座している。彼には一度だけ事情聴取しているが、その時よりもずいぶん縮んでしまったように見えた。機捜の刑事が二人、彼の横に座っている。

「畑さん？」声をかけると、畑はふるふると小刻みに震えながら顔を上げた。私が誰なのか思い出せないようだった。

「県警捜査一課の鳴沢です。一度、おうかがいしました」

畑が、喉の奥でああ、とか何とか言ったようだったが、はっきりとした声にはならなかった。

「気づかなかったんですか？」

「寝てたよ」畑は盛大に溜息をつき、もう一度繰り返した。「寝てたんだ」

「どうしてそんなにびくついてるんですか。次は自分の番だと思っている？」

畑がはっと顔を上げた。蒼い顔にわずかに赤みが差している。機捜の刑事二人も、厳しい表情で私を睨みつけた。無視して続ける。

「どうなんです？　あなたは池内康夫の事件の時、現場にいたはずですよね？　そこで何があったんですか」

畑が下を向き、腿の上で拳を握り締めた。私は畳みかけた。

「佐藤は、あの事件を調べているんですよ。以前、あなたの所にも来たことがあるんじゃないですか」

言葉を切り、私は畑を睨んだ。畑が、うつむいたまま、小さく首を振る。否定しているのか痙攣しているのか、にわかには判断できなかった。

「池内康夫の事件があった時、あなたが現場にいたのは分かっています」

「いい加減にしてくれ」畑が辛うじて言葉を吐き出す。「あんたら、でたらめを言ってるんだ」

「何がでたらめなんですか。いいですか、あなた、殺されていたかもしれないんですよ。あなたの他にも、別の『天啓会』の幹部が殺されるかもしれない。もう、いい加減に喋ったらどうなんです？　あなたたちが守ろうとした本間あさも殺されてしまった。もう、誰に義理立てする必要もないでしょう」

「鳴沢さん、この辺で――」顔見知りの機捜の若い刑事が、私の腕に手をかけた。振り払うのは簡単だった。もう少し突っ込めば、畑は落ちる。この男が喋れば、大きな取っかかりになるはずだ。そして畑には、喋る義務がある。何人かの命が、彼の証言にかかっているのだ。

知らぬ間に、私は前屈みになって畑の上にのしかかっていた。小さく息を吐き出して、上体を真っ直ぐに起こす。若い刑事に、「後は任せた」と声をかけた。

部屋を出て、手摺《てすり》をしっかりつかみながら、滑りやすい階段を下りる。下で新谷が待っていた。私は首を振り、無駄足だった、と伝えた。

二人で並んで歩き出す。霧のような雨が、私たちにまとわりついた。新谷が忙しく顎を動かしながら、歩調を速める。車にたどり着いて運転席に滑り込むと、暖房を最強にした。体を丸めながら、噴き出し口の前で手を擦り合わせる。私はコートのポケットに手を突っ込んだままシートに体を預け、フロントガラスを雨滴が滑り落ちるのを眺めた。濡れたガラス越しに、畑のアパートがぼんやりと霞《かす》んで見えている。

「佐藤っていう人間が、良く分からんよ」新谷がぽつりと言った。「奴は、あちこちに足跡を残してるんだが、決定的な証拠だけはないんだな。それに、ずっと身を潜めていたと思ったら、いきなり大胆に『天啓会』の関係者に近づいて来る。慎重なのか、焦っているのか、どっちなんだろう」

「死にそうなのかもしれない」

「あるいは、な。時間がないと思ってるだろうし、判断力も鈍ってるのかもしれん。俺の親父も癌で死んだんだが、最後の頃は痛みと苦しみで、何を言っているのか分からなくなってたよ」

「まだ、そこまでは行ってないんじゃないですか。レンタカーを借りることはできるし、人を殺すこともできたわけだから」

「ひでえ言い方だな」新谷が狭いシートの中で体をよじり、ズボンのポケットから煙草を引っ張り出した。素早くくわえ、火を点ける。煙草の先が赤くなると同時にウィンドウを巻き下ろしたが、煙は車内に残った。

「カンエイさん、煙草……」

「ああ」素知らぬ顔で、濡れたフロントガラスを見つめたまま、新谷が煙草をふかす。

「禁煙はどうしたんですか」

「見逃してくれ」新谷が困ったような笑いを浮かべ、顔の前で手を合わせた。「煙草でも吸わなくちゃ、やってられないんだよ。俺たち、佐藤という男を追い詰めているはずだよな？　少なくとも、奴を覆っている薄皮を、少しずつはがしているはずだ。普通、こういう時は勢いが出るもんじゃねえか？　気合も入る。だけど、今回は何か違うんだ。何が違うのかは分からないが、どうにも調子が出ない。何なんだろうな、この感じ」

「そんなこと、俺に分かるわけないでしょう」

本当に分からないのだろうか、と自問してみた。

そうかもしれない。あるいは私は、無意識のうちに答えを正視することを拒絶しているのかもしれない。

第十章　衝突

佐藤は畑の家を下見していたのだろう、と私たちは結論づけた。それから三日。佐藤は姿を見せない。捜査本部に詰める幹部連中の眉間《みけん》の皺《しわ》も、日に日に深くなってきた。

夕方、祖父の着替えを病院に届けるために、私は仕事を抜け出して川端町の実家へ戻った。二時間後には、大西と合流して、畑の家の監視に当たることになっている。それまでの二時間は、自分に許された短い休暇なのだと考えることにした。そう思うと、無性に喜美恵の声が聞きたくなる。

電話に出た途端、喜美恵は、私が意識して頭の外に押し出していた話題を持ち出してきた。

「刑事を辞める決心、ついた？」

私は言葉を飲み込んだ。彼女は本気で言っているのか？　いや、どちらかと言えば軽い調子ではないか、と思い直す。

「忘れてたよ、そんな話」

「あの時、私は真面目に言ったつもりだったんだけどな」

「そうか」

私が話に乗ってこないとみるや、喜美恵は短い沈黙の後ですかさず話題を変えた。

「この前、うちの近くでパトカーが走り回っていたみたいだけど、何かあったの?」

そうだった。畑の家は、喜美恵の実家に近い。私と会ってから事件に敏感になっている彼女は、サイレンの音にも怯《おび》えたのだろう。このニュースは、新聞にもテレビにも出ていないから、かえって喜美恵の恐怖心をかき立ててしまったのかもしれない。

「いや、別に」少しばかり後ろめたさを感じながら、私は彼女に嘘をついた。

「捜査上の秘密?」

「まあ、そんなところ」

「あなた、やっぱり刑事ね」電話の向こうで、喜美恵の長い溜息が聞こえた。「仕事第一なんだ」

「そうだよ」私は開き直って言った。「俺にだって譲れないものはあるさ。君にもあるだろう」

「愛、かな」真面目くさった声で言った後、喜美恵が噴き出した。「クサかった?」

「いや」

「私、真面目だよ」

「分かってる。人が言ったことは、取りあえず真面目に考えるようにしてるから」

「刑事だから？」

「違う。これは性格の問題だよ。仕事とは関係ない」

「そうか」

喜美恵が言葉を切った。何か言わなくては。電話をかけたのは私なのだし、彼女だって、私の言葉を聞きたがっているはずだ。聞きたがっていると、思いたかった。

頭に浮かんだのは、楽しく、一方で不愉快な出来事だった。

「この前の喫茶店でのことなんだけど」

「ああ」喜美恵の声に明るさが戻った。ちょっとした含み笑いも。私たちは、普通の恋人たちのように、誰にも言えない想い出を共有したのだ。「ちょっとスリルがあったでしょう」

「誰かに見られたらしいよ」私は声をひそめ、新谷にからかわれたことを説明した。

「やだ。まずかった？」喜美恵が慌《あわ》てて言った。

「いや、大丈夫だろう。警察官が人前でキスしちゃいけないっていう法はないんだから。

君もそう言ってたじゃないか。それより、君こそ大丈夫か」

「私は別に……ねえ、あの店に誰かいたのかな」

「そうかもしれない」私はまた言葉を切り、今夜の別れの挨拶《あいさつ》はどうしよう、と考えた。そもそも、どうして彼女に電話などしてしまったのだろう。話が前に進まないであろうことは、最初から分かっていたのに。そうだ、別の話題に切り替えよう。彼女の仕事のこととか。それなら無難だ。

「今夜は、君も残業？」

「そう。今、プロジェクトが追い込みにかかってるから。徹夜ってことはないと思うけど、帰るのは午前様になるかもしれない。少なくとも今夜は、あなたとご飯は食べられないわね」

「それはまたの機会でいいよ。俺もまだ仕事なんだ」

「今は？　食事中？」

「いや、実家にいる。ジイサンの着替えを取りにきたんだ」

「お爺様、大丈夫なの？」

「ずいぶん良くなったみたいだよ」長田が、一日に一度は連絡をくれた。回復は順調らしいが、なかなか見舞いに行けないので、私は少しばかり後ろめたい気分も味わっていた。それと同時に、会いたくない、という気持ちがあるのも否定できない。「そろそろ、退院の目処《めど》もつくんじゃないかな」

「その前に、私も一度お見舞いに行った方がいいかしら」

「ジイサンが調子に乗るからやめてくれ」

「でも、ご挨拶ぐらいはしないと」

「君を見たら血圧が上がるかもしれない」

「やだ」喜美恵が小さく噴き出した。「からかわないで」

「退院してからにしようよ。ジイサンは、体が丈夫なのが自慢だからね。病院のベッドに縛りつけられている所は見られたくないと思うよ。特に、君みたいな女の子にはね」

「私みたいって？」

「若くて綺麗な子」

「いつの間に、そんなにお世辞が上手くなったの」

「刑事はお世辞を言わない」

「はいはい」喜美恵が溜息をつくように言った。「じゃ、私、そろそろ仕事に戻らないといけないから」

「ああ、悪かった。邪魔したね」

「また電話してくれる？」

そうだね、とだけ、私は言った。喜んで、と言ってはいけないような気がしていたし、本当に電話したいのか、自分でも分からなくなっていた。

着替えを持ってきてくれ、という祖父の伝言を伝えてくれたのは長田だった。

「了ちゃん、病院に顔を出してないらしいじゃないか」長田が責めるように言った。

「着替えなんて言い訳なんだよ。本当は、あんたに会いたいんだと思うけどな」

仕事が、と反論しようとして、私は口をつぐんだ。見舞いには行きたい。顔を見て、元気づけてやりたいとは思う。しかし、数日前の夜に祖父と交わした会話が、コップの中でどうしても溶けきらない塩の塊のように、頭に残っている。行けばまた、聞いてしまうだろう。そして祖父は、私の質問を軽くいなすはずである。いなされれば、私はさらに突っ込む。当然だ。祖父も良く言っていた。手を替え品を替え、相手が音を上げるまで質問を続けることが大事なのだ、と。しかし、突っ込めば突っ込むほど、私と祖父との間の隙間《すきま》は広がってしまう。

ふと、父の言葉が頭に蘇《よみがえ》った。マル暴が情報を買えと言ってきたらどうするとか何とか、そんな質問だった。私は確か、何でもいいから理屈をつけてそいつを逮捕し、情報を引っ張り出す、と答えたはずだ。あの時父は何と言ったか……お前は真っ直ぐ過ぎる？

その言葉の意味を考えた。軽く考えようとした。これは一種の禅問答であるはずだ。模範解答はない。

しかし、父の小さな言葉は、たちまち無限の意味の羅列になり、私の頭の中を覆い尽くした。私にとって、絶対的な命題とは何か。一月《ひとつき》前なら、ほんのわずかな迷いもなく、答えることができただろう、悪を憎み、犯罪者を捕まえることだ、と。

そう、一月前だったら。

顔を洗った。肌が切れそうな冷たい水で、何度も、何度も。しまいには肌がひりひりしてきたが、それで愚かな疑問を凍りつかせ、目の前の問題に集中できるようになると信じて、なおも顔に水を浴びせ続けた。

顔を上げて鏡を見る。そこに映る私の顔は、ずいぶん老けて見えた。この冬が終わる頃には、すっかり老人になってしまうかもしれない。

もう一度、肌が悲鳴を上げるまで顔を洗う。祖父の髭剃《ひげそ》りセットを探し出し、洗面台の前に揃えた。これも持って来い、と言われたのだ。ふと思いつき、髭を剃ることにした。祖父の自慢の髭剃りセットはドイツ製で、剃刀とシェービングマグを合わせて何万円もする代物である。もちろん、私は一度も使ったことがない。だが、その時はなぜか、祖父の物を使ってみたい、という気持ちに突き動かされた。

お湯を出し、粉石鹼を丹念に泡立てる。乳臭い香りが洗面所に満ちた。ブラシを顔に当て、まんべんなくクリームを塗る。ブラシは毛足が少し固く、顎《あご》から首にかけてクリームを塗る時に、ちくちくと肌を刺した。頰《ほお》に剃刀を当て、すっと下ろす。確かに、切れ味は抜群だ。抜群過ぎる。顎のところで手が滑り、白い泡の中に血が滲《にじ》み出てピンクに染まった。慌ててティッシュペーパーを傷口に押し当てる。しばらくそうしておいてから、今度は慎重に刃を滑らせた。

髭を剃り終え、残ったクリームをお湯で流してから、傷口を確認する。固まりかけた血が、まだ滲んでいた。構わず、アフターシェーブ・ローションを頰に叩《たた》く。辛い香りが広がると同時に、傷口に鋭い痛みが走った。

普段、髭を剃っていて顔を切るようなことはない。たぶん、この剃刀を使うにはコツが必要なのだろう。祖父ぐらいの年齢になったら、私にもそれが分かるかもしれない。

祖父の寝室に入り、荷物をまとめた。白いTシャツを何枚か、というのが祖父からの注文だった。祖父は、寝る時はいつもTシャツ姿である。パジャマや浴衣《ゆかた》を着ているのを見たことがない。

荷物をまとめ終えると、八畳ほどの部屋をぐるりと見回した。この部屋に入るのは本当に久しぶりだが、記憶とほとんど変わっていない。窓際に押しつけられたベッドはきちんとメイクされている。書き物をする時に使う古い机の上には、小さなライトが乗っているだけだ。たぶん引き出しの中には、きちんと削った鉛筆が揃っているだろう。しかも、長さは全て同じに違いない。机の横には、天井まで届く大型の本棚。釣りや料理関係の本、歴史小説などが並び、ジャンル別にきちんと整理されていた。壁には、祖父が自分で作った魚拓が数枚。

魚拓の中の一枚に、私は惹《ひ》きつけられた。見事な形の鯛だ。十五年前、中学生の時に私が釣り上げた物である。その時釣りざおを通して感じた鯛の重みが、魚拓を見ているうちに蘇って来た。腕が抜けるかと思うほどの大物で、私が初めて——そして最後に——釣り上げた鯛であった。あの夏以来、私は一度も釣りざおを握っていない。

夏休みで、祖父と一緒に粟島に遊びに行った時のことだ。雨と風にたたられ、四日間のうち、まともに釣りができたのは最後の一日だけだった。岩船へ帰る船の時間を気にしながらの慌しい釣りだったが、私たちはぎりぎりまで粘って、ようやくこの鯛を釣り上げたのだ。

「いい想い出になるな」と、祖父は真っ黒に日焼けした顔で笑ったものだ。私は既に東京の高校に行くことを決めており、祖父と一緒に過ごす夏休みは、これが最後になるはずだった。

釣り舟から降り、慌ててフェリーに飛び乗ってからも、祖父は粟島の想い出を私の頭に刷り込もうとでもするように、饒舌に喋り続けた。さんざん降られた雨のこと、粟島名物のわっぱ煮の味、土産に買った地酒。そして、私が釣り上げた大物の鯛。

私たちはフェリーの甲板に並んで立ち、夕日を受けて、島全体が火事のように赤く煌《きらめ》く粟島をじっと見つめていた。

「もうすぐ十五だな」祖父が急に声のトーンを落として言った。

「うん」

「独立だ」

「独立って……」私は苦笑いしながら祖父の方を振り返った。風に乱暴に煽られ、シャツの襟がはためいていた。「大袈裟だよ。東京に行くだけじゃない」

「高校では何をするつもりなんだ」

「そんなこと、まだ分からないよ。行ってから考える」

「もう、バレーはやらないのか?」

「バレーは中学校でおしまいだよ。これ以上、身長が伸びそうもないからね」

「やるからには一番にならないと気が済まないんだろう」祖父がからかうように言った。

「遊びだけなら、身長なんて気にしないでいいんだがな」

「そうだね」

「まあ、何でもいいけど、あまりむきになるなよ。遊びは遊びだ。真面目にやる時は、真面目にやればいいんだから」

「遊びだから真面目にやるんだよ」その頃何かの本で読んだ台詞を引用したが、祖父は笑うだけだった。

「お前は、何でもすぐにむきになる癖があるからな。うまく力を抜くことを覚えないと、いざという時には疲れきって役にたたなくなるぞ。たまには、立ち止まって考える時間を作らないとな」

「俺は疲れないよ」

「いや、疲れるんだ。お前も大人になれば分かるさ」

　そんなものなのだろうか、とその時は思った。手を抜くとか、休憩するとか、そういうことが大事だとは思えなかった。いや、そもそも祖父の言葉の意味さえ、真面目に考えていなかった。

夕日に照らされた祖父の赤い顔が、脳裏に浮かぶ。今よりずいぶん若かった祖父。逞《たくま》しい腕には太い血管が浮いていたし、顔の皺も今よりずっと少なかった。

ようやく魚拓から目を離し、暇潰しも必要だろうと思って本棚を漁った。何にするか？　なるべくぼろぼろになった奴がいい。何度も繰り返し読んだ本を手にすれば、日常に復帰する手助けになるかもしれないから。

池波正太郎《いけなみしょうたろう》を一冊。吉川英治《よしかわえいじ》を一冊。ついでに料理関係の本も持って行こうと思い、獅子文六《ししぶんろく》のエッセイを引き抜いた途端、小さな封筒がこぼれ落ちた。

ひどく古い茶封筒だった。何気なく拾い上げたが、今にも崩れ落ちてしまいそうだった。封は開いている。中に何か入っていた。親指と中指で、封筒の両側からやわやわと圧力をかけ、口を開ける。慎重に人差し指と中指を差し入れ、中身を引っ張り出した。

一枚の写真。そして、皺の寄った便箋三枚にびっしりと書かれた手紙。

写真を見た途端、私は全ての糸が一本につながった、と確信した。足りないのは、想像を裏付ける確かな証言だけである。写真をそっと机の上に置き、手紙を慎重に広げた。筆で書かれている上に、ぐねぐねとした文字で、ひどく読みにくい。

私は、祖父の小さな椅子《いす》にゆっくりと腰を下ろした。机の隅のライトを点け、薄いオレンジの光の中で、一字一字を噛《か》みしめるように追いかける。

過去が、私の前に顔を見せる。歴史の中に埋没したままで、こんな偶然がなければ、私は絶対に知ることがなかった話である。決して醜いものではなかった。手紙の文脈だけを見たら、むしろ美しい話である。が、その美しい話が引き起こした結果は、顔を背《そむ》けたくなるほど醜いものだと思った。

大西が、助手席で居心地悪そうに体を動かした。

「寝るなよ、海君」

「寝てませんよ」言いながら、大西が欠伸を噛み殺す。「鳴沢さん、この事件、そろそろ大詰めなんですかね」

「分からん。そいつは佐藤文治に聞いてもらわないと」

「ここに現れますかね」

「常識的に考えれば、ここが一番可能性が低いだろうね。この前、ここで失敗しているんだから。佐藤だって、用心するだろう」言いながら私は、そういう常識は佐藤には通用しないのではないか、と思い直した。佐藤という男の行動パターンは、私たちが想像する筋書きから、ことごとく微妙に外れている。

二時間の休暇を、私は結局手紙の解読に使い果たした。喜美恵と話し、祖父の荷物を用意して病院に行く前に、時間が余れば少し走ろうと思っていたのだが、喜美恵と話した以外に、予定はほとんど実現できなかった。祖父の荷物は長田に託した。彼は怪訝そうな顔で「自分で持っていけばいいじゃないか」と言ったが、私は、仕事に戻らなければならない、と断った。

手紙と写真は、今も背広の内ポケットに入れたままだ。そこから、熱が放射されているように感じる。

車を下りて伸びをした。先日、佐藤に気づかれてしまったので、今夜は畑のアパートが辛うじて見える場所まで車を遠ざけた。その位置からアパートを見ようとすると、ダッシュボードに触れるまで体を乗り出さねばならず、首が痺れてくる。

わずかに海の香りを含んだ冷たい風が、鼻をくすぐる。その香りは血の臭いに似ている、といつも思う。夕方から降りだした霧雨は、この時間になって、細かい雪に変わっていた。

新潟島の中では下町にあたる畑の家の付近は、真夜中が近いこの時間になると、人通りが絶える。目抜き通りの柾谷小路がすぐ近くを走っているが、ここまでは車の音も聞こえてこない。脈打つように瞬く古い街灯の光が、頼りなげに下町の光景を浮かび上がらせた。雪が積もり、一面が白くなると、雪明りでかえって景色は明るくなるが、新潟市内ではそこまで雪が積もることは滅多にない。

分厚いコートを着込んでいても、服のわずかな隙間から、容赦なく寒さが忍び込んでくる。気休めに、胸の上できつく両腕を組み合わせてみたが、胴震いは収まらなかった。

顔の周りに白い息をまとわりつかせながら、大西が車から下りてきた。

「鳴沢さん、風邪引きますよ」言いながら、大西は畑のアパートから目を離さない。

「目覚まし代わりだよ。だけど海君、君の格好も、ずいぶんちゃんとしてきたじゃないか」

大西が、照れと怒りが入り混じった複雑な表情を浮かべた。

「まあ、その……鳴沢さんの言うことももっともかな、と」

「結構だね」私は頷き、丸めた拳《こぶし》に息を吐《は》きかけた。実際、大西のスーツからは皺がなくなり、ネクタイの結び目にもきちんとえくぼができている。捜査本部入りしてクソ忙しい毎日を送っていたにしては、上出来だ。ただし、ネクタイの柄はいただけない。オレンジにも黄色にも見える派手な色で、その上に、高速道路で轢《ひ》かれてばらばらになった小動物を思い出させるような、意味不明の模様が散っている。顎の下にぶつけられたピザが、そのままネクタイの形に垂れ下がってしまったようだ。

「そういうネクタイはどこで買うんだ」

「え?」

「どうしてわざわざひどい物を買うかね」

大西が顔を赤くする。私は話題を変えた。

「今回の一件、少しは自信になったか?」

「いや、俺なんかまだ、自分が何をやってるのかも分からなくて……事件の全体像が見えてこないんですよ」

「事件の全体像が見えてるのは、現場の係長ぐらいだよ。俺たちは、そんなことは気にしなくていいんだ。余計なことを考えると、目の前の仕事がおろそかになるからな」

「そんなものですか?」

「そんなものだよ……さ、車に戻ろうや。ケツが冷えちまう」

エンジンはかけていないが、大の大人が二人で車の中に座っていると、それなりに温かい。大西が、体をひねって後部座席から魔法瓶を取り上げ、私にコーヒーを勧めてくれた。少し考え、断った。

「嫌いなんですか?」

「嫌いじゃないけど、コーヒーっていうのは利尿効果が高いんだ。張り込みの時に刑事が立小便をしたら、洒落《しゃれ》にならないだろう？」

しばらく迷っていたが、大西は結局魔法瓶のキャップを締め直し、腕を伸ばして後部座席に戻した。

会話が途絶える。雪は、フロントガラスに降り積もるほど強くはなかったが、それでも時々エンジンをかけて、ワイパーを動かしてやらなければならなかった。その度に、エアコンの噴き出し口に手をかざして温める。私たちの張り込みは朝までだ。普通の受け持ち時間より、少しだけ長い。いわゆるローテーションの谷間という奴だ。このまま夜明かしした後で何をしようか、と考える。昼まで仮眠して、午後からはまた、天啓会の関係者と会わなくてはならない。連中に、じわじわと圧力をかけるのだ。

私は、そういう行為を次第に苦痛に感じるようになっていた。天啓会の元メンバーは、私たちが守るべき対象である。同時に、警察に対して何かを隠している人間の集まりなのだ。冨所のように落とし易《やす》い人間ばかりなら、こんなに苦労することもないのに、誰もが強情に口を閉ざしたままである。

大西がまた欠伸を嚙み殺す。それを見ているうちに、突然、今まで一度も考えたことのないような提案が頭に浮かんだ。

「海君、少し寝たらどうだ」

「冗談でしょう？」

「いや、本気だよ。二時間交代で寝ればいい。この場所なら、万が一何かあっても見逃すはずがないからな。起きている時にちゃんと監視すればいい」

「だけど」

「大丈夫だよ。張り込みっていうのは、どうして二人揃ってやると思う？」

「ばれたらまずいですよ」

「恐《こわ》いのか？　だったら、俺が先に寝るよ」私は、一度車の外に出て、後部座席に滑り込んだ。眠い。しかし、無理に目を閉じると、今度は様々な思いが頭の中でぐるぐると回り、眠気が遠ざかる。ドアが開き、大西が運転席に尻を落ち着かせる音が聞こえて来た。

「海君よ」

「はい？」

「何か、幻を追いかけているような気がしないか」

「どうしたんですか。鳴沢さんらしくもないですよ」大西が明るい口調で言ったが、私の気持ちは晴れなかった。

「そう、俺らしくもないな。それだけへたってる証拠なんだよ。何だか、佐藤という人間が本当に存在しているのかどうか、自信がなくなってきた。この前、奴がここに来た時に顔でも拝んでいれば、こんなことは考えないんだろうけどね」

私は、佐藤を目撃した機捜の刑事とも話をした。今現在の佐藤の姿を頭に叩き込んでおこうと思ったのである。二人は揃って、「写真よりやつれている」と証言した。そのため、一瞬判断が遅れたのだと。佐藤の病状は、私たちが考えているよりも進んでいるのかもしれない。私は、佐藤の写真を頭の中で修正した。頰の陰を濃くし、髪の脂気を抜く。目の光も弱くした。ほとんど死体のようなモンタージュが、頭の中にぽっかりと浮かぶ。

「鳴沢さん、寝てて下さいよ」

「そのつもりだ」

言って目を閉じたが、やはり眠れそうもなかった。一瞬は意識が遠のくが、すぐに頭の中に様々な物が入り込んでくる。修正前、そして修正した後の佐藤の顔。本間あさの死に顔と、写真で見た、ごく若い時期の顔。血の気の引いた祖父の顔。喜美恵の顔までが頭に浮かんだ。様々な顔が私の頭の中を飛び交い、何か話しかけようとしている。声を聞こうと、私は耳に神経を集中した。しかし、何も聞こえて来ない。

足元から這《は》い上がってくる寒さは強烈だった。シートも冷え切り、氷の上で寝ているような感じである。コートも役にたたない。背広を突き抜けて、冷たさが容赦なく肌を刺す。結局、十分ほど横になっていただけで、起き上がった。

「眠れませんか?」大西がちらりと振り返って訊ねる。

「やっぱり、駄目だね」私は、拳で目をこすった。視界がぼやけ、大西の顔が二重に見える。両手で頬を叩き、痛みで眠気を追い払った。「悪いけど、さっきの提案は取り消しにしよう」

「いいですよ」どこかほっとした口調で大西が言った。「自分は、大丈夫ですから」

「若いね、海君は」

「でも、鳴沢さんとそんなに年は違わないんですよ」

「君、体力が余ってるみたいだけど、何か、スポーツでもやってたのか?」

「いえ」大西が振り返り、怪訝そうな表情を浮かべた。「高校の時は囲碁部でした」

私は、後部座席でずり落ちそうになった。大西が傷ついたような表情を浮かべる。

「スポーツをやっていたからって、人より体力があるわけでもないでしょう」

「そうかね」

「一生のうちに使えるエネルギーの総量っていうのは、決まってるんじゃないですかね。それで、若い頃にスポーツをやり過ぎると、使い果たしてしまう」

「馬鹿言うなよ。だったら俺なんか、今頃とっくにジジイになってるぜ」

「ですね」

　つまらなそうに言い、大西がフロントガラスに向き直った。アパートの様子を見ようと首を伸ばした瞬間、はっと体を固くする。肩と背中の筋肉が、緊張ではっきりと盛り上がるのが見えた。

「佐藤です」大西の声がかすれる。

「間違いないか？」

「間違いありません」

「どこだ」私は、運転席と助手席の間の狭い空間に体を突っ込んだ。クソ、この位置からでは見えない。

「今、アパートの前にいます」

「よし、海君、行け。ただし、脅かすなよ。そっと近づいて、職質だ。刃物でも持っていたら、その場で抑えろ。逃げ出したら、追いかける」

　刃物という言葉に反応して、大西の喉仏《のどぼとけ》が素早く上下した。私は彼の肩を後ろから軽く叩いた。

「大丈夫だ。ただし、焦るなよ。俺は、本部に連絡してから行く。フォローするから心配するな」

「了解」

大西がドアを開けて飛び出して行くのと同時に、私は携帯電話を取り出し、一課を呼び出した。緑川が出た。

「鳴沢です。マル対を発見。現在、捕捉に向かう途中です」

「畑のアパートの前だな？」

「そうです。応援を——」

「すぐに出す。無茶するなよ」

「了解」

電話を切って、私も車の外に出た。雪はさらに激しく、粒も大きくなっている。が、もはや寒さは感じなかった。小走りに急ぐ大西の背中を追って走り出した時、私は原初の衝動を感じた——狩人の衝動を。

狩りの世界では、ルールは一つしかない。

獲物は一発で仕留めろ。さもないと、自分がやられる。

私は、大西から少し遅れて歩いた。佐藤を挟み撃ちにしたい。まさか、二十代の刑事二人が、六十歳を超えた病身の佐藤にスピードで負けるとも思えなかったが、自分が追いつめられていると確信したら、佐藤は何をするか分からない。何とか、先に回り込みたかった。

空を見上げる。街灯の光の中で、大きな雪の粒が乱舞していた。雪の照り返しを受けて、心なしか街灯が明るくなっているように思えた。

視線を前方に戻す。十メートルほど先を行く大西が、急にスピードを速めた。焦るなよ、と口の中でつぶやく。焦って声をかけるタイミングを外したら、全てがぶち壊しになってしまうのだ。

佐藤。

私は初めて、生きて動いている佐藤を見た。背中を丸め、アパートの前を行き来している。つばの狭い帽子を被《かぶ》り、うつむいたままなので、表情はうかがえない。しかし、がっしりとえらの張った顎は、喜美恵の証言通りである。分厚いダウンジャケットを着て、下は黒いウールのズボン。黒い長靴の中にズボンの裾をたくし込んでいた。ジャケットの腹の辺りを押さえたまま、ゆっくりとアパートの端まで歩き、しばらく空を見上げてから踵を返す。警戒するように周囲を見回した。

その瞬間、顔がはっきりと見えた。想像していた以上に頬がこけていたが、間違いなく佐藤だった。

駆け出したくなる衝動を何とか抑えた。焦るな。絶対に捕まえられる。相手はもう、こちらの手の中にいるのだ。二人がかりなら、逃がすはずがない。

佐藤は、まだ私たちに気づいていない様子だった。しかし、時間の問題だろう。私は、大西の靴の踵《かかと》をじっと見た。薄《うっす》らと白くなったアスファルトを踏みつけるように歩いている。声をかけるタイミングを計っているのだろう。声をかけるか、先に走り出して佐藤を捕まえるか。どちらにしても、こちらが有利なはずだ。私たちは真っ直ぐ走り出せばいいが、佐藤は、逃げるためには、滑る路面の上でUターンしなくてはならないのだから。

大西の踵が、大きく跳ねた。跳ねたと思った途端、薄く積もった雪の上で滑る。クソ、降り始めが一番滑りやすいのだ。お前はそんなことも知らないのか？　大西は大きくバランスを崩し、前のめりに倒れそうになって、両手を路面について何とか持ちこたえた。しかし、そのわずかな隙が、佐藤に時間を与えてしまった。佐藤が大きく口を開けて私たちの方を見やり、体をひねって向きを変えると、病身とは思えないスピードで逃げ出した。

「待て！」大西が掠れた声で叫ぶ。右手をきつく握り締め、何度も自分の腰の辺りに叩きつけるようにした。

「佐藤、待て！」

佐藤は、思ったよりも脚が速かった。「真っ直ぐ行け！」私は手を丸めてメガフォンを作り、大西に指示した。大西が一瞬だけ振り向き、目を丸くして私を見る。

「馬鹿野郎、早く行け！」

大西の背中を見送ると、私は狭い路地に入った。実家に近いこの辺りの地理は、完全に頭に入っている。路地から路地へと辿《たど》って行けば、そのうち必ず佐藤の正面に出るはずだ。佐藤の背中を追いかける大西と、挟み撃ちにしよう。

走った。雪に足を取られそうになりながら、懸命に走った。腿を上げろ。腕を振れ。前傾して、顔を上げるな。胸の中に、ぽっと火が燈る。熱い息が胸から喉元へ込み上げて来た。炎が体中に回ると同時に、脚と腕の筋肉がほぐれ、体が軽くなって来る。私には、弓も猟銃もない。投げつける石さえ持っていない。しかし、気持ちは昂揚《こうよう》した。秋の終わりから冬の初めにかけ、ほぼ一月にわたって私たちを悩ませてきた佐藤という男を、いよいよこの手で捕まえるのだ。一瞬だが、首を絞めてやりたい、と思った。佐藤は素直に話さないかもしれない。そうなれば私は、首を絞め上げ、本音を引き出すしかないかもしれない。彼が六十歳を超えているということも、病気なのだということも、その時は忘れていた。佐藤は、殺人者だ。天啓会の人間を二人も殺した人間なのだ。

角を曲がり、もう一度曲がり、自転車も通れないような細い路地を抜けた。目の前に、広い道路が現れる。畑のアパートの前である。左に折れた。正面に佐藤がいた。

大西は間を詰めているが、まだ追いつかない。クソ、もっと速く行け。悪態を口の中で嚙み潰しながら、私は正面から佐藤を迎え撃つべく、一段とスピードを速めた。

二人で挟み撃ち。そのやり方に間違いはないはずだ。しかし、精密機械に入り込んだ一粒の砂が工場全体の動きをストップさせるように、私たちの計画にも不確定な要素が突然入り込んだ。

目の前に、若い女性の背中があった。ゆっくりと、少し疲れた足取りで歩いている。走る佐藤と、追いかける大西に気圧《けお》されたのか、その場で立ちすくんでしまう。

「危ない！」私は、最悪の事態を想像しながら叫んだ。佐藤は、間違いなく凶器を持っている。第三者を巻き込むわけにはいかない。「逃げろ！」

恐怖に引き攣った顔が、私の方を向いた。私は思わず脚を止め、息を吞《の》んだ。喜美恵。泣き出しそうな顔で、私に助けを求めるように右手を伸ばす。何だ、どうして彼女がこんな所にいるんだ？　混乱する頭の中で、私は何とかこの状況を自分自身に対して説明しようとした。そう、そうだ。彼女の家はこの近くではないか。しかも今日は残業で遅くなると言っていた。クソ、最悪の事態が、よりによってこの一瞬に、この場所に出現したのだ。

わずかに残った救いの可能性が現実になるよう、私は祈った。佐藤が喜美恵を無視して、近くの路地に逃げ込んでくれれば。あるいは、彼女を突き飛ばして私の方に向かってきてもいい。突き飛ばされるぐらいで済めば。怪我だけで済めば。

佐藤の顔も引き攣っていた。しかし喜美恵とは違い、その表情には、恐怖よりも怒りの色が強かった。どうして放っておいてくれないのか。どうして復讐を遂げさせてくれないのか、と私に訴える。

ふざけるな。

私は口に出して毒づき、また走り出した。お前の復讐は、どんな理由があるにせよ、許されない。ここまでだ。これ以上は、絶対に許さない。

脚が滑る。氷の上を走っているように、前に進まない。喜美恵は依然として手を差し伸べたまま、私に救いを求めている。他の誰でもない、私に。なのに私は彼女の元へ駆け寄ることもできず、ばたばたと滑っているだけだ。私も手を伸ばした。思い切り、肩の筋肉が引き攣るほどに。しかし、手は届かない。届くはずもない。降りしきる雪の中で、全てがスローモーションのようにゆっくりと動いている。畜生、応援はどうしたんだ？　機捜の連中は近くに待機していないのか。中署の連中は居眠りでもしているのか。

一瞬の後、現実の時の流れが戻って来た。佐藤がわずかに斜めに走り、喜美恵に襲いかかる。喜美恵はその場で凍りついたように立ち尽くしていたが、それでも何とか抵抗しようと、とっさにしゃがみ込んだ。しかし、それだけでは防ぎきれない。佐藤は喜美恵の右腕を引っ張り、すぐ近くの細い路地に引きずり込んだ。喜美恵の悲鳴が細い糸を引く。ハンドバッグが道路の上に落ち、化粧品やハンカチ、携帯電話が散らばった。

「待て！」大西が叫び、路地に走り込もうとした。

「駄目だ！」反射的に私は叫んだ。大西が慌てて立ち止まり、私の方を振り向く。大きく見開いた目が、指示を待っていた。指示？　俺にそんな物を求めるな。どうしたらいいんだ――。

私は「ここで待て」とだけ言い残して、大西の脇をすり抜けた。大西は戸惑ったような表情を浮かべたが、微かに頷き、大きく手を広げて、佐藤が潜む脇道を塞《ふさ》ぐ格好で立ちはだかった。

ちらりとその姿を確認してから、私は隣のビルの非常階段を駆け上った。恐怖に引き攣った喜美恵の顔がちらついて考えがまとまらないが、状況を何とか頭の中でまとめる。

佐藤が飛び込んだ路地は、道路ではない。ビルとビルの間の狭い隙間だ。行き止まりで前方には逃げ場がないのだから、大西を倒さない限り、脱出することはできない。佐藤の運も尽きた、と私は思った。自分から隘路《あいろ》にはまり込んでしまったのだから。

しかし、喜美恵をどうする？　彼女を傷つけてはいけない。心からそう思っていたのに、私は結局彼女を巻き込んでしまった。いや、私が何をしたわけではないが、今彼女が傷つき、命の危険に晒《さら》されていることに違いはない。お前は大馬鹿者だ。私は、自分の愚かさを呪った。呪っても、どうしようもないことは分かっていたが、この場合、誰かが責めを負わなければならないとしたら、私以外には考えられなかった。

「警察だ！」私は、ドアを開けた相手の顔の前に、手帳を突きつけた。普段はこんなことはしないのだが、緊急時には効果がある。相手は髪の薄くなりかけた中年の男だったが、目を大きく見開き、まじまじと私を見つめたまま動かない。彼の肩に手をかけて押しのけ、私はドアの内側に入った。

小さな会社だった。ドアのすりガラスに「上毛《じょうもう》バルブ　新潟営業所」と書いてあったのを思い出す。男が一人で残業していたようで、他には誰もいない。事務所の中を見回した。窓は……クソ、別の方角を向いている。

「すいません、何でしょうか？」男が、恐る恐る後ろから声をかけてくる。

「隣のビル側に窓はないですか？」

「いや、この部屋にはないですね」

「トイレは外ですか？」

「ああ、そう、トイレの窓だったら……」

「ありがとう」私はまた彼を押しのけて、廊下へ飛び出した。クソ、このビルに飛び込んでからどれぐらい経つ？　もう、全て終わってしまっているかもしれない。首筋にじんわりと冷や汗が浮かぶのを感じた。ここへ来たのは間違いだったのではないか。トイレはどこだ？　冷たい空気が満ちた廊下に出て、私は左右を見回した。ない。別の階なのか？　だとしたら、まずい。ここは二階である。二階からなら佐藤の動きは手に取るように分かるはずだが、三階以上だと遠過ぎる。それに、思い切って飛び降りることもできない。

「トイレは右の奥ですよ」先程の事務所のドアが開き、男が顔を覗《のぞ》かせた。驚きと恐怖の表情は消え、代わりに露骨な好奇心が浮かんでいる。クソ、会社の同僚に電話なんかしてくれるなよ。

「ありがとう、何でもないですからね」

彼が私の言葉を信じていないのは明らかだった。期待を込めて私の方を見ている。私は歯を嚙み締めて緊迫した顔を作り「危ないから中に入っていて」ときつい口調で命じた。男はなおもドアの隙間から私を見ている。私は「中へ入れ！　死にたいのか！」と叫んだ。それでようやく、男の顔が引っ込んだ。

トイレはすぐに見つかった。ビルの入口の位置、廊下の長さから見積もって、建物の中ほどにあるトイレだろう、と見当をつける。佐藤は、どの辺りにいるのだろう。ビルとビルとの間の細い通路の奥には金網が張ってあり、行き止まりになっていたはずだ。追い込まれた佐藤は、取りあえずその金網にぶち当たるまで逃げたのではないだろうか。

トイレに入り、携帯電話の電源を切った。照明を点けず、暗闇に目が慣れるのを待つ。やがて、トイレの中の様子がぼんやりと見えてきた。私の頭の位置よりも少し高い場所にある窓から、蒼白い街の灯が差し込み、照明代わりになっている。あの窓から外に出ることはできるか？　大丈夫だ。ただし、大人一人がようやく体を押し込める程度の大きさしかない。素早くやれるかどうかは、自信がなかった。

掃除用具入れを開け、中から大きなバケツを引っ張り出した。プラスティック製なので少し心もとないが、何とか踏み台にはなる。音をたてないように窓の下に置き、上に乗って窓に手をかけた。跳ね上げ式で、開けようとすると微かにぎしぎしと音をたてる。ゆっくりと、一センチずつ。雪混じりの風が吹きつけ、ナイフで切られたように、指先に鋭い痛みが走った。

「落ち着け」と、落ち着きを失った大西の声が飛び込んで来た。頭が出るまで窓を開けると、私は慎重に顔を突き出した。

ほぼ真下に、佐藤と喜美恵がいた。喜美恵は濡《ぬ》れた地面の上に座り込み、上から佐藤が覆い被さるようにしている。右手に握った包丁が冷たく光った。その光が、遠くから眺めるスキー場の照明のように、ちらちらと瞬く。手が震えているのだ。

どうする？　今、この窓から飛び降りると、二人から一メートルほどの距離に着地できる。しかし、この窓から出ようともがいているうちに、間違いなく佐藤に気づかれてしまうだろう。

「来るな！」初めて聞く佐藤の声は、想像していたよりも弱々しく、甲高いものだった。声も震えている。寒さか、緊張か、あるいは体を蝕《むしば》む痛みのためか。

喜美恵の短い悲鳴が、私の耳に突き刺さった。体を乗り出す。歯を食いしばり、目を細め、現場の状況を把握しようとした。喜美恵のジャケットに、血がついている。体が大きく震え、胸が上下した。思わず叫びそうになるのを、何とか抑え込む。ぎりぎりと唇を噛んだ。血の味が、口の中に流れ込む。彼女の出血はどうなんだ？　止まっているらしい。おそらく、佐藤が首筋に乱暴に刃を押し当てた拍子に、傷がついたのだろう。

喜美恵は、ある程度状況を把握しているようだった。動いてはいけない。相手を興奮させてはいけない。佐藤を刺激しないように、ひたすら体を縮こまらせ、動かないようにしている。よし、それでいい。私は口の中に溜まった血を、トイレの床に吐き出した。

「佐藤、落ち着け」大西の震える声が聞こえて来た。心もとない。お前こそ落ち着け、と私は口の中でつぶやいた。

「来るなよ、いいか、来るなよ」佐藤が唸《うな》るように言う。

「話は聞く。聞くから、その人を離せ」

「黙れ！」悲鳴を上げるように佐藤が叫んだ。大西は、佐藤の命令に素直に従い、口を閉じた。

クソ、応援はどうした？　サイレンの音も聞こえない。いや、仮にここに機動隊の一個中隊を投入してもどうにもならないのだ、と思い直した。佐藤が自暴自棄になったら、全ては水の泡だ。それより何より、問題はこの寒さである。私は、頭の上に雪が降り積もるのを感じた。喜美恵のジャケットの肩も、薄らと白く染まっている。こんなことをいつまでも続けるわけにはいかない。何かが起こる前に、喜美恵が氷柱になってしまう。

大西が私に気づいた。目線を上に動かす。馬鹿野郎、きょろきょろするな。私は首を引っ込め、次の手を考えた。

窓は開け放したままなので、外の会話ははっきりと聞こえて来る。

「要求があるなら聞く」大西の声が、少しだけ落ち着いてきた。私が近くにいるのを意識したせいだろう。

大西の説得が続いた。

「必要なものがあるなら用意する。だから、その人を離せ」

「お前が消えろ」佐藤が、呪いの言葉を吐くように低い声で言った。「俺を騙《だま》そうとしても駄目だ」

「騙さないよ。とにかく、どうしたいんだ？　話してくれないと分からない」

「お前とは話をしない。さっさと消えろ。どうせ、すぐに応援が来るんだろう」

「まだ、誰も呼んでない。だから、今のうちならあんたと俺の話で済む」

「消えろ！」佐藤が、棘《とげ》の刺さった台詞を大西に投げつけた。「お前とは話はしない。さっさと消えないと、この女を殺すぞ」

そんなことをしたら、間違いなくお前を殺してやる。私は歯を嚙み締め、喉の奥から這い上がってくる言葉を何とか押さえつけた。クソ、どうする――どうする？

「これ以上罪を重ねるな」大西が柔らかい声で説得を続けた。よし、それでいい。何でもいいから、話し続けるんだ。そのうち、佐藤の隙も見えてくるだろう。

「今ならまだ間に合う」

「黙れ」佐藤の歯軋りが聞こえて来るようだった。「分かってるんだろう、『天啓会』のことは」

「そのことは、今はいいじゃないか。それより、今どうするかだよ。何か要求があるなら、話を聞く」

まずい。話が堂々巡りになってきた。今のところ佐藤は、追い詰められてはいても、まだ一線は超えていない。しかし、いつ向こう側に転落するかは分からないし、何がきっかけでそうなるかは、私たちには予想もできない。

窓枠を外せないだろうか。ここに穴が開けば、すぐに外へ飛び出せる。調べてみたが、ドライバーがないと無理なようだ。となると、できるだけ上へ押し上げ、開口部を大きくしておくしかない。それでも、飛び降り自殺するような格好になるだろう。どこか他に、外へ出る場所はないか。私はまた首を突き出し、外を眺め回した。佐藤の荒い息遣い、喜美恵の声さえ聞こえてきそうな近さだ。喜美恵の顔が良く見えない。が、今はそれがかえってありがたかった。

右手に非常階段が見えた。外階段で、所々塗装がはげ、鉄の地肌が見えている。足を置いた途端にぎしぎし言いそうだったが、それでもトイレの窓から飛び出すよりはましだろう。佐藤との間は、直線距離で五メートルほどしかない。思い切りジャンプして飛びつけば、何とかなるかもしれない。

窓を開け放したままにして、私はトイレを出た。アンモニアと消臭剤の臭いが体に染み込んでしまったように感じる。苦手な臭いだ。だが、喜美恵の苦しさに比べれば、問題にもならない。彼女は今、体の中に癌を飼い、狂気に駆られた佐藤の体臭を間近で嗅いでいるはずだ。その恐怖がどれほどの大きさになるのか、想像するだけで身震いした。

廊下を五メートル移動し、非常階段に通じるドアに手をかける。鍵はかかっていなかった。いい加減な防犯態勢だが、今夜ばかりはありがたい。ドアを、一センチずつ開ける。体を預けるようにして、外の様子を視界に入れながら、何とかすり抜けられるだけのスペースを確保した。

目の前の踊り場は、外からは丸見えだ。佐藤は、思ったよりも近くにいる。今は大西、そして喜美恵に集中しているから私の存在には気づいていないだろうが、少しでも音がしたら、彼女の首に当てた包丁を躊躇《ためら》わずに引くはずだ。今、外に出るのはまずい。頭の中でシミュレーションを重ねる。ドアを十センチほど開けたまま、タイミングを計った。一瞬でも佐藤が隙を見せれば、ドアを開けて飛び出し、器械体操のように踊り場の手摺《てすり》を飛び越して着地して、佐藤の手から包丁を叩き落とす——もう一度。さらに、もう一度。頭の中で思い描いたシナリオでは、私は身軽に、そして綺麗に着地する。しかし、そのシナリオが現実的ではない、ということはすぐに分かった。そもそも、タイミングとは何だ？　佐藤の注意がよほど他の方向に向かない限り、飛び出すチャンスはない。それに、地面には雪が積もり始めている。足を滑らそうものなら、全てが水の泡だ。何より、時間の問題がある。ドアを開けて飛び出し、着地するまでに何秒かかる？　三秒か？　五秒か？　佐藤が喜美恵の首をかき切るのに、そんなに時間は必要ないだろう。

「動くな！」佐藤が叫ぶ。私は慌てて身をすくませた。が、それは大西に向けられた言葉だと、すぐに気づいた。片膝をついたまま、二人のやり取りを見る。

「動いてない」大西が両手を佐藤の方に突き出し、言い訳するように言った。「ここに線を引こうか？　そこから出ないようにするから」

冗談を言ってる場合じゃないぞ、と私は歯嚙みした。もちろん、ちょっとした冗談に気を許し、隙ができる人間もいるだろう。しかし、佐藤はそういうタイプではないだろう。張りつめた緊張の糸は、くだらない冗談でぷっつりと切れるはずだ。

「俺の邪魔をするな」佐藤が喉の奥から搾り出すように言った。

「邪魔はしてない。好きなようにすればいいさ。だから、その人を離せ。そうしたら、俺はここから消える」

「駄目だ——もう少しで終わりだったのに」もしも声に色があるなら、佐藤の声は血の赤だった。「お前らが邪魔しなければ、もう終わっていたんだ」

「畑さんを襲う気だったのか？」

「奴らみたいな野郎を、誰が裁いてくれる？　俺が自分でやるしかないんだ」

「馬鹿なことを言うな」

「馬鹿だと」佐藤の声のトーンが上がった。「馬鹿とは何だ。ちゃんと理由があってやってることだ」

「話してみないか？　俺が聞くから」

「警察官に話すようなことは何もない」佐藤の声の語尾が掠れた。興奮のせいだろうと思ったが、どうも様子が違う。体がぐらぐらと揺れた。その度に、包丁が危なっかしい動きをするのか、喜美恵が短い悲鳴を上げる。

私は、今すぐにもドアを開けて飛び降りたいという衝動を抑えながら、佐藤を観察した。体全体が揺れている。興奮や恐怖のためではなく、寒いわけでもないようだ。どうする？　これは、一種の賭けだ。もしも私の予感が正しければ、間違いなくチャンスである。しかし、もしも勘違いだったら、喜美恵をより深刻な危機に陥れることになる。それでも私は、他の可能性を思いつかなかった。だったら——跳べ。

体当たりするようにドアを開ける。その勢いのまま、手摺に飛びついた。鉄の床を蹴り、手摺を両手で握って飛び上がる。膝を折り曲げ、足を両手の間に置いた。一瞬、ぐらつく。腕に力を入れ、バランスを保った。次の瞬間、手を離し、足に力を入れる。靴底がわずかに滑った――大丈夫、行ける――手摺を思い切り蹴り、背中を丸めて、私は跳んだ。暗闇の中で、時間の流れが遅くなる。佐藤と喜美恵は、まだ遥か遠くに見えた。佐藤は気づいていない。喜美恵は気づいた。着地点は――佐藤の頭の上。手にはまだ、包丁が握られている。しかし刃先は、喜美恵の首筋から、わずかながら離れていた。佐藤は左腕で彼女の腕をつかんでいるが、今にも離してしまいそうだ。佐藤の体からエネルギーが抜け――あるいは、命も流れ出そうとしている。喜美恵が抗《あらが》い、体をひねった。佐藤にはもはや、喜美恵を拘束しておくだけの力がなかった。喜美恵が大きく目を見開く。怒り、恐怖、わずかな安堵感。それらが入り混じり、表情が歪んだ。

急に時間の流れが速くなった。私の目測は外れ、佐藤の頭の上ではなく、すぐ横に着地することになった。着地のショックを、足首と膝で受け止める。一瞬、衝撃が体を貫いたが、それが消えないうちに、私は佐藤の右腕を蹴り上げた。呆気なく、包丁が飛ぶ。大西が声を上げながら突進してくる。私は佐藤の左腕を脇に抱え、そのまま体重をかけて地面に押し倒した。腕の下で、めりめりと嫌な音がする。

佐藤の手が、救いを求めるように天を指差す。大西が、震える手で手錠をかけた。冷たい金属音を聞いた途端、力が抜けた。

「大西、手錠!」

「佐藤文治、暴行、銃刀法違反の現行犯で逮捕する」私は、左腕を上げて時計を見た。

「十一時五十九分」

真夜中まで一分。時間が凍りついた。私は、自分の体の下で、佐藤の体が不自然にうごめくのを感じた。痙攣するように体が震える。次の瞬間、佐藤は白い雪の上に血を吐いた。鮮明な赤ではなかった。どす黒い赤。苦しそうに呼吸しながら、佐藤は震えながら、二度、三度と続けて吐血した。体から力が抜ける。私の体の下で、二人の人間を殺した男の命が流れ出そうとしていた。

顔を上げ、喜美恵を探した。五メートルほど離れた場所で、呆然と立ち尽くしている。出血は止まっていたが、白い、綺麗な首に、毛虫が這ったような傷跡がついていた。取り返しがつかない。傷は消えても、傷つけられた記憶は決して消えないのだ。喜美恵は、震えていた。震えを抑えようと、自分の体を抱く。耐え切れずにしゃがみ込んだが、それでも震えは止まらなかった。私はゆっくりと立ち上がり、彼女の方に二、三歩歩き出した。が、そこから先に目に見えない壁があるように、足が動かなくなる。抱き締めてやるべきなのに。背中を撫でてやるべきなのに。

私には、その権利もない。

踵を返した。自分が吐いた血溜まりの中で、佐藤の体が痙攣している。もう、何も感じないし、何も喋れないかもしれない。しかし、虚《うつ》ろなその目は、赦しを与えてくれる人間を探すように、のろのろと動いていた。

「鳴沢さん」大西の声が耳に突き刺さる。それでも呆然と立ち尽くしていると、腕を思い切り引っ張られた。

「しっかりして下さい、鳴沢さん」大西の目は興奮のためか潤んでいたが、口調ははっきりしている。表情は引き締まり、この場の状況を全て把握しようと視線をあちこちに飛ばした。それまで見たことのないしっかりした態度であり、自分の方が後輩になってしまったように感じる。納得したようにうなずくと、大西が私の肩を軽く叩いて励ました。「すぐに応援を呼びます。救急車も。鳴沢さんはここをお願いします」

「彼女が……」耳を疑った。このかすれたか細い声は、私のものではないか。

「大丈夫です。傷は浅い。心配しないで下さい。それより、佐藤からちゃんと話を聞いて下さいよ」

大西が雪で白くなったアスファルトに足を取られながら走り出す。その後姿を見やりながら、あいつも刑事らしくなってきたな、とぼんやりと思った。私と一緒にいたことが良かったのかは分からないが。

現場を覆った静寂のシートを端から切り裂くように、サイレンの音が聞こえてきた。今頃来ても遅い。全ては終わったのだ。

私は、佐藤の脇に膝をついた。膝のすぐ近くに、血溜まりがある。体を抱え起こしてやった。佐藤が胡坐をかいたまま、うな垂れる。最後のエネルギーを振り絞るように、顔を上げた。血の気はなく、顔に白い絵の具を吹きつけたようだ。

「池内康夫の復讐のために、二人を殺したんだな？」

呆然とした顔に、一瞬鋭い表情が浮かぶ。空気を求めるように口を小さく開けたまま、頷いた。

「あの事件は、でっち上げだったと思っているのか？」

「思って……いるわけじゃない」佐藤の声は細く、雪が地面に降り積もる音にもかき消されてしまいそうだった。「事実だ。兄貴はあいつらの身代わりにされた」

所々でかすれる佐藤の証言を、私は聞いた。全てを頭の中に収めた。佐藤の言葉が消えた後、私は弁解するように言った。

「鳴沢浩次は俺のジイサンだ」

消えかけていた佐藤の目に、再び小さな炎が宿る。震える手を伸ばして、私のコートの袖《そで》をつかんだ。

「鳴沢浩次は俺のジイサンだ」繰り返す。赤ん坊が母親の手を摑《つか》むように、コートの袖を握っていた佐藤の手から、少しずつ力が抜けた。歪んだ唇から漏《も》れる言葉は、時折意味をなさなくなっていたが、それでも私には十分だった。

佐藤の思いが、無数の針のように私に突き刺さる。

私は、それらを全て受け止めることができるのだろうか。

佐藤の体を地面に横たえ、自分のコートを脱いでかけてやった。手首をつかんで脈を取る。少なくとも、心臓は動いていた。サイレンがすぐ近くで鳴り響き、制服、私服の警察官がどかどかと現場に踏み込んで来る。来るな、と私は叫んだ。死に行く男の最期を看取るのは、私一人で十分だ。しかし私の声は、アスファルトを打つ無数の靴音でかき消され、佐藤の願いの全てが、踏みにじられた。

緑川が、苦い顔で煙草のフィルターを嚙み潰す。ろくに吸いもしないまま道路に投げ捨て、乱暴に踏みにじった。現場に到着してから五分と経っていないのに、足元には既に数本の吸殻が落ちている。私は、ぼんやりと立っていた。ただ、自分の肩に降り積もる雪が、次第に重くなって行くのを感じていた。

「佐藤は何か言ってたのか？」

緑川がようやく口を開いた。私は、小さく首を振った。

「もう意識がなかったのかい？」

「たぶん」

「たぶんって、何だか曖昧《あいまい》だな。話を聞いたわけじゃないんだな？」

「俺が飛び降りた直後に血を吐いて倒れたんですよ。話なんか聞けるわけないでしょう。大西に聞いて下さい。奴は、しばらく佐藤を説得していたんだから」俺はどうして嘘をついているのだ。佐藤との会話を、自分の胸にしまい込んでおかねばならない理由は何なのだ。

「今、聞いてるよ。あの坊や、えらく興奮してるな」

「自分で手錠をかけたせいでしょう。でも、いい刑事になりましたよ」逮捕直後の大西の冷静な態度を思い出しながら、私は言った。

救急車がようやく走り出した。明滅する赤いライトが、緑川の顔をまだらに照らし出す。額から出血し、顔全体が真っ赤に染まっているようにも見えた。

救急車に乗り込んでいた中署の刑事が、小走りに私たちの方にやってきた。

「や、どうだい」緑川が、いつものように軽く手を上げて話しかける。しかし、その口調にも動作にも、いつもの軽みはない。

重々しく頷いて、中署の刑事が説明をはじめる。

「呼吸、脈搏とも不安定です。大量に吐血したので、ショック症状に陥ったようですね。今は意識が混濁していますから、事情を聴ける状況じゃない」

「そうかい」緑川が、刑事の肩をぽん、と叩いた。「病院にも、誰か行かせろよ」

「一課の方から、直接向かうそうです。でも、話が聴けるかどうかは分かりませんね。救急の方でも、意識が戻る保証はない、と言ってましたから」

「癌なんだ」私はぽつりとつぶやいた。

「そうだってね」と緑川が応じる。「そんな状態で良く動きまわってたと思うよ。執念ってやつかね」

「死ぬんでしょうね、佐藤は」

「俺は医者じゃないからね、分からんさ。無責任なことは言えない」緑川が肩をすくめる。「でも、相当の負担だったのは間違いないだろうな。肉体的にも精神的にも無理を押して、こんなことをしていたんだから。そもそも、根っからのサイコ野郎でもない限り、人を殺すっていうのは大変なストレスになるはずだ。自分が殺した相手の顔が頭に浮かんで、眠れなくなるんだよ」

「奴は、このまま死んだ方がいい」

「おいおい」

「意識が戻れば奴は後悔します。絶対に」

「そうだろうな。二人殺した上に、俺たちに捕まったわけだから。そりゃ、たまらんだろうて」

「それと、殺すべき人間を全部殺せなかったからですよ」

「よせよ」おどけた調子で言ったが、緑川の目は笑っていなかった。「それじゃ、このまま佐藤を見過ごして、好きなだけ人殺しを続けさせれば良かったっていうのか？　そりゃあ、あいつにも事情はあっただろうさ。でも、どんな事情があるにせよ、俺たちはああいう奴を野放しにしておくわけにはいかなかった。違うか？」

そうなのか、本当にそうなのか、という疑問が頭の中で渦巻いた。殺人は、法に触れるから問題なのではない。もっと根っこの深い、人間という存在の基本的な部分に関わることなのだ。そして今私は、人を殺すという行為を、全て一緒にして考えて良いものかどうか、分からなくなっている。

緑川が私の正面に立ち、下から覗き込むように睨みつけた。

「おめさんから話す気はないんかね」

私は頷きもせず、否定もせず、ただぼんやりと彼の顔を見た。どうする？　この苦しみを自分一人の胸にしまい込んだまま、耐えられるだろうか。父の言葉の意味が、今になってようやく胸に染みてくる。お前は真っ直ぐ過ぎる、と。しかし、ここで今までの自分のあり方、考え方を捻《ね》じ曲げてまで、真実を受け入れるべきなのだろうか。そういう問題を全てぶちまけるのに、緑川ほど適当な人間はいないかもしれない。ベテランだし、何より人間の哀しみや苦しみを、身をもって味わった人間なのだ。

逃げるべきではない。

突然胸の中に湧きあがって来た結論に、私は戸惑った。逃げる。何から？　真実からだろうか、それとも自分が出そうとしている結論からだろうか。

しかし、その言葉は次第に胸の中で膨らみ、決して消せない大きさにまで成長した。逃げるな。結論は自分で出せ。

「決着は大西君がつけますよ」

「おい、逃げるのか？」緑川が非難するように言う。

「そうかもしれません。でも、俺には喋るべきことは何もないんだ」

「そうなのか？」緑川が、少しだけ口調を和らげる。「まあ、今すぐにとは言わんよ。

でも、事件は事件として、きちんと形を作って検察に送らなくちゃいかんだろうが。被疑者死亡になるのかどうかは分からんけど、それが俺たちの仕事なんだ。了、俺は待ってるすけ……おめさんが話す気になるまでな」

私は首を振った。緑川の顔に苦い笑みが浮かぶ。

「強情な野郎だね」

「すいません」

緑川が、力任せに私の背中を叩いた。じいんと響く痛みで、意識がはっきりする。私は、それを望んでいたわけではなかった。ぼやけた感覚の海に沈んでいたかった。

「勝手にするんだな。だけど、おめさんが話さないと、事件は終わらないかもしれんよ。佐藤が二人を殺したというはっきりした証拠は、全然ないんだから。奴の供述だけが頼りなんだよ」

「佐藤が喋ったなんて、俺は一言も言ってませんよ」

「ああ、分かった、分かった」面倒くさそうに、緑川が顔の前で手を振る。「おめさんが何を考えているのかは知らんけど、ま、そのうち落ち着くさ。時間はたっぷりあるんだから。とにかく大事なのは、この事件をきちんと仕上げることだぜ。そうじゃないと、死んだ二人の人間も成仏できねえよ」

二人の人間を成仏させることがそれほど大事なことなのかどうか、私には分からなかった。佐藤は、おそらく死ぬ。そうなれば、事実は法廷で明かされることもなく、報告書の行間に埋もれてしまうだろう。それでは、あまりにも馬鹿げている。しかし、今の私には、全てをぶちまける勇気がない。

勇気が必要なのか？　そもそも、事実関係を明らかにするための手段を、私は持っているのか？　ふと、東日の長瀬龍一郎の顔が頭に浮かぶ。あいつに全て話して、記事を書かせたらどうだろう。こういう時こそ、マスコミを利用すべきではないだろうか。

駄目だ。

何も信用できない。自分さえも。

はっきりしているのは、この事件は決して終わらない、ということだ。一つだけ、私の中で折り合いをつける方法はある。しかし、その方法を実行してしまったら、私は今までの私ではなくなる。今までの人生を捨てざるを得なくなる。どうする？　様々な方法が頭の中を駆け巡り、私の考えは引き裂かれた。しかし結局、くっきりと浮かび上がって来るのは、たった一つの考えである。それは、解決を先延ばしにするものでしかなかったが、刑事にとっての基本中の基本でもあった。すなわち、疑問点が解決しない時は、解決するまで相手にぶら下がる、ということだ。嚙みつけ。祖父もそう言っていた。

どんなことをしてもいい、とにかく相手に食らいついて離れるな、と。最後は根競《こんくら》べになっても、絶対に負けるな、と。

そして今、嚙みつくべき相手が誰なのか、私には十分過ぎるほど分かっている。

第十一章　雪虫

明け方の病院は、冷たく清潔な匂いで満たされている。その匂いを嗅いでいると、生への執着を感じると同時に、ここが死と隣り合わせの場所なのだ、と意識させられる。一歩を踏み出す度に感じる微かな吐《は》き気を何とか飲み下し、私は祖父の病室のドアを開けた。朝の回診が始まるまで、あと一時間もない。

しばしばする目を乱暴にこすり、焦点を合わせる。点滴につながれた祖父は、朦朧《もうろう》としていたが、既に目覚めてはいるようだった。ドアが開いたのに気づき、ゆっくりと私の方に顔を向ける。どんよりと曇った目に、笑顔の小さな欠片《かけら》が浮かんでいた。私は、ベッドの脇で椅子《いす》を引いて座った。

「どうした、こんな早くに」

「ええ」

私が曖昧《あいまい》に答えると、祖父も口を閉ざした。喋りたくない。しばらく二人で沈黙を共有しているだけにしたいと思ったが、そんなことをするためにここに来たのではない、と思い直した。

「こんな時間に点滴ですか？　昼間だけかと思ってたけど」

祖父が、薄い黄色の液体が入った点滴のパックを見上げた。残り少ない。溜息をついて、もごもごと口を動かした。

「傷口の炎症がどうのこうの言って、夜中にまたつけられた。間もなく終わるよ」

「大丈夫なんですか」

「さあて、どうだろうね。こんなジジイになると、普通の人なら何でもないことでも、大事《おおごと》になるんだろうな。私は別に何ともないと思うが、医者が言うんだから、必要なんだろう」

体を起こそうと、祖父がもぞもぞと動く。私は腰を浮かし、背中に枕をあてがってやった。体の位置が落ち着くまで、しばらくかかった。気まずい沈黙が流れる。

「起き上がったら、傷に障りますよ」

「なに、大したことはない。もう、歩く練習も始めてるんだ」

「それは少し、早過ぎると思うけど」

「いやいや、ずっとベッドに横になっていると、寝たきりになりそうなんだよ」

私は点滴を見上げた。

「そんなことをしているから、傷に障るんです。また点滴されますよ」

祖父が顔をしかめる。

「ずっと腕に針が入ったままっていうのは、何とも落ち着かんね。針が外れて、体の中を動き出すんじゃないかって、そんなことばかり考えてる。シャブをやる連中の気が知れんよ。自分の体に針を突き刺したりして、何が楽しいのかね」

電池が切れたように、祖父の軽口が突然途切れた。私はうつむき、腹の上で組み合わせた両手をじっと見つめた。

「どうした？」

「昨夜《ゆうべ》、佐藤文治を逮捕しました」

「そうか」溜息をつくように祖父が言う。

「今、病院です。意識不明のままで、たぶん、助からないでしょう。末期癌なんですよ」顔を上げる。「ジイサン、そんな死に損ないに刺されるなんて、らしくないですね。元捜査一課長の名が泣きますよ」

祖父が口を開きかけ、思い直したように固く唇を結んだ。右手で、軽く顔を拭う。小さな笑顔が戻って来た。

「いつ、分かった？」

「昨夜」

「佐藤が喋ったのか？」

「そうです。全部喋りました。佐藤は、一人で事件の全貌を調べ上げたんですよ」

「そうか」祖父は腹の上に両手を置いたまま、天井を見上げた。「おめさん、どこまで知ってるんだ」

「たぶん、全部」

「どうするつもりだ」

「決めていません……いや、分かりません」私は正直に認めた。「どうするかは、あなたの話を聴いてからにします」

「私から話すことは、あまりないと思う。話してみろ。点数をつけてやる」

こんな所で祖父の口頭試問を受けるのは、妙な気分だった。自信がないわけではない。自分の答えが引き起こすであろう結果が恐《こわ》かった。

「『天啓会』で起きた池内康夫の事件は、でっち上げでした。でっち上げという言葉は、間違っているかもしれない。この場合、『身代わり』ですかね」ここまで良いか、と私は目で祖父に問いかけた。返事はない。深呼吸をして続けた。「五十年前の事件の被害者だった園田日出男は、日頃から本間あさに対して、色目を使っていたようです。事件のあった日、園田はとうとうあさに手を出した。もちろん、あさは抵抗しました。そして、園田を刺し殺してしまった。その場に、池内康夫が居合わせたんです。現場に駆けつけた『天啓会』の幹部は、すぐにこの一件の責任を池内康夫に負わせることに決めた。事件そのものは正当防衛だったかもしれませんが、自分たちの教祖様が人を殺したとなったら、洒落《しゃれ》になりませんからね。あの頃だって、新宗教に対する風当たりは、弱くはなかったんでしょう？」

祖父が、天井を見上げたまま答えた。

「いろいろと事件もあったからな。胡散臭い目で見られていたのは確かだよ。お前、『お練り』の話をしてたな」

「ええ」

「一種のデモ行進なんだが、白装束の人間が百人単位で歩くわけだから、ずいぶん気味悪がられたよ。石を投げる人間がいたりしてね。そうすると、ますます内輪で団結して固まるようになって、世間は一層白い目で見るわけだ」

「余計なトラブルで世間の攻撃を受けたくない。何とか、自分たちの団体を守ろうとしたんでしょうね」

「連中がそう考えたのも自然の成り行きだと思うよ」

「誰が智恵を吹き込んだんですか？」

天井を向いたまま、祖父が大きく目を見開いた。

「『天啓会』の連中が筋書きを考えたにせよ、自分たちだけで池内康夫の犯行に見せかけるのは難しかったはずです。あなたは、正式な出動を要請されて現場に行ったんですか？　それとも『天啓会』の連中から呼ばれたんですか？」

「……呼ばれたんだ」認める祖父の声は、冷え切った朝の空気の中で凍り付いてしまいそうだった。

「連中は慌《あわ》てて、あなたに相談したんでしょう。池内康夫の犯行にしてしまおう、と言い出したのはあなたじゃなかったんですか？」祖父は何も言わなかったが、私は続けた。

「池内康夫は、的確な現状認識ができなかったはずだ。先生のためだ、とか何とか言えば、うまく丸め込むことができたんじゃないですか。乱暴されそうになっていたあさを助けたことにすれば、情状面でも有利になる。刑務所に入ってもすぐに出てこられるし、出てきたら偉くしてやるとか何とか言えば、簡単に説得できたはずです」

「そんな説得をする必要はなかった。本間あさの身代わりになってくれ、と言ったらすぐに納得したよ。康夫だって、何が大事なのかは、良く分かっていた」

「それであなたは、返り血を浴びた本間あさを着替えさせ、包丁の指紋や血痕を拭ってから、改めて池内康夫の指紋を包丁につけたんでしょう。それで、物証も完璧《かんぺき》ですからね。それから、今度は正式に警察を呼んだ。あなたも一度引き返して、素知らぬ顔でまた出直してきたんでしょう。

そこから先は、あなたたちの思惑通りに進んだはずです。池内康夫は逮捕された。警察官であるあなたなら、池内康夫に責任能力がないという方向へ話を持っていくことも簡単だったでしょう。それで不起訴、措置入院になった。誰も傷つかなかったし、秘密が漏《も》れることもなかった――池内康夫が死んでしまったんだから。でも、どうして池内を殺さなければならなかったんですか？」

祖父が顎《あご》を固く引き締めた。

「その件に関しては、私は関わっていない。後の話だ」

「でも、知っていたはずです。知っていて、見逃した」

祖父が天井を見上げ、言葉を探した。

「事件が片付いた頃、『天啓会』はもう解散していた。信者連中も社会に戻って、それぞれまっとうに暮らしていたんだよ。そんな時に昔の話を持ち出されたら、たまらないだろう。全てがぶち壊しだ」

言い訳めいた祖父の話しぶりが、私を苛《いら》つかせた。

「入院していた池内康夫が、何か喋るんじゃないかと、怯《おび》えたんですね。だから、殺してしまおうと。その計画を積極的に進めたのは、平出正隆ですね？　本間あさは、この件にはどう関わっていたんですか」

「彼女は関わっていない。知らなかったはずだ」いつの間にか、「本間あさ」が「彼女」に変わっている。「彼女は信者たちから見捨てられたんだよ。結局、彼女だけが、社会復帰できなかったし、行方《ゆくえ》不明になってしまった。しかし、それぞれ仕事を持ち、家庭を持っていた連中は、自分の身を守らなくてはいけなかったんだ」

「いずれにせよ、池内康夫の件は闇に葬られたはずでした。佐藤文治が、自分の出生や家族の問題に興味を持たなければ、そのまま、誰も知らないままだったはずです。佐藤は、過去を調べているあいだに、自分が癌だ、ということを知りました。まだ早い段階で発見できたし、手術を受けることもできたはずなのに、そういうことを拒否して、『天啓会』の過去を洗い始めたんです。自分の手で復讐しようとしたんですよ。佐藤は、『天啓会』の関係者に会いに行っています。そして、とうとう真相をつかんだ。誰が一番の悪人だったのか、自分なりに判断したんでしょう。頭の中で、復讐すべき対象者のリストを作ったんです」

祖父が小さく溜息をつく。

「処刑リスト、か」

「あなたもそこに載っていたんですよ。殺されなかったのは運が良かったんだ」

「相手は素人だからね。いつかは来るだろうと用心していれば、心構えもできる。うちの玄関に防犯カメラをつけたの、知ってるな？」

「ええ」私ははっと気づいた。「まさか、あれで監視していたんですか？」

「そうだ。あの夜、奴は来た。私は裏口から逃げた。追いつかれたが、結局奴は私を殺せなかった」

「どうして警察に言わなかったんですか。自分の保身のためですか？」

無言で、祖父は力なく首を振った。私は、スーツの内ポケットから封筒を取り出した。

祖父が、ちらりと首を傾けて確認する。

「それも見つけたか」とつぶやいた。

「本棚に隠しておいたのは、ずいぶん無用心でした」

「隠しておいたわけじゃない。そんなつもりはなかった」

「もしかしたら、俺が見つけるのを期待していたんですか」

「あるいは、な」祖父は、組んでいた手をほどき、全身から力を抜いた。「いつかはこんな日が来るかもしれない、と思っていた。もしも裁かれるなら、お前に裁かれるのが一番だ、とな。分かるか？　私も恐かったんだ。自分のしたことの意味は良く分かっている。あの時点で、警察を辞めるべきだったかもしれない。しかし、それはできなかった。お前は臆病だと思うかもしれないが、私にも背負ったものがあったからな。あれから私は、一生懸命仕事をした。それが罪滅ぼしになるとは思わなかったが……いや、そう思っていたのかもしれん。いずれにせよ、もしも全てが明るみに出る日が来るなら、お前に知って欲しかったのかもしれない」

「そこまで覚悟していたなら、自分から真相を明かすべきだったんじゃないんですか」

「長く生きていると、いろいろなことがある。しがらみもできるし、守るべき物も増えてくる」

「本間あさも、守るべき相手だったんですか？」

祖父が苦しそうに顔を歪め、笑った。

「友だちとの約束だからな」

私は、祖父の顔の前に写真を翳した。震える手を伸ばし、祖父が写真を受け取る。その目に涙が光ったように見えた。

「懐かしい写真だ」温かい声で言う。

写真には、うんと若かった頃の祖父と本間あさが写っていた。それだけではない。写真でしか見たことのない私の祖母、それにもう一人、私の知らない若い男が一緒だった。祖父と男は軍服姿である。

「こいつは、私の親友だった。幼馴染《おさななじ》みだった。本間陸男《りくお》と言う」

「本間あさの夫ですね」

祖父が頷く。蒲団の上に、大事そうに写真を置いた。

「それだけじゃない。本間あさも、うちの婆さんも、みんな子どもの頃から知り合いだ。隣近所で生まれて、一緒に大きくなったんだからな。私は婆さんと、陸男はあさと結婚した。ほぼ同じ頃にね。そして、私と陸男は同じ時期に出征したんだよ。この写真は、その時に写したものだ」

写真の中の四人は、笑おうと努力して、結果的に引き攣った表情になってしまっている。私は、本間陸男から祖父への手紙を広げて見せた。

「お互いに約束したんですね。万が一のことがあった場合は、互いの家族の面倒をみよう、と」

「陸男は、戦死した。私は、何とか帰ってきた。大変な時だったんだ。だからこそ、親友との約束は、死ぬ気で守ろうと思った」

「その約束には、相手が人殺しをした時には庇って助ける、ということまで含まれていたんですか」

「厳しいことを言うな」祖父が苦笑いを浮かべる。「拡大解釈だ……あの時代は、何もかもが混沌《こんとん》としていた。私だって、あさが自分であんな宗教団体を作るとは、考えてもいなかったからね。妙なことになったとは思ったが、私は『天啓会』にも時々顔を出して、あさを見守っていた。だから、会の連中とも知り合いになったんだよ」

「婆さんは、その頃もう亡くなっていたんですか？」

祖父の目に、厳しい光が燈った。

「何が言いたい？」

「本当に、親友との約束を果たすためだけに、本間あさを助けて、事件をでっち上げたんですか？」

祖父が息を吞《の》んだ。

「お前が私の言葉を信じるかどうか、分からんよ」

「一度だって、あなたの言うことを疑ったことはありませんよ。今もね。だからあなたが、本間あさと男女の関係はなかったと言えば、信じます」

「だったら、そういうことにしておいてくれ」祖父が溜息をついた。短く、深く。「さあ、これでいいかな。満足したか？」

満足？　そんな言葉は欲しくなかった。知れば知るほど、不満は高まるばかりなのだ。

その不満は、この状況をどうにもできない自分に対するものでもある。

「『天啓会』が解散した後、あさは姿を消しました。どうして、探し出して助けようとしなかったんですか？　あなたなら、それもできたはずだ」

「私は、卑怯だった」祖父が腹の上で手を合わせる。「もう、関わり合いたくなかった。親友との約束だったが、私はもう、十分やった、と思ったんだよ。私がどんな気持ちだったか分かるか？　引き裂かれたんだ。自分のしたことは間違っていた。しかし、もう取り返しがつかない。そう思って、気が狂いそうになっていたんだ」

それはあなたの勝手だ、という台詞が喉元《のどもと》まで出かかったが、何とか飲み込んで別の質問をぶつけることにした。

「もう一つだけ。『天啓会』の連中は、どうやって池内康夫を殺したんですか」

「康夫は入院中だったんだよ」

「それは知っています」

祖父が腕を伸ばし、ベッドの袖机の引き出しを開けた。手を差し入れ、注射器を取り出す。中には透明な液体が入っていた。私は、手を伸ばしかけて、引っ込めた。祖父が、顔の前に注射器をかざし、灯《あか》りにすかして眺める。注射器を見据えたまま、言った。

「こういうものを点滴に混ぜれば、楽に死ねる。眠るようにね。痕跡も残らないんさ」

「池内康夫もそれで?」

祖父がまじまじと私の顔を見た。私は、祖父の顔に、大きな字で「拒絶」と書かれてあるのを読み取った。

「そんなもの、どこで手に入れたんですか」自分の声が震えているのを、私ははっきりと意識した。

「ここは病院だ」祖父が重々しい声で言う。「何でも手に入るんさ。人を生かす薬も、殺す薬も、な」

祖父が、袖机の上に注射器を置いた。

「さ、そろそろ一人にしてくれんか」

私は無言で祖父を見つめた。お前は真っ直ぐ過ぎる——父の言葉が、また頭の中で渦を巻く。注射器を取り上げ、祖父の覚悟を挫いてやるべきか。それとも最後の願いを、邪魔せずに成就させてやるべきなのか。

「楽なんですか?」私は、小さな注射器を見つめた。透明な、一見無害に見える注射器。しかし私は、紛れもない死の臭いを嗅いだ。「楽に死ねるんですか?」

「眠っているうちに終わるよ」祖父の言葉の語尾があやふやにぼやける。「実は、もう点滴に入れたんだ、お前が来る前にな。お前がここに来るのは分かっていたから」

疲れと寝不足のためだけではない。私は、視界がぼやけるのを感じた。

「黙っていても良かったでしょう。証拠は何もないんだから」

「お前には話しておくべきだと思った。真相を知らないまま私が死んだら、お前は納得しないだろうからな。この問題をどうやって背負って行くか、その解決法を示してやることは、私にはできないが」

「ジイサン、あなたのしたことは絶対に赦されない。刑事としても、人間としても」

私の言葉に、祖父が黙って頷く。

「だけど俺は、あなたを赦す。あなたが、自分の最期を自分で決めることを赦します――家族だから」

「ありがとう、と言うべきなのかな」祖父が弱々しく言った。声はかすれ、目は今にも閉じてしまいそうだ。

「分かりません」

「そうだな。注射器に触るなよ。お前の指紋がついていたら、厄介な話になる――そんなこと、言わなくても分かってるだろうが」

「ええ」

「じゃあ」

別れの挨拶《あいさつ》のつもりなのか、祖父が自由な右手を上げた。私は、その手を握るべきかどうか、迷った。最後の挨拶ぐらいはしておくべきだ、とも思った。しかし、結局そうはしなかった。一番頼りにし、愛した人間に別れを告げないことで、私は祖父の罪を肩代わりするつもりだったから。祖父を赦しても、自分を赦すつもりはなかったから。

祖父の手が、力なく蒲団に落ちる。私は、椅子を引いて立ち上がった。

ようやく朝の光が差し始めた。頼りない、薄い日光。だが、これから先何か月かは、こんな光でも貴重な存在になる。

ひどく肩が凝り、頭が重かった。伸びをすれば、少しはほぐれるかもしれない。しかし私は、そうしなかった。じっと立ちすくむことで、全てを自分の体の中に封じ込めようとした。病院の周りを取り囲む木々の枯れ枝を風が揺らし、無数の笛の音が聞こえてくる。私の代わりに誰かが、祖父のための哀歌を歌っているようだった。

行くことも、去ることもできない。

馬鹿な。

一歩を踏み出せ。右足からでも、左足からでもいい。歩き出せば、何かが変わるはずだ。頭の中で短いシナリオを書いてみる。左へ三十メートル歩き、駐車場の隅に停めたゴルフに乗り込む。エンジンをかけ、自宅へ帰ってシャワーを浴び、着替える。その後で食事にしよう。この時間でもボリュウムたっぷりの朝食を出す店が、何軒かあるのだ。そして、出勤時間になれば、いつもと同じ日々が始まる。

始まるわけがない。今日からの毎日は、昨日までと同じではないのだ。

目の前で車が停まった。

父だった。

丁寧に、駐車スペースの枠線内に車をバックで入れると、ドアを開けてゆっくりと下り立つ。一瞬、天を仰ぎ、寒そうに肩をすくめた。凍りつきそうな表情で私を見やる。それから、私を無視して歩み去ろうとした。私は、その腕を思い切りきつくつかんだ。

「父さん、知ってたんだろう」

父は無言で、大事なものをなくしてしまったような渋い表情で、私を見た。

「知ってたんだな、ジイサンと『天啓会』の関係を」

「今さら何だ」

「事件は終わったと思ってるのか?」

「お前、昨夜の逮捕騒ぎで頭でも打ったんじゃないのか」

私は、父の皮肉を受け流した。いや、受け流そうと思って、結局できなかった。

「俺はふざけてるわけじゃない。ジイサンが全部喋ったんだよ。父さん、昔『天啓会』のことを調べたって言ったよな？　こんな言い方をするのは嫌だけど、父さんほどの刑事が、見逃すわけがないだろう。分かってたんだろう、この件にジイサンが絡んでいたのは。この写真も手紙のことも、知ってたんじゃないのか」

私は、父の胸に封筒を押しつけた。父は、受け取ろうとはしなかった。しばらくそうやっていたが、結局私は、封筒を自分の手の中で握り締めた。やわやわとした感触と一緒に、写真が潰れるのが分かった。

「知っていて無視したんだな。もしかしたら、捜査記録も、父さんが処分したんじゃないのか」

「俺に何ができた？　あの頃だって、もう終わった事件だったんだ。蒸し返しても何にもならない。それに、親父《おやじ》には親父なりの考えがあって、事件を揉み消したんだろう」

「ジイサンには直接聞いてないのか」

「聞いていない」

「どうして」

「恐かったからだ」

「あなたほどの人でも、恐がることがあるんですか？　信じられない」

「俺は、刑事だ」その言葉の意味を噛《か》み締めるように、父がゆっくりと言った。「だが、刑事である前に人間だ。家族を大事に思って何が悪い？　刑事として、あの事件を何とかすることができなかったから、あえて口をつぐんだんだ。余計なことを言って、余計な波紋を広げるわけにはいかなかったから」

「ジイサンが知らなかったとでも思うんですか」

「何を？」

「父さんが気づいていたこと。ジイサンは、きっと知っていたと思う。あなたたちは、お互いに知らないふりをしていたんだ。二人で顔を拭って、何もなかったことにしてしまったんだ。欺瞞《ぎまん》だよ、これは」

　父がぎゅっと唇を結ぶ。

「そうじゃない」

「自分の出世に響くと思ったんですか？」

「違う。親父のためだ」

「ジイサンの出世のためですか」

「どうでもいい、そんなことは」父が激しく首を振った。「その頃親父は、県警で一番の凄腕《すごうで》として知られていたんだ。慕ってくる部下も多かった。何も過去を暴き立てて、親父の信用を失墜させることもないと思った」

「つまり、どうしていいか分からなかったんだ。だから、何もなかったことにしたんでしょう」

鋭い目で父が私を睨む。しかし、その場の温度を下げるような、いつもの迫力は感じられなかった。

「お前だったらどうする。私が親父の立場で、お前が私の立場だったら」

祖父の死への旅立ちを見送った、とは言えなかった。粘つく唾を飲み込み、ベッドの上で死にかけている祖父のことを考える。

父が、ふっと表情を緩める。

「お前は真っ直ぐ過ぎる、と言ったのを覚えてるか？」

「ああ」

「お前が警察に入るのを反対した理由も、それだ。もしもお前が、何かのきっかけであの事件に気づいて、調べ始めたらどうなる。お前は絶対に真相を探り出す。それだけは避けたかった。刑事になるのを反対したのも、同じ理由からだ」

「最後まで反対すれば良かったじゃないか」私は父に言葉を叩《たた》きつけた。「俺だって、こんなことは知りたくなかった。だけど、知ってしまったからには、放っておくわけにはいかないだろう。俺は、あんたとは違う。頰《ほお》かむりするわけにはいかなかったんだよ。俺が、昨夜からどれだけ悩んだか、あんたに分かるのか？」

父が首を振る。険しい顔で私を睨んだ。

「私だって、悩んだ。何年も悩んだし、今でも悩んでいる。親父はもっと大変だっただろう。事件をねじ曲げて、罪のない人間を断罪してしまったんだからな。もしかしたら、親父も俺も、誰かが答えを出してくれるのを待っていたのかもしれない。だから私は、最後の最後で、お前が警察入りすることを許したんだ。もしかしたら、この事件についてお前が全てを明らかにすることを、どこかで期待していたのかもしれないな。今となってみれば、の話だが」

「無責任だ」

「私の立場になって考えてみろ。お前が出した結論は正しかったのか？」

話すことは、もうなかった。私はくしゃくしゃになった封筒を握り締めたまま、踵を返した。これが別れになることは分かっていた。が、別れの言葉はない。病室に行って、父は祖父の亡骸《なきがら》を見つけ出すはずだ。父は、どうするだろう。何を考えるだろう。私が祖父を殺した——あるいは自殺か——これが祖父の正しい最期なのか——全ての罪が赦されるのか——自分はこれからどうすれば良いのか。

私は、どこへ行くべきなのか。

一つだけ分かっているのは、今から五秒後にゴルフのドアを開け、十秒後にエンジンをかけるということだ。そこから先のことは、何も分からない。

知りたくもなかった。

敗残者に好天は似合わない。

自分が何に負けたのかは分からないが、その朝の天気は、私に似つかわしいものに思えた。積もるほどではないが、固く細かい雪が降り続き、底冷えのする朝である。

ゴルフのエンジンが温まるまでの間、私はぼんやりと雪の中に立っていた。この季節に特有の、無数の虫が舞うような雪が、車のルーフに当たって乾いた音を立てる。この雪を二度と見ることがないかもしれないと思うと、雪の一粒一粒を小さな瓶に封じ込め、一緒に持って行きたいような気分になった。

明るい空色のヴィッツが、ゴルフの横に停まった。まだスタッドレスタイヤに履き替えていないのか、完全に停止する直前にずるずると滑る。

喜美恵が、運転席のドアを開けた。顔だけを突き出して、私を真っ直ぐ見つめる。私は、ぼんやりと彼女の顔を見た。二人の視線が一瞬だけ絡み合ったような気もしたが、彼女の目は、私の背後にある別の何かを見ていたのかもしれない。

ようやく意を決したように、彼女が車の外に出た。タートルネックのセーターを着ていても、首に巻いた包帯が少しだけはみ出している。私は、自分の体を傷つけられたような痛みを感じた。

「行くの？」

「ああ」

「どこへ？」

「東京。でも、向こうでどうするかは決めてない」

「あなたらしくないね」

「そうか？」

「あなたって、いつも一年先までスケジュール表を埋めているような感じがするから」

「今だったら白紙だよ」黙って去るべきだ、という声が、頭の中で聞こえた。私はその声を無視した。「君の名前を書き込んでもいい、と思う」

「ごめん」喜美恵は潤んだ目で私を見た。みるみるうちに涙が溢《あふ》れ、化粧っ気のない頬を流れ落ちる。「ごめん」

私は首を振った。ゆっくりと空気が薄くなっていくような息苦しさを感じる。答えは、とうに分かっていたのだ。ただ、彼女の口からそう言われると、「これで終わり」という太い文字が、目の前に書き込まれてしまったように思う。

「いいよ」

「ごめん」彼女が繰り返す。「あなたのせいじゃないのよ。この前のことだって、本当に偶然なんだし……でも、あなたはああいう世界に生きている。私は違う」

「俺は、警察を辞めた」すがるような口調だ、と自分で思った。「辞めたんだ、君が望んだ通りに」

「書類一枚じゃ、あなたの人生は変えられないわ。あなた、刑事になったんじゃないんでしょう？　刑事として生まれたのよね。たぶん、それは一生変わらないと思うし、そのことで自分に誇りも持っているはずだわ。私は……ごめん、やっぱり、ついていけない。大丈夫かな、と思ったこともあるし、慣れなくちゃいけないと思って頑張ってもみたけど、やっぱり駄目だったわ」

頷き、私は彼女の元に歩み寄った。彼女は待っていた。同時に手を差し伸べ合い、抱き合う。一瞬だけ力を込めて、私は彼女を抱いた。ほんの一瞬だけ。喜美恵の細い指が、赤ん坊のように、私のコートの袖《そで》をきつくつかむ。柔らかい髪の香りが、鼻腔を痛いほど刺激した。

ゆっくりと体を離し、私たちは距離を置いた。二人の間に、無数の雪が舞い降りる。

「じゃあ」喜美恵がかすれた声で言った。

「ああ」

踵を返し、私はゴルフのドアに手をかけた。振り返ろうか、と一瞬思った。振り返れば、彼女の姿は消えているかもしれない、と思ったから。今までのことは全て悪夢だった、という間の抜けた結末を、私は密《ひそ》かに期待した。

違う。私を待っているのは壊れ、朽ち果てた現実だけだ。

そして、自ら現実を打ち壊してしまった後で、なおも残骸の中に夢を、救いを見出そうとするのは、愚か者だけである。

雪が、さらに激しく舞い落ちる。振り返らず、私は車に乗り込んだ。

一人で、雪の舞う街にさよならを言った。

新装版解説　必ず訪れるべき、堂場警察小説の源流

宇田川拓也

大きな河の流れも遡《さかのぼ》っていけば、いずれ源流にたどり着く。

デビューからわずか十四年で著書が百冊を突破するほどの驚異的なペースで作品を紡ぎ続け、警察小説ジャンルのトップランナーとなった堂場瞬一《どうばしゅんいち》の膨大な作品群を大河にたとえるなら、やはりそこにも源流と呼ぶべき最初の一冊がある。

野球を題材にしたスポーツ小説――第十三回小説すばる新人賞受賞作『8年』（二〇〇一年）で作家としてのキャリアをスタートさせた著者が、受賞後第一作として上梓《じょうし》した初の警察小説作品、それが本書『雪虫』である。このたび、二〇〇一年の単行本、二〇〇四年の文庫化（ここでサブタイトル〝刑事・鳴沢了《なるさわりょう》〟が加わる）を経て、令和の読者に向けた新装版として、こうしてリニューアルされることと相なった。

本作の主人公である鳴沢了は、新潟県警捜査一課に所属する二十九歳の刑事だ。祖父は取り調べでどんな相手でも落とし、しかも落とした相手から恨まれない〝仏の鳴沢〟

の異名を取った人望厚い伝説の刑事。父もまた〝新潟県警最強の刑事〟〝捜一の鬼〟と呼ばれた名刑事として知られる存在で、現在は魚沼《うおぬま》署の署長の地位にある。祖父も父も早くに妻を亡くしており、鳴沢は男三人の暮らしのなかで、祖父をはじめ刑事や元刑事たちから事件と捜査の話を聴いて育ち、のちに自らも刑事を志すことはごく自然な流れだった。

そうした生い立ちのせいもあり、自身を〝刑事として生まれてきた〟人間だと信じる鳴沢の人格には、容易に親しみを抱かせない鋭さと苛立ちがある。

たとえば、現場で死体を目にし、激しく嘔吐《おうと》する若い刑事を〝失礼な奴〟と斬り捨て、「魚沼署は、いつから未成年を雇うようになったんだ？」といった嫌みを平気で口にする。聞き取りの際、情報を引き出すためなら一般人を相手に圧力を加えるような強引なやり方も辞さない。上手くいかない捜査と自分に腹を立て、そのはけ口に、コンビニの前でたむろしてタバコを吸う少年たちを〝目障り〟だからと近づき、びびらせる。

いやはや、こんな人間が職場や身近にいたら、さぞ気疲れして仕方なかろう。しかしそこに、刑事は〝言ってみれば客商売〟なのだと身だしなみに気を遣い、帰宅すると靴箱にある靴をすべて磨くといったこだわりを交えて人間味を垣間見せ、こうした扱いの難しいキャラクターを主人公に据えてなお読み手を惹きつけてしまうのだから畏れ入る。

勢いでつぎつぎとページをめくらせてしまうのではなく、細やかな演出を積み重ねて先を追わせるこの手際、これが当時デビュー二作目の新人の筆だと考えると、目を見張るしかない。

もうひとつ、読み始めてすぐに目を惹かれた点がある。

目の前に広がる日本海。古臭いオートバイが国道を駆ける。新潟の市街地から大河津《おおこうづ》分水《ぶんすい》を経由し、シーサイドラインを抜けて新潟市内に戻るささやかなツーリング。見慣れた退屈な光景に、未だ見ぬイギリスのワインディングロードを重ねる刑事――。

本作は、警察小説らしからぬ、こうしたなんとも絵になるシーンから幕が上がるのだが、どこか翻訳作品の香気を感じさせる一人称の文体と場面選びに、ハードボイルド私立探偵小説に通じる硬質な手触りを覚えた。

そしてさらに読み進めていくと、上司や捜査方針への不満を隠そうともせず捜査に打ち込む鳴沢了の強固な気質が次第に立ち上がってくるいっぽうで、息子が刑事になることを嫌がったのか、父親が裏から手を廻して県警の採用試験を受けた際のみならず刑事になるときも妨害工作をしてきたという悪しき噂に懊悩《おうのう》する心の揺れが描かれる。

物語のハードなトーンと複雑な心情を抱えた主人公から醸《かも》し出されるこの感じに、筆者はイギリスのベストセラー警察小説、イアン・ランキン〈リーバス警部〉シリーズを思い浮かべた。スコットランドの首都エジンバラを舞台に、犯罪捜査部の警部であるリーバスが、上司に背き、違法ギリギリの手段も辞さず、窮地に陥りながらも敵に立ち向かう物語で、全十七作ある長編のうち、第八作『黒と青』が英国推理作家協会（CWA）賞ゴールド・ダガー賞を、第十三作『甦る男』がアメリカ探偵作家クラブ（MWA）賞最優秀長編賞を受賞している。なるほど、〝湿り気を帯びた濃い灰色の雲〟と描写される新潟の空は、さながら陰鬱《いんうつ》なスコットランドのそれであり、誰よりも殺された被害者の無念を想い、単独で捜査に没頭するが、組織からは煙たがられ、家庭は崩壊し、自責の念に苦しみながらそれでも刑事であり続けようとするリーバスの屈折した心情は、鳴沢の内面の複雑さと響き合う部分が少なからずあるように思える。果たして当時、新人作家・堂場瞬一が本作執筆にあたり〈リーバス警部〉シリーズを意識していたのかは定かでないが、もしも「この世界的な人気シリーズにも引けを取らない警察小説を、日本を舞台にものしてみせる！」という気概で取り組んだのだとしたら、その意気やよし、である。本作の抜群の読み応えを思えば、大いに頷ける。

とはいえ、本作はもちろん、全十作＋外伝からなる〈刑事・鳴沢了〉シリーズの内容は、英国警察小説の焼き直しなどではない。そこで際立ってくる独自性が、鳴沢家の親子三代にわたる刑事という要素だ。

本作で鳴沢は、湯沢《ゆざわ》でひとり暮らしをしていた七十八歳の老女——本間《ほんま》あさが何者かに刺殺された事件を手掛けることになる。捜査を進めていくと、かつて宗教団体『天啓《てんけい》会《かい》』の教祖を務めていたこと、そして五十年前に起きた殺人事件に関係していたことを知る。今回の事件と五十年前の事件につながりがあると確信を持つ鳴沢だったが、捜査本部長である父がまたしても手を廻し、『天啓会』に関する捜査が思うようにできなくなってしまう。

物語はそこからさらに、祖父が現役時代に五十年前の事件を手掛けていたこと、刺殺事件の真相、そしてなぜ父がこれほどまで鳴沢が刑事になることを嫌がり、事件から遠ざけようとしていたかが明らかにされていく。

本作のタイトルである〝雪虫〟は、北国で初雪が降る直前に現れる小さな白い虫。冬の訪れを告げる風物詩のひとつである。鳴沢は終盤で、それまで揺るぎないと思っていた刑事としての誇りや信念が音を立てて崩れ落ち、三代にわたる刑事一家ゆえの思いもしなかった辛い重荷を背負うことになる。それはまさに、鳴沢了というある意味真っ直ぐに過ぎる刑事にとっての厳しい冬の時代が、ここから始まるのだと暗示している。

本作を単体として見るなら、大人としての成熟の域にはまだ早いが、かといって世間知らずの青い年齢でもない刑事が、事件解決を目指した結果、自身の根幹を揺るがせるような真実に出くわし、存在意義を見失うほど痛烈に打ちのめされる物語といえる。肩の力を抜いて愉しむには不向きな重みだが、ここで深い闇のなかにひとり取り残されるような黒い結末が用意されているからこそ、これからその色がどのように塗り替えられていくのかを追い掛ける興味が生まれてくる。

次作『破弾』以降、鳴沢はどのような変遷をたどるのか。本作で〈刑事・鳴沢了〉シリーズに初めて触れた読者諸兄は、大いに期待しながら手を伸ばしていただきたい。興を削がない程度に触りだけご紹介すると、あのラストから一年後、鳴沢は警視庁多摩《たま》署で女性刑事の小野寺冴《おのでらさえ》と組み、襲われて傷ついたホームレスが姿を消してしまった事件を捜査することになる。

なお、鳴沢と父の冷えた関係性はその後も引き継がれ、第四作『孤狼』で大きな節目を迎えることになる。「父性」はシリーズ全体に通底する重要なテーマにもなっているので、第十作『久遠《くおん》』のラストには、乞うご期待である。

ところで、このシリーズは『雪虫』『破弾』『熱欲』までが単行本で刊行されたのち文庫化。『孤狼』から文庫書き下ろしで刊行されている。堂場瞬一の名を一躍広めることとなったこの流れについて、本屋の店員として触れておくべきだったかといまごろ気づいたが、そろそろ紙幅が尽きそうだ。聞くところによれば、このたびのリニューアルでは本作以降についても書店関係者が巻末の解説を担当するそうだ。どなたかがこの点に触れて下さることに期待したい。

とまれ、堂場警察小説という大河の恵みに浴する読者にとって、生まれ変わった本書『雪虫』は、必ず訪れるべき源流としてこれからさらに読み継がれ、愛されていくに違いない。

（うだがわ・たくや　ときわ書房本店　書店員）

この作品はフィクションで、実在する個人、団体等とは一切関係ありません。

本書は『雪虫　刑事・鳴沢了』（二〇〇四年十一月刊、中公文庫）を新装・改版したものです。

中公文庫

新装版《しんそうばん》

雪《ゆき》 虫《むし》

——刑事《けいじ》・鳴沢了《なるさわりょう》

2004年11月25日　初版発行
2020年 1 月25日　改版発行
2023年 3 月25日　改版 6 刷発行

著　者　堂《どう》 場《ば》 瞬一《しゅんいち》

発行者　安 部 順 一

発行所　中央公論新社
〒100-8152　東京都千代田区大手町 1-7-1
電話　販売 03-5299-1730　編集 03-5299-1890
URL https://www.chuko.co.jp/

DTP　ハンズ・ミケ
印　刷　三晃印刷
製　本　小泉製本

Published by CHUOKORON-SHINSHA, INC.
Printed in Japan　ISBN978-4-12-206821-6 C1193

中公文庫既刊より

各書目の下段の数字はＩＳＢＮコードです。978－4－12が省略してあります。

と-25-46
新装版 破弾 刑事・鳴沢了
堂場瞬一
警視庁にやってきた了は署内で冷遇を受ける女性刑事・冴と組む。心に傷を抱えた二人が今、最高のコンビとして立ち上がる。〈解説〉沢田史郎
206837-7

と-25-47
新装版 熱欲 刑事・鳴沢了
堂場瞬一
青山署の刑事として現場に戻った了。詐欺がらみの連続傷害殺人事件に対峙する了の捜査は、ＮＹの中国人マフィアへと繋がっていく。シリーズ第三弾。
206853-7

と-25-48
新装版 孤狼 刑事・鳴沢了
堂場瞬一
行方不明の刑事と不審死した刑事。遺体の手には「鳴沢了」と書かれたメモ――最強のトリオで警察内に潜む闇に挑め。シリーズ第四弾。〈解説〉内田俊明
206872-8

と-25-49
新装版 帰郷 刑事・鳴沢了
堂場瞬一
殺人事件の被害者遺族に依頼された、父が遺した未解決事件の再調査。「捜一の鬼」と呼ばれた父を超えるため、了は再び故郷に立つ。〈解説〉加藤裕啓
206881-0

と-25-50
新装版 讐雨 刑事・鳴沢了
堂場瞬一
爆破事件に巻き込まれた了。やがて届く犯行声明。爆弾魔の要求は世間を騒がせた連続幼女誘拐犯の釈放であった。大人気シリーズ第六弾。〈解説〉内田　剛
206899-5

と-25-51
新装版 血烙 刑事・鳴沢了
堂場瞬一
恋人の子・勇樹が誘拐された。背後に揺れる大物マフィアの影。異国の地を駆ける了が辿り着いた事件の哀しき真相とは。シリーズ第七弾。〈解説〉安西京子
206909-1

と-25-52
新装版 被匿 刑事・鳴沢了
堂場瞬一
西八王子署管内で代議士が不審死。ろくな捜査もせず警察は事故と断じる。苛立つ了のもとに地検から秘密裏に協力の要請が。シリーズ第八弾。〈解説〉狩野大樹
206924-4

各書目の下段の数字はISBNコードです。978－4－12が省略してあります。

さ-65-1
フェイスレス 警視庁墨田署刑事課 特命担当・一柳美結
沢村 鐵
大学構内で爆破事件が発生した。現場に急行する墨田署の一柳美結刑事。しかし、事件は意外な展開を見せ、さらなる凶悪事件へと……。文庫書き下ろし。
205804-0

し-49-3
スワンソング 警視庁特命捜査対策室四係
島崎佑貴
凄腕だが嫌われ者の小々森刑事の命が狙われている！特命対策室四係の面々は犯人確保に動き出すが、それは巨大な闇へと繋がっていた。文庫書き下ろし。
206670-0

し-53-2
駐在日記
小路幸也
昭和五十年。雉子宮駐在所に赴任した元刑事・周平と、元医者・花の若夫婦。平和なはずの田舎町で巻き起こるのは、日誌に書けないワケあり事件⁉
206833-9

す-29-1
警視庁組対特捜K
鈴峯紅也
本庁所轄の垣根を取り払うべく警視庁組対部特別捜査隊となった東堂絆を、闇社会の陰謀が襲う。人との絆で事件を解決せよ！ 渾身の文庫書き下ろし。
206285-6

た-81-6
両刃《りょうじん》の斧《おの》
大門剛明
未解決殺人事件の犯人が殺された。容疑者は十五年前に娘を殺された元刑事。事件の裏に隠されたあまりに悲しい真実とは。慟哭のミステリー。文庫書き下ろし。
206697-7

と-36-1
炎冠 警視庁捜査一課 七係・吉崎詩織
戸南浩平
時間内にゴールできなければ、マラソン代表候補が爆死。警察の威信に懸けて犯人を暴け。レース×サスペンス、緊迫の警察小説！
206822-3

ひ-38-1
CAGE 警察庁科学警察研究所特別捜査室
日野 草
誰かが刑事、誰かが犯人、そして誰かが存在しない。相良と彼の上司の琴平は、男に連れ去られる寸前の女子大生を助ける。だが相良と琴平の目的は……。
206858-2

わ-16-2
御子柴くんの甘味と捜査
若竹七海
長野県から警視庁へ出向した御子柴刑事。甘党の同僚や上司からなにかしらスイーツを要求されるが、日々起こる事件は甘くない――。文庫オリジナル短篇集。
205960-3